한 방울의 물을 마르지 않게 하는 법

국립중앙도서관 출판시도서목록 (CIP)

한방울의 물을 마르지 않게 하는 법 : 강호진 장편소설 /
지은이 : 강호진. ──서울 : 영림카디널, 2009
　　p. ;　　cm.

ISBN 978-89-8401-140-3 03810 : ₩10000

한국 현대 소설[韓國現代小說]

813.6-KDC4
895.735-DDC21　　　　　　　　　CIP2009000178

한방울의 물을 마르지 않게 하는 법

2009년 3월 15일 초판 1쇄 발행

지은이 | 강호진
펴낸이 | 양승윤

펴낸곳 | (주)영림카디널
　　　　서울특별시 강남구 역삼동 831 혜천빌딩
　　　　Tel. 555-3200　Fax. 552-0436

출판등록 1987.12.8. 제16-117호
http://www.ylc21.co.kr

ISBN 978-89-8401-140-3　03810

값 10,000원

강호진 장편소설

한 방울의 물을 마르지 않게 하는 법

영림카디널

블랙캣 시리즈 발간 5주년 기념 작품을 내면서……

올해는 근대 추리문학의 효시라 할 수 있는《모르그가의 살인사건》을 쓴 에드거 앨런 포가 태어난 지 200주년이 되는 해이다. 위의 작품이 1841년에 발간되었으니 근대 추리문학의 역사도 170여 년이나 되었다. 에드거 앨런 포는 이후《마리 로제의 수수께끼》《황금벌레》《도둑맞은 편지》등의 작품을 통해 밀실트릭, 암호해독, 사건을 해결하는 명탐정 등 근대 추리문학만의 독특한 기본틀을 정립시켜 독자들을 매료시켰을 뿐만 아니라 후대의 작가들에게도 큰 영향을 주어 많은 작품이 세상에 나오도록 이끌었다.

대중문학을 대표하는 장르라고 할 수 있는 추리문학이 이처럼 19세기 중반 이후 본격적으로 등장하게 된 것은 대중이라는 새로운 독자군이 형성되었다는 것과 그 독자들의 기호에 맞춘 문학이 탄생했다는 것으로 해석할 수 있을 것이다. 하지만 이런 대중지향성은 일정한 패턴을 따르는 장르문학으로 점차 고정화되면서 시장성과는 별개로 문학의 범주에서는 비주류로 소외받는 계기가 되었다.

그렇다고 해서 추리소설이 흔히 순수 혹은 본격이라는 수식어를 달고 있는 주류 문학에 비해 예술적 가치나 인간에 대한 탐구가 덜하다고 할 수 있을까? 영국 작가 찰스 디킨슨은 글이 잘 안 풀린다 싶으면 애를 하나 죽이라고 했고, 에르네스트 만델은 '추리소설의 사회사'라는 부제를 단 자신의 책 제목을 《즐거운 살인》이라 이름 붙였다지만 어찌 작가가 아무 이유 없이 사람을 죽이겠는가? 죽음에는 원인이 있고, 그 원인을 추적하며 사건을 해결하는 과정을 통해 인간 삶의 적나라한 모습을 명확히 보여줄 수밖에 없는 것이리라. 이렇듯 작가들은 살인과 죽음이라는 극단적인 삶의 단면을 통해 인간과 삶에 대한 나름의 성찰과 사회의 문제점에 대한 비판의식을 담아내 왔고 앞으로도 담아낼 것이다. 추리소설이 짧은 역사에도 불구하고 많은 독자들에게 사랑받은 이유 또한 이것이었다. 인생이란 그 의미를 풀어야 할 하나의 수수께끼라고 바라본 에드거 앨런 포처럼 말이다.

오르한 파묵과 같은 노벨문학상 수상작가의 소설이나 소위 순문학이라 불리는 국내 본격문학 작가들도 추리소설의 기법을 빌려 작품을 내놓고 있는 현상만 보더라도 이미 문학에서 추리소설을 다른 장르와 구분하는 것이 무의미해진 시대임을 알 수 있을 것이다.

근대적 의미의 한국 추리문학도 어언 100년의 역사를 담고 있다. 이해조, 김내성에서 시작하여 한국 추리문학의 대표작가인 김성종에 이르기까지 국내 추리문학 작품은 1980년대까지만 하더라도 외국 추리작품보다 독자들의 더 많은 사랑을 받으며 성장했다. 하지만 추리소설이란 어린 시절에 심심풀이로 읽는 것이라는 편견, 빈곤한 소재와 범속한 작품의 양산, 생산적인 비평의 부재 등으로 인해 지적인 오락으로서 자리 잡지 못하고 소비문학으로 평가절하되었다.

게다가 1990년대 들어 출판시장의 급격한 위축과 함께 추리문학 시장도 깊은 수렁에 빠져버렸다. 다행히도 2000년대에 들어, 비록 고전 추리소설과 일본 추리소설에 집중되기는 했지만 추리문학 시장은 조금씩 기지개를 펴기 시작했고, 영림카디널도 이러한 새로운 변화에 맞춰 '블랙캣 시리즈'라는 해외 추리문학상 수상선집을 기획하게 되었다. 고전 추리소설보다는 현대 추리문학의 최신 흐름을 독자들에게 선보이고, 추리작품을 읽는 독자들의 교양과 수준을 한 단계 높이고자 한 것이다.

블랙캣 시리즈는 세계적으로 가장 권위 있는 영미권 추리문학상인 미국 추리작가협회상(에드거 앨런 포 상)과 영국 추리작가협회상(던컨 로리 대거 상) 뿐만 아니라 애거서 상, 매커비티 상, 호주 추리작가협회상(네드 켈리 상), 유럽권 문학상으로는 독일 추리문학대상, 프랑스 추리문학대상, 813 트로피, 유리열쇠상, 마르틴 벡 상, 또한 아시아권에서는 일본 추리작가협회상을 받은 작품들로 채워져 있다. 이 중 몇몇 작품들은 추리문학상뿐만 아니라 일반문학작품에 수여하는 문학상을 받는 등 장르의 경계를 허물고 그 작품성을 인정받은 것들이다.

또한 블랙캣 시리즈에서 소개한 작가들은 자국에서뿐만 아니라 전 세계적으로도 많은 작품들이 번역된 이름난 작가들로, 발표하는 작품마다 각종 문학상 후보에 이름을 올릴 정도로 그 지위와 명성이 대단하다. 그 대표적인 작가가 본사에서 세 권의 작품을 출간한 아이슬란드의 작가 아날두르 인드리다손이다. 그의 작품은 전 세계 36개 나라에 번역 소개될 정도로 잘 알려져 있다. 유명한 추리작가인 할런 코벤의 말을 빌리지 않더라도 그는 이미 세계적인 작가로 권위 있는 유럽권 추리문학상의 단골후보이자 강력한 수상후보이다.

이처럼 블랙캣 시리즈를 구성하고 있는 작품들의 면면을 살펴볼 때 추리문학 마니아뿐만 아니라 문학을 즐기는 많은 독자들이 믿음을 가지고 선택할 만하다고 자부한다.

이와 더불어 블랙캣 시리즈를 기획한 이유 중 하나는 외국의 우수한 추리문학 작품을 소개함으로써 국내 추리문학 창작에 자양분이 되도록 하고, 작품성이 뛰어난 국내 추리문학 작품을 발굴하겠다는 사명감이 있었다. 그리고 이러한 암중모색의 과정에서 우연찮게 출판사의 이러한 의도와 맞아

떨어지는 작품을 만나게 되었다.

　이 소설 《한 방울의 물을 마르지 않게 하는 법》은 작가의 처녀작임에도 불구하고 이 글을 처음 접했을 때 작품에 배어 있는 주제의 진정성과 글의 완성도, 구성의 짜임새에 후한 평을 할 수밖에 없는 작품이었다. 추리소설이자 역사 · 종교 · 미술을 아우르는 지식소설이고 사회문제에 대한 날카로운 시각을 지닌 사회파 소설로도 읽힐 수 있는 이 작품은 오랜만에 책읽기의 몰입을 가져다주었다.

　그간 소설적 재미와 지적 정보를 얻을 수 있는 한국형 팩션이나 역사추리로 독자들의 반향을 불러일으킨 작품들은 꽤 있었지만, 이 소설은 그것을 넘어 한국의 추리문학, 나아가 한국문학에 하나의 이정표가 되리란 가능성과 기대를 가지게 해주었다. 이렇듯 소설 《한 방울의 물을 마르지 않게 하는 법》은 그간 영림카디널이 심혈을 기울여 발간해온 블랙캣 시리즈 5주년을 기념하는 작품으로 손색이 없다고 여겨 독자 여러분 앞에 선보이게 되었음을 밝힌다.

　이 지면을 통해 출판사와 아무런 인연이 없음에도 불구하고 작품만 보고서 추천의 글까지 써주신 문학평론가 이명원 씨와 박노자 교수에게도 깊은 감사의 말을 전하고 싶다. 모쪼록 독자들께서 《한 방울의 물을 마르지 않게 하는 법》을 통해 추리소설의 즐거움과 본격문학의 진지함을 동시에 얻으시기를 바란다.

2009년 초봄

梁 承 潤

발행인

한국 문학계에 배달된 속달우편

이명원(문학평론가)

작가의 이름도 알 수 없고 편집자와의 인연도 전무한 실정인데《한 방울의 물을 마르지 않게 하는 법》을 읽게 된 것은 우연이라면 우연이었다. 그런데 소설을 읽으면 읽을수록 이 작품을 쓴 작가에 대한 호기심이 더욱 깊어지는 것은 참으로 기묘한 일이었다.

이전에 한 번도 소설을 써본 경험이 없는 작가의 작품이라기에는 대단히 성숙한 지적 사고를 전개시키고 있을 뿐 아니라, 서사를 풀어내는 유려한 문체에 직면하고 보니 그런 생각이 깊어졌다. 더구나 이 소설은 근래의 한국소설에서는 대체로 성공하기 어려웠던 추리적 기법을 토대로 불가와 세속의 번다하기 짝이 없는 욕망과 권력을 둘러싼 쟁투를 매우 훌륭하게 형상화하고 있을 뿐만 아니라, 민중적 운명론과 습합된 불가의 시왕사상을 탁월한 비판적 시선으로 팽팽하게 이끌어내고 있었다.

물론 작품을 읽어 내려가면서 가령 움베르토 에코의《장미의 이름》이나 댄 브라운의《다빈치 코드》에서 볼 수 있는 '성배 찾기'와 유사한 서사구조를 취하고 있는 점에 주목하지 않은 것은 아니다. 그러나 이러한 서사구조의 유사성은 이 작품의 한계라기보다는 추리서사의 일반원리라는 점에서

9

오히려 탄탄한 소설적 역량을 돋보이게 만드는 요소라고 판단된다.

《한 방울의 물을 마르지 않게 하는 법》을 읽으면서 내가 생각한 것은 한국 주류문단의 습속과 완전히 무관한 지평에서 탄생한 이 작가의 소설세계가 범상치 않은 역량을 보여주면서, 한국소설의 폭넓은 대중성과 사상성을 용해시키는 과제도 높은 수준에서 달성할 수 있으리라는 가감 없는 기대와 희망이었다. 한 작가의 탄생은 이처럼 돌연한 동시에 예기치 않은 시간대에 도달하는 속달우편과 같은 것일까. 이제 독자들이 우편의 내용물을 개봉할 때다.

종교의 근원적 의미를 묻는 화두로서의 소설

박노자(노르웨이 오슬로대학 한국학과 교수)

　일반인에게는 한국 불교가 두 가지의 상반된 모습을 비추어준다. 한편으로는 석가탑과 다보탑, 원효와 지눌 등이 우리에게 '고상함' 그 자체로서 인식된다. 굳이 불자가 아니더라도, 불교가 한국의 고대, 중세 문화 형성에 결정적 역할을 했다는 걸 다들 인정한다. 그러나 또 한편으로는 잊을 만하면 꼭 다시 이야기되어지는 큰 사찰 주지스님 선거를 둘러싼 잡음, 조계사에서의 폭력적 대치, 불교 종단 내부와 각종 종단 사이의 갈등 등은, 일반인을 어리둥절케 한다. 불교만큼 오래되고 고상한 종교는, 과연 어떻게 해서 이러한 폭력을 발산할 수 있는가?

　모처럼 이해되어지지 않는 문제이지만, 이 소설은 우리에게 이러한 수수께끼를 풀 수 있는 몇 가지 '열쇠'들을 제공한다. 과연 한국 고대·중세의 위대한 불교문화는 석가모니의 본래 뜻에 충분히 부합됐는가? 왕권과 유착하여 우주적 질서에 대한 거대 담론의 생산에 치중한 화엄종이나, 하화중생을 멀리하고 자칫하면 하나의 '고급스러운 유희'로 전락될 수도 있는 '갑작스러운 깨달음'의 추구에 몰두한 선종의 행태는, 오히려 오늘날과 같은 불교의 추락을 가능케 만든 바탕이 된 것이 아니었을까? 약간 다르게 이

11

야기하자면, 민중보다 왕권을, 다수의 이고득락보다 소수의 현학적인 '깨달음 찾기'를 더 중시해온 전통에 대한 하등의 반성과 성찰이 없고 오직 '위대한 전통'을 내세우기만 하고 기복 신앙을 밑천 삼아 '기도 장사'에 열중하는 오늘날 한국 불교는 과연 부처님의 원래 뜻과 어떤 관계를 갖고 있는가?

《한 방울의 물을 마르지 않게 하는 법》은 초발심을 잃어 박제화, 화석화, 상업화된 불교에 대한 문제 제기를 넘어 우리에게 '종교'의 근본적 의미에 대한 화두를 던진다. 불교와 기독교 사이의 차이를 떠나서, 왜 이 땅의 모든 종교 조직에서 종교 논리보다 조직의 논리가 우선시되는가? 인간을 해방시켜야 하는 종교는, 인간을 구속시키는 자본주의와 유착돼 스스로 자본화되는 이유는 무엇인가? 작가가 제기하는 문제들을 직시하지 않으면, 한국 종교들에게 종교로서의 미래가 없을 것이다.

한 방울의 물을 마르지 않게 하는 법

| 차례 |

일시적인 모든 것은
일편의 비유에 불과하다.
이룰 수 없는 일이
여기선 실제의 일이 되고
이루 말하기 어려운 것이
여기선 이루어진다.

괴테,《파우스트》

제(提)

　달빛이 극락교 상판을 뽀얗게 애무하다 지쳐 계곡 아래로 떨어졌다. 떨어진 빛의 부스러기들은 반달모양 석교의 가랑이를 적시고 내려와 계곡물과 섞여 흘렀다. 달빛이 그려내는 밤의 풍광은 매혹적이었지만, 나는 석교의 두툼한 발목을 돌아 나오느라 숨결이 가빠져가는 물소리에 마음을 빼앗기고 있었다. 한발 한발 디딜 때마다 발을 타고 올라온 물소리는 한 걸음 한 걸음 뗄 때마다 눈앞에서 물방울처럼 흩어졌다. 그것은 계곡의 밤을 걷는 자에게 주어진 관음(觀音)이었다.

　극락교에 다다르자 석교의 등을 밟아 솔밭으로 건너 들어갔다. 솔밭에 놓인 커피자판기 앞에는 세 사람 정도가 앉을 수 있는 벤치들이 가지런히 줄을 맞추고 있었다. 벤치에 앉아 흙바닥에 떨어져 내린 솔잎들을 발로 휘저으며 장난을 치는 동안 계곡에선 바람이 불었고, 산문(山門)에서 일주문[1]까지 급하게 걸어오느라 젖었던 셔츠도 말라갔다.

　8월의 밤이고, 영락사(永樂寺)였다.

　부산에서 차로 한 시간 거리에 있는 영락사는 두터운 산줄기와 명징한 계곡에 둘러싸인 곳이었다. 영락사 계곡을 찾은 것이 몇 살 때부터던가. 나를 안고 계곡물에 몸은 담근 채 웃고 있는 어머니의 사진을 보지 않았던들

---

1) 一柱門 : 기둥(柱)이 하나(一)인 문(門)이란 뜻으로 사찰의 현관에 해당한다. 일주란 산란한 마음을 하나로 모으라는 상징적 의미이다.

기억이나 할 수 있을까. 영락사 계곡은 내 어린 시절과 함께 흘렀다. 그러나 개발에 맛을 들인 인간들이 산을 손대기 시작하면서 영락사의 젖줄은 말라 비틀어져 갔다. 물이 빠져나간 만큼 계곡을 찾는 이도 줄었지만, 수량은 좀처럼 회복되지 않았다. 그래서일까. 아직도 그럴듯한 영락사 계곡의 풍광보다는 애옥한 물길이 내는 상처 입은 소리에 마음이 더 가는지도 모른다. 살아남아 흐르는 그 물소리에 어린 시절처럼 가슴이 환하게 뛰는 것도 어쩔 수 없는 일이고.

계곡이 바닥을 보이기 전인 고등학생시절, 여름이면 몸 구석구석에서 들끓던 젊음을 발산하기 위해 친구들과 영락사 계곡을 찾곤 했다. 여학생을 꼬여내는 일에 젬병이었던 우리는 모닥불 주위에 둘러앉아 소주를 들이키거나 〈아침이슬〉, 〈솔아, 솔아, 푸르른 솔아〉 같은 노래를 구슬프게 토해내는 것으로 더운 피를 식혀야 했다. 하지만 푸르른 솔이 아름다운 그곳에서 긴 밤 지새워 봐도 발길이 닿지 않던 영역이 있었다. 바로 일주문 너머의 세상. 머리 깎은 사람들이 회색 옷을 입고 죽은 듯 기거하는 그곳은, 천방지축 젊음들이 기웃거리기엔 너무 엄숙하고 말쑥한 세상이었다. 하지만 내겐 영락사에 들어갈 수 없는 또 다른 이유가 있었다. 가끔 눈길이 천왕문[2] 기왓장에 닿을 때마다 옛 기억이 되살아나 황급히 시선을 거둬야 했다. 기억하고 싶지 않은 그 일은 1980년 5월에 일어났다.

어머니는 어느 날 아버지와 나를 이끌고 계곡의 신나는 물놀이를 버린 채, 숨 막히는 화장장엄[3]의 세계로 홀쩍 귀순해버렸다. 어머니가 불교를 신앙 한 후 처음 맞는 초파일이었다. 어머니의 손에 이끌려 일주문을 넘어 천왕문에 이르자 컴컴한 어둠이 나를 맞이했다.

---

2) 天王門 : 인도의 토속신이었다가 불교에 융화된 지국(持國), 광목(廣目), 증장(增長), 다문(多聞)의 사대천왕을 모신 건물. 각 왕들은 동서남북의 방위를 나타내며 사찰의 수문장 역할을 한다.
3) 華藏莊嚴 : 부처가 상주하는 거룩한 정토.

지옥. 그 빌어먹을 지옥이 어떻게 생겨먹은 곳인지 알게 된 것은 다섯 살 때 증조할머니의 사십구재를 모신 대처승 사찰의 지옥도를 보고서였지만, 지옥을 겪은 것은 영락사 천왕문에서였다. 5월의 광명을 다 집어삼킨 듯 어둑하고 냉랭한 전각 안에는 한눈에도 박히는 흉측한 괴물들이 버티고 앉아 있었다. 일어서면 천장을 뚫을 것 같은 몸집과 뒤통수를 후려치면 쏟아질 것 같은 눈깔, 섬뜩한 칼과 창으로 보아 그들은 결코 착한 이일 순 없었다. 그런데도 전각 안의 사람들은 도망치기는커녕 알 수 없는 말들을 중얼거리며 괴물들에게 경건하게 머리를 조아렸다.

　"저게 먼데?"

　나는 괴물들의 험악한 인상을 곁눈으로 훑으며 어머니에게 물었다.

　"저게가 아니고 사천왕님이다."

　"좋은 사람이가?"

　"그래, 부처님하고 절을 지키는 좋은 분들이지."

　설명을 들어봐도 형상이 주는 공포는 사라지지 않았다. 이름이야 어떻든 간에 그것들은, 아니 사천왕님은 조금이라도 수틀리면 앞에 쳐진 부실한 나무살을 부수고 나와 죄 없는 사람들의 목을 날리거나 무시무시한 발로 으깨어버릴 것만 같았다. 본능과 직감은 아버지 다리에 악착같이 달라붙어 있을 것을 지시했다. 비록 아버지의 몸이 그것들의 발아래 처참하게 깔려 있던 나무인형만큼 작아 보이긴 했지만 말이다. 그러나 아버지는 그것들이 보란 듯 날 떼어내더니 "인호야, 니도 절해야지" 하며 내 가슴을 찢었다. 나는 배신감에 휩싸여 곧바로 어머니에게 갔다. 어머니는 한술 더 떴다.

　"야가, 참말로 와이라노. 밖에만 나오면 행사가 나빠지네. 얼릉 절 안 하나?"

　저것들이 대체 무엇이기에 어머니는 악당판별법에 능통한 아들을 나쁜 아이로 몰아세우는 것일까? 어른들은 왜 알지 못할까, 진짜 나쁜 놈들을?

어머니의 거듭되는 채근에 눈물이 핑 돌았지만 나는 끝까지 절하지 않고 버텨냈다. 왜냐면 난 인류의 정의와 지구의 평화를 지키는 로봇들의 '어린이 친구들' 중 한 명이었으니까.

절은 인자하고 자비로운 부처님이 계신 곳이라던데, 왜 지옥의 대마왕들이 떡 하니 통행을 방해하고 있을까? 그렇다면….

금빛 찬란한 부처님도 화려한 모자를 쓴 보살님도 다 같이 미웠다. 그들도 똑같다. 아수라 백작이다, 알렉터다. 다시는 절에 안 온다. 나는 천왕문의 어둠에 갇혀 다짐하고 다짐했다.

그러나 잠시 후면 난 일주문을 스스럼없이 통과할 것이고, 천왕문을 지날 때는 속도 없이 사천왕에게 합장반배를 올릴 것이다. 지금 할 수 있는 일이라곤 사천왕들의 별다른 해명도 듣지 못하고 빨리 화해하기를 종용한 어둑한 비굴함과 분기(憤氣)를 지탱하기엔 무르고 쇠락했다는 씁쓸함을 어금니 사이에 어정쩡하게 접어두는 것뿐이었다. 인간은 같은 계곡 물에 몸을 두 번 담글 수 없다던 고집불통 희랍영감[4]의 말이 틀리지 않은 것이다.

불가(佛家)선 일주문 안쪽이 극락정토고 밖은 사바[5]의 지옥이라는데….

계곡물은 미묘한 설법처럼 웅얼대며 흘렀고, 달빛은 여전히 보살처럼 석교의 상판을 어루만지는 중이었다. 멀지 않은 곳에서 들리는 소쩍새의 울음 속에서 솔 향이 묻어 나왔다. 습습한 계곡의 밤이 익어갈 무렵, 사바가 극락이 되는 것을 시기한 모기들이 땀내를 맡고 어지럽게 덤벼들었다. 나는 엉덩이를 탁탁 털고는 다리 건너 일주문을 향해 휘적휘적 걸어갔다.

---

4) 헤라클레이토스(Herakleitos) : 고대 그리스 철학자로 세상에서 변하지 않는 사실은 모든 것이 변한다는 사실뿐이라는 만물유전(萬物流轉)을 주장했다.
5) 娑婆 : 고통의 인간세계.

첫째 날

1

똑또로로록, 똑또로로록, 똑똑똑똑, 따악따악따악따악….

가물거리던 목탁소리가 머리맡을 맴돌다 골 안으로 찌르르 파고들었다.

엇!

반사적으로 몸을 일으키긴 했지만 눈알은 모래 긴 톱니바퀴처럼 서걱거렸다. 어젯밤 불 꺼진 객사로 들어와 조용히 몸을 눕혔을 때 누군가 드르렁거리며 들척지근한 방 공기를 단꿈으로 치환하는 코골이에 예민해져 늦게까지 잠들지 못했기 때문이었다. 주위를 둘러보니 다섯이 발 뻗고도 남을 것 같은 휑뎅그렁한 회색 공간 안쪽에는, 수련회 사람들로 방이 다 차는 바람에 한 방을 쓰게 된 시커먼 남자 둘이 엎어지고 뒤집어져 쌕쌕거리며 자고 있었다.

다리는 이불 속에 묻은 채 팔과 허리만 길게 뽑아 방문을 조금 열어젖혔다. 문틈 사이로 하루를 열기에는 부담스런 어둠이 쏟아져 들어왔다. 그러나 매정한 목탁소리는 사찰의 하루가 시작되었음을 도도하게 선언하며 관음전⁶⁾ 쪽으로 옮아가고 있었다. 이대로 일어나기엔 억울하다는 생각에 다시 포근한 이불 속으로 얼굴을 집어넣으려는 찰나 머리맡에 있던 핸드폰의 알람이 찢어지듯 울렸다. 서둘러 소리를 죽인 뒤 거슬릴 만큼 환하게 발광하는 액정화면을 바라보았다.

'2:45 AM'

아라비아숫자가 심어주는 현실감에 마지못해 바지를 주섬주섬 꿰어 입고는 자리에 앉았다. 그러는 동안에도 여전히 태평스런 잠에 빠져 있는 사내들을 바라보니 한숨과 함께 질투가 슬그머니 일었다. 불면과 악몽을 간

---

6) 觀音殿 : 중생의 애원과 기구를 관(觀)해서 중생을 구제하는 관세음보살을 모신 전각.

단(間斷)없이 오가는 나에 비해, 그들은 죽은 자도 일으킬 만큼 쩌렁거리는 목탁소리와 찢어지듯 울리는 알람소리를 귓등으로 흘려버릴 수 있는 잠귀를 지녔으니, 적어도 생의 절반에 해당하는 시간만큼의 행복은 허락된 사람들이었다. 그사이 멀어졌던 목탁소리가 다시 가까워지더니 똑, 똑, 똑또로로로, 세 번의 마무리와 함께 잠잠해졌다. 문득 홍제스님이 해준 이야기가 떠올랐다.

'영락사에 있을 때 중 되겠다고 들어온 젊은 거사가 있었는데, 스님들이 보니까 중 될 상은 아닌 기라. 눈동자에 신기(神氣)가 가득했다 카데. 여튼 안 된다 케도 원캉 고집을 피우길래 행자[7]로 받아 준 모양이라. 이노마한테 도량석[8]을 시켰는데 멀쩡하게 잘 돌아 댕기다가 대웅전[9] 뒤만 돌아가면 목탁소리가 끊어져. 이상해서 가보면 거품을 물고 허연 눈을 뒤집고 있는 기라. 몇 번을 그라더니 지가 못 견디겠는지 말도 없이 사라지데.'

귀신이 인간을 부처에게 귀의하지 못하게 말렸든 부처가 귀신 든 인간을 내쳤든, 그리 아름답지 못한 이야기가 절간을 떠돌아다니는 것은 상관할 바 아니었지만, 조금 전 객사 방문 앞에서 유난히 오래, 그리고 독하게 목탁을 쳐대던 심술궂은 승려가 대웅전 뒤에서 거품을 물고 쓰러지지 않은 것은 유감이라면 유감이었다.

시계를 보니 시간은 체감보다 빨리 흐르고 있었다. 지금 나선다 해도 정한 시간까지 홍제굴(弘濟窟)에 닿으려면 늦은 출발이었다. 이불을 개켜 방구

---

7) 行者 : 사미계를 받기 전, 절의 허드렛일을 하며 불도를 닦는 이.
8) 道場釋 : 새벽예불 전, 잠든 대중을 깨우고 밤새 깃든 사찰의 어둠과 부정(不淨)을 몰아내기 위해 목탁을 두드리며 경내를 도는 의식.
9) 大雄殿 : 석가모니를 모신 전각. 큰 영웅(大雄)이 사는 집이라 해서 대웅전이라 부른다.

석에 밀어놓고는 배낭을 메고 방을 나섰다.

절 마당에는 수련회복을 입은 사람들이 목에 수건을 두르고 요사와 수각장[10]을 들락거리고 있었다. 나는 그들과 마주치지 않으려 자동차를 들이기 위해 담장을 끊어놓은 설법전(說法殿) 아래 출입구로 향했다. 출입구 담장을 통과하자마자 척척한 습기가 목덜미를 휘감아왔다. 밤새 소나기라도 내렸는지 땅은 질었고 계곡의 물소리는 다급해져 있었다. 셔츠 깃을 세워 목을 감싼 뒤 '일반인통제구역'이라 쓰인 입표지판을 무시한 채 계곡을 왼쪽으로 끼고 산을 향해 걸어 올랐다.

가파른 경사가 시작되는 산언저리는 온통 철망으로 둘러져 입산을 거부하고 있었다. 10여 년 전 영락사와 주변 암자를 잇는 도로가 생겨나면서 걸어서 넘나들었던 옛길은 막아놓은 것이다. 산림보호를 위해 차나 타고 다니라는 거룩한 뜻이었다. 차도 없을 뿐더러 그 뜻에 선뜻 동의할 수 없는 나는 상수리나무 군락 옆으로 표 나지 않게 끊어져 있는 철망을 젖혀 몸을 빼낸 다음 가던 길을 계속했다. 잡목 숲 사이에 숨은 좁다란 길이 하얗게 드러날 무렵, 아침예불을 알리는 종소리가 무명(無明)을 몰아내며 산을 흔들었다. 일정한 간격으로 들려오는 범종소리를 호위신장(護衛神將)으로 삼아 잰걸음으로 20분만 오르면 홍제굴에 도착할 터였다.

그러나 비 내린 산길은 고역이었다. 바지 아랫단이 젖은 흙과 살을 부비는 것은 그렇다 치더라도, 잠든 새들이 내 기척에 놀라 푸드덕거리며 날아오르는 바람에 나뭇잎에 맺혀 있던 빗물을 죄 뒤집어쓰는 것은 견디기 쉽지 않았다. 하지만 별다른 방법이 있는 것도 아니어서 머리와 어깨에 떨어진 물방울들을 연신 털어내며 흙이 찐득하게 들러붙어 무거워진 신발을 부지런히 움직여 산을 오르고 올랐다. 빨치산 같은 몰골로 가파른 숲길을 빠

---

10) 水閣場: 빨래와 세수를 동시에 할 수 있는 장소를 지칭하는 절집 용어.

겨나오자 시야가 툭 터지며 별이 잔뜩 박힌 검은 하늘이 드러났다. 평평한 절벽 끝에 아슬아슬하게 얹힌 듬직한 덩치의 너럭바위에 성큼 올라서서 아래를 내려다보았다. 영락사 전각과 요사에서 새어나오는 불빛들이 칠흑 속에서 깜빡이고 있었다. 일주문 왼쪽 기둥에 걸린 해강 김규진(海岡 金圭鎭)의 '해동대찰(海東大刹)'이란 주련(柱聯)이 무색하게도 영락사는 인형의 집에 전구를 밝힌 듯 소담스러웠다. 고개를 들자 영산(靈山) 시내를 뒤덮고 있는 주황색 불빛들이 인간의 시계(視界)로는 감당할 수 없을 만큼 드넓게 펼쳐졌다.

풍경을 토막 내 파노라마 사진처럼 이어붙이는 짓이 무료해질 때쯤 바위에서 내려와 스님의 거처로 향했다. 오른쪽으로 비스듬히 굽은 대숲 길 끝자락에 있는 홍제굴이 눈에 들어왔다. 그러나 나를 반긴 것은 의례히 환하게 새어나오는 홍제굴의 불빛이 아니라, 어둠에 묻혀 있는 기와의 칙칙함이었다.

아직 주무시는 것일까?

대나무로 엮어진 담장 문을 밀치고 토굴로 들어섰다.

"스님. 홍제스님."

나지막하게 스님을 불렀지만 방안에선 어떤 기척이나 반응도 없었다.

"홍제스님. 저 왔습니다."

목소리는 응답을 받지 못한 채 어둠 속에서 신산하게 흩어졌다. 발아래를 살피니 섬돌이 휑하니 비어 있었다. 툇마루를 무릎으로 찧은 채 방문을 젖히자 괴괴한 정적만이 빈 방의 주인노릇을 하고 있었다.

어디를 가셨을까. 항상 이 시간이면 깨어 선정(禪定)에 드시거나 경전을 읽으시는 분인데.

툇마루에 앉아 신발과 바지에 엉겨 붙은 흙을 털어낸 후 방으로 들어섰다. 불을 켜자 황토색 방석 하나가 방 가운데에서 덩그러니 자리를 차지하

고 있었고, 앙증맞은 연두색 다기들이 놓인 원목 다탁과 경전이 펼쳐진 흑
갈색 서안은 벽 쪽으로 밀려나 나란히 붙어 있었다. 배낭에서 보고서와 루
페[11], 디지털 카메라를 꺼내 서안 위에 올려놓고 땀과 빗물로 축축해진 윗
옷을 벗어 바닥에 펼쳤다. 뜨거워진 등을 황토벽에 식히며 기지개를 켜는
순간 맞은편 벽에 걸린 그림 한 점이 눈에 들어왔다. 우윳빛 한지로 도배된
벽 중앙에는 못 보던 묵화 한 점이 어색하게 매달려 있었다. 허리를 감고 올
라오는 황토의 서늘함을 만끽하며 늘어진 자세로 그림을 슬쩍 훑었다. 피
라미 댓 마리를 심심하게 툭툭 찍어서 붓 맛을 살린 그림이었다. 그러나 큼
직하게 '삼여도(三餘圖)'라 화제(畵題)를 쓰고는 피라미를 세 마리보다 더 그
린 것을 보니 피식 웃음이 나왔다. 주변사람들에게 자신의 그림을 나눠주
지 않고는 못 배기는 아마추어가 스님에게 선물을 한 모양인데 당장 떼어
내 아궁이에 처넣어야 할 그림이었다. 이런 그림을 버젓이 붙여 놓으시는
것을 보니 스님도 늙으신 걸까. 살처럼 빠르게 흘러간 지난 세월을 곱씹으
며 기다린 지 30분이 흘렀지만, 스님은 감감 무소식이었다. 지루함과 편안
함이 교차되면서 졸음이 슬슬 눈꺼풀을 타고 내려왔다. 주인 없는 방에 객
홀로 드러눕기가 뭣해 오므린 무릎을 팔로 감싸 안고 그 사이로 고개를 파
묻었다.

얼마쯤 지났을까. 비몽사몽간에 부엌에서 덜그렁거리는 소리가 들리더
니 누군가 방문을 열고 쓰윽 들어섰다. 나는 놀라 화닥닥 자세를 고쳐 일어
났다. 흥건하게 흐른 입가의 침을 닦으며 올려다보니 홍제스님이 빙그레
웃으며 서있었다.

"아, 스님… 많이 기다렸습니다. 어딜 다녀오시는 겁니까?"

---

11) Lupe : 그림을 세밀하게 관찰하기 위해 사용하는 확대경.

홍제스님은 대답 대신 벽장으로 다가가서 크고 긴 화통 하나를 꺼냈다. 그것은 내게 맡겨진 숙제였다.

2

스님이 벽장에서 꺼낸 화통을 보는 순간 잠은 달아나 있었다.

이번에는 어떤 그림일까?

침이 말라버린 목젖을 타고 깔깔하게 넘어갔다. 스님에게 화통을 넘겨받고는 가늘게 꼬아진 종이끈을 잡아당겼다. 느슨하게 말려 있던 그림을 바닥에 펼치자 오묘한 색감과 함께 그림에서 풀려나온 미세한 입자들이 들큼한 냄새를 풍기며 방 안을 유영했다. 나는 재빨리, 그러나 덤벙대지 않으려 애쓰며 그림을 일별했다.

화면중앙에는 면류관을 쓴 푸른 수염의 왕이 근엄하게 앉았고, 양옆으로는 실무를 처리하는 관리와 사자, 왕의 시중을 들고 있는 천녀와 동자가 시립해 있었다. 화면 하단으로는 우두(牛頭)와 마면(馬面)을 한 옥졸들이 상체가 벗겨진 죄인들을 끌고 와 고문을 가하고 있었고, 차례를 기다리는 죄인들은 피폐한 몰골로 눈을 샐쭉거리며 형장에 널브러져 있었다. 망자들이 지옥의 시왕 앞에 끌려와 심판을 받는 지옥도였다. 그러나 그림은 독특한 구석이 있었다. 구도의 경직성과 진채[12]로 보아 17~18세기의 경상도 불화 계보의 언저리에 있는 작품 같았지만, 도상학적 규칙은 아슬아슬한 선을 넘나들고 있었다.

---

12) 眞彩 : 물감을 여러 번 겹쳐 발라 두껍게 채색하는 방법.

탁자 위에 놓인 술병과 왕의 손에 들린 잔. 꽤나 퍼마신 듯 불콰한 왕의 얼굴빛. 공평무사의 엄정함 대신 왕의 눈을 피해 삼삼오오 짝을 지어 시시덕거리는 관리와 사자들. 고관대작의 품에 안긴 첩처럼 농염하고 영악한 자태를 드러내는 천녀. 있어야 할 사람들은 다 있었지만, 누구 하나 번듯한 인물은 보이지 않았다.

하지만 활달하고 빼어난 필선과 웅혼한 색감은 그린이의 재능을 의심케 하지 않았다. 분명 뜻이 있어 이렇게 그린 것이란 확신이 들었다. 대체 어떤 거장이 그린 것일까? 얼른 그림의 최하단을 살폈으나 화기(畵記)는 이미 훼손이 진척된 상태였다. 루페를 통해 화기에 남아 있는 희미한 글자들을 판독하려 했지만 마모와 박락이 심해 화사(畵師)를 알아내는 것은 불가능했다. 가슴 깊은 곳에서부터 한숨이 올라왔다. 화기가 상실된 그림만큼 불화를 전공하는 학인을 두렵게 만드는 것이 있을까. 그림의 연대와 화사를 추적하기 위해 또 얼마나 많은 초본들과 대조해가며 밤을 새워야 할까. 그러고도 '이 시기의, 이 화사의 작품이다' 라고 확언 할 수 없는 추정의 곤욕스러움이라니….

그때 구석에 조용히 좌정해 있던 홍제스님이 일어나더니 방문을 열고 나가는 것이 보였다. 급하게 해야 할 일을 떠올린 것마냥 서두르는 기색이었지만, 나는 그림 생각을 하느라 별다른 신경을 쓰지 않았다. 그러나 얼마 지나지 않아 뒤통수가 뜨끔거렸다. 문틈으로 어떤 시선이 나를 응시하는 것 같아 돌아보니 마당에 홍제스님이 우두커니 서 있었다.

"스님, 거기서 왜 그러십니까?"

스님은 대답 대신 손을 흔들었다. 잘 가란 인사 같기도 하고 어서 나오란 수신호 같기도 한. 나는 마지못해 그림을 물리고 자리에서 일어섰다. 내가 마당에 내려서는 것을 본 스님은 이내 부엌으로 들어가 버렸다. 묘한 서늘함에 부엌으로 따라가 보니, 스님은 펄펄 끓는 물이 가득 찬 솥 안을 손가락으로 가리키고 있었다.

밥을 지으라는 소릴까.

밥을 안치고 국을 끓이기에는 물이 과했다. 뜻하지 않게 그림보기를 방해받은 데다 도통 헤아릴 수 없는 스님의 행동에 짜증이 일었다.

"스님, 뭐 하시려고요?"

스님은 괘념치 않는다는 듯 빙긋 웃더니 펄펄 끓는 물속으로 왼발을 가만히 집어넣었다. 그러자 솥은 기다렸다는 듯 스님을 호로록 빨아들였고, 정수리까지 물에 잠기자 솥뚜껑이 저절로 스르렁 닫혔다.

억!

목도의 충격에 기혈이 막히고 억장이 무너졌지만, 스님을 구해야 한다는 일념으로 돌덩이를 매단 것 같은 다리를 겨우겨우 쥐어짜 화덕으로 다가섰다. 아궁이에서 솟아난 불길은 솥 주변을 맹렬히 휘감아 올랐다. 급한 김에 셔츠를 벗어 손에 친친 감은 뒤 불길 속으로 손을 뻗어 손잡이를 움켜쥐고는 뚜껑을 홱 열어젖혔다. 순간 솥 안에서 하얗고 뜨거운 김이 확 빠져나오며 눈을 덮쳐왔다. 나는 재빨리 고개를 돌려 눈을 두 손으로 감싸 쥐었다. 그러나 이상하게도 사방이 점점 환해져 가면서 눈알이 덴 것처럼 화끈화끈 아려왔다.

아아악!

참기 힘든 아픔과 두려움에 소리를 내지르며 눈을 떴다. 어느새 나는 방 가운데 방석을 베고 큰 대자로 누워 있었고, 젖혀진 방문 틈으로 햇살이 비집고 들어와 눈알을 따끔따끔 쪼고 있었다. 깨어나며 내지른 쉬어빠진 비명이 흉측하게 귓전에서 윙윙거렸다. 행여 스님이 이 꼴을 지켜본 건 아닌가 싶어 몸을 벌떡 일으켰다. 그러나 스님은 없었고 다녀간 흔적도 보이지 않았다. 배낭 안에 처박아둔 핸드폰을 꺼내보니 시간은 오전 7시를 막 넘기

고 있었다. 세 시간을 곤하게 잔 것이다. 진동으로 해놓은 핸드폰에는 부재
중통화기록 세 개가 남겨져 있었다. 현담에게 걸려온 전화였다. 핸드폰이
잘 터지지 않는 이곳에서 세 번의 기록이 남겨지려면…. 현담의 질책이 눈
에 선했다.

그런데 스님은 어디서 뭘 하시느라 돌아오시지 않는 걸까? 혹시 방문을
열어보고는 자리를 피하신 것일까? 그렇다면 스님은 아마….

신발을 꺾어 신은 채 허겁지겁 대숲을 건너 절벽으로 달려갔다. 그러나
스님이 앉아 계셔야 할 절벽의 너럭바위는 머리에 허공만 이고 있었다. 터
덜거리는 발걸음으로 돌아와 홍제굴 마당에 들어서자 빠끔히 열린 부엌문
부터 눈에 들어왔다.

원래부터 열려져 있었던가?

부엌으로 다가가 오른발을 문턱에 걸친 채 고개만 들이밀어 안을 둘러보
았다. 내려앉을 것 같은 찬장이며 차갑게 식어 있는 아궁이, 한쪽에 곱게 쌓
은 장작과 벽에 기대어 놓은 밥상은 늘 보던 모습 그대로였다. 그러나 화덕
위에 얌전히 걸린 가마솥이 이상하게 눈에 거슬렸다.

혹시….

부엌으로 들어가 비장한 자세로 화덕 앞에 섰다. 솥뚜껑의 손잡이를 잡
으려는 순간 손이 멈칫거렸다. 허리를 굽혀 아궁이를 살폈지만, 아궁이에
는 자그마한 불잉걸도 남아 있지 않았다. 솥을 손끝으로 툭툭 건드려 뜨겁
지 않은 것을 재차 확인한 후에야 손잡이를 잡고 뚜껑을 천천히 옆으로 밀
었다. 솥은 끄르렁 둔탁한 소리를 내며 속을 드러냈다. 불길한 상상을 비웃
기라도 하듯 솥 안에는 한 컵 가량의 맑은 물만 바닥을 적시며 찰랑이고 있
었다. 하지만 물 아래에 비치는 시커먼 솥바닥을 보는 순간 봐서는 안 될 금
기의 심연을 들여다본 것 같은 께름칙함에 몸이 부르르 떨려왔다.

3

홍제스님을 만나지 못하고 영락사로 내려왔을 때는 아침 공양시간을 훌쩍 넘긴 9시였다. 객사의 방문을 여니 자던 남자들은 보이지 않고 작은 쪽지만 바닥에 놓여 있었다.

현 거사[13]님, 메모를 보는 즉시 종무소로 오세요. ─ 현담

종이를 꾸깃꾸깃 접으며 천왕문 모롱이를 돌아 종무소로 향했다. 단청을 입히지 않은 공포(栱包)와 맞배지붕 탓에 담박하게 보이는 종무소 문을 열고 들어서자 현담이 다가와 미간을 찌푸리며 말했다.

"아침공양도 하지 않고 어딜 갔다 온 겁니까?"

현담은 옆에 있는 스님들 때문에 존대는 했지만 표정까진 어찌 할 수 없는 모양이었다.

"지금 몇 시예요? 오전 9시 반에 강의가 있다는 걸 잊은 겁니까?"

"아닙니다."

홍제스님을 만나기 위해 한 달에 한두 번꼴로 영락사에 머물곤 했던 전과 달리 이번 방문은 현담의 요청에 의해 이루어졌다. 그가 일주일 전 전화로 부탁한 내용은 대략 이랬다.

'다음 주 절에서 여름산사수련회가 열린다. 이틀만 내려와서 도와다오. 하루에 두 시간이면 돼. 첫날은 경내의 유물을 설명하고, 다음날은 성보박물관 가이드를 해주고.'

---

13) 居士 : 유마거사와 같이 출가하지 않은 남자 중 깨달음을 얻은 이를 높여 부르는 이름. 절집에서 남자신도를 부를 때는 거사보다 초야에 묻힌 유생을 지칭하는 처사(處士)란 말이 자주 쓰인다.

나는 고민 끝에 그러겠노라 했다. 사람들 앞에 선다는 것이 썩 내키는 일은 아니었지만, 마침 그날이 홍제굴을 찾는 날과 겹쳤고 그간 신세졌던 영락사에 빚을 갚는다는 기분으로 승낙한 일이었다.

"어딜 갔다 온 겁니까?"

"일이 있어서 잠시 나갔다 왔습니다."

"내가 전화를 몇 통이나 한 줄 알아요? 사람은 걱정하는데 원, 연락도 안 해주고…."

"죄송합니다."

"배는 안 고파요? 힘이 없어서 강의나 제대로 하겠나."

말이 끝나기도 전에 그의 얼굴은 풀려 있었다. 신실한 성직자들이 속세의 사람들과 비교되는 한 가지가 감정의 운용이었다. 그들은 불쾌하거나 즐거운 감정을 재빨리 평상심으로 전환하는 훈련된 순발력을 지니고 있었다. 설령 그것이 실제적인 평온의 회복이 아니라 해도 그렇게 보이도록 하는 것에는 기민한 편이었다.

"괜찮습니다. 그런데 홍제스님이 어디 계신지 아십니까?"

"토굴에 계시겠죠. 왜요?"

"새벽에 갔는데 안 계시더군요."

"잘 모르겠네. 약속이 있었습니까?"

"네."

"급한 일로 출타하신 모양이죠. 그건 그렇고, 10분 전입니다. 나가 봅시다."

그의 신경은 온통 잠시 후에 있을 강의에 쏠려 있었다. 그가 서두르는 바람에 스님이 가셨을 만한 곳을 물어보는 것은 접어야 했다. 현담의 조신한 발걸음을 좇아 설법전으로 향하는 동안 묵혀놓았던 자조가 고개를 쳐들었다. 세상을 피해 살아온 지 한 해가 다 되어가는 마당에 강의라니. 보고서를 쓰는 틈틈이 없는 짬을 내가며 준비한 강의였지만, 막상 사람들 앞에 설 시간이 다가오니 이물감이 꾸역꾸역 들어찼다. 영락사 부처님께 빚을 갚는 하고많은 방법 중에 강의를 택한 것은 경솔한 결정이었고, 준비한 강의는 영락사에 빚을 갚기는커녕 뭇매나 맞고 쫓겨나지 않으면 다행일 내용이었다.

설법전 벽에 붙은 7단 신발장은 수련회 사람들이 가져온 흰 고무신들로 그득하게 채워져 있었다. 신발들을 보는 순간 당장이라도 현담의 반들거리는 뒤통수를 한 방 까고는 내빼버리고 싶었다. 적어도 그게 수많은 사람들 앞에서 강의를 펼치는 것보단 이지적인 행동임이 분명했다. 한숨을 토하는 내게 현담이 물었다.

"간만이라 긴장 되나보군."

"아무래도… 조금만 기다려봐."

숨을 크게 들이마셨다 내쉬기를 몇 차례 반복하자 울렁거리는 가슴이 조금씩 가라앉았다. 문자가 내린 신성한 빛으로 살아왔음을 자부하는 내가 결정적인 순간에 의지하고 있는 것이 원초적인 숨쉬기라니. 밑줄까지 쳐놓고 외우고 읽었던 말들은 대체 어디로 사라지고 콧구멍으로 드나드는 공기나 조율하며 마음을 진정시켜야 할까 생각하니 강의를 정말로 포기하고 싶어졌다. 그러나 문자를 오랫동안 탐해온 자의 아만(我慢)과 뻗대기는 절박한 참회와 진실한 포기의 순간에도 빠져나갈 탈출로를 마련해두고 있었다. 내가 사람들에게 전하려는 것은 허황된 계시가 아닌 성실한 계몽이고, 저급한 신화가 아닌 기록에 의한 실화라는 이유를 대며 앎으로 자신을 구제하고 타인을 구제하고 마지막으로 세상도 구제하리란 성찰 없는 희망과 알량한 허영에 마취되길 바랐다. 현담은 원망스럽게도 묵묵히 뒷짐을 지고 내가 간악한 방법으로 스스로를 속일 수 있는 시간을 벌어주고 있었다.

잠시 후, 내가 고개를 끄덕거리자 현담은 신발을 벗고 법당으로 들어섰다. 얼핏 보기에도 백을 헤아리는 사람들이 법당을 채우고 있었다. 현담이 설법전 안으로 들어서자 웅성거리던 소리는 스위치를 내린 듯 일시에 뚝 끊어졌다. 텅 빈 불단[14]의 왼편으로는 보살들이, 오른편은 거사들이 자리를 잡고 있었는데 머리가 새어가는 어르신부터 갓 대학에 들어간 홍안까지 골고루 섞여 있었다.

현담이 불단 앞에 서자 사람들은 앉은 채로 절을 올렸고 손을 모아 절을 받은 현담은 나를 옆에 세우고는 말을 꺼냈다.

"수련회의 전각과 유물안내는 작년까지 스님들이 하셨습니다만, 영락사에는 귀중한 유물도 많고 요즘 수련회에 참석하는 분들의 수준도 높아져서 올해부터 불교미술을 전공하는 선생님 한 분을 모셨습니다. 영락사를 제대로 아는 것도 수행의 하나라 생각하시고 열심히 들으시길 바랍니다."

말을 마친 현담은 내게 사람들과 인사하라는 눈짓을 보냈다. 나는 숫기 없이 앞으로 나섰다.

"현인호라고 합니다. 어… 제가 이 자리에 선 이유는… 어… 그러니까 저는 어… 여러분이 스님들에게 들을 수 없는 영락사의 이야기를 하려고 이 자리에 섰습니다."

사람들 사이에서 키득거리는 웃음이 새어나왔다.

"출강하시는가요?"

누군가의 입에서 이력을 까보라는 말이 나왔다.

"아… 아뇨. 그냥 백수입니다."

사람들은 술렁거렸고 현담은 나를 쏘아보았다. 사람들의 동요가 커지자 현담이 끼어들었다.

"불교회화 박사과정에 있는 분입니다. 강의도 나가고."

---

14) 석가의 진신사리를 모시는 사찰에서는 석가를 주존으로 모시는 법당(대웅전, 설법전)에 불상을 안치하지 않는다.

현담의 말은 사태를 아퀴 지으려는 선의였지만 시제는 맞지 않았다. 정확히 말하면 박사과정에 '있는'이 아니라 '있었던'이고, 강의에 '나가고'가 아니라 '나갔던'이어야 했다. 현담의 수습은 소용이 없어 보였다. 여기저기서 질문이 터져 나왔다.

"어느 대학이오?"

"박사 몇 학기입니까?"

"왜 백수라고 하세요?"

쏟아지는 질문이 숨통을 물어뜯었다.

가르침과 배움의 세계는 실력이 통하는 곳인가? 아마 그럴지도 모른다. 하지만 주로 사람들은 가르치는 자가 어느 대학 출신이고, 외국 어디에서 학위를 땄고, 지금 어떤 자리에 앉아 있는가 하는 것으로 실력을 가늠한다. 가르치겠다고 나선 자는 출신과 경력으로 강한 인상을 심어주지 못하면 고전을 면치 못한다. 출발부터 틀렸다. 이 일을 떠맡는다고 할 때부터 발등을 제대로 찍은 셈이다. 이제부터의 시간은 멀쩡한 양복 한 벌 빼입고 두어 시간 동안 학생들에게 강의란 형식의 말랑거리는 사기를 치는 것과는 질적으로 다른 경험이 되리란 것을 직감했다. 젊은 승복을 입은 자의 권위만 통용되는 곳이다. 이런 곳에 청바지를 입고 와서 백수라고까지 했으니… 알몸이다. 그러나 한편으론 홀가분하기도 했다.

"잡다한 질문으로 시간을 낭비하실 셈입니까. 선생님 이야기부터 들어봅시다."

당황한 현담이 준엄한 목소리로 대중들의 입을 막자 사람들은 잠시 조용해졌다. 나는 그 틈을 이용해 의심스런 눈초리로 바라보는 사람들에게 질문을 던지며 강의를 시작했다.

"저 그럼… 영락사가 왜 6대 적멸보궁에 속하는 줄 아십니까?"

"그야, 석가모니의 진신사리가 모셔진 곳이니까 그런 거 아니겠소?"

오십 줄로 보이는 반백의 중년남자가 그것도 질문이냐는 듯 대꾸했다.

"아, 잘 아시군요. 그런데 영락사에 자장스님이 모셔왔다는 석가의 진신 사리가 없다고 한다면 어떻겠습니까?"

순간 현담의 얼굴이 굳어졌다. 사람들도 어이없다는 표정으로 현담과 나를 번갈아 바라보았다.

"무슨 근거로 그런 말을 함부로 내뱉으시오?"

중년남자가 꾸짖고 나섰다.

"근거가 있기에 드리는 말씀입니다."

나는 현담의 기색을 살피는 일을 중단하고 강의에 정신을 집중시켰다.

"일단 영락사에 진신사리가 모셔진 의미부터 이야기해보죠. 영락사를 여신 분이 자장율사(慈藏律師)라는 사실은 다들 알고 계실 겁니다. 『삼국유사(三國遺事)』에 의하면 자장스님은 신라 선덕여왕 때 당나라로 건너가 중국 오대산에서 문수보살[15]을 친견하고 그곳에서 석가모니가 입던 가사, 머리뼈, 치아, 사리 백 과를 받아옵니다. 그렇게 모셔온 성물(聖物) 중 머리뼈와 사리, 비라금점가사[16]는 통도사에 모시고 나머지는 황룡사와 태화사, 그리고 이곳 영락사에 나누어 보관했습니다. 그런데 자장스님은 왜 사리를 신라에 가지고 오신 걸까요?"

"통도사에 금강계단을 설치하라는 문수보살의 부촉을 받아서 아니오."

중년남자는 시답지도 않다는 표정으로 말했다. 그는 이곳에 모인 사람들을 대신해 나의 무능을 폭로해야 할 책임감을 떠안은 듯 보였다.

"네. 종교적으론 맞는 시각입니다만… 다른 의견을 가지신 분은 안 계신가요?"

---

15) 文殊菩薩 : 석가의 지혜를 상징하는 보살.
16) 緋羅金點袈裟 : 석가모니가 입었다는 붉은 비단에 금점을 수놓은 가사.

중간 줄에서 차분하게 손을 모으고 앉은 30대 여인이 조곤조곤 말했다.

"이 땅의 안녕과 불법을 만대에 길이 전하기 위해서겠지요."

"네. 그 말도 일리가 있습니다만 그것도 종교적 시각이지요. 뭔가 다른 이유는 없을까요?"

"신라 사람이니까 신라에 가져왔겠죠."

누군가 시큰둥하게 말하자 사람들 사이에서 웃음이 터져 나왔다.

"네. 정답이네요. 자장스님은 신라의 핵심세력이었던 진골 출신입니다. 출가 전 화랑이었다는 설도 있고, 선덕여왕이 스님을 환속시켜 재상으로 삼으려고 한 걸 보면 확실한 신라인이었지요. 선덕여왕이 재상자리를 제시했을 때 자장스님이 남긴 유명한 말씀이 있습니다. '계를 지키다 하루를 살지언정, 계를 어기며 백년을 살지 않겠다.' 이 말만 보자면 자장스님은 청정한 율사입니다. 하지만 남겨진 기록이나 스님의 행보를 보면 정치적으로 선덕여왕과의 긴밀한 관계를 부인할 수 없는 분입니다."

말을 하다 보니 오랫동안 잊고 있었던 신명이 지펴졌고, 몸에서는 기분 좋은 강의의 열정이 달아오르고 있었다.

"선덕여왕이 왕위에 올랐을 때 신라는 고구려와 백제에게 심한 압박을 받고 있었죠. 신라는 상황을 호전시키기 위한 대내외적인 인증과 결속이 필요했는데 거기에 자장스님이 관여하게 됩니다. 대외적으로는 당 유학시절 당태종의 총애를 받던 자장스님이 선덕여왕의 요청으로 귀국합니다. 물론 당태종도 자장이 신라로 돌아가는 것을 허락합니다. 귀국이라는 개인적인 선택권이 선덕여왕의 요청과 당태종의 허락이라는 관계지점 사이에 위치할 수밖에 없었다는 것은 달리 말해 스님이 당에 머물면서 수도만 하지 않았다는 걸 의미합니다. 자장스님은 당에 있을 때 신라와 당의 외교채널과 우호관계를 공고히 하는 역할을 했다고 봐야 하겠죠. 국내에서는 어땠을까요? 『삼국유사』의 「황룡사구층탑조(黃龍寺九層塔條)」를 보면 문수보살이 중국에 있던 자장스님 앞에 나타나 이렇게 말하는 대목이 있습니다. '너의 국왕은 인도의 크샤트리아 계급으로 부처님의 수기[17]를 받았다. 그런 특별한 인연이 있으므로 그는 여느 동이(東夷)의 족속들과 같지 않다.' 문수보살은 왜 이런 말을 자장스님에게 했을까요? 아니, 왜 자장스님은 문수보살의 입을 빌려 이런 말을 신라에 퍼트린 것일까요?"

사람들은 대답 대신 눈만 크게 뜨고 있었다.

"이 말이 뜻하는 것은 선덕여왕은 보통 여자가 아니라 부처님의 수기를 받은 보살이고 진정 신라의 왕이 될 자격이 있다는 것입니다. 그런데 자장스님이 문수보살에게 이런 말을 들었다고 혼자 떠들고 다닌들 몇 명이나 믿겠습니까? 그래서 자장스님은 문수보살을 만난 것이 사실이란 증거를 가지고 신라에 돌아옵니다. 그 증거가 바로 문수보살을 만나고 받았다는 사리입니다. 자장스님이 가져온 그 사리가 선덕여왕의 국내에서의 입지를 튼튼하게 해주었으리란 건 쉽게 이해하실 수 있을 겁니다."

"그렇다면 자장스님이 불보를 모시고 들어온 것이 거룩한 발원이 때문이 아니라 정치적 의도를 가지고 있다는 거요?"

잠자코 있던 중년남자가 분개하며 따졌다.

"제 이야기를 마저 들어보시죠. 주변국을 복속시키고 국가의 안정을 가져오게 한다는 호국의 상징 황룡사탑에 불사리의 일부를 보관한 것만 보아도 그런 맥락은 유추할 수 있는 거 아니겠습니까? 또 자장스님이 통도사에 금강계단을 설치하고 불사리를 모셔 계율의 근본처로 삼은 것도 정치적 의도와 무관하지 않습니다. 원래 계율은 승가(僧伽)의 유지와 존속을 위해 탄생한 것입니다만, 중국을 통해 불교를 받아들였던 신라는 계율에 대한 인식도 중국의 영향을 받습니다. 중국의 왕들이 불가의 계율을 주목했던 것

---

17) 授記 : 다음 생에 깨달음을 얻어 부처가 되리란 예언을 받는 것.

은 계(戒)를 예(禮)와 동일하게 보고, 율(律)에서 형률(刑律)을 발견했기 때문이죠. 신라의 지배계층도 통치윤리와 민중들 삶의 규준으로 활용할 수 있는 불교의 계율에 관심이 많았습니다. 대표적인 것이 여러분도 잘 아시는 원광스님의 세속오계입니다. 하지만 계율을 통해 국가질서를 확립하려던 시도는 금강계단이 압권이었죠.『삼국유사』의「자장정율조(慈藏定律條)」를 보면 자장스님은 대국통(大國統)이 되어 난립했던 승가의 계율을 통일시키고, 사찰의 일상이나 승려의 행동을 계로써 감찰하고, 백성이 부처님을 봉안하는 일정한 틀을 제시함으로써 승단과 백성을 아우르는 국가 통치 질서의 근본을 확립하려 했지요. 그래서 신라백성의 8~9할이 불교를 받들게 됩니다. 결국 이 말은 신라백성들이 통치체제에 잘 순응하게 되었다는 말과 다름이 없습니다. 이와 같이 국가차원의 지원과 의도가 명백했기에 통도사 금강계단은 설치될 수 있었습니다."

"뭐요! 당신이 지금 자장율사란 고승을 한낱 정치승으로 비하하고 있다는 걸 알기나 하오? 당신이 무슨 자격으로 그런 말을 하는지 궁금하군."

중년남자는 견디지 못하고 역정을 냈다. 그러고 보니 그의 모습은 누군가와 닮아 있었다. 그는 불교관련 학술회장에 거드름을 피우며 나타나 오독으로 빚어진 질문공세와 맥락을 벗어난 훈계조의 연설로 학자들의 연구에 시비를 일삼는 일부 승려들처럼 행동하고 있었다.

"비하가 아닌 역사적 해석입니다. 역사적 맥락은 무시하고 지금 시각으로 자장을 타락한 정치승이니 청정비구니 선을 긋는 것이 정당할까요? 삼국이 불교를 공인한 것은 정치적 통합수단으로 이루어졌다는 것은 삼척동자도 아는 사실 아닙니까? 신라 이차돈의 순교도 부처에 대한 순교가 아닌 법흥왕의 정치적 입지를 위한 순교였다는 사실은 상식이 되어버렸습니다. 당시 불교는 왕과 귀족중심으로 돌아갈 수밖에 없었습니다. 그런 상황에서 당시의 지식인 계층이었던 승려가 정치와 밀접한 관계를 맺는 것은 필연의 결과였습니다. 그런 맥락을 무시한 채 자장스님을 거룩한 수행자로만 미화하거나 권력승으로 폄하하는 것, 둘 다 옳지 않겠지요."

현담은 지그시 입술을 깨문 채 눈을 감고 있었다. 강의가 마음에 들지 않는다는 암묵적인 표현이었다. 그 경고의 메시지가 이미 터진 말문을 막을 순 없었다.

"자장스님이 왜 이곳 영산 천축산(天竺山)에 영락사를 세우고 진신사리를 안치했는가 생각해보죠. 통도사 금강계단의 예에서 보듯 영락사 같은 대찰이 건립될 때는 왕과 권력이 개입하지 않고서는 힘들었습니다. 절은 지방 토호세력을 누르고 민간신앙을 불교 속에 복속시켜 왕의 통치를 도와주는 일종의 요새이자 관청역할을 했습니다. 이곳 영산은 신라 때 왜구들이 자주 출몰해 약탈을 일삼은 땅이었습니다. 그렇다면 영락사가 이곳에 들어서게 된 이유는 짐작이 가시겠죠. 왜구의 침탈을 막아내려는 중앙권력의 힘이 이곳에 작용했다는 걸 의미합니다. 동시에 이곳에 상주하던 지방토호들의 세력을 견제하기 위한 목적도 있었고요. 『영락사사적기(永樂寺事蹟記)』에 내려오는 영락사 창건설화를 보면 이곳에 살던 세 마리 악룡이 절을 짓는 것을 방해하다 자장의 신통에 감화되어 떠나고 한 마리만 남아 영락사를 지키는 호법룡(護法龍)이 되었다고 합니다. 그 용은 대웅전 앞에 있는 삼룡지에 깃들어 산다고 합니다. 그런데 재미있게도 악룡이 등장해 사찰의 건립을 방해하는 이야기는 사찰의 창건설화에 빈번하게 등장하는 소재입니다. 우리는 이 설화의 행간을 살펴볼 필요가 있습니다. 악룡은 끝까지 불교에 저항하던 민간신앙의 상징일수도 있고, 중앙정부에 반발하던 토호나 산적들을 의미할 수도 있습니다. 그런데 왜 악룡 중 한 마리가 남아 영락사를 지킨다고 했을까요? 저는 영락사에 남은 용 한 마리를 부석사의 선묘낭자 이야기와 의미상으로 연결해보고 싶습니다. 부석사 창건설화를 살펴보면 거대한 바위를 공중에 띄워 부석사 터에 자리를 잡고 있던 산적들을 몰아내고 부석사 창건에 도움을 주는 선묘낭자라는 중국여인이 있습니다. 선묘는 의상스님이 당나라에 유학했을 때 스님을 사모하다 스님이 신라로 돌아가자 스님을 지켜주리라 다짐하며 바닷물에 뛰어들어 용으로 화했다고 알려진 여인입니다. 의상스님의 수호신이라고나 할까요. 그런데 그 착한 선묘가 실은 부석사 창건에 최대 걸림돌이었을 수도 있습니다. 이제는 용이 되어 부석사법당 아래에 깃들어 살면서 절을 지키고 있다는 선묘는 당시 그곳을 지배하던 중국도교와 습합된 민간신앙이거나 부석사창건을 방해했던 토호세력의 우두머리일 수도 있다는 거죠. 그런데 왜 부석사엔 선묘를 기리는 선묘각까지 지어놨을까요? 선묘각은 중앙정부의 힘을 지닌 사찰이 들어서면서 억울하게 밀려나간 토착신앙의 흔적이나 그 와중에 희생된 사람들을 위한 일종의 위령각이 아닐까 합니다. 지역의 정서를 다독거리고 원망을 무마하기 위한 정치적, 종교적 제스처인 거죠. 이런 해석이 선묘와 의상의 러브스토리처럼 낭만적이진 않지만 역사적 상상력을 펼치기에는 꽤나 유용한 구석이 있습니다. 영락사의 삼룡지도 그런 의미로 바라보신다면 허무맹랑한 전설이 담긴 작은 연못이 아니라 숨겨진 역사적 진실을 추측해볼 수 있는 상상력의 대해로 변할 수도 있겠지요."

뚱한 표정의 중년남자와 달리 사람들은 내 말에 관심을 보이고 있었다. 나는 그 끈을 놓지 않으려 말을 계속 이어나갔다.

"자, 이제 실컷 돌아왔으니 영락사 사리탑에 보관되어 있다는 사리의 진실로 직행하겠습니다. 『삼국유사』를 보면 사리는 사분(四分)되어 영락사, 황룡사, 태화사, 그리고 통도사 금강계단에 안치됩니다. 일연스님이 『삼국유사』를 저술할 당시 이미 태화사와 황룡사는 몽고의 침략으로 불에 타서 두 곳의 사리는 행방을 찾을 수가 없게 되었고 통도사와 영락사의 사리만 남았다고 기록되어 있습니다. 영락사의 사리도 고려 말에 이르면 왜구가 영산까지 올라와 노략질을 하면서 영락사의 진신사리를 탐내는 바람에 위태

롭게 되죠. 세 번에 걸친 왜구의 약탈시도가 있었는데, 당시 영락사 조실[18]
이었던 산월대사(散月大師)가 꿈에서 미리 계시를 받고 사리를 탑에서 꺼내
산중으로 피신해서 간신히 약탈을 면했다고 합니다. 영산 영락사와 지리적
으로 가까운 양산 통도사도 사정이 비슷했습니다. 산월대사는 통도사 주지
였던 월송대사(月松大師)와 협의해서 사리를 당시 수도였던 개성으로 옮기
게 됩니다. 영락사와 통도사의 사리는 고려왕실의 원찰[19]인 개성 송림사에
봉안되지요."

목이 따끔거려 왔다. 입안의 마른침을 우려내는 것으로는 해소되지 않는
뻑뻑함 때문에 목을 축이고 싶다는 생각이 간절했지만, 겨우 잡아 놓은 분
위기가 깨질 것 같아 갈증을 꾹꾹 눌러야 했다.

"개성 송림사에 이안된 사리는 그 후 어떻게 되었을까요? 이제 조선시대
의 기록으로 넘어가 보죠. 『태조실록』을 보면 고려가 망하자 이성계는 송림
사에 있던 불보들을 영락사와 통도사에 돌려놓는 대신 자신이 이전에 살던
집을 절로 고쳐 만든 왕실의 원찰인 서울 흥천사 사리각(舍利閣)의 석탑 안
에 봉안합니다. 그 후 아버지의 희미한 불교정책에 반기를 들면서 뚜렷한
유교 국가를 세우려고 했던 태종은 불교를 노골적으로 탄압하는 정책을 펴
기 시작합니다. 태종이 장자 대신에 셋째 아들인 세종에게 왕위를 물려주
면서 명나라 눈치를 봤던 사실은 여러분도 아실 겁니다. 태종이 상왕(上王)
으로 물러나고 세종이 즉위한 그 해, 명나라가 별 시비 없이 세종을 왕으로
인정한다는 책봉사를 조선에 파견합니다. 그때 칙사로 온 태감 황엄이란
자가 있었는데 이 사람이 황제의 명이라 사칭하면서 흥천사에 모셔진 불사
리를 내놓으라고 합니다. 자, 세종대왕은 이런 무례한 횡포에 맞서 어떻게

---

18) 祖室 : 선객들을 지도하는 선사나 절에서 가장 높은 지위에 있는 큰스님.
19) 願刹 : 왕실의 안녕과 복을 빌기 위해 왕족이 개인적으로 지은 절.

대처했겠습니까?"

"주지 않았어요!"

앞자리에 앉아 있던 아이가 당연하다는 듯 외쳤다. 나는 아이의 또랑또랑한 눈망울을 잠시 바라보다 잔인하게 말을 이었다.

"그렇게 믿고 싶겠지만… 세종은 그 요구를 뿌리친 것이 아니라 순순히 사리를 내주었습니다. 그냥 준 게 아니라 우리나라에 있는 다른 사리까지 싹쓸이해서 줘버렸습니다. 『세종실록』에는 이렇게 적혀 있지요. '신의 아비(태종)와 신(세종)은, 선조 강헌왕(태조 이성계)이 공양하여 가지고 있던 석가의 정골과 사리 및 전국에서 모은 제불여래의 사리, 대승고덕의 사리 558과를 황제에게 헌상합니다.' 세종은 자장이 중국에서 모셔와 이 땅에 777년 동안 보관해 온 성보들을 별 고민 없이 중국의 황제에게 깡그리 바쳤던 겁니다."

대부분의 사람들은 놀라거나 충격을 받은 듯했지만 곧바로 믿는 얼굴은 아니었다. 중년남자는 코웃음을 날렸다.

"그렇다면 영락사뿐 아니라 통도사의 사리도 중국으로 가고 지금 없단 말이오? 그 말에 책임질 수 있소?"

"통도사의 사정은 약간 복잡합니다. 중국으로 건너간 진신사리를 임진왜란 때 도둑맞는 기묘한 일이 생깁니다. 왜적이 금강계단을 파손하고 사리와 영골을 탈취해갔다는 거죠. 그런데 중국으로 갔던 불사리가 언제 다시 돌아와 통도사 금강계단에 안치되었던 것일까요? 그에 관한 기록은 현재로선 남아 있지 않습니다. 아직까지 그 기록이 발견되지 못한 걸까요? 저로서도 알 수 없습니다. 하여간 왜군에게 탈취되었다는 그 사리는 다행스럽게도 부산 동래에 살던 백옥거사가 왜놈들의 포로로 잡혀 있다가 그것을 가지고 도망쳐 나온 덕분에 되찾게 되었다고 합니다."

"그럼 영락사의 사리탑은 비어 있단 말이오?"

46

중년남자는 볼멘 얼굴로 안간힘을 쓰고 있었다.

"아닙니다. 영락사에서는 매년 사월초파일이면 사리를 일반인에게 공개합니다. 저는 단지 기록으로 남겨진 것들만 가지고 말씀드렸을 뿐이고, 중국으로 갔다던 사리가 영락사에 다시 안치된 연유는 각자 생각해보시길 바랍니다. 사리의 영험과 신묘한 힘을 믿으시건, 기록의 누락이라고 상상하건 그건 여러분에게 달려 있습니다."

현담의 표정은 잔뜩 어그러져 있었고 법당은 다시 소란스러워졌다.

"석가모니는 이미 자신의 진짜 사리인 말씀과 깨달음을 모든 중생들에게 남겨주셨습니다. 여러분들도 2박3일 동안 생활의 편의를 버리고 자신만의 진신사리를 캐내기 위해 영락사를 찾으신 것으로 압니다. 사리에 관한 말이 여러분들의 마음을 어지럽혔다면 사과드리겠습니다. 제 말은 부디 재미로 들으시고 수련회를 통해 좋은 깨달음을 얻고 가셨으면 합니다."

나는 이야기를 마무리 지으며 현담에게 눈을 찡긋거렸지만 현담은 길쭉한 얼굴로 멍하니 있을 뿐이었다.

"여러분, 이제 나가서 전각과 유물들을 돌아보도록 합시다."

현담은 그 말을 듣고서야 마지못해 퉁퉁 불은 얼굴로 사람들에게 말했다.

"그럼 보살님들부터 일어서서 대웅전 앞으로 모여주십시오. 5분 뒤에 뵙지요."

4

객사로 돌아오자마자 배낭을 열고 핸드폰부터 확인해보았지만 홍제스님으로부터 온 연락은 없었다.

스님은 대체 어딜 가신 걸까?

입으로 숨을 토할 때마다 목구멍에서 쓰쓰 쇳소리가 울려나왔다. 우여곡절 끝에 강의를 마쳤다는 안도감 때문인지 눌려져 있던 허기가 머리꼭대기까지 몰려왔다. 한 시간이나 남은 점심공양을 기다릴 만큼 한갓진 허기는 아니었다. 탄수화물이 필요했다.

배낭을 메고 일어서자 어쩔한 것이 머리를 훑었다. 비틀거리는 몸을 가누며 밖으로 나오자 태양이 중생의 머리통을 잔인하게 폭격했다. 후들거리는 걸음으로 절 마당을 간신히 가로질러 일주문 앞에 있는 영락당(永樂堂)으로 들어갔다. 영락당은 예전에 있던 국수메뉴는 사라지고 차만 팔고 있었다. 200여 미터 떨어진 대형주차장에 새로 생긴 식당으로 가보라는 주인의 말에 넋을 놓고 돌아서다 출입문 유리에 붙어 있는 '특산품 옴 자 빵 판매개시' 라는 글자를 보고는 몸을 돌려 주저 없이 빵 한 상자를 사서 나왔다.

솔밭으로 들어가 자판기에서 커피 한 잔을 뽑아든 다음 그늘진 벤치에 엉덩이를 얹었다. 상자를 뜯어보니 칸 지어진 종이 곽에는 열두 개의 빵들이 허옇게 누워 있었다. 밀가루 거죽 아래로 단팥이 희끗희끗 드러나는 것이 표면에 희미하고 조악하게 찍힌 범어 '옴' 자만 아니면 경주 황남빵과 다를 것도 없었다. 곶감만 한 빵 하나를 집어 통째로 입안에 쑤셔 넣었다. 빵은 지나치게 달았지만 기갈난 육신을 치료하는 약처럼 느껴졌다. 빵 다섯 개와 커피 한 잔이 뱃속으로 사라진 속도만큼이나 빠르게 눈의 초점도 돌아왔다. 입천장에 달라붙은 팥의 앙금을 혀로 밀어내고 있는데 키가 멀끔하고 얼굴이 흰한 승려 하나가 장삼자락을 휘휘 저으며 내 쪽으로 다가왔다. 그는 옆에 앉더니 다짜고짜 말을 건넸다.

"용기가 대단하시네."

나는 초면임이 분명한 그의 얼굴을 물끄러미 쳐다보았다. 마흔이 아슬아슬한, 너부데데한 광대뼈 위에 살 거죽만 붙은 듯 보이는 그의 안면은 투명해 보였다. 하지만 그 투명함 속에서도 그가 던진 말의 의도는 찾을 수 없었다.

"누구십니까?"

"이것도 그르고, 저것도 그르면, 무엇이 옳을까? 하지만 그른 것을 옳다고 할 수는 없지 않겠소, 현 거사?"

그는 배슬배슬 웃으며 딴소리를 했다. 자신을 밝히지 않고 막무가내로 말을 건네는 그의 행동에 나는 예민해졌다.

"누구신지요?"

"나? 나 또한 비청비백역비흑, 부재춘풍부재천의 묘리를 찾는 애타는 중생일 따름이지."

그는 여전히 질문을 피해가며 실실 웃을 따름이었다. 대화의 결을 거스르고 문자까지 들먹이는 것으로 보아 안하무인의 소치가 하루 이틀에 걸쳐 생긴 것은 아닌 듯해 나는 몸을 반대방향으로 틀어 앉았다. 그는 멋쩍었는지 뜬구름 잡는 소리를 집어치우곤 진짜 구름 이야기를 했다.

"구름을 보니 소나기가 한바탕 퍼붓겠구만."

하늘은 지극히 청명해 비가 내릴 날씨가 아니었다. 그가 살짝 돈 건 아닌가 싶어 고개를 돌리자 그는 진지한 눈빛을 뿜으며 말했다.

"비가 오면 피하는 것이 순리겠소, 아님 내리는 대로 맞는 것이 순리겠소. 나는 그걸 모르겠단 말이야. 현 거사 생각은 어떻소?"

절이 크다 보니 별 잡승이 다 기거하고 있었다. 나는 침묵으로 더는 노닥거리고 싶지 않다는 뜻을 표했다. 내가 잠자코 다른 곳만 바라보자 그도 흥미를 잃었는지 자리에서 슬쩍 일어나 반야교 쪽으로 걸어가 버렸다. 그가 떠난 직후에야 그가 접근한 의도를 알 것 같았다. 내 강의의 불경함이 온 절을 쑤시고 돌아다녔던 것이다. 승려들이 그 소식을 듣고 기뻐 뛰었을 리는 만무했다. 그는 어떤 식으로든 자신의 마음이 불편함을 알리러 온 모양이었다. 하지만 대놓고 말하지 못하고 문자를 써가며 사람을 놀려먹는 처사가 저열하다 못해 우습게 느껴졌다. 미만하게 치오르는 불쾌함을 지우려 주변풍경으로 시선을 돌렸다.

극락교 주변 계곡 여기저기에 흩어진 피서객들은 물소리보다 싱싱한 웃음소리를 피워 올리고 있었다. 피서객들의 계곡출입이 허용되지 않는 상류 쪽에는 수선교(修善橋)를 건너는 보살들의 양산으로 너울거렸다. 그러나 푸른 산 빛을 배경으로 점묘법처럼 늘어선 흰 양산들의 행렬 사이로 분홍색 양산 하나가 어쩐 일인지 정말 찍어놓은 점처럼 움직이지 못하고 다리 위에 멈춰서 있었다. 순간 곁을 지나가던 다른 양산들도 먹이를 발견한 새 떼처럼 몰려들어 순식간에 다리 복판을 그득 메웠다. 보살들은 계곡 아래 뭔가를 보려는 듯 허리를 숙이더니 갑자기 비명을 질렀다.

"아아악!"

"끼아아악!"

단발머리를 한 보살이 소리를 지르자 옆에 있던 보살들도 덩달아 악을 쓰며 얼굴을 감쌌다.

"아악! 저기 사람이 있어요. 사람이!"

선량했던 계곡의 정취가 비명소리에 깨져나갔다. 경악과 절규는 계곡의 골을 타고 여기저기로 번져나갔고, 나에겐 그 소리가 오전 내내 마음을 누비던 불길함이 드디어 종착지에 도달했다는 신호음으로 들렸다. 나는 집에 불이 났다는 연락을 받은 사람마냥 자리에서 발딱 일어나 웅성거리며 몰려가는 사람들을 거칠게 젖히며 수선교 쪽으로 뛰어갔다.

교각 근처엔 엎어진 채 물에 반쯤 잠겨 있는 사람이 보였다. 먹빛 장삼이 지느러미처럼 물살에 흐늘거렸고, 바싹 민 머리통에서 드러난 푸르뎅뎅한 살빛은 그가 이승과 연이 다했음을 말하고 있었다. 폐가 도려 나간 듯 숨이 멎었다. 내려가 살펴야 한다고 생각했지만 발은 심어놓은 듯 땅에 달라붙어 있었다. 사람들도 소리를 지르며 내려다볼 뿐 감히 그 불행한 익사체에

다가설 엄두를 내지 못하고 있었다.

"죽은 거야? 엄마야 무서워."

"누가 좀 내려가서 건져 와요."

"119에 신고해야 돼."

"아니야. 경찰을 불러 경찰을…."

무성한 말과 수다한 비명을 뚫고 중년과 장년의 남자 둘이 사람들 사이에서 빠져나오더니 계곡으로 뛰어 내려갔다. 그들은 허벅지까지 오는 물을 첨벙첨벙 헤치고 다가가 물에 잠긴 시신의 어깨를 잡고는 뒤집었다. 피가 다 빠져나간 듯 창백한 얼굴과 시커멓게 타 들어가 있는 입술이 드러나자 사람들은 더 크게 비명을 질러댔다.

"어머, 죽었어. 스님이 죽었어. 이를 어째. 관세음보살. 관세음보살."

"익사구만. 발을 헛디뎌 깊은 계곡물에 빨려 들어갔나 봐."

"아악! 저 봐, 눈을 뜨고 있어."

시체는 허연 눈을 까뒤집은 채 하늘을 흘겨보고 있었다. 그 눈빛 하나로 계곡은 빛을 잃었고 사람들은 저승의 촉수가 자신을 발목을 움켜쥐기라도 한 듯 몸을 오들오들 떨었다. 보살들은 연신 관세음보살을 불러댔고 어른들은 데리고 온 아이들의 눈을 가렸다. 반바지차림의 여자들이 남자친구의 품에 안겨 빽빽 소리를 지르는 동안에도 사람이 죽었다는 의미를 제대로 파악하지 못하는 철부지들은 핸드폰 카메라로 사진을 찍거나 친구에게 전화를 걸어 자신이 본 것을 자랑스레 중계하고 있었다.

나는 소동 속에서도 죽은 이의 얼굴과 행색을 살피기를 중단하지 않았다. 시체는 멀리서 봐도 늙은 비구로 보이지 않았다. 다행이란 말은 이럴 때 쓰는 건 아니지만, 그래도 다행히 죽은 이가 홍제스님은 아닌 듯해 굳었던 다리에 서서히 피가 돌기 시작했다. 시체 쪽으로 가까이 다가가 그가 홍제스님이 아님을 또렷이 확인하는 것으로 내 소행(少幸)을 보장받고 싶었다.

경사면을 위태롭게 디디며 계곡으로 내려서자 옆에서 보고 있던 젊은 청년도 카메라를 손에 들고는 따라 내려섰다. 시체 쪽으로 조심스럽게 다가서자 시체 곁에 있던 남자 둘이 신경질적으로 소리치며 팔을 휘둘렀다.

"어이 거기, 이쪽으로 오지 말아요. 너도 다시 올라가."

"모두 꼼짝 말고 위에 있으라니까."

머쓱해져 우두커니 서 있는 동안 그들은 시신을 건져 교각 아래 바위 쪽에 엎어놓았다. 이윽고 한 스님이 빈 비료포대 두 개를 건네자 그들은 그것으로 시신을 가렸다. 끼어들 여지가 없었다. 구경꾼들의 눈총을 피해 슬며시 되올라 오는 사이 경찰차와 응급차가 도착했다. 시신은 곧 소방대원들에 의해 수습되어 차에 실렸고, 경찰은 계곡에 내려가 있던 두 명의 남자들과 이야기를 나누더니 경내로 들어갔다. 잠시 후 밖으로 나온 경찰은 재빨리 차에 올라타고는 응급차를 꽁무니에 매단 채 범죄영화의 클리셰[20]처럼 신경질적인 사이렌을 배경으로 흙먼지를 내뿜으며 사라졌다.

경찰과 응급차가 떠난 후에도 사람들은 자신들이 목격한 흔치 않은 파국을 떠들어대느라 얼이 빠져 있었다. 그러나 시신이 발견된 아래쪽에서 물놀이를 하던 피서객들은 미친 듯 몸을 긁어대더니 침을 뱉으며 자리를 접었다. 순식간에 계곡은 텅 비어버렸고 시신이 발견된 웅덩이에는 씨알이 쏠쏠한 피라미 떼만 태연자약하게 헤엄치고 있었다.

'피라미'

'피라미'

피라미들을 보는 순간 문설주에 머리를 처박은 듯 불이 확 일었다. 나는 홍제굴을 향해 달리기 시작했다.

---

20) Cliche : 문학이나 영화에 쓰이는 상용문구나 진부한 표현.

5

홍제굴은 여전히 비어 있었다. 나는 방문을 열고 들어서자마자 벽에 걸린 그림부터 확인했다. 낙관이 없었다. 낙관은 그림을 완성했다는 표식이다. 미완성품을 남에게 선물할 사람은 없다. 그럼 이 그림은 홍제스님이 직접 그렸단 말일까?

나는 얼른 화제(畵題)를 살폈다. '삼여도'란 화제 옆으론 다음과 같은 글이 초서로 쓰여 있었다.

'生死心之餘 圓覺夢之餘 般若修之餘 此是弘濟三餘'

나고 죽음은 마음의 자투리고, 깨달음은 허망한 꿈이 다한 나머지요, 반야의 지혜는 열심히 닦고 수행한 결과일 뿐이다. 이것이 곧 홍제의 삼여다.

'홍제삼여(弘濟三餘)'가 있는 것으로 보아 스님이 직접 쓰고 그린 그림일 가능성이 높았다. 스님은 언제부터 그림을 그리셨을까? 그런데 삼여도(三餘圖)는 물고기 세 마리만 그리는 것인데 세어보니 여섯 마리다. 하지만 화제를 보면 스님이 삼여도가 뭔지도 모르고 그린 것은 아니다.

삼여도는 독서삼여(讀書三餘)에 기원을 둔 그림이다. 독서삼여란 중국 후한(後漢) 말엽에 누가 동우(董遇)를 찾아와 책 읽을 시간이 없다고 불평하자, 독서는 세 가지 여가만 있어도 충분하다고 일침을 놓는 고사(故事) 아니던가. 세 가지 여가란 밤, 겨울, 비 오는 날인데, 밤은 하루의 남는 시간이고 겨울은 일 년의 자투리며 비 오는 날은 청명한 날의 나머지를 말한다. 삼여도를 세 마리의 물고기로 그리는 이유는 물고기 어(魚)와 남을 여(餘)가 중국어 발음상 '위'로 동일하기 때문이다. 주로 선비들의 공부방에 걸어 의미를 새기는 그림을 홍제스님은 수행승의 처지에 맞게 해석해서 제문(題文)을 써놓은 것이다.

삼여도의 본의를 모르고서는 응용을 할 수 없는 글귀를 적어놓고는 물고기를 여섯 마리나 그렸다는 건 무엇을 의미할까? 스님의 단순한 착오나 실수일까? 만에 하나, 그림이 홍제스님의 메시지를 담고 있는 그림이라면…? 행여 그림을 읽을 줄 아는 나에게만 알리기 위해 남들은 눈치채지 못하는 방식으로 은밀히 전달한 일종의 암호라면…?

나는 화급하게 그림의 화제를 외운 뒤, 앞뒤 재보지도 않고 족자를 떼어내 둘둘 말아 쥐고는 부엌으로 들어갔다. 들어서자마자 눈길은 재와 반쯤 탄 잡목부스러기들이 남아 있는 아궁이에 머물렀다. 손으로 아궁이를 파헤친 다음 두루마리를 안으로 밀어 넣었다. 다시 재를 덮고 나무토막 몇 개를 올려놓자 감쪽같았다. 재를 토닥이면서도 내 행동이 해프닝으로 마무리되길 간절히 바랐다. 홍제스님이 불쑥 돌아오셔서 '이놈아, 그림으로 밥 지으려는 놈이 세상에 어딨노' 하고 꾸중하면 좋으련만.

팔뚝과 바지에 묻은 재를 탁탁 털며 부엌을 나서자 하늘은 밤처럼 컴컴해져 있었다. 멀리서 짙은 먹구름이 축축한 바람을 거느리고 영락사 쪽으로 꾸물꾸물 밀려들고 있었다. 바람이 얼굴을 스치자 빗물 몇 방울이 얼굴에 들러붙었다. 솔밭에서 만난 잡승의 예보가 맞아떨어져 가고 있다는 것에 소름이 돋았다. 두려움을 쫓으려 손바닥을 세차게 맞부딪혀 보았지만, 손톱에 박힌 까만 숯 알갱이는 원죄(原罪)처럼 자리 잡고 빠져나오질 않았다.

6

반신반의하면서 건너야 하는 버뮤다 삼각지대 같은 실종지점이 언제부터 내 삶에 부록처럼 슬쩍 끼워져 있었는지 모르겠다. 인생이 원래 그런 것인지 내게만 더 가혹한 것인지, 분별과 원망으로 따져보는 짓을 그만둔 지도 오래다. 그런다고 실종된 인생이 다시 돌아오지 않을 테니. 달관도 아니고 체념도 아닌 이 어중간한 상태에서 나는 살아 있고, 살아갈 것만이 분명했다. 몰락은 선택의 이름으로 왔고 나는 그것을 덥석 물었던 것뿐이다. 그 후 엉키고 뭉쳐진 인생은 흉포한 고양이에게 던져진 실뭉당이처럼 세상의 장난감으로 변해버렸다. 한 달을 방 안에 처박혀 벽만 바라보았다. 벽지에 그려진 문양의 개수를 다 셀 때쯤 문득 이러다간 진짜 돌아버릴 수도 있겠다는 두려움에 영산행 버스에 올랐다.

홍제스님은 그간의 사정들과 하소연을 듣기만 하셨다. 이야기가 끝나자 스님은 버섯으로 국물을 낸 국수를 삶아왔고, 나는 입천장을 데어가며 눈물과 콧물로 범벅이 된 국물을 삼켜야 했다.

"참말로 생키기 뜨거운 것이 인생인줄 몰랐디나?"

스님은 측은한 눈빛으로 한마디 하고는 상을 치웠다. 툇마루에 앉아 펼쳐진 산을 바라보다가 뜨거운 국물에도 녹아내리지 않는 응어리는 어차피 삶의 일부일 수밖에 없다고 결론짓고 스님께 작별인사를 올렸다.

"근데 니, 일주일 뒤에 다시 올 수 있겠나?"

"예?"

"오믄 알 끼다."

일주일 후, 다시 홍제굴에 올랐을 때 스님은 탱화를 펼쳐 보이며 말했다.

"이기 무슨 그림인줄 알겠나?"

영취산[21]에서 벌어지는 법회의 한 장면을 그려낸 탱화였다.

"영산탱(靈山幀)이군요."

---

21) 靈鷲山 : 석가여래가 법화경을 설했다고 하는 인도 마갈타국의 왕사성 북동쪽에 있는 산.

"니가 본 적이 있는 그림이가?"

"처음 봅니다. 그런데 이게 뭡니까?"

"허허. 그건 내가 니한테 물은 기고."

그림의 하단엔 화기를 오려낸 자국만 남아 있었다. 한눈에 들어오는 화격(畫格)으로 보아 조선 후기에 그려진 것으로 보이는 보물급 탱화였다. 그림을 보자 정신을 차릴 수가 없었다. 질문도 의문도 생략한 채, 미모의 여인과의 하룻밤을 허락 받은 기분으로 두 시간이 어떻게 지나갔는지도 모르게 그림을 더듬었다.

눈앞에 펼쳐진 그림은 황홀했다. 화승의 구도(求道)를 향한 열정과 속세의 진기를 떨치려는 침착함이 오방색22)에 의해 섞이고 나뉘고 겹쳐지며, 꽃으로 피어난 장엄한 불보살의 세상을 비단 위에 펼쳐 보이고 있었다. 화면 중앙의 석가는 부드러우면서도 건장한 상체를 곧추세워 뭇 중생들에게 구경각23)을 설파하는데 여념이 없었고 화면 하단의 보살들은 엄정하나 자애로운 몸놀림으로 그림 밖의 관객에게 시선을 던지고 있었다. 보살들 옆에 서 있는 사천왕들은 매서운 위압감으로 눈알을 희번덕거렸고 석가 주변을 구름처럼 둘러싼 열 명의 제자들은 왼편의 아난과 오른편의 가섭을 중심으로 각자의 신통과 깨달음을 암시하는 포즈를 취하고 있었다.

자리를 비켜주었던 스님이 돌아와 물었다.

"좀 알겠나? 누가 그린 것인지, 어느 시대의 작품인지?"

"…글쎄요."

어렵게 운은 뗐지만 감을 전혀 못 잡은 것도 아니었다.

"화기가 없어서… 더 연구해봐야겠지만… 구도나 필치, 색감 등으로 봤

---

22) 五方色 : 다섯 방위를 상징하는 색. 동은 청색, 서는 흰색, 남은 적색, 북은 흑색, 가운데는 황색.
23) 究竟覺 : 부처가 얻은 최상의 깨달음.

을 때 18세기 후반쯤 전라도에서 활동했던 평삼(評三)이란 화승이 그렸거나, 동학이던 쾌윤(快允)의 작품이 아닌가 합니다."

"그래?"

"여기 석가모니불 머리끝에 눈깔사탕처럼 알록달록하게 올라붙은 동그란 구슬이 보이시죠. 이걸 원형계주라고 하는데 흰 바탕에 붉은색으로 번지는 효과를 맛깔나게 준 선염(渲染)처리거든요. 아래 중간계주도 같은 방식이고… 이건 평삼의 작품에서 일관되게 보이는 기법입니다. 평삼과 동문 수학했던 쾌윤이란 화승도 이런 방식으로 계주를 표현하긴 하지만 서로 간에 미묘한 차이가 있어요. 계주 말고도 불보살의 자세나 착의(着衣)를 봤을 때, 평삼의 〈백련사 삼세불도〉에 가깝네요. 원형광배에 색선으로 테두리를 넣어 소박하게 마무리하는 수법도 그렇고… 어려운 판단이긴 하지만… 쾌윤과 평삼, 둘 중에 하나를 고르라면 평삼에 기우네요. 또 모르죠, 같이 그렸는지도. 화기가 없다는 흠만 제외하면 빛깔도 살아 있고, 박락이나 그을음도 없이 깨끗하군요. 그런데 이 그림의 출처가 어떻게 됩니까?"

스님은 그저 빙긋 웃었다.

"인호야. 보고서를 한번 써볼래?"

"네?"

"이 그림을 설명하는 글이믄 된다."

어리둥절했다. 재차 그림이 어디서 나왔고 보고서가 왜 필요한지 여쭈었지만, 스님은 대답하지 않았다. 서울로 돌아온 나는 고민에 빠졌다. 홍제스님 같은 수행승이 어디서 어떻게 그런 그림을 입수해 내놓을 수 있는지 알 수가 없었다. 어떤 답도 내릴 수 없었던 사흘을 보내다 나흘째 되던 날 아침, 책상 앞에서 그림의 기억을 더듬어가며 보고서를 쓰고 있는 내 자신을 발견했다. 쌀통이 비어간다는 것을 알아차린 다음 날이었다. 일주일 동안 급조한 보고서를 들고 홍제굴을 찾았다. 보고서를 내밀었을 때 스님은 말없이 찻잔에 차만 따라주었다. 그 달던 스님의 차 맛이 쓰게 느껴졌다. 이틀 뒤 스님에게서 연락이 왔다.

"계좌번호 하나 불러봐라. 당분간 이 일로 호구를 삼는 기 어떻겠노?"

다음날 통장정리를 하자 돈이 들어와 있었다. 송금자는 이영선. 남자인지 여자인지 짐작할 수 없는 이름이었다. 그렇게 일이 시작되었다. 이후 홍제스님이 내놓은 것은 매번 탱화였고 모두 처음 보는 것에다 하나같이 화기가 잘려나간 것들이었다. 그림을 가져가서 연구하고 싶다고 했을 때 스님은 오후에는 주인에게 돌려줘야 한다며 고개를 저었다. 나는 카메라에 그림을 담아야 했다. 보수는 만족스러웠다. 보수보다 매력적인 것은 원천적으로 봉쇄되어 버린 학문에 대한 욕구를 해소할 수 있다는 점이었고 새로운 그림들을 보면서 느끼는 짜릿함도 무시할 수 없었다. 하지만 내가 누구를 위해서 일하고 있는지, 화기가 없는 그림들이 어디서 끝도 없이 쏟아지는지는 여전히 의문이었다. 그러나 일이 거듭될수록 그림을 맡기는 사람의 윤곽을 대충이나마 그려볼 수 있었다.

왜 그림의 소유자는 학계의 권위자에게 감정을 맡기지 않고 나 같은 일개 서생에게 부탁할까? 교수나 전문 감정인에게 맡겼을 때와 비교해 상대적으로 싸게 드는 감정가격 때문만은 아닐 터였다. 새로운 그림이라면 돈을 주고서라도 연구하겠다고 달려드는 사람이나 박물관이 없지 않을 테니. 개인적 연줄이 있어 대학이나 박물관에 감정을 의뢰하더라도 몇 달은 연구를 핑계로 그림이 묶일 것이고 전시까지 의무적으로 해야 한다. 소유자는 그런 번쇄한 절차를 밟고 싶지 않은 것이다. 그는 비밀리에, 되도록 빨리 그림을 팔아버리고 싶은 사람이다. 그렇다고 전문적이고 조직적으로 탱화를 취급하는 사람도 아니었다. 그랬다면 그림이 나에게까지 넘어올 리 없다. 아마 그림의 소유주는 어느 날 갑자기 십 수 점의 불화를 물려받고는 처리를 못해 끙끙대는 자일 것이다.

그렇게 정리를 하고 나니 양심의 가책을 느낄 일도 없었고 출처에 관한 질문으로 스님을 괴롭히는 일도 줄어갔다. 그 문제를 생각하면 머릿속이 늘 상쾌한 것은 아니었지만, 통장의 잔고를 확인할 때마다 두통은 해소되었다. 살아남기 위해선 탁하고 오염된 연무 속을 흐릿하게 걸어가야만 하는 게 인생이라고 생각했다.

7

영락당으로 들어서자 추사(秋史)의 영인본 묵적(墨跡)이 붙은 기둥 아래에서 차를 우리던 현담이 손을 들었다. 드문드문 자리를 잡은 손님들은 억센 경상도 말결을 죽여 나직하게 속삭이느라 곤욕을 치르고 있었고, 스피커에선 전통찻집이 그렇듯 가야금인지 거문고인지 모를 가락이 흘러나오고 있었다. 주방에서 식기를 달그락거리는 소리가 쏟아지는 빗소리와 함께 음악 사이로 어수선하게 섞여 들어왔다. 나는 자리에 앉으며 현담에게 물었다.

"왜, 방으로 부르지 않고?"

"여긴 에어컨이 있잖아. 비가 오니 방이 찌더라고."

그는 우려낸 차를 내 찻잔에 부었다.

"영락사 찻집은 붙여놓은 글씨부터 다른 절의 찻집과 수준이 다르네."

"뭐가?"

"정좌처다반향초 묘용시수류화개(靜坐處茶半香初 妙用時水流花開)라. 어렵다, 어려워."

현담은 차를 따르다 말고 너털웃음을 지었다.

"절간 찻집에 딱 어울리는 글이지. 어렵긴 뭐가 어려워."

"워낙 해석이 구구하잖아."

"선방(禪房)에 앉아 차 반잔 마시니 그 향기 새롭고, 깨달은 마음이 펼쳐지니 물길 닿는 곳마다 꽃이 피네, 그 정도겠지."

"그것도 괜찮네."

현담은 어깨를 으쓱하더니 무겁게 말을 꺼냈다.

"그건 그렇고 홍제스님을 자주 찾았던 이유가 뭐야. 스님의 법문이 그리워서는 아닐 테고… 그동안 홍제굴에 올라간다고 해서 영락사에서 재워줬다만, 이제 나도 사정을 알아야겠다."

나는 대답 대신 창밖에 내리는 비를 바라보았다. 그가 스님이 되기 전 마지막으로 함께 갔던 지리산에서도 이렇게 비가 내렸다. 그는 그날을 기억하고 있을까.

"그런 일이 있어."

"무슨 일?"

"지금으로서는 말하기가 곤란한데, 적당한 시기가 되면…"

상황을 정확하게 파악하고 있지 못한데다 설불리 입 밖으로 꺼냈다가는 홍제스님이 그림 중개상이고 내가 하수인인 양 현담의 눈에 비춰질 것만 같았다. 현담은 찻잔을 입에 대면서 나를 바라보았다.

"대단한 비밀이라도 있는 모양이군."

"아냐, 그런 거."

"뭔지는 몰라도 괜히 사람들 눈 밖에 나는 짓은 않는 게 좋을 거다. 그러지 않아도 절 분위기가 흉흉하니까."

그에게 사정을 밝힐 수 없는 답답함이 짜증으로 증폭되었다.

"무슨 분위기가 흉흉하다는 거야? 아까 계곡에서 발견된 스님 때문에 그래?"

"꼭 그런 건 아니고, 하여간 복잡하다."

"익사한 스님은 누구야?"

"그건 말할 수 없고… 행여 밖에 나가서라도 낮에 계곡에서 본 일은 옮기지 마라. 사찰의 흉사는 아무래도 선정적이니까."

"무슨 일이기에 이렇게 조심스러운 거야?"

"나도 말해주고 싶다만 행여 호사가들의 입에 그런 말이 올라붙는 순간 기자들이 벌 떼처럼 몰려들어. 너도 알잖아. 언론들이 불교를 못 잡아먹어서 안달이라는 걸."

현담의 과장과 달리 대부분의 언론이 종교를 대하는 기본적 태도는 외면과 무시였다. 광장설[24]을 늘어놓은 정치평론보다 정직한 종교기사 한 줄과 심층적 보도 한 꼭지가 자신들의 목을 조를 수 있다는 것을 언론사들은 체득하고 있었다. 어렵고 힘든 취재과정을 통해 종단의 구조적 비리와 문제점에 관한 보도를 해봐야 대중들은 그런 것에 흥미가 없을 뿐 아니라 비판을 받은 당사자들이 종교탄압이란 명목으로 신도들을 동원해 언론사에 난입하는 일들이 비일비재한 상황에서 생긴 눈칫밥인 것이다. 언론의 사명에 눈뜬 몇 안 되는 언론사나 종단과 직접적 이해득실이나 감정적 문제가 얽혀 보복기사를 써대는 언론사를 제외한 대부분의 언론은 누가 절에서 쇠파이프를 맞고 죽지만 않는다면 종정[25] 선출에 따르는 잡음이나 사찰주지를 놓고 벌이는 권력투쟁은 중계하지 않았다. 팍팍한 일상의 고통을 나긋나긋한 탈속의 언어로 위무하는 성직자의 칼럼을 싣거나 성직자를 초대해 신변잡기식 인터뷰를 하는 것으로 종교에 대한 언론의 소임을 다한 것이라 여기는 분위기가 팽배해지면서 기껏 비판적 보도라고 나오는 것이 경찰에 접수되어 명백히 드러난 성직자 개인의 사기나 횡령 같은 자잘한 사건들로

---

24) 廣長舌 : 부처의 혀가 크고 길어 머리까지 닿는데서 유래한 말.
25) 宗正 : 종단의 상징이 되는 가장 큰 어른.

축소되어 가는 형편이었다.

그런 놀기 좋은 마당에서 현담은 법랍[26]이 길지 않은 가운데 언론홍보와 관련된 중책을 맡아왔다. 방송국 피디로 일한 만큼 그는 매체들의 특성과 돌아가는 판을 훤히 꿰뚫고 있었고, 절의 경사를 알리거나 불미스런 일이 유출되는 것을 막으려면 어디의 누구를 회유하고 압박해야 하는지에 대해서도 정통했다. 지역 언론사는 말할 것도 없이 중앙언론까지 그의 동기나 선후배들이 자리 잡고 있었고, 몰라도 한 다리만 건너면 이어지는 인맥들이라 웬만한 일은 현담의 뜻대로 이루어졌다. 영락사 행정당국으로서는 현담이 보물이나 다름없을 터였다.

"오늘 강의…."

현담이 화제를 돌렸다.

"조마조마하더군. 언제까지 그렇게 살 작정이냐. 사람들에게 쓸데없는 이야기는 하지 마라. 그러라고 널 부른 건 아니니까."

"그 말 하려고 불러낸 거군. 그 말이 왜 안 나오나 했다."

장난치듯 피식거리며 넘어가보려 했지만, 진지하고 충량(忠良)스런 그의 눈빛은 그 일을 대충 마무리하고 넘어가지 않을 태세임이 분명했다.

"평범하게 하라는 거야. 사리 문제나 진언 같은 민감한 사안은 잘난 척하는 학자들끼리 치고받게 놓아둘 일이지 산사 수련회에 참석한 사람들에게 말할 계제는 아니라는 거다. 아무리 흥미를 끌기 위해서라지만 서커스 줄타기도 아니고… 원."

평온한 듯 보이는 말속에는 상대를 치받아 오르게 만드는 단어가 교묘히 배치되어 있었다. 나도 슬슬 웃으며 그의 말을 넘겨줄 상황이 아니라는 것 정도는 알 수 있었다.

---

26) 法臘 : 중이 된 햇수.

"흥미라니? 앞으로 불자가 될 그들을 위해서도 필요한 거야. 기존의 불자들처럼 사리의 영험이나 찾고, 부처님 앞에서 복이나 비는 청맹과니들로 만들지 않으려면…."

현담의 깊은 눈빛이 흔들렸다. 그는 얼굴이 붉어지며 언성을 높였다.

"월권이군. 그런 것까지 신경 쓸 필요가 없어. 의심과 의혹을 제시하는 것이 신심을 떨어뜨리고 불교를 와해시키는 일이란 생각은 안 해봤어. 네 말대로 영락사에 진신사리가 없다면 도대체 사람들이 뭘 보고 여길 오겠어. 통도사 금강계단에 진신사리가 없으면 통도사가 불보사찰이야? 해인사에 팔만대장경 판목이 없으면 그게 해인사야? 또 송광사에서 국사(國師)들이 배출된 사실이 없다고 말하면 송광사의 사격(寺格)이 유지되겠냐고? 해인사와 송광사가 돈오돈수[27]와 돈오점수[28]로 왜 치받고 싸웠는데? 그런 것들이 절로서는 얼마나 예민한 문제인지 알잖아. 영락사 사리 문제는 어느 책의 후미진 구석에서 찾아낸 기록인지는 모르겠지만, 검증도 안 된 말을 여과 없이 했을 때의 파장은 생각해보지도 않았지? 왜 그렇게 생각이 짧아?"

현담의 높은 소리에 찻집에 있던 사람들의 시선이 쏠렸다. 그제야 현담은

---

27) 頓悟頓修 : 깨닫는 동시에 닦을 것이 남지 않아야 진정한 깨달음이라는 입장. 성철스님은 천천히 닦아서 깨달아도 된다며 수행을 등한시하는 승려들을 개탄하며 돈오돈수를 제기했다. 그는 조계종의 중흥조인 보조국사 지눌이 말한 돈오점수는 선종의 깨달음이 아닌 교종의 해오(解悟:알음알이)일 뿐이라 비판함으로써 1990년대 불교계와 학계에 파문과 뜨거운 논쟁을 불러 일으켰다. 논쟁은 성철을 지지하는 해인사와 보조를 모시는 송광사의 예리한 대립구도로 전개되었지만, 논쟁에 참여한 불교학자들과 승려들의 지지와 논박을 통해 깨달음에 관한 연구가 깊어지면서 한국불교사상사의 큰 획을 그었다는 평가를 받는다.

28) 頓悟漸修 : 완전한 깨달음을 얻었다 할지라도 습(習)은 여전히 남기 때문에 꾸준히 닦아야 한다는 입장. 송광사의 개산조격인 보조국사 지눌이 깨달음을 빙자해 치선(癡禪)과 광선(狂禪)으로 치달으며 술과 음행을 함부로 일삼는 고려 선불교의 어지러운 풍토를 쇄신하기 위해 깨달은 뒤의 수행을 강조하는 맥락에서 주장했다. 돈오점수와 돈오돈수는 내용상으론 융화될 수 없는 지점에 위치하지만, 맥락상으로 보자면 그 시대의 불교를 혁신하고 승려들의 수행을 강조하기 위해 고승들에 의해 설파되었다는 점에선 동일하다 볼 수 있다.

자신이 흥분했다는 것을 알았는지 헛기침을 하며 창밖으로 시선을 돌렸다.

"없는 걸 지어낸 것도 아니고 기록이 명확한 사실이라도 신도들의 신심과 절의 명예를 위해 입 다물란 소리군."

"문자로 남겨진 기록들이… 무슨 소용이야. 만일 네가 최소한의 지각과 판단력만 있었더라도… 그런 식으로 말할 순 없었을 거다."

그는 터져 올라오는 고함을 대화의 톤으로 전환시키기 위해 중간 중간 침을 삼켜가면서 소리를 죽였다. 마지막 말은 내가 그에게 돌려주고 싶은 것이었다. 적어도 예전의 그는 이런 종류의 문제에 있어서만큼은 나와 의견이 일치하는 사람이었다. 그가 우리가 속했던 말과 문자의 세상에서 합의도 없이 빠져나가는 것까지는 용서할 수 있었지만, 어느새 신이(神異)와 직관의 신봉자인 양 최소한의 의심과 부정도 용납지 않으려는 벽창호 같은 태도는 나의 말을 구차하고 날카롭게 만들었다.

"현담스님이 뭔가 오해하시나 본데, 영락사가 신도와 승려들만의 것이야? 그렇다면 관광객들을 왜 받고 유물에 대한 학술연구는 왜 벌이는데? 꼭 유물의 문제가 아니라도 그래. 석가의 유지를 이어받아 가르침을 펴고 그것에 따르려는 사람들이 찾아와 수도하고 기도하는 이상, 절은 스님 한 명이 기거하더라도 공당(公堂)이야. 더군다나 해동대찰이란 이름에 걸맞으려면 영락사가 이 정도의 문제제기에는 열려 있어야 하는 거 아냐? 필요할 때는 해동대찰이고, 불리하면 승려와 신도들의 사당(私黨)으로 돌아서는 거야?"

"그러니까 그런 이야기는 학자들끼리 논문으로 발표하건 책을 내건 맘대로 하란 거다. 수련회에 오신 분들은 너의 잡다한 사설이나 들으려고 온 게 아니란 말이야. 알면서 자꾸 왜 이래?"

"그럼 날 영락사로 부른 이유가 뭐야? 네가 원하는 수준의 설명을 해줄 사람은 넘쳐나잖아."

"……."

시퍼렇게 날이 서가던 언쟁은 현담의 돌연한 침묵 덕에 점차 누그러들었다. 창밖의 빗발도 성글어지고 있었다.

"인호야. 앞으로 나아가려면 한 번에 한 발씩만 내딛는 거야. 두 발 모두 떼는 순간 넘어지거나 오래가지 못해. 욕심 부리지 마. 넌 너무 이상적인 구석이 있어. 세상을 너한테 맞추면 안 돼. 널 부른 이유는 조금이나마 앞으로 나아가는 데 있지 넘어지는데 있는 건 아니니까."

"나아갈 마음이 있기나 한 거야?"

"쓸데없는 소린 그만하고, 내일 박물관 견학은 제발 무난하게 해다오. 역사해설과 종교적 설명이라면 네 말대로 해줄 사람은 넘쳐. 너는 전공자답게 불교미술에 관련된 부분만 이야기하면 되는 거야."

현담이 억지를 부리는 것이 아니었다. 초빙된 강사가 주최 측의 의사를 무시하며 버티는 것이 더 우스운 짓이었다.

"애는 써 보겠지만… 장담은 못하겠다. 너도 알다시피 불교회화를 불교에 관한 언급 없이 어떻게 설명하겠냐. 안 그래?"

석죽은 내 말에 붉었던 얼굴이 본래 색깔로 돌아온 그는 슬며시 웃으며 말했다.

"내 말대로 해주겠다는 소리로 들리는군. 불교에 관한 이야기는 하되, 세태나 시류에 관한 이야기나 영락사에 관계된 이야기는 제외하고, 안전하게 일반론만! 알았지?"

"그 정도 설명이라면 박물관 도슨트[29]들이 더 훌륭하게 할 텐데…."

"전화로 말했잖아. 도슨트는 주말에만 나온다고."

"그럼 학예사는 뭐해?"

---

29) docent : 박물관이나 미술관 등에서 관람객들에게 전시물을 설명하는 안내인.

"귀빈 방문도 아닌 수련회 일로 바쁘신 분들 괴롭힐 수 없잖니?"

"후, 다 급이 있다는 거군."

"그러지 말고 약속대로 네가 좀 더 수고해 주라. 부탁 좀 하자."

어깃장을 계속 놓는 것도 지겨워 남아 있던 헤살을 떨쳐내고 그에게 말했다.

"그래, 만만한 게 백수란 거지? 좋다. 그건 그렇고 사실 신경 쓰이는 게 있다."

"뭔데?"

"그럴 분이 아닌데, 홍제스님이 약속을 깨고 어디론가 사라져버리신 것 같아. 어디 계신지 알 수 있는 방법이 없을까?"

"핸드폰으론 연락이 안 돼?"

"스님은 핸드폰이 없어."

문밖으로 나서지 않는 것을 수행으로 삼는 홍제스님에게 핸드폰은 쥐어 드려도 던져버릴 물건이겠지만, 요즘 승려라면 다들 지니고 있는 핸드폰조차 팽개치고 사는 스님의 유별난 무소유와 은둔이 이럴 땐 못마땅했다. 현담은 또 어깨를 으쓱하며 고개를 저었다.

"별일 있으시겠니. 급한 사정이 생기신 모양이지. 아마 지금쯤 홍제굴에 올라와 계실지도 모르고."

"아니, 오셨다면 연락을 주셨을 텐데, 없어. 게다가… 꿈자리도 너무 뒤숭숭하고."

그는 쿡쿡 웃으며 말했다.

"세상이 꿈인데, 꿈속의 꿈은 믿나 보군? 이적(異蹟)과 영험은 안 믿는 녀석이 꿈은 믿는다? 재미있군."

현담이 대수롭잖게 넘기려는 것을 보자 마음이 더 불안해졌다.

"홍제스님의 행방을 좀 알아봐주면 안 될까?"

"그 정도였나? 그러지, 뭐. 누구 부탁이라고."

현담은 시원시원하게 말하곤 자리에서 일어섰다. 그가 찻값을 계산하는 사이 나는 우산을 펴들고 밖으로 나왔다. 흩날리는 빗줄기 사이로 하늘은 환해져 있었다. 천왕문을 지나 현담은 종무소 쪽으로 꺾어 들어갔고, 나는 불이문(不二門)으로 곧장 걸어 올라갔다. 불이문 근처에는 점심공양을 마친 수련회참가자들이 서성거리며 휴식을 취하고 있었다. 젊은 사람 몇이 인사를 건네왔다.

"선생님, 공양은 하셨어요?"

"먹었습니다."

제대로 된 식사를 하지 못한 배가 더부룩하게 불러오고 있었지만, 밥 먹었냐는 질문이 정말 밥을 먹었냐는 질문이 아니듯, 먹지 않아도 먹었다라고 말하는 것이 관습상의 정해(正解)였다. 하지만 그들은 인사치레가 아니었다.

"언제요? 공양할 때 안보이시던데요. 밖에 나가서 혼자 고기 먹고 오신 거 아니에요?"

"와. 좋았겠다. 나도 고기 먹고 싶은데."

"예쁜 셔츠로 갈아입으신 걸로 봐선 밖에서 여자랑 같이 먹고 오신 건가 봐."

"뭐 어때. 너도 잘생긴 스님 꾀러 온 거잖아."

붙임성 좋게 보이는 동그란 눈을 가진 여학생이 말을 던지자, 대답할 틈을 주지도 않고 앳된 친구들이 맞장구를 치며 깔깔거렸다. 활기로 가득 찬 젊음이었다. 그들이 세상에서 내뿜었던 활력은 보지 않아도 짐작할 수 있었다. 현란한 말의 속도를 따라갈 수 없어 가벼운 목례로 그들을 스쳐 지나치려는데, 맹랑한 목소리가 들려왔다.

"선생님, 근데 영락사에 사리가 있긴 있는 거예요?"

못 들은 척 객사로 발걸음을 옮기는 동안 태양이 구름의 속살을 헤집으며 나올 준비를 하고 있었다.

8

객사 방바닥에 배를 붙이고 외우고 있던 글귀를 노트에 옮겨 적었다. 어렴풋하게나마 엉터리 삼여도가 홍제스님이 사라진 것에 대한 실마리를 품고 있을 거란 느낌이 드는 이상 막연히 연락을 기다리며 열손가락을 꼽고 있을 수만은 없었다.

'生死心之餘 圓覺夢之餘 般若修之餘 此是弘濟三餘'
나고 죽음은 마음의 자투리일 따름이고, 깨달음은 허망한 꿈이 다한 나머지요, 반야의 지혜는 열심히 닦고 수행한 결과일 뿐이다. 이것이 곧 홍제의 삼여다.

홍제의 세 가지 남음까지는 평이했다. 문제는 삼여도의 물고기들이 왜 세 마리보다 더 그려졌는가 하는 것이었다.
여섯 마리의 물고기.
동양화에 쓰이는 도상학적 규칙들을 기억해보려 애썼지만 물고기와 관련해서는 고작 쏘가리가 관직을 의미한다는 것 말고는 도통 생각나는 것이 없었다. 도움이 필요했다. 도움을 줄 상대는 통화 연결음이 아홉 번 이어질 동안 응답이 없었다. 전화를 끊으려던 순간 목소리가 툭 튀어나왔다.
"오빠, 웬일이에요?"
조약돌처럼 야무진 목소리엔 놀람과 반가움이 묻어나왔다.

"바쁜가 보네. 강의하고 있었던 건 아니야?"

"강의 중에는 꺼놓죠. 도서관에서 나와 전화 받는 거예요."

"논문은 잘 돼가?"

"그렇죠. 뭐."

"뭐하나 물어보려고 전화했어. 삼여도 알지?"

"물고기가 세 마리 그려진 그림 말하는 거죠, 근데요?"

"물고기가 여섯 마리 그려져 있으면 육여도(六如圖)냐?"

예림이 까무러칠 듯 웃음을 터뜨렸다. 맑고 가벼워 듣고 있으면 하늘로 둥실 떠올라 갈 것 같은 웃음.

"잘난 척만 하던 오빠가 이렇게 무식한지 몰랐네요."

"급해. 놀리지 말고 말해봐."

예림은 웃음을 멈추고 선생처럼 말했다.

"육여도란 건 없어요. 구여도(九如圖), 즉 구어도(九魚圖)면 몰라도… 어디서 물고기 여섯 마리 그림을 봤어요?"

"그보다 구어도는 뭔데?"

"『시경(詩經)』「천보(天保)」의 시구(詩句) 중에 아홉 번 같을 여(如)가 나오는 부분이 있는데, 그걸 독음이 같은 물고기로 치환해서 그린 그림이죠. 주로 왕실이나 왕이 해나 달, 산과 같이 오래 살고 번창하라는 축송의 의미로 그려지죠. 경복궁 근정전 어좌 뒤에 놓여 있는 오악일월병도[30]도 왕실의 안위와 축복을 기원하는 천보구여도(天保九如圖)예요."

"그렇다면 육여도란 것은 도상학적으론 없는 거네?"

"그럴걸요."

"확실하지?"

---

30) 五岳日月屛圖 : 다섯 봉우리와 해, 달이 그려진 병풍.

"정색을 하고 물으니 갑자기 헷갈린다. 음, 혹시….'

그가 뜸을 들이는 동안 행여 방해가 될까 숨을 멈춘 채 기다렸다.

"물고기가 여섯 마리 그려져 있었으면 숫자는 별 의미 없는 거 같은데…
그냥 어유도(魚遊圖) 아닐까요."

듣고 보니 맞는 말이었다. 여섯 마리라는 숫자에 집착할 필요가 없었다.
그냥 여러 마리의 물고기가 모여 노니는 어유도일 가능성이 높았다.

"아, 어유도다, 어유도. 『장자(莊子)』의 「추수(秋水)」와 관련된 거 맞지?"

"네. 근데 어디서 물고기 여섯 마리의 그림을 봤어요?"

"그냥 오다가다."

"화제에는 뭐라고 적혀 있었는데요?"

"삼여도."

"이상하네. 삼여도라고 해놓고 왜 어유도를 그렸을까? 혹시 도상학적 이
해가 없는 초짜의 그림 아니에요? 왜 인사동의 표구사에 걸린 그림들도 그
런 게 많잖아요. 화제와 그림이 제대로 매치되지 않는 엉터리요."

"글쎄. 그런 건 아닌 것 같고… 하여간 고마워. 덕분에 한 수 배웠네."

"앞으로 모르는 게 생기면 바로바로 전화주세요. 친절하게 답해드릴 테
니…."

"신났군, 아주."

"지금 어디예요? 책 대신 저한테 연락하는 거 보니 서울은 아닌가 보죠?"

"영락사에 잠시 내려와 있어."

"놀러간 거예요? 누군 도서관에 틀어박혀 논문 쓴다고 청춘이 우울한
데."

"아니, 놀러온 게 아니라 잠시…."

"영락사에 참한 비구니라도 있나 보죠? 잘 해봐요."

농담 속에 힐난이 담겨 있었다.

"알았어. 그럼 다시 연락하자."

"필요할 때만 전화하고 할 말 끝나면 끊더라. 오빠는 진짜 이기적 유전자를 가진 사람인 거 알죠?"

"반성할게. 고마워."

예림이의 한숨이 터지는 소리와 함께 전화를 끊고는 『장자』 외편 「추수」를 떠올렸다.

장자가 친구 혜자와 함께 호수의 다리 위에서 노닐고 있었다. 장자가 물속을 내려다보다가 감탄하며 말했다.

"햐! 물고기들이 나와서 유유히 놀고 있네. 이것이 물고기의 즐거움인 거라."

친구의 도사연하는 태도가 못마땅한 혜자가 말한다.

"자네는 물고기도 아니면서 어찌 물고기의 즐거움을 안다고 운운하는고?"

기껏 잡아놓은 무드를 깨는 혜자에게 성질이 난 장자는 혜자가 말한 논리대로 떽떽거린다.

"그렇다면 자네도 내가 아닌데 내가 물고기의 즐거움을 모를 것이라는 걸 어떻게 아는가?"

혜자가 논리의 대가란 칭호를 그저 얻었던가. 지고 있을 혜자가 아니다.

'이 친구. 걸려들었군.'

혜자는 씩 웃으며 한 방 날린다.

"내가 자네가 아니라서 자네를 알지 못한다고 했지? 그렇다면 봐. 자네도 물고기가 아니니 자네가 물고기의 즐거움을 알지 못한다는 것은 틀림없는 일이 아닌가!"

장자는 심각해진다. 한번 해보자는 건가? 이대론 본전도 못 건지게 생겼다. 혜자가 쳐놓은 논리의 그물 속에서 허우적거리는 피라미는 될 순 없는 일. 장자는 혜자가 파놓은 언어의 함정을 근원부터 침몰시킨다.

"이봐, 친구. 이야기를 처음으로 돌려보자고. 자네가 '어찌 물고기의 즐거움을 안다는 건가?' 하고 내게 묻는 순간, 이미 자네는 내가 물고기의 즐거움을 알 수도 있다는 전제를 깔고 그런 유치한 질문을 할 수 있었던 것이야. 아닌가?"

그러나 장자라는 큰 물고기가 혜자의 그물을 찢은 결정타는 따로 있었다.

"좋아. 내가 물고기의 즐거움을 어떻게 알았는지 말해주지. 바로 지금, 이 다리 위에서 단박에 알아버렸다. 어쩔래?"

어유도의 화제는 주로 '아비어 아지어지락(我非魚 我知魚之樂)'과 같은 글귀로 채워진다. 내가 물고기는 아니지만 물고기의 즐거움을 안다는 뜻이다. 그림의 의미는 이전투구의 세속을 벗어난 유유자적한 삶에 대한 동경일 수도 있고, 언어의 논리적 그물망을 찢고 달아난 대어의 깨달음에 대한 찬송일 수도 있다. 홍제스님이 어유도를 통해서 말하고자 하는 것이 그런 것일까. 장자의 추수와 홍제스님을 연관시킬 매개가 쉬 떠오르지 않았다. 불가의 승려와 장자의 지향점이 계합될 만한 구석이 없는 것은 아니었지만, 탈속이란 공통점으로 뭉뚱그려서 해결될 문제는 아닌 듯했다. 게다가 '삼여도'라고 해놓고 어유도를 그린 것은 여전히 이해할 수 없었다.

컴컴한 방 안에서 머리를 짜내다 보니 갑갑증이 생기면서 헛구역질이 밀려왔다. 풀 수 없는 의문에 대한 답답함이 문제 자체에 대한 의심까지 불러오고 있었다. 화제와 도상의 불일치가 그저 홍제스님의 실수나 장난일 가능성은 없는 걸까? 그림 속에 풀어야 할 비밀이 있다고 믿은 것 자체가 지적 허영심을 충족시키기 위한 무의식의 농간은 아닐까? 나는 먹먹해진 머리통을 손바닥으로 두들기다 꽥 소리를 지르며 방을 뛰쳐나왔다. 바람이라도 쐬지 않으면 가슴이 터져버릴 것 같았다.

대웅전 앞에는 석 달 열흘을 이어 핀다는 연분홍 꽃이 설산(雪山) 고행시절 석가의 육신처럼 비틀어 꼬여진 배롱나무의 가지 위에서 풍성하게 흔들리고 있었다. 바람이 불자 스치듯 지나치면 연못인 줄도 모를 두어 평 남짓한 삼룡지(三龍池) 수면 위로 연신 꽃잎이 떨어져 내렸다. 삼룡지는 '작은 것이 정말 아름답니?' 라고 물었고, 나는 '글쎄' 라고 대답해야 했다. 연못 바닥에는 전설 대신 사람들이 던져놓은 동전들이 독기를 내뿜으며 반짝이고 있었다. 절간의 연못이건 식수대건 가리지 않고 동전을 투척해야 직성이 풀리는 따뜻한 나눔의 철학과 동전과 돌은 붙지 않는다는 상식을 뒤집기 위해 돌가루 휘날리게 문질러 결국 석불과 광배[31]에 동전을 붙여내고야 마는 고결한 실험정신을 어떻게 이해해야 할까?

물속을 들여다보느라 굽혔던 허리를 펴니 갈색 옷을 입은 행자가 마지[32]가 담긴 금빛 바리때를 머리 높이 모셔들고 절 마당을 가로지르는 것이 보였다. 무슨 사정이 있는지 사시마지[33]를 뒤늦게 물리는 모양이었다. 번쩍거리는 바리때를 보고 있자니 씁쓸함이 밀려왔다. 석가모니가 탁발을 하면서 들고 다녔을 동냥그릇이 저렇게 황금빛으로 찬란해서야 밥을 덜어줄 마음 따위 달아날 터였다. 거기에 비하면 미륵전 앞에 묵묵하게 서서 피어오르는 녹으로 자신을 붉게 물들인 발우대[34]야말로 진정 동냥그릇다웠다. 출가 수행자는 거지의 마음으로 겸허하게 빌어먹어야 한다는 석가의 가르침은 뒷집 개가 하품하는 것보다 대수롭지 않게 여기면서도, 부처님의 뜻을 받

---

31) 光背 : 성스러운 빛을 나타내기 위해 불상의 머리나 등 뒤에 조각해 세워놓은 것.
32) 摩旨 : 부처에게 올리는 밥.
33) 巳時麻旨 : 오전 10시에서 11시 사이에 부처 앞에 밥을 올리며 드리는 예불.
34) 鉢盂臺 : 전법(傳法)의 상징으로 쓰이는 발우를 형상화시킨 조형물.

든다는 명목으로 일어나는 불사는 왜 그리 많은지, 그리고 절로 들어온 돈이 어디서 얼마나 들어와서 어떻게 쓰였는지 한 번도 공개한 적 없이 그저 빌어먹을 집단이 된 것으로 만족하는 불가라니… 홍길동이 의적들을 결성해 최초로 들이닥친 곳이 탐관오리들의 광이 아닌 해인사 곳간인 이유를 그들은 여전히 모르는 걸까?

나는 허한 마음을 가누지 못하고 절을 서성이며 벽화들과 눈을 맞추었다. 나한전[35] 외벽에 자리 잡은, 혜가[36]에게 자신의 밥그릇을 건네며[37] 설거지를 부탁하고 있는 달마의 부리부리한 눈을 응시했고, 관음전 안벽에 그려진, 거북이 등을 타고 죽음의 용궁관광을 떠나는 토끼의 맹한 눈도 쓰다듬어주었다. 전각들 사이를 흘러 다니다 어느덧 무량수전[38] 뒷벽에 희미하게 남아있는 극락행 유람선인 반야용선도(般若龍船圖) 앞에 섰다. 고물에서 육환장[39] 키를 잡고 선 지장(地藏) 선장과 뱃머리에서 탑승객을 보살피는 관음(觀音) 안내양은 세월을 이기지 못한 채 늙어가고 있었다. 저들이 은퇴하면 극락행 뱃길도 끊어질 것이다. 앞으로 극락행 티켓을 끊을 승객이나 있을지 모르겠지만….

세월에 곰삭아 벗겨지고 있는 벽화들의 거친 피부 아래에선 비릿한 허전함이 풍겨왔다. 앞으로 누가 저 그림들을 애잔하게 어루만지며 붓끝에 담긴 이야기들을 후대에 전할 것인가. 누대에 걸친 난도질로 발 디딜 틈 없는 서양미술은 기를 쓰고 배우면서도 우리의 조각과 그림은 누추하다며 외면하는 미술사학도가 한둘이던가? 서양사상가들에 대해서는 누가 동성애자

---

35) 羅漢殿 : 아라한(부처의 제자이자 깨달은 자)들이 있는 전각.
36) 慧可 : 달마의 심법(心法)을 이은 제자.
37) 선가에서는 법을 이어받았다는 증표로 스승이 제자에게 발우와 가사(袈裟)를 전하는 것.
38) 無量壽殿 : 극락정토를 관장하는 아미타불이 있는 전각.
39) 六環杖 : 6개의 고리가 달린 지팡이로 지장보살의 지물.

고 누가 부인을 죽였는지 같은 시시콜콜한 내용까지 꿰다가도, 보조국사의 사상을 물어보면 뚱 썹은 얼굴로 '그런 것까지…' 라며 항변하던 철학도는 또 몇이던가? 이런 불모의 땅에서도 불교신자는 2천 만이라고 절간마다 소리 높이니 참으로 쓸쓸한 자위 아니던가.

절 안을 뱅뱅 돌아도 답답함은 수그러들지 않았다. 아니, 돌아다닐수록 눈앞에 보이는 모든 것에 마음이 에였다. 분명 내 몸 어딘가에는 문제를 양산하는 DNA 이중나선이 똬리를 틀고 있는 것이다. 한량없는 시간을 불한당처럼 광포(狂暴)하게 허비할 바에는 법당에 앉아서 호흡이나 고르는 것이 나을 성싶었다. 일주문과 대웅전을 직선으로 잇는 주로에서 빗겨나 감춰진 듯 위치한 화엄전(華嚴殿)으로 발걸음을 옮겼다. 청자색으로 빛나는 고풍스런 기와부터 고택에서나 보이는 멋들어진 연녹색 파초까지 버릴 것 하나 없이 사랑스러운 화엄전 마당에 들어서다 문득 발을 멈췄다. 수련회 사람들을 끌고 와 늘어놓았던 말들의 환영이 아직도 마당을 떠돌고 있었다.

"여기가 화엄전입니다. 화엄전에 모셔진 부처님이 누군지 아십니까?"
"비로자나불(毘盧遮那佛)이지요."
설법전에서 말을 조곤조곤 썹어서 내밀던 30대 중반의 여성이 대답했다.
"맞습니다. 비로자나불을 모신 금당은 화엄전 말고도 이름이 여러 개입니다. 『화엄경』의 주불인 비로자나불을 모신 전각이라 붙은 화엄전, 적요한 빛이라는 뜻으로 적광전, 비로자나불을 줄여 비로전, 사찰마다 여러 가지 이름으로 부르고 있습니다."
"비로자나가 무슨 뜻입니까?"
"'옴 아모가 바이로차나 마하무드라 마니파드마 즈바라 프라바르타야 훔' 이란 진언을 들어보셨습니까?"
"광명진언(光明眞言)이네요."

비로자나불을 맞춘 여인이 연달아 정답을 내놓았다.

"네, 광명진언입니다. 비로자나법신진언(毘盧遮那法身眞言)이라고도 하죠. 비로자나는 범어 바이로차나(vairochana)의 음차로 빛이나 광명을 의미합니다. 적광전이란 이름에서도 알 수 있듯 빛의 부처님이 사는 곳이 바로 화엄전입니다. 진언 이야기가 나온 김에 잠시 짚고 넘어갈 것이 있습니다. 진언이나 주문은 밀교의 영향인데, 산스크리트어로 된 진언은 뜻을 알아도 해석하는 것이 아니라고 합니다. 진언은 해석하지 않고 읽거나 암송해야 한다는 중국 현장스님의 오종불번[40]에 근거한 것인데, 암송했을 때 발생하는 신묘함이나 말의 비밀스러움에 주문의 가치가 있다고 보는 겁니다. 하지만 뜻도 모른 채 앵무새처럼 외운다고 신묘함이 발생할까요? 현장의 오종불번에 절대적 권위를 부여해서 주문 자체를 신비한 것으로만 바라보는 것은 고려되어야 할 문제입니다."

"흐흐흠."

옆에 서 있던 현담이 불만스러운 듯 목청을 가다듬었지만 나는 그의 경고를 무시하고 말을 이었다.

"주문 자체가 신묘하다고 생각하다 보니 산스크리트어 원음과 가깝게 읽으려고 합니다. 그래서 발음도 애매한 '뱧'이니 '릏' 같은 말이 적혀 있는 주문을 읽고 있는 실정이죠. 게다가 범어를 한글로 표기하는 원칙도 사찰에서 쓰는 경전마다 제각각 다르고, 전통적으로 범어를 한문으로 음차해 읽어 온 것까지 섞여 기준도 모호한 상황입니다. 여러분도 한번쯤은 들어보셨을 반야심경 마지막 구절, '아제아제 바라아제 바라승아제 모지 사바

---

40) 五種不飜 : 불법의 진실한 뜻을 담기 위해 번역하지 않는 5가지. ①진언, 주문 ②많은 뜻을 포함하고 있는 것 ③인도 고유의 것으로 중국에 없는 것 ④이전부터 음차(音借)로 널리 쓰여 왔던 것 ⑤뜻을 풀면 경박해지는 것.

하' 같이 음차 된 진언을 원음에 가깝게 '가테가테 파라가테 파라삼가테 보디 스바하'로 읽으면 낯설게 들릴 겁니다. 문법이나 해석상 의견이 구구하긴 하지만 그냥 우리말로 풀어서 '가세, 가세! 저 언덕으로 건너가세! 저 언덕에는 완전한 깨달음이 기다린다네'로 풀어놓으면 불법의 대의라도 훼손되는 걸까요? 대중들은 뜻도 모르고 기준도 없어서 혼란스러워하는 상황인데도, 절간에선 주문의 영험함과 비밀스러움만을 강조하는 실정입니다. 대승불교와 선불교를 표방하는 한국불교가 끊임없이 주문의 영험함을 강조하는 걸 보면 한국불교를 움직이는 본질은 밀교[41]가 아닌지 의심이 들 정도입니다."

현담이 참을 만큼 참았다는 얼굴로 나를 슬며시 밀치고 앞으로 나섰다.

"제가 해명할 필요가 있겠군요. 진언은 신묘함과 비밀스러움을 생명으로 하는 것이 맞습니다. 선생님은 아마 진언과 주문이 너무 신비화되고 기복화되는 것을 우려하셔서 그런 말을 하신 것 같은데, 진언의 의미가 그것만은 아니지요. 불교는 깨달음과 실천의 두 가지 내용을 다 갖추어야 합니다. '아제아제 바라아제 바라승아제 모지 사바하'란 진언을 세 번 연달아 외우는 이유는 깨달음을 실천하겠다는 결의입니다. 주문을 일념으로 암송하다 보면 삼매[42]에 들기도 합니다. 또 선생님은 현장스님의 오종불번을 번역학적 난제쯤으로 보시는 것 같은데, 그건 아닙니다. 선인들이 그런 말을 했을 때는 다 깊은 뜻이 담겨 있는 것입니다."

나는 입을 떼려다가 멈췄고, 현담은 자연스레 목소리를 키웠다.

"예를 들어 모든 진언의 첫머리를 장식하는 '옴'이란 글자는 해석이 안

---

41) 密敎 : 밀교의 종파와 가르침은 다양하지만 본문에서는 현교(顯敎 : 드러낸 가르침)라는 통상적 불교의 성격과 달리 주문과 비밀스러움을 강조하는 불교를 의미한다.
42) 三昧 : 마음을 맑게 집중해서 망상이나 혼란이 제거된 상태.

됩니다. 억지로 해석한다고 해도 한 가지로만 해석되지도 않습니다. 우주의 처음, 더 할 나위 없는 찬탄, 마군(魔軍)을 조복시키는 기합소리의 뜻이 다 담긴 말을 어떻게 해석합니까? 선승이 주장자[43]로 법상을 내려치는 소리나 학인을 깨우치기 위해 내지르는 고함소리를 해석할 수 없듯, '옴'이란 글자도 마찬가지지요. 그리고 주문 자체가 가진 힘을 무시하면 안 됩니다. 원효스님도 광명진언을 놓고는 이렇게 말씀하셨습니다. '만일 어떤 중생이 어디서든 이 진언을 얻어듣되, 두 번이나 세 번, 또는 일곱 번 귓가에 스쳐 지나치기만 해도 곧 모든 업장이 사라진다'고."

그는 『유심안락도(遊心安樂道)』까지 인용하고 있었다. 원효의 기존 저술과는 차이가 커서 끊임없이 저자의 진위문제로 도마에 오르다 이제 학계에서는 위서(僞書)라는 딱지를 붙여놓은 내력을 아는 나로서는 입맛이 썼지만 '현담표' 강의는 계속되었다.

"이러한 부처님의 가피[44]가 배어 있는 신묘한 것이기에 주문을 해석하지 않는 것입니다. 현 선생님은 학자로서만 이 문제를 보시는데 발음이 엉터리라고 해서 문제가 되지 않습니다. '나무아미타불'이라 부르든 '나무짚새기불'이라 부르든, 정성으로 부르고 외우는 진실한 마음만 있다면 불보살님들은 이에 응할 것이고 깨달음을 얻는 데에도 별 문제가 없습니다."

똑똑똑똑똑똑똑똑….

느닷없이 법당에서 울려오는 목탁소리에 정신이 번쩍 들었다. 화엄전 법당은 오전과 달리 신도들로 가득 차 있었다. 스님이 목탁을 두드리며 뭔가를 읽을 때마다 회색 법복바지를 입은 어머니와 아이들이 불상을 향해 꾸

---

43) 拄丈子 : 선사(禪師)들이 설법을 할 때 지니는 지팡이나 총채.
44) 加被 : 부처나 보살이 자비와 이적을 베풀어 중생을 돕는 것.

벅꾸벅 절을 올렸다. 뜰 구석에 서서 스님의 축원을 가만히 들어보니 시험을 100일 앞두고 발원에 들어가는 대입합격기도였다. 스님은 발원자들의 이름과 주소까지 일일이 읽어 내렸다. 서울 강남부터 부산 해운대에 이르기까지 전국의 웬만한 도시는 다 언급되는 대장정이었다. 금당 안 비로자나불은 뭘 빌어도 다 들어주겠다는 듯 반쯤 뜬 눈을 음침하게 내리깔고 있었다. 성스러운 기원의 현장에서 더는 얼쩡거릴 수 없었다. 행여 부처의 강력한 가피가 내게 튀기라도 한다면 덩달아 늙다리 대학신입생이 되는 불상사가 생길 것 같아 서둘러 화엄전을 빠져나왔다.

10

똑떨어지는 대리석 기둥 위로 팔작지붕을 억지로 덮어씌워 놓은 성보박물관, 물방울을 튀기며 끊임없이 쏴쏴 이어지는 계곡의 물소리, 터질 듯 농밀한 구름 몇 점을 전시해놓은 뜨거운 하늘이 계곡의 오후를 묘사하고 있었다. 사위를 두리번거리는 동안 엉덩이가 드러날 만큼 짧은 핫팬츠를 입은 여자들이 극락교에서 어정대는 모습이 눈에 잡혔다. 막혔던 혈관이 트여왔다. 그들은 오전의 불미스러운 일은 모르는 듯 다리 중앙을 점거하고 서서 선글라스 너머로 보이는 계곡의 풍광에 감격하고 있었다. 나는 그들 앞으로 다가가 말했다.

"미안한데 좀 지나갈게요."

미안해야지. 건너지 않아도 무방한 상황에서 구태여 그들을 비집고 다리를 넘으라고 시킨 내 본능은 그들에게 미안해야 한다. 그중 하나가 벌린 다리를 모으며 어깨를 옆으로 슬쩍 뺐고, 나는 살을 부비듯 그들을 스쳐지나

79

갔다. 그들에게선 욕망을 일깨우는 야릇한 향수와 화장품 냄새가 거품처럼 흘러나왔다. 정신이 어찔해지며 어딘가가 뻐근해져 왔다. 다리를 건너 솔밭 벤치에 앉아서도 눈은 하염없이 그들을 좇고 있었다. 그들은 이미 건너편 박물관 앞에서 서성이고 있었지만, 내 눈길은 계속해서 그들의 아랫도리를 질펀하게 핥아대고 있었다. 살 속으로 파고드는 햇발처럼 그 허연 육신을 욕정으로 그을리고 싶었다. 그들의 탐스런 허벅지 뒤에는 '달마도 특별전' 현수막이 자리를 잡지 못한 채 바람이 불 때마다 볼썽없이 펄럭였다. 그들이 절 안으로 사라지자 아쉬움과 함께 음흉한 웃음이 입가에 번졌다.

오늘 스님들 공부 좀 하시겠는데….

절을 찾은 마왕 파순의 세 자매를 보고 오늘은 어떤 스님이 불가의 적막함을 한탄하며 색욕에 꺼둘릴까. 그들의 귀에는 이런 속살거림이 들려오겠지.

'스님, 여색과 사랑을 모르면서 어찌 중생을 구제하겠어요. 어서 이 중생을 보듬어주세요.'

거룩한 스님들에 대한 불경스런 짐작은 삼보[45]를 비방한 죄업이 되어 무간지옥[46]에 떨어질 것이다. 그러나 내가 무간지옥에 떨어지더라도 길동무할 스님의 수가 녹록치 않으리란 즐거운 확신이 드는 건 어찌해야 하나.

석가모니는 색욕과 같은 것이 세상에 하나만 더 있었더라도 수도할 이 하나 없으리라 했던가. 또 남근을 여자의 성기에 집어넣을 바엔 차라리 독사의 아가리에 처넣는 것이 백배 나은 일이라도 했던가. 그에겐 미안하지만 나는 둘도 아닌 하나뿐인 색욕을 길이 보전할 것이고, 뱀의 혓바닥 대신 여인의 자궁에 정액을 쏟아낼 것이다. 그리고 업보로 이어진 인연들을 생산해내고 죽고 나고, 나고 죽는 윤회의 고통을 반복해 가겠지. 그게 뭐 대순

---

45) 三寶 : 부처, 법(부처의 가르침), 승려.
46) 無間地獄 : 오역죄를 지은 중생이 구원이나 쉴 틈 없이 고통을 받는다는 극악의 지옥.

가. 다들 그렇게 살아가지 않던가. 어차피 나는 세상에 쓰임을 지니지 못한 무용지물이다. 스스로 가치 없다고 여기는 인간이 가야 할 길이 타락 말고 또 있던가. 그러나 모든 것을 인정할 때 밀려오는 이 허전함은 또 무엇이란 말인가.

물길을 거슬러온 바람이 내 가련한 업장을 스산하게 어루만지고 지나갔다. 기분을 풀려고 나온 길이 회한과 자책으로 잠식당하고 있었다. 나는 벤치에서 벌떡 일어나 극락교를 향해 걸었다. 그러나 다리를 채 반도 건너지 못한 채 우뚝 서버리고 말았다.

절. 돌다리. 치명적 여인들. 나른한 오후의 욕정….

기시감이 몰려왔다. 조금 전의 광경은 분명 어디서 겪은 일이었다.

어디였지, 어디더라….

미칠 것 같은 근질거림이 머릿속을 헤집고 돌아다녔다. 퀴즈프로그램에서 거액의 상금을 놓고 최종문제를 마주한 출연자마냥 타오르는 정답을 향한 열망. 찬스 쓰겠습니다. 전화나 인터넷 검색도 되죠? 죄송합니다. 마지막 문제는 찬스를 쓸 수가 없습니다.

맴돌던 꼬투리를 끄집어내려 다리 위에서 우두망찰 땡볕을 받는 동안 이마에서 볼을 비스듬히 종단한 땀방울이 목을 타고 흘러 쇄골을 적시고 있었다. 그러나 아무리 애를 써봐도 근질거림의 정체를 들춰낼 수 없었다. 결국 나오지 않는 기억을 끄집어내려 태양과 싸우는 것보단 땀이나 대충 씻은 뒤 방에 처박혀 있는 것이 스스로를 돕는 길임을 깨달았다.

계곡으로 나 있는 자연석계단을 밟고 물가로 내려가 적당한 빈터에 쭈그리고 앉았다. 지나가는 물을 훔쳐 얼굴에 적셨지만 햇살에 증발한 정신이 돌아올 만큼 시원하진 않았다. 추수(秋水) 같이 맑고 찬 계곡물은 말 그대로 가을이 돼서나 흐르는 걸까.

추수(秋水)라…『장자』의 「추수」, 『구운몽(九雲夢)』에 묘사된 성진(性眞)의 추수 같은 정신….

순간 미지근한 물이 도리어 탁한 정수리를 두드리는 깨우침을 가져왔다. 풀리지 않던 기시감, 그건 겪은 것이 아니라 읽었던 장면이었다. 기시감의 정체는 『구운몽』이었다.

성진이 육관대사의 명으로 용궁을 다녀오다 연화봉 계곡 석교 위에서 팔선녀를 만나 길을 비켜달라고 시비하며 서로 희롱하지 않았던가. 극락교에서 암내를 맡은 개 마냥 낑낑거리다 고작 얼굴에 물을 끼얹는 것으로 사타구니의 열기를 식히려던 나는 성진이었다. 그렇게 터지기 시작한 생각은 꼬리에 꼬리를 물고 이어졌다. 소설 『구운몽』 속 육관(六觀)대사의 다른 이름은 육여(六如)화상이고, 『구운몽』을 관통하는 건 『금강경(金剛經)』의 공(空)사상이다. 그렇다면 육관이란 이름은 『금강경』의 육여(六如), 즉 세상을 꿈·환영·그림자·물거품·이슬·번개로 빗댄 여섯 가지의 비유가 가지는 의미를 꿰뚫어 관(觀)한다는 뜻이고, 그것은 세간의 일체법이 허망하다는 것을 증득(證得)했다는 상징적 이름일 것이다. 육관을 하고 나면 진성(眞性)이 드러나는 것이니, 육관의 전법 수제자가 성진(性眞)인 것은 서포 김만중(西浦 金萬重)의 교묘한 의도가 녹아든 것이었다.

육여라는 불교적 의미가 존재한다면 홍제스님이 그린 여섯 마리 물고기 그림은 어유도(魚遊圖)가 아닌 육여도(六如圖)가 될 것이다. 육여도 그림 속 각각의 물고기는 존재하는 듯 보이나 실상은 허망한 꿈이요 그림자이자 이슬일 따름이다. 형상을 통해 형상이 온전한 것이 아님을 말하고 있으니 어찌 불가의 가르침이 아니겠는가. 홍제스님은 『금강경』의 여섯 가지 비유를 들어 육여도를 창조해낸 것이다.

그렇다면 육여도는 홍제스님의 연락두절과 관련된 어떤 의미를 담고 있는 것이 아닌 심오한 선화(禪畵)던가? 아니다. 그랬다면 굳이 삼여도라고 화제를 잡을 필요가 없었을 것이고, 낙관도 없이 급하게 마무리된 그림을 벽에 걸어둘 이유도 없을 것이다. 그림이 전하는 것은 심오한 육여의 가르침이 아니라 육여가 표면적으로 지칭하는 어떤 것, 손에 잡히는 확연한 무엇이란 생각을 떨칠 수 없었다.

한창 열에 들떠 문제를 궁리하고 있을 때 누군가 내 이름을 불렀다. 놀라 고개를 드니 낯선 아이가 다리 위에서 나를 내려다보고 있었다. 네댓 살로 보이는 소년이었다. 씻지 않아 벌겋게 튼 볼, 괴죄죄한 옷에서 빠져나온 비쩍 마른 팔, 덕지덕지 떡이 진 더벅머리, 멍하게 박혀 있는 새까만 눈, 벌어진 입술 사이로 죄 없이 드러난 하얀 이, 그리고 인중 언저리를 바쁘게 들락거리는 투명한 콧물. 얼핏 보아도 부모의 손이 타지 않은 아이였다.

"어이허어오오… 어허어오오허…."

난간 없는 극락교 가장자리에 아슬아슬 쪼그리고 앉아 입을 헤 벌린 채 짐승처럼 울부짖고 있는 아이의 모습이 떨어질 듯 위태로워 보였다.

"위험해, 물러서."

다급하게 소리를 질렀지만 아이는 꿈쩍도 않고 양 손을 모아 허공을 퍼 올린 뒤 얼굴에 문질러대기 시작했다. 마른세수를 하는 걸 보니 아까부터 날 지켜본 모양이었다. 나는 아이가 앉아 있는 다리 아래쪽으로 다가가며 말했다.

"야, 위험하다니까. 너 거기 있으면 떨어져."

"어오우어어."

"엄마는 어딨니?"

"어오오."

정돈되지 않은 괴성만 연달아 터트리는 걸 보니 아이는 말을 하지도 듣지도 못하는 것 같았다.

"이 아이 보호자 분 계세요?"

나는 주변을 둘러보며 외쳤다. 다리 근처에 사람은 없었고 멀리 지나가던 관광객들만 의아한 표정으로 힐끗거릴 뿐이었다.

"야, 너 왜 이렇게 위험하게 놀아. 거기서 썩 안 내려올 거야?"

아이에게 조금 더 다가서자 아이는 발을 조금씩 앞으로 움찔거리며 점점 위험한 상태로 자신을 몰아가고 있었다. 아이가 신은 운동화 밑창의 물결무늬가 아래에 있는 내게 훤히 보일만큼 긴박한 상태였다. 더 다가가면 사달이 날 것 같아 나는 그 자리에 붙박인 채로 아이를 타일렀다.

"알았어, 알았어. 안 갈 테니까 그대로 있어, 알았지?"

초조하게 주위를 살피던 차에 마침 일주문을 나와 다리 쪽으로 걸어오는 30대 남자가 보였다.

"아저씨! 이 아이 좀 잡아주세요."

소리를 들은 남자는 아이를 보고는 지체 없이 다리로 뛰어올랐다. 남자는 신중을 기하려는 듯 아이의 몇 발자국 뒤에서 걸음을 늦추더니 아이의 등 뒤로 살금살금 다가섰다. 아이는 여전히 멍하게 웃으며 내게 신경이 뺏겨 있었고, 그가 아이를 안전하게 거두는 것은 시간문제로 보였다. 그러나 남자의 손이 아이의 등에 닿으려는 순간, 아이가 휘청거리며 일어섰다.

아악!

아이가 떨어지리란 생각에 비명을 질렀다. 하지만 아이는 용케 중심을 잡더니 원망이 가득한 눈으로 나를 노려보면서 소리를 더 크게 내질렀다.

"어우아악!"

지켜보던 나도, 붙잡으려던 남자도 넋이 빠지긴 매한가지였다. 그새 아이는 남자를 젖히고는 민활하게 일주문 쪽으로 내빼버렸다.

"아따. 고놈 날래네."

아이를 놓친 남자가 허허거리며 입맛을 다셨고 나는 가벼운 목례로 민망함을 전했다. 남자가 떠난 뒤, 다리로 올라가 아이가 사라진 쪽을 살펴보았지만, 아이의 모습은 보이지 않았다. 발끝에 채는 게 있어 내려다보니 아이가 떠난 자리에는 어른 주먹만 한 돌멩이 하나가 놓여 있었다. 돌을 들자 아래엔 손가락만 한 송사리 치어가 납작하게 눌린 채 죽어 있었다. 아이의 철없는 장난이던가? 발보리심[47], 발보리심 중얼거리며 굳어버린 고기와 돌멩이를 계곡에다 던져버리려는 찰나 어디선가 내 이름을 부르는 소리가 희미하게 들려왔다. 놀라 사방을 둘러보았지만 방향은 짐작할 수 없었다. 목을 움츠리는 사이 다시 소리가 이어졌다. 그건 내 이름을 부르는 소리가 아니라 보이지 않는 곳에 숨은 아이가 내지르는 기괴한 울부짖음이었다. 하필그 소리가 내 이름처럼 들리다니… 문득 노려보던 아이의 싸늘한 눈빛이 떠오르며 경련이 등줄기를 움켜쥐었다.

눈이 멀도록 내리쬐던 햇살이 서서히 엷어지면서 천축산 나뭇잎들을 선홍빛으로 희롱하기 시작했다. 계곡에 저녁이 소름처럼 내리고 있었다.

11

홍제굴에서 또다시 허탕을 치고 돌아오자 저녁예불은 끝나 있었다. 객사에 들어앉아 휑한 마음을 가누려 책장을 뒤적였지만 눈은 활자들 사이로 자꾸만 미끄러져 내렸다. 쟁여놓은 불길한 상상이 걷잡을 수 없이 펄떡거릴 무렵 누군가 방문을 두드렸다.

"거사님. 현담스님이 방으로 오시랍니다."

이십대 후반으로 보이는 안경 쓴 행자가 말을 전하고는 어둠 속으로 바

---

47) 發菩提心 : 깨달음을 얻어 중생을 구제하려는 마음을 내는 것. 본문에서는 다음 생에는 사람 몸으로 태어나 불도를 닦아 깨달음을 얻으라는 축원의 의미로 쓰였다.

삐 사라졌다. 기대감과 불안감이 동시에 밀려왔다. 홍제스님의 행방을 알려주려는 것일까, 아니면 다른 승려들에게 오늘 일을 책잡혀 내일 강의가 취소됐다는 소식이라도 전하려는 것일까?

복잡한 심사를 품은 채 별이 총총한 절 마당을 가로질러 현담이 기거하는 요사의 방문을 열고 들어섰다. 뜻밖에도 현담은 낯선 남자 둘과 마주앉아 있었다. 현담은 눈을 감고 있었고, 사내들은 들어서는 나를 빤히 쳐다보았다. 남자들에게 고개만 까딱이고는 그들 옆으로 가 앉았다. 왠지 옆에 앉은 남자들을 어디서 본 듯했다. 곁눈질로 슬쩍슬쩍 옆모습을 살피는 동안 그들이 수선교에서 승려의 시신을 수습하던 남자들이란 것을 알아차렸다. 왜 이 사람들이 여기 있는 것일까? 인사도 소개도 없는 무거운 분위기를 견디며 현담이 입을 열기를 기다렸다. 얼마 뒤 현담은 파르르 떨리는 눈으로 나를 쓰윽 바라보더니 말했다.

"홍제스님이… 발견됐습니다."

"네?"

발견이란 말이 주는 언짢은 어감과 함께 어떤 직감이 온 몸을 휘감으며 옥죄어왔다. 바로 옆에 앉아 있던 희끗한 머리의 남자가 가늘게 찢어진 눈을 번뜩이며 지극히 건조한 음성으로 말했다.

"홍제굴 근처 숲에서 바위 사이에 끼인 채 발견됐어요."

"누가요, 홍제스님이요?"

남자는 대답하지 않았다. 아니라는 대답을 원하는 내 애처로운 눈빛에도 현담은 그저 옅은 한숨만 내쉬었다. 순간 칠통[48] 같은 나락으로 빨려드는 듯한 현기증으로 몸을 가눌 수 없었다.

---

48) 漆桶 : 옻을 칠하거나 담는 검은 통. 불가에선 비유적으로 깨달음의 지혜가 없어 둔하고 어리석은 생각을 가진 이를 말한다.

맞구나. 꿈이 내내 걸린 이유가 이거였구나.

나는 말려드는 혀를 가까스로 풀며 물었다.

"대… 대체 어떻게 입적⁴⁹⁾하신 겁니까?"

"둔기로 머리를 마구 내려 친 다음 바위 사이에 억지로 끼워 넣었더라고요. 얼마나 쳐댔는지 피가 바위 주변에 흥건했수."

이번에는 젊은 남자가 비위가 상한다는 듯 얼굴을 우그러트리며 말했다. 스님에게 가해진 한 방 한 방을 상상할 때마다 머리통이 움찔움찔하면서 뭉개지는 것 같았다.

"스님은 어디에 모셔져 있습니까? 봐야겠습니다."

현담은 머리를 흔들었다.

"염(殮)을 하는 중이라 불가합니다. 게다가… 많이 상하셔서 보지 않는 게 좋을 겁니다."

"지금 어디 계시냐고?"

"인호야!"

현담이 준엄한 목소리로 꾸짖었다. 분위기가 험악해지자 눈치를 보고 있던 남자들이 조용히 방 밖으로 나갔다. 그들이 나가자마자 나는 억억거리며 올라오는 미어짐을 견디지 못하고 바닥에 꼬꾸라져 버렸다. 스님은 종교적 치기와 열정을 다스려주었던 스승이었고, 좌초돼 버린 학자의 꿈과 현실을 부양하는 기둥이었다. 지금이라도 올라가서 만나뵈야 하는 분이 차가운 칠성판 위에 누워 있다는 것을 믿을 수 없었다.

"왜… 누가?"

현담은 내 등을 토닥였다.

"인호야, 이러지 마라. 정신을 놓으면 안 된다."

---

49) 入寂 : 적멸에 든다는 뜻으로 승려의 죽음을 높여 부르는 말.

"다 필요 없어, 씨발! 죽여버릴 거야."

살의였다. 홍제스님을 그렇게 만든 놈을 찾기만 하면 같은 방식으로 골통을 박살내겠다는 동물적 복수심만이 혈관을 채우고 있었다. 그렇게라도 증오하지 않으면 슬픔으로 죽어버릴 것만 같았다. 육두문자와 저주의 소리를 내뱉으며 가슴을 쥐어뜯고 쓰러지기를 몇 번이나 했을까. 겨우 정신이 돌아오자마자 현담에게 물었다.

"사건을 수사하는 경찰은 어디 있어?"

"…없어, 경찰에 신고하지 않았어."

"무어? 왜!"

"인호야. 진정하고 내 말부터 들어라."

현담은 난감한 듯 목덜미를 주무르며 말을 이었다.

"홍제스님 말고도 6개월 전에도 스님 한 분이 입적하셨어. 대외적으론 돌연사로 죽었다고 알려졌지만, 돌연사가 아니라 참혹하게… 살해당했다. 시신은 영각[50]을 소제하는 소임을 맡고 계신 지전[51]스님이 발견했지. 자는 것처럼 바닥에 누워 있더란다. 다가가서 보니 온몸이 톱으로 썰려져 토막나 있었어. 하지만 문중의 어른들이 모여 숙의한 결과 경찰에 알리지 않기로 했다."

"왜, 뭣 때문에?"

"살인사건을 조사한다고 경찰이 경내를 들락거리는 것도 그렇지만 스님들이 경찰서로 줄줄이 불려가서 취조를 받는 것도 승가로서는 모욕이야. 게다가 이런 일이 신도들이나 외부인들에게 알려지면 영락사 꼴이 뭐가 되겠냐. 괜한 입방아질에 각 처소에서 열심히 공부하는 수좌나 학인들은 물

---

50) 影閣 : 고승들의 진영(眞影 : 초상화)을 그려 모신 전각.
51) 知殿 : 전각의 청소나 헌공(獻供 : 공양을 바치고 예불하는 것)의 소임을 지닌 승려.

론이고 지성으로 찾는 신도들의 신심이 흔들릴 것은 자명한 일이거든. 절이란 곳은 수행과 기도를 행하는 성스런 공간이야. 그건 어떤 이유로도 방해받거나 파괴될 수 없는 절대적 조건이라는 건 너도 알지?"

'절대' 라는 꿈결 같은 소리를 지껄이며 곰팡이 꽃도 꽃이라 우기는 현담이 가증스러웠다.

"그걸 말이라고 하는 거야? 사람이 죽어나갔는데 그 따위 소리가 가당키나 해?"

"그래, 그래. 덮어두기엔 너무 큰 문제라 자체적으로 사람을 고용했어. 아까 방에 있던 사람들 있지? 나이 든 거사는 전직 경찰이고, 젊은 거사는 그의 조수다."

"뭐야, 탐정놀이라도 하자는 거야?"

"인호야. 우리로선 그게 어쩔 수 없는 선택이다."

"시끄럽고, 그럼 오늘 낮에 계곡에서 발견된 스님도 그냥 사고사가 아니지, 그렇지?"

그는 숨을 곳을 찾지 못한 짐승마냥 불안하게 눈알을 굴렸다. 조금이라도 엇나가면 난장판을 만들 것 같은 내 기세에 눌렸는지 그는 차분하게 사실을 털어놓았다.

"그래, 네 말이 맞다. 몸에 수십 군데 칼자국이 있는 것으로 봐선 단순한 익사는 아니야."

"좋아, 사람을 고용했다고 했지? 그럼 자체적으로 뭘 조사를 했기에 오늘만 두 명의 스님이 죽어나간단 말이야."

"그게… 한동안 잠잠해서… 예상치 못한 일이야."

"그래서 앞으로의 대책은?"

"원래의 방침대로 밀고 나가기로 원로회의에서 결정이 난 모양이야."

"속 편하군. 끝까지 쉬쉬하시겠다?"

"이해해라, 여기 입장도 있으니."

"웃기고 있군. 언제까지 비밀이 밖으로 새어나가지 않을 것 같은데?"

"그나저나 네가 말해줘야 할 게 있다. 그간 홍제스님을 찾아다닌 이유가 뭐야. 그걸 알아야 조사가 진행돼."

그의 말에 마침내 억누르던 분노가 폭발했다.

"씨발! 조사 같은 소리하고 자빠졌네. 도대체 여기 둘이 앉아 속닥거려서 뭘 어쩌겠다는 거야. 6개월 전 처음 일이 벌어졌을 때 경찰에 알리고 범인을 잡았더라면 오늘 같은 참사가 벌어지지 않았을 거 아냐. 결정해. 경찰에 네가 알릴래, 아님 내가 알릴까?"

현담은 고개를 숙이며 뒷목을 억세게 주무르더니 낮고 긴 숨을 토해냈다.

"오늘 계곡에서 발견된 스님 때문에 경찰도 알고 있어. 경찰 윗선에 영락사 신도가 있어서 사고사로 처리해달라고 청탁을 넣고 수사보류중이다."

"대단하군, 정말 대단한 능력들이야."

영락사는 치외법권지역이자 소도였다. 현담은 벌써 언론 쪽도 손을 써놓았을 것이다. 범인보다 더 치가 떨리는 것은 영락사의 치밀함이었다. 그들은 어떻게 해서든 사건을 봉인하려 하고 있다. 나라도 나서지 않는다면 홍제스님의 죽음은 단순한 사고로 묻혀버릴 것이 자명했다. 그러나 세상의 외곽을 표류하는 일개 서생에게 무슨 능력이 있어 스님의 억울한 죽음을 밝혀낸단 말인가. 두고볼 수도 없고 발을 담글 수도 없는 난처한 상황이었다. 내 마음을 아는지 모르는지 현담은 그저 침착한 표정으로 침묵하고 있었다. 그의 모습은 그 어떤 욕설이나 항변보다 가증스러워 보였다. 자리를 박차고 일어서는데 현담이 내 손을 움켜잡았다.

"홍제스님과는 무슨 일로 만난 거냐?"

순간 그의 절박함으로부터 원하는 것을 끌어낼 수도 있겠다는 생각이 퍼뜩 스쳤다. 정보를 승려가 통제하는 영락사에서 그와 등을 맞대고선 홍제스님의 죽음을 파헤칠 수 없다는 생각에 마음을 수습하고 다시 자리에 앉았다.

"너부터 그간 조사해서 드러난 사실을 말해봐."

"별 것 없다. 그동안 비밀리에 조사를 벌였지만, 의심할 만한 용의자나 뚜렷한 동기가 나오지 않았어. 오늘 스님 두 분이 무더기로 죽어나가면서 어른스님들 사이에서는 동티가 났다는 말까지 나오고 있는 형편이야."

"동티라니?"

"오죽하면 그런 말이 나오겠냐마는 1년 전 요사를 증축하는 과정에서 대웅전 앞에 있는 바위 하나를 건드렸어."

"부처바위 말이야?"

"그래."

"바위 부처가 성이 나 벌이라도 준단 말이야?"

"일반인들에게는 그냥 부처바위로 알려져 있지만, 영락사 스님들 사이에 내려오는 전설에 의하면 그 바위는 압원석(壓怨石)이야."

"압원석? 그럼 원한을 누르는 돌이란 말야?"

"그래. 예전 한 처녀가 영락사 스님을 사모하게 되었는데 스님이 자신의 사랑을 받아주지 않자 한을 품고 죽었대. 죽은 처녀가 원혼이 되어 밤마다 그 스님을 찾아가 괴롭히는 바람에 스님도 피골이 상접해 죽었다더군. 그 후 절에서는 처녀귀신의 원기(怨氣)를 누르려고 바위를 마당에 놓아두었다는 거지."

"결국은 절에서 일어난 일련의 죽음이 처녀귀신의 소행이란 말이지?"

어른스님들의 상상력에 경탄하며 피식 실소를 터트렸다. 현담은 상관없다는 듯 진지하게 물었다.

"이제 네 차례다. 홍제굴을 자주 찾은 이유를 말해줄 수 있지?"

"넌 내가 원하는 정보를 말하지 않았어."

"지금까지 밝혀진 게 없어. 하지만 오늘 죽은 스님들을 조사하면 뭔가가 나올 수도….".

현담은 말끝을 미묘하게 흐렸다. 그 불분명함이 앞으로 뭔가를 말해줄 수도 있다는 암묵적인 약속처럼 느껴졌다. 본디 이득만 보는 거래란 없다. 남의 것 하나를 얻기 위해선 내 것 하나를 내주어야 하고, 내 등을 긁게 하려면 먼저 남의 가려운 곳부터 긁어주어야 하는 법이다. 나는 그간 홍제굴에 드나들었던 내막을 현담에게 빠짐없이 털어놓았다. 얘기를 듣고만 있던 현담은 말이 끝나자 입을 열었다.

"혹시 문제가 있는 그림은 아닌가? 도품이라든가."

"홍제스님이 그런 일에 관련될 분이 아니란 건 너도 알 텐데."

"너에게 돈을 보내주는 사람과는 만나봤어?"

"아니. 한 번도 못 봤어."

"연락처는?"

"몰라."

"마지막으로 뵀을 때 홍제스님이 스쳐가듯 했던 말이나 이상한 낌새는 없었고? 어떤 메시지라든지….".

가슴이 덜컥 내려앉았다. 그러나 정황상 육여도는 내게 남겨진 메시지였고, 애초에 현담과의 거래품목에 포함시킨 정보도 아니었다.

"전혀. 그런데 스님들의 죽음이 내가 했던 그림 일과 연관된 것 같아?"

현담은 고개를 저었다.

"아니. 딱 떠오르는 연관은 없는 것 같군. 그래도 홍제스님이 입적하신 이상 스님과 관련된 사소한 것이라도 놓치지 말아야지."

그때 현담의 핸드폰이 울렸고 현담은 곧 가겠노라 말하고는 끊었다.

"주지스님이 찾으셔서 나가봐야겠다."

그가 자리를 뜨기 전에 무언의 약속에 대한 명시적인 다짐을 받아놓고 싶었다.

"그럼 너도 뭔가 알아내는 즉시 내게 알려줄 거지?"

그는 내 손을 부드럽게 잡으며 말했다.

"인호야, 부탁 하나만 하자. 행여 억울하고 분한 마음에 여기저기 쑤시고 다니지 마라. 괜히 절의 일에 끼어들어서 곤란을 당하는 걸 보기 싫으니까. 홍제스님은 이곳에서 강주를 하셨던 만큼 이틀 후에 단독으로 다비식을 거행할 거야. 넌 스님 만장[52]에 쓸 문구나 생각해."

현담의 표정엔 애원과 단호함이 반반씩 절묘하게 섞여 있었다. 그림 속 떡에 체할까봐 미리 소화제부터 삼킨 꼴이었다. 나는 현담의 손을 거칠게 뿌리치고는 자리에서 일어섰다. 방문을 나서자 섬뜩한 외로움이 밤공기를 타고 밀려왔다. 기댈 곳이 사라진 인간의 처연함은 어둑한 계곡을 오랫동안 서성거리게 만들었다. 다시 혼자인 것인가. 별들이 속세와의 인연을 끊으려는 듯 불안하게 흔들렸다.

12

홍제스님과의 인연은 10년을 거슬러 올라간다.

겁도 없고 아는 것도 없어 말간 눈을 가진 청년이 있었고, 그의 어머니는 아들이 출가해 승려가 되기를 원했다. 어머니의 눈에 청년은 세상을 꿰뚫을 송곳 같은 재능을 지니지 못했을 뿐더러 악착같은 세상에서 끈덕지게 살아남기에도 심성이 물렀다. 다만 성정은 그리 모질지 않아 불쌍한 사람

---

52) 輓章 : 비단이나 천에 고인의 상징하는 문구를 적어 상여 뒤를 따르게 만든 깃발.

을 보아 넘기지 못했던 아들이 갈 길은 승려의 길밖에 없음을 어머니는 확신했다. 그러나 그건 오산이었다. 인간 가운데 못된 것이 중 되고, 스님 중에 모진 것이 부처 된다는 말을 새기지 않았던 것이다. 청년은 어머니의 간절함에도 삼보 가운데 하나인 승려가 되지 못했다. 하지만 청년은 결기가 모자랐다고 생각진 않았다. 청년은 어머니가 제시한 길에 혹하면서도 때가 아니라고 생각했다. 삶의 슬픔을 모르던 청춘에겐 세상은 겪어야 할 일들과 알아야 할 것들로 넘쳐나는 원시림이었다.

어머니는 스님이 될 싹수를 내비치지 않는 청년을 보다 못해 제안을 하나 했다. 삼천 배 삼칠 일 기도였다. 하루에 삼천 배씩, 21일 동안을 버텨내면 더는 승려의 길을 채근하지 않겠다는 것이었다. 웬만한 장정도 이틀이면 도망간다는 육체적 고통을 넘기다 보면 거친 세상을 살아가는 강인함이 단련되든지 발심(發心)을 통해 그 길로 중이 되든지, 무엇이든 어머니 입장에서는 나쁠 것이 없었다.

채근에 못이긴 청년은 스물하나가 되던 8월 어느 날, 해인사 말사인 청련사(淸蓮寺)에서 삼천 배 삼칠 일 기도에 들어갔다. 예불대참회문(禮佛大懺悔文)을 좌복[53] 위에 펼쳐놓고 책에 나오는 부처의 명호(名號)에 맞춰 한 배 한 배 하다 보면 100배가 되었다. 100배를 마치면 청년은 어머니가 준 열 알의 오색 돌 중 한 알을 좌복 왼편 귀퉁이에서 오른편으로 옮겼다. 돌 하나를 옮기는 데 10분이 걸렸다. 삼천 배는 청년의 머릿속 계산으론 단순하고도 간결했다. 10분 곱하기 서른 번, 즉 300분 만 쉬지 않고 절한다면 하루의 일과가 끝나는 것이다. 조그맣고 아름다운 돌을 방석 왼편에서 오른편으로 서른 번만 옮기면 하루가 가고 그걸 21일만 반복하면 되는 별 것 아닌 일이었다.

별것 아닌 절을 시작한 지 닷새째가 되던 날 밤, 청년은 쩔뚝거리는 다리

---

53) 좌복 : 법당에서 절을 하거나 깔고 앉기 위해 쓰는 직사각형 모양의 방석.

를 끌며 공양간 옆에 붙은 공중전화를 찾았다.

청년은 어머니가 전화를 받자마자 말했다.

"더는 못해요. 내일 집으로 갈 테니 아무 말도 마세요."

잠시 당황하던 어머니는 곧 무섭게 화를 냈다. '싹수가 노랗다, 너 같이 약해빠진 놈이 이 세상에서 할 수 있는 게 뭐냐, 내일 집에 온다면 넌 내 아들이 아니다' 같은 모진 언사가 튀어나왔다. 청년은 침묵으로 저항했다. 어머니는 청년이 평소 어렵게 생각하는 아버지에게 수화기를 넘겼다. 전화를 이어받은 청년의 아버지는 말했다.

"괜찮다. 마니 힘들제? 못하겠으면 내리온나, 기회는 또 있으니까. 느그 엄마 말 너무 심각하게 생각하지 말고."

태어나서 들어본 아버지 목소리 중 가장 부드럽고 따뜻하게 느껴지는 저음이었다. 청년은 묵직하고 뻐근한 것이 가슴 구석에서 저며오는 것을 느꼈다. 막 울음이 터져 나올 것 같은 격정 속에서 청년은 이를 악물었다. 이대로 내려갈 수 없다는 결심이 날카로운 말들로 인해 패인 가슴의 홈마다 고여들고 있었다. 어머니가 수화기를 바꿔 잡았을 때 청년은 몸이 부서지는 한이 있어도 마치고 내려가겠다고 말하곤 전화를 끊었다.

일주일이 지나자 청년의 몸은 눈에 띄게 앙상해져 갔고, 자는 일마저도 여의치 않았다. 무릎이 저려와 깊은 잠에 빠질 수도 없었고 잠이 들었다가도 고통 때문에 소스라쳐 깨는 일이 반복되었다. 입술이 터져나갔고 혓바늘은 돋아 음식조차 제대로 씹을 수 없었다. 하지만 청년은 물러설 곳도 물러설 마음도 없었다.

새벽 3시 반부터 시작된 참회가 900배를 채울 무렵이면 산 아래 마을에서 해가 솟았다. 햇살이 대웅전 앞마당의 삼층석탑을 물들이고 대웅전 뒤편에 솟아 있는 달마바위를 비추면, 청년은 석등 옆에 서서 눈물이 나도록 아름다운 광경을 눈물을 흘리며 바라보았다. 땀에 흠뻑 젖은 법복을 입은 채 햇살의 법문에 취해 있으면 공양간[54]에선 공양을 알리는 종소리가 울려왔다. 청년에겐 깨지듯 조잡한 공양간 종소리가 장중한 범종소리보단 확실한 복음(福音)이었다. 삼천 배는 보통 오후 5시가 넘어서야 끝이 났다. 7시 저녁예불이 끝나면 청년은 비로소 홀가분한 마음으로 절 마당에 지천으로 흩날리는 반딧불이의 점멸을 쫓아다니거나 하늘의 별자리에 눈을 돌렸다. 그리고 방으로 돌아와 몇 줄의 말라빠진 일기를 쓰고는 휴식이라 할 수 없는 잠을 청했다.

마지막 주가 되자 육신은 고통으로 더욱 찌들었지만 마음엔 여유가 생겨났다. 해야 할 일들이 하나씩 눈에 들어오기 시작했다. 음식물 쓰레기들을 발효장에 퍼다 날랐고, 새로 지은 요사채의 방바닥에 니스 칠을 하는 울력도 마다하지 않았다. 공양미를 이고 산비탈을 힘겹게 올라오는 할머니들이 보이면 그 길로 내려가 짐을 받아주었고, 재를 지낸 후 수미단[55]에 높다랗게 쌓인 과일들을 공양주보살을 대신해 공양간까지 옮겨주느라 밥 때를 놓치는 경우도 있었다. 법회가 끝난 뒤 어지럽게 흩어진 방석들을 일일이 주워 반듯하게 쌓았고, 절에 놀러온 마을 아이들에게 허기지면 먹으려 아껴 놓았던 사탕을 꺼내어 주기도 했다. 다리는 견딜 수 없이 아팠지만, 아픈 것은 겨우 다리뿐이었다. 같이 기도에 들어간 사람들은 기도 이외의 일에는 잔뜩 몸을 사렸지만 청년에겐 기도 외의 일들이 삼천 배보다 더 중요한 일처럼 보였다. 청년을 못마땅하게 여긴 누군가가 '기도하는 사람이 뭐 그리 오지랖이 넓으냐?' 하고 한소리 던지자, 청년은 점잖게 '기도하는 것만 기도는 아니지요' 하고 응수했다.

---

54) 공양(供養)은 원래 부처나 승려에게 바치는 등, 초, 음식, 재물 등을 받치는 것을 의미하지만 절집에서는 그러한 공양물을 먹는 장소란 뜻에서 식당을 공양간으로 부른다.

55) 須彌壇 : 불상을 올려놓은 단으로 불단이라고도 한다. 수미는 불교의 세계관에 가장 높은 산을 지칭하는 수미산에서 따왔다.

삼칠 일 기도 마지막 날, 평소보다 빨리 절을 마치고 쩔룩거리는 걸음으로 마당을 지나가던 청년을 한 스님이 불러 세웠다. 아이들이 못난이스님이라고 킬킬거리던 스님이었다. 청년은 스님의 얼굴을 바라보았다. 창이 넓은 밀짚모자 아래에는 동글동글하고 시커먼 얼굴이 해사하게 웃고 있었다. 먹물 옷만 벗겨놓으면 밭에서 감자를 캐다가 밥 먹으러 집에 들른 농부라고 해도 믿을 것 같았다. 다만 반짝이는 두 눈과 굳게 다문 입술에서 수행자의 결기가 은은히 배어나올 뿐이었다.

　"사흘이면 도망갈 줄 알았더만 빵꾸 안내고 자알 견뎠네. 그래, 삼칠 일 동안 무슨 기도를 했노?"

　승려는 청년의 눈을 뚫어지게 바라보며 물었다.

　"별 생각 없이 절했습니다."

　"호오, 부처님한테 빈 것도 없었단 말이가."

　"네. 그냥 뚜렷한 원(願)을 세우지 않고 마음을 비우려고 기도를 했습니다."

　청년은 정답에 가까운 말을 했다는 자부심으로 그의 또 다른 감탄을 기대하고 있었다.

　"니 그동안 헛짓 했네."

　"네?"

　"세상에서 제일 저급한 기도가 뭔지 아나? 무원(無願)기도다. 바라는 것도 없이 하는 기도 말이다. 차라리 부자되겠다, 시험에 합격하겠다, 이런 기도가 니 기도보다 한 수 위란 말이다."

　청년은 어안이 막혔다. 스님의 뚱딴지같은 말을 이해할 수 없었다. 마음을 비우겠다는 것이 뭐 그리 나쁘다는 것일까? 불교를 잘 알진 못하지만 대충 마음이 편해지고 욕심을 버리고 뭐 이런 것 아니던가?

　"그러면 부처님께 복을 달라고 기도를 해야 한단 말입니까?"

청년은 상기된 얼굴로 자신의 기도를 폄하하는 스님에게 항변했다.

"허허… 근기가 낮으면 그래도 된다. 하지만 더 나은 기도를 해야제."

"더 나은 기도라뇨?"

"단단한 원은 세우되 부자되겠다, 합격하겠다 하고는 쪼매 다른 기다. 그기 뭐겠노?"

"깨달음을 이루겠다는 발심입니까?"

"아이다. 그보다 더 중요한 기 있다."

"깨달음보다 중요한 게 불교에 있습니까?"

"있지, 있고말고."

승려의 눈이 더욱 단단한 빛을 뿜었다.

"상구보리 하화중생(上求菩提 下化衆生). 위로는 깨달음을 구하고 아래로는 중생을 교화한다. 이기 보살의 서원이다. 이 말의 방점은 앞이 아이고 뒤에 오는 기라. 혼자 깨달아서 즐겁게 노니는 것이 중요한기 아이라, 대자비심(大慈悲心)으로 중생을 복되게 하겠다는 마음 말이다. 일체중생을 행복하게 하겠다는 서원이 없는데 깨달음이 무슨 소용이겠노."

"깨닫지 못하는데 어찌 중생을 구제합니까?"

"니는 확철대오[56]해서 그간 사람들 일을 도왔나? 중생을 복되게 하는 거, 그기 그리 어려운 게 아인 기라."

"중생을 복되게 하는 것과 제가 3주 동안 한 절은 무슨 관계입니까."

"일체중생을 위해서 살아가는 게 참 뜻대로 안 되거든. 나란 집착이 다른 사람한테 고개를 못 숙이게 한다, 이 말이다. 니가 지금까지 부처님 앞에서

---

56) 廓徹大悟 : 선불교에서 말하는 최상의 깨달음을 얻은 상태.
57) 五體投地 : 한국에서는 이마, 양손, 양 무릎을 바닥에 닿게 하는 절을 뜻하나, 인도나 티베트 등의 나라에서는 온몸이 바닥에 닿도록 몸을 쭉 펴서 엎드리는 방식의 절을 말한다.

몸을 던져가며 오체투지[57]를 수만배 한 이유가 뭐겠노? 업장소멸도 소멸이지만 하심[58]을 통해 남을 도울 수 있는 보살행을 하는 기초를 닦은 거라. 오늘이 니 회향(廻向)날이제? 회향이 무슨 의민지 아나?"

"잘 모르겠습니다."

"내가 쌔빠지게 한 걸 넘한테 준다는 기다."

"……."

"와, 억울하나? 니가 21일 동안 죽을 똥 살 똥 땀 흘리가믄서 부처님 전에 올린 공덕을 일체중생에게 남김없이 돌려주는 기 안타깝나?"

"아니, 너무 좋습니다. 저도 속으로 내내 그렇게 되길 빌었습니다."

"그라믄 됐다. 이제 보이 니가 기도 하나는 기차게 한 거 같네. 허허허."

이곳이다 점찍은 곳에서 한 발 더 내딛게 개안(開眼)시키는 스님의 절절한 가르침에 청년은 감격했다. 불교는 깨달음의 종교라는 강박이 스님의 말에 잘 익은 박이 갈라지듯 쪼개져 나갔다. 선사들의 전유물인 깨달음이란 말이 주는 무게감에서 홀가분해지자 그동안 접한 부처의 말씀들은 새로운 날개를 달고 청년을 찾아왔다.

그날 이후 청년은 수시로 청련사를 드나들며 스님의 가르침을 받았다. 하지만 운수납자의 운명은 스님을 한곳에 오래 머무르게 하지 않았다. 스님과의 연락이 끊어진 사이 청년은 군대를 다녀왔고, 두 학기만을 남겨둔 법학과를 미련 없이 때려치웠다. 우려와 반대가 들끓었지만 하고 싶은 공부를 해야겠다는 청년의 끈질긴 호소에 부모는 끝내 손발을 들었다. 청년은 스물여섯에 미술사로 전공을 바꾸고 새로운 대학에 들어갔다.

청년이 대학원에 진학할 무렵 홍제스님으로부터 전화 한 통이 걸려왔다. 스님은 영락사 강원에서 강주(講主)를 맡고 있다고 했다. 몇 해 뒤 스님은 강

---

58) 下心 : 마음을 낮춤.

주에서 물러나 산 속에 자그마한 토굴을 마련했다. 청년은 이 핑계 저 핑계로 스님과 목소리로만 연락을 주고받다 대학원 답사가 영락사로 정해졌을 때야 비로소 스님과 얼굴을 마주할 수 있었다. 그들이 다시 만난 홍제굴은 방 한 칸, 주방 한 칸의 조촐한 한옥이었다. 말이 한옥이지 언뜻 보면 비나 잠시 피할 만한 대피소였다.

"좀 크게 지으시지 그랬습니까."

청년이 묻자 스님은 손사래를 쳤다.

"지은 기 아이다. 버려졌던 토굴에 손만 좀 보고 들어온 기라."

그래도 스님은 집을 넓게 쓰고 있었다. 마당에 눕혀진 평평한 돌은 스님의 다실이었고, 홍제굴 대숲길을 벗어나 스무 발자국 여남은 곳에 위치한 절벽 위의 너럭바위는 스님의 참선처였다.

"니 인연은 속세 공부인갑네. 그것도 쉽지는 않을 끼다. 이왕에 시작한 거 열심히 해봐라."

박사과정에 들어간다는 청년의 말에 스님은 그렇게 격려했다. 스님 말대로 공부의 길이 쉽지도 않았지만, 열심히 한다고 되는 길도 아니었다. 청년의 인연은 공부가 아니었다.

13

육여도를 아궁이에 묻어둔 것은 현명한 처사가 아니었다. 걸어뒀다면 모르고 지나칠 그림을 묻어뒀으니, 누군가 발견하면 그림의 비밀을 파헤치려 들 것이다. 보다 안전한 곳에 숨겨야 했다는 때늦은 후회가 늦은 밤 홍제굴을 다시 오르게 만들었다. 급한 발걸음을 따라 이마에 땀방울이 맺혔지만 몸은 오히려 차갑게 식어갔다.

홍제굴 입구에 도착하자 숨이 턱 막혔다. 홍제굴에서 불빛이 환하게 새어나오고 있었다. 주춤거리는 사이 바스락거리는 소리와 함께 검은 그림자가 풀숲에서 툭 불거져 나왔다.

"누… 누구야!"

검은 그림자는 고함에도 아랑곳없이 손전등을 비추며 다가왔다. 몸이 뻣뻣하게 굳어 있는 사이 검은 그림자는 몇 발자국 앞에 서서 얼굴을 들여다보며 말했다.

"놀래라. 난 또 누구라고? 근데 이 시간에 여긴 어쩐 일이슈."

그는 손전등으로 자신의 얼굴을 슬쩍 비추며 말했다. 현담의 방에서 봤던 젊은 남자였다.

"일단 들어가슈. 홍제굴에 온 거 맞지요?"

남자는 홍제굴 쪽으로 걸었고 나는 홀린 듯 그를 따라 홍제굴로 들어갔다. 방 안에서는 희끗한 머리의 남자가 벽장을 뒤지고 있었다. 그는 고개를 돌려 의아한 눈빛으로 힐끔 쳐다보더니 별 말없이 하던 일을 계속했다.

"천장 안 무너지니까 앉으슈."

젊은 남자의 말에 얼떨결에 자리에 앉아 그들이 벽장의 물건들을 꺼내 바닥에 늘어놓는 것을 지켜봐야 했다. 젊은 남자가 손가락으로 스님의 물건들을 쿡쿡 찌르며 읊어내렸다.

"겨울옷하고 속옷 세 벌, 이불 한 채, 염주 하나, 경전 두 권, 지필묵, 백만 원도 없는 통장 하나, 이게 다네. 이렇게 물건 없는 스님은 또 처음 보네. 원래 스님들 살림살이가 더 복잡한데."

"스님 물건을 그렇게 함부로 뒤져도 됩니까?"

젊은 남자가 히죽 웃으며 주절거렸다.

"우린 뭐, 하고 싶어서 이러는 줄 아슈? 이게 다 지시받고 하는 거유. 현담스님한테 말 못 들었수?"

물건을 보며 생각에 잠겨 있던 나이든 남자가 혼잣말처럼 중얼거렸다.

"그런데… 그림이 없네. 지필묵이 있으면 그간 그린 그림이 있어야 할 것 아냐. 한 장도 없잖아."

"뭐, 한동안 안 그렸나 보죠. 그린 그림을 다 나눠줬거나."

젊은 남자는 이상할 게 없다는 투로 대꾸했다. 나이 든 남자가 고개를 끄덕이는 사이 젊은 남자가 불현듯 손을 내밀어 악수를 청했다.

"이름이나 압시다. 이쪽에 계신 분은 영락사 일을 맡고 있는 양근철 거사님이유. 난 양 거사님을 돕는 박재혁이고."

인사를 나눌 기분은 아니었지만 그렇다고 마냥 뭉개고 있을 수도 없었다.

"현인호라고 합니다."

양근철은 인사를 나누는 것도 귀찮다는 듯 일만 계속했다. 쉰 중반쯤 됐을까. 양근철은 키는 작았지만 눈매가 날카롭고 몸이 다부져 보였다. 나와 비슷한 연배로 보이는 박재혁은 삐쩍 마른 체격에 얇은 입술을 한시도 가만히 있지 못하고 실룩대는 버릇이 있었다. 인사가 끝나기를 기다렸다는 듯 박재혁은 속사포같이 질문을 퍼부었다.

"대학에서 미술을 가르쳤다면서요. 그럼 그림 하난 잘 그리겠수."

"아니, 그런 미술이 아니고…."

"근데 몇 살이슈?"

"서른다섯입니다."

"아따 갑장이네. 결혼은?"

"못했습니다."

"했다가 다시 돌아온 건 아니고?"

"네?"

"농담이유. 나도 아직인데, 외로운 총각끼리 잘 지내봅시다."

"아… 예."

"같은 방을 쓰는데 서먹서먹하면 안 되지."

"아, 그럼 어제 방을 같이 쓴….."

"현 선생, 보기보다 둔하네. 여태 그걸 몰랐단 말이유?"

유품을 뒤적거리던 양근철은 못마땅한 얼굴로 박재혁의 말을 끊었다.

"그만 노닥거리고 나가서 부엌이나 훑어봐. 그런데 현 선생은 이 밤에 무슨 일로 올라왔소?"

앉아 있는 동안 답변을 만들어 놓은 것은 다행이었고, 부엌으로 나가는 박재혁을 보는 것은 불행이었다.

"홍제스님 일도 안 믿기고 여러 가지로 심사가 복잡해서 올라오게 됐습니다."

"흠… 그래요?"

양근철의 찢어진 눈이 반짝거렸다. 전직 경찰이니 수많은 범죄자들의 거짓말을 들으며 살아왔겠지. 아니에요, 안 했어요, 몰라요, 그냥요, 지나가다가…. 사람에 대한 신뢰가 없기로 그들보다 더한 사람이 있을까? 하지만 의심받고 있다는 사실보다 숨겨놓은 그림에 신경이 더 쏠렸다. 박재혁이 나간 부엌 쪽에서 덜그럭거리는 소리가 들릴 때마다 깜짝깜짝 놀라 움찔거렸다.

"왜 이렇게 안절부절못하시나?"

양근철이 미심쩍게 노려보자 나는 엉겁결에 질문을 던졌다.

"저… 홍제스님은 어떻게 발견했습니까?"

"오늘 오후에 현담스님으로부터 홍제스님을 찾아보라는 부탁을 받았지. 홍제굴에 안 계시기에 숲 주변을 뒤지다 샘터 뒷길에 있는 바위에서 박 거사가 발견했소."

"짐작이 가는 사람은 없습니까?"

"없소. 그리고 그런 건 현담스님한테 물어봐야지. 내 선에서 말할 수 있는 게 아니니…."

그때 박재혁이 방문을 냉큼 젖히며 들어섰다.

"범인은 영산 부근에 있는 정신병원을 탈출한 놈이라니까. 이 새끼가 산에 숨어살다가 스님들만 보면 돌아버리는 놈 같수. 완전 변태 또라이 새끼야."

"뭐 안 나와?"

박재혁은 옷에 묻은 재를 털며 울상을 지었다.

"별건 없더라고요, 아궁이까지 샅샅이 뒤져봤는데."

"네?"

나도 모르게 박재혁을 향해 되묻고 말았다. 양근철의 작은 눈이 번뜩거리며 내 얼굴을 베어버릴 듯 훑었다.

"왜 자꾸 그렇게 놀라시나?"

"아, 아뇨…."

없는 죄도 만들어내서 고해야 할 만큼 매서운 눈매였지만, 이번에도 박재혁이 날 도왔다.

"그만 내려가죠. 뭐 특별한 건 없네. 하여간 골 아프게 생겼수. 현 선생도 같이 내려갑시다. 혼자 다니면 위험해."

"먼저 내려가시죠. 전 맘을 좀 더 추스르고 내려가겠습니다."

"알아서 하슈. 그럼 나중에 봅시다."

"흠."

선선한 박재혁과는 달리 양근철은 의심의 빛이 역력한 눈길을 거두지 않았지만, 박재혁의 거듭되는 재촉에 못 이겨 느리터분하게 자리를 떴다.

그들이 시야에서 완전히 사라지는 것을 보고서야 부엌으로 들어가 아궁이를 뒤졌다. 박재혁의 말은 거짓이 아니었다. 재를 바닥까지 파헤쳐도 숨겨놓은 육여도는 나오지 않았다. 도대체 그림이 어디로 갔단 말인가. 등골이 오싹해지면서 다리가 후들거렸다. 그러나 그림을 확인하는 것 말고도 홍제굴에서 해야 할 일이 남아 있었다. 나는 덜덜거리는 턱과 홍제굴을 당장이라도 벗어나고 싶은 욕구를 겨우겨우 달래며 방으로 돌아왔다.

방안은 이젠 유품이라 불러야 하는, 스님의 옷가지와 물건들로 어지럽혀져 있었다. 옷가지를 곱게 접어 벽장 안에 차곡차곡 쌓아 넣었다. 유품은 벽장 한 칸을 다 채우지 못했다. 이불을 제외하곤 등에 메는 바랑 하나면 정리되는 생(生)이었다. 내게 보여줬던 그림과 관련된 일이 아니라면 스님이 그토록 처참하게 돌아가셔야 할 이유가 없어 보였다. 사건의 내막을 알려면 일단 송금자인 이영선이라는 사람부터 찾아야 했다. 설령 단순히 송금만 맡은 대리인일지라도 스님의 죽음에 접근할 수 있는 연결고리는 될 것이다. 그런데 이영선을 어떻게 찾아야 할까? 막연함에 한숨부터 올라왔다.

스님이 사시던 그 모습대로 대충 정리를 끝내고 방을 찬찬히 둘러보았다. 토굴은 새로운 주인을 맞거나 헐릴 것이고 이곳과의 인연의 끈도 오늘로 완전히 떨어져 버렸다 생각하니 참을 수 없는 서러움이 덮쳐왔다. 툇마루에서 바라보던 천축산의 푸르스름한 새벽도, 봄바람을 맞으며 마시던 우전(雨前)의 청량한 맛도, 비오는 날 스님이 삶아주던 향긋한 국수도 이젠 더 듣어야 하는 추억으로만 남은 것이다.

숙인 얼굴에서 떨어져 내린 눈물이 바닥을 적시려던 찰나 주머니 속 핸드폰이 몸을 떨었다. 이름 대신 숫자가 뜨는 것으로 보아 아는 사람의 전화는 아니었지만 나도 모르게 통화버튼을 눌렀다. '여보세요' 하는 순간 쐬 하는 소리가 나더니 속절없이 툭 끊어져 버렸다. 안테나 수신막대는 두세 개 사이를 오르내리고 있었다. 낯선 이의 전화에 알레르기가 있는 내가 무슨 바람이 불어 선뜻 전화를 받았을까.

한때 신문사와 잡지사에서 전화가 끊임없이 걸려온 적이 있었다. 인터뷰 요청이었다. 그러나 단 한 번도 그들의 요구에 응한 적이 없었다. 선입견이

나 기획에 끼워 맞추기 위해 유도하듯 던지는 기자들의 질문들에 짜증이 났고, 하루나 일주일 기껏해야 한 달 단위의 소용으로 채워지는 언론의 단발성 생리 앞에 잃어버린 인간의 존엄을 되찾기 위해 그 일을 저질렀다는 식의 허세를 구구절절 펼치는 것도 우스운 일이었다. 지인과 친지들의 전화도 힘들긴 마찬가지였다. 상대방의 호기심어린 질문에 이런저런 답을 하고 나면 결론처럼 이어지는 입에 발린 걱정과 설교에 수명이 점점 줄어드는 것 같았다. 세상으로부터 멀리 도망치고 싶었다. 진동으로 해놓은 핸드폰은 전화가 올 때마다 살충제를 뒤집어쓴 파리처럼 방바닥에서 한참을 빌빌거리다 멈추곤 했다. 지켜보는 나도 파리가 된 기분이었지만 그렇게라도 사람들 사이에서 잊힐 수만 있다면 좋다고 생각했다.

그러나 홍제굴을 나와 어두운 산길을 내려가는 동안 걸려온 번호로 전화를 해봐야겠다는 충동이 일기 시작했다. 수신이 약한 곳에서 때맞춰 터진 전화나 낯선 번호임에도 아랑곳하지 않고 받아버린 내 자신을 미루어볼 때, 분명 어떤 필연이 개입한 것처럼 느껴졌다. 찍힌 번호로 전화를 하면 해당 번호가 없다는 안내방송이 나올 것 같은 예감. 결국 걸려온 전화는 날 위로하기 위해 홍제스님이 저승에서 걸어준 전화일 것이란 망상에 빠져들었다.

산길을 벗어나자마자 안테나 막대가 온전하게 채워진 핸드폰을 꺼내들었다. 그러나 만지작거리기만 했을 뿐 전화를 걸 수 없었다. 전화기 너머의 누군가가 '죄송합니다. 아까는 잘못 걸었습니다' 라고 또박또박 해명해주는 고문을 이겨낼 자신이 없었다. 씁쓸하게 웃으며 바지주머니에 집어넣으려는 순간 핸드폰이 요동쳤다. 같은 전화번호였다. 눈을 질끈 감고 통화버튼을 눌렀다. 전화를 건 사람은 젊은 여자였다.

"그럼, 10시 반까지 보고서를 가지고 산문 밖에 있는 주차장으로 나오세요."

자신을 이영선이라고 소개한 여자는 거의 명령조로 말했다.

14

조명시설이 없는 매표소 앞 주차장은 버려진 황무지 같았다. 버스와 트럭들만 음침하게 웅크리고 있을 뿐 사람의 모습은 보이지 않았다. 막막하게 사위를 둘러보는데 핸드폰이 웅웅거렸다. 이영선이었다. 전화를 받자마자 구석에 숨어 보이지 않았던 자동차의 전조등이 깜박거렸다. 내가 다가서려고 하자 차가 먼저 움직였다. 반쯤 열린 조수석 창문을 드러내며 차가 멈추더니 운전석에 있는 여자의 음성이 들려왔다.

"타요."

거만하면서도 어딘가 텅 비어 있는 성문(聲紋). 차에 오르자 시트러스 향이 차갑게 풍겨져 나왔다.

"이렇게 만나는군요."

"그러게요."

그는 그 말과 함께 차를 어디론가 몰았다.

"어디로 가는 겁니까?"

"좀 밝은 데로."

그는 산문에서 그리 멀지 않은 한적한 길가에 차를 세웠다. 주황색 가로등 불빛이 무릎 위에 올려놓은 감청색 배낭을 보랏빛으로 바꿔놓고 있었다. 보고서를 건네자 그는 읽어보지도 않고 뒷자리에 툭 던져놓으며 말했다.

"혹시… 스님이 가지고 있는 탱화 봤어요?"

목소리가 흐느적거리며 내 귓불을 축축하게 적셨다. 스물대여섯쯤 됐을까? 어깨에 닿을락말락 기른 까만 머리카락 사이로 귀걸이가 찰랑거렸고, 벌어진 흰색 실크 블라우스 옷깃 사이론 뽀얀 가슴 언저리가 브래지어에 밀려 올라와 둔중한 언덕을 이루고 있었다. 잘근잘근 씹어버리고 싶게 잔주름이 예쁘게 잡힌 오동통한 입술하며 움직일 때면 은근히 풍겨져 나오는 꽃냄새가 정신을 혼미하게 했다. 동그랗고 쌍꺼풀 진 눈은 말하는 내내 상대를 튕겨내듯 도전적인 시선을 내뿜고 있었다. 시선을 맞받고 있기가 무안해 고개를 숙이자 검은색 스커트에서 빠져나온 둥글고 부드러운 허벅지가 운전대 밑에서 꿈틀거리는 것이 보였다.

"무슨 탱화를 말하는 겁니까?"

"아, 모르시구나."

그는 차창을 끝까지 내리고는 담배에 불을 붙이더니 연기 한 모금을 깊이 들이켰다 뿜으면서 말했다.

"아, 한 대 피우실래요?"

"끊었습니다. 그런데 여기까지 무슨 일로 오셨습니까?"

"…홍제스님이 돌아가셨단 소식을 들었어요. 그래서 온 거죠."

절에서 감추는 사실을 그가 태연히 말하는 것에 놀라 물었다.

"그걸 어떻게 아셨나요?"

"그냥 아는 분께 연락 받았어요. 근데 그 탱화를 못 보신 게 확실하죠?"

"근래에 작업한 탱화를 말하는 건가요?"

그는 고개를 저었다.

"그럼 전 모릅니다."

그는 뚫어지게 나를 쳐다보았다.

"음, 그나저나 생각보다 아저씬 아니네. 앞으로도 일을 계속 할 생각인가요?"

기분이 슬쩍 나빠지려 했지만 그는 내 고용주였고, 게다가 눈부신 생물체이니 최대한 공손하게 말을 받을 수밖에 없었다.

"글쎄요. 홍제스님이 계실 때와는 좀 달라서…."

내가 미적거리자 고용주는 손가락에 쥐었던 담배를 창밖으로 던져버렸다.

"잘됐네요. 이젠 부탁할 그림도 없으니까. 그건 그렇고 스님에게 맡겨둔 탱화를 찾아야 해요. 아마 인호 씨에겐 보여주지 않았나 보군요. 하긴 팔 물건이 아니었으니까."

어느새 그의 희고 통통한 손가락이 내 무릎 위로 올라와 있었다.

"전 그 그림이 꼭 필요해요. 만일 그림을 찾거나 있는 곳을 알려주면… 충분한 사례를 해드리겠어요. 무슨 말인지 알죠?"

사례란 말은 다른 뜻으로 해석되어 귓가를 반복해서 울렸다. 나도 모르게 눈길이 그의 봉긋한 가슴으로 향했다. 차 안은 에어컨 소리와 벌렁거리는 심장소리가 불륜처럼 몸을 뒤섞고 있었다. 나는 바닥난 이성을 긁어모아 말했다.

"하지만… 돌아가는 사정을 알지 못하면 도와드릴 수 없습니다. 먼저 홍제스님과는 어떻게 아시는 사인지부터…."

"그딴 걸 꼭 알아야 하나요?"

그는 내 무릎 위에 올려놓았던 손을 거두어버렸다. 그는 두 번째 담배를 입에 물었다. 손가락에 걸린 담배 한 개비가 다 탈 때까지 그는 말이 없었다. 그동안 헐떡거리던 가슴의 고동도 서서히 잦아들고 있었다. 그는 마지막으로 빨아들인 담배연기를 거칠게 내뿜었다.

"뭘 알고 싶은 거죠?"

"홍제스님과의 관계 말입니다."

"아버지예요."

묵직한 해머가 정수리 위로 떨어진 것 같았다. 스님이 속가에 딸을 두고 있다는 사실도 그렇거니와 별명이 못난이스님인 홍제스님에게 이토록 탐스러운 딸이 있다는 사실이 쉽게 믿어지지 않았다.

"제가 일했던 그림의 소유자는 누굽니까?"

"저예요."

"어떻게….".

"할아버지가 대처승[59]이었죠. 대처승이 뭔지 알아요?"

"네. 그런데 그게 그림이랑은 무슨 관계가 있습니까?"

"불교정화운동 당시에 대처승과 비구[60]가 편을 갈라 싸움을 했죠. 절을 차지하기 위해 쫓아내고 쫓겨나고 했나 봐요. 비구들에게 절을 빼앗긴 할아버지는 할머니와 자식을 데리고 길바닥에 나앉았고, 어떻게든 먹고 살수단이 필요했죠. 할아버진 사찰의 오래된 그림들을 하나씩 모았어요."

말이 모았다는 것이지 빼돌린 것이나 다름없었다. 사실 빼돌렸다는 말도 공평하지 않은 것이 지킬 의사가 있는 경우에만 빼돌렸다고 할 터인데 당시의 상황은 어지러웠다. 비구와 대처는 사찰을 점령하기 위해 폭력배를 동원하고 정치계에 줄을 대고 쇠파이프와 자전거 체인을 절 마당에서 법담(法談)처럼 주고받았다. 절마다 대처의 깃발이 꽂히느냐 비구의 깃발이 꽂히느냐는 식의 땅따먹기 싸움으로 난리북새통을 이룬 상황에서, 관음전의 탱화 한 점이나 지장전의 불상 한 구가 무슨 큰 의미가 있었으랴. 교구본사들의 상황이 이러했으니 말사나 암자들의 상황은 어떠했을지 상상이 가고도 남았다.

"할아버지는 나중에 환속[61]을 했죠. 비구 측에서 처자식이 있는 것을 가지고 자꾸 꼬투리를 잡으니까 대처승들은 공동으로 위장이혼을 하기도 했대요. 공동결혼도 아니고 공동이혼이라니, 웃기죠? 말만 이혼이고 실제로 결혼관계를 유지할 바에야 차라리 환속하는 게 깨끗하지 않아요? 뭐, 할아버지는 그림을 팔아 생계를 유지할 수 있었으니까 속 편하게 환속했을 수도 있죠. 하여간 할아버지는 환속해서 장성한 외아들을 결혼도 시키고 나

---

59) 帶妻僧 : 일본불교의 영향을 받아 출가하고도 결혼을 한 승려를 말한다.
60) 比丘 : 출가해 불도를 닦는 독신남자승려.
61) 還俗 : 출가 승려의 지위를 버리고 다시 세상에 돌아가는 일. 속퇴(俗退)라고도 한다.

름대로 단란한 가정을 꾸렸어요. 그런데 어느 날 외아들이 말없이 출가를 해버린 거죠. 그 사람이 바로 내 아버지죠. 홍제스님요."

딸이라 생각하고 봐서 그런지 이영선의 눈매와 입 언저리는 언뜻언뜻 홍제스님과 닮아 보이기도 했다. 그는 입이 풀린 듯 가족사의 애증을 계속해서 이어나갔다.

"할아버지는 당신을 환속하게 만든 비구 측에 아들이 출가했다는 사실을 알고 많이 섭섭해 했어요. 어머니 말로는 아버지도 아버지대로 대처승이었다가 환속한 할아버지를 부끄러워했대요. 아버지는 내가 엄마 뱃속에 있을 때 출가해서 내 존재도 몰랐죠. 아버지가 할아버지를 원망한 것과 같이 나도 아버지를 저주하고 미워했어요. 할머니는 그게 다 우리 집안의 업보라고 하데요."

"속가와 관련한 말을 하신 적이 없어서 저는 홍제스님이 결혼하시고 나서 출가하신 줄 몰랐습니다."

"아버지를 찾아간 것은 몇 년 전이었어요. 엄마는 아버지의 거처를 알면서도 말하지 않다가 암으로 죽기 얼마 전에 알려줬어요. 그래도 핏줄이라고 얼굴을 보자마자 눈물부터 쏟아지데요. 신파죠?"

"그럼 영선 씨의 부탁으로 홍제스님이 그림에 관여하게 된 건가요?"

"할아버지가 급작스럽게 교통사고로 돌아가시는 바람에 처분하지 못한 그림이 있었어요. 그래도 아버지라고 상의했더니 뭐라고 했는지 알아요? 떳떳하지 못한 물건이니 박물관에 다 기증하라더군요. 아버지란 사람이 어떻게 그렇게 무책임할 수 있는지… 부모도 자식도 내팽개치고 절에 들어간 사람이니까 그렇게 말할 수 있는 거겠죠. 할아버지가 어떻게 그림을 구했든지 간에 나야 정당하게 물려받은 그림이니 아버지가 그런 말 할 자격은 없는 거죠. 매일 가서 괴롭혔어요. 그림만 처분하면 유학을 떠날 테니 도와달라고 졸랐죠. 아버지가 도와주리라고 기대한 건 아니었는데… 외로웠나 봐요. 막 성질을 부리고 싶은 기분, 그런 거 있잖아요. 보름을 찾아갔더니 찔러도 피 한 방울 안 나올 것 같은 아버지가 인호 씨를 연결시켜준 거예요."

그 말을 듣는 순간 이영선과 나를 모질게 내칠 수 없었던 홍제스님의 고민이 느껴졌다. 백만금을 준다 해도 세간의 거래에 관여할 분은 아닌데 업둥이 같은 우리 때문에 어쩔 수 없이 다리를 놓은 일이었다.

"그랬던 거군요. 영선 씨가 찾는 그림은 어떤 겁니까?"

"지옥도죠. 할아버지가 팔지 않고 아꼈던 그림이었는데 이해가 안 됐죠. 그런 끔찍한 그림을 좋아하셨으니… 할아버지의 유품 같은 그림이라 간직하려 했지만, 외국에 나가면서 들고 갈 수도 없는 일이고… 아버지에게 내가 돌아올 때까지만 맡아 달라고 했던 그림이에요. 돈은 모을 만큼 모았으니 그 그림만 찾으면 한국을 뜰 생각이에요."

"그런데 그 그림이 없어진 건 어떻게 알았습니까?"

"아마 아버지가 가지고 있었을 텐데 유품 중에 그림은 나오지 않았다고 하더군요."

"누가 그런 이야기를 해준 겁니까?"

"법연스님이 알려준 거예요."

"그분은 누굽니까?"

"아버지와 친하게 지내던 스님이에요. 금조암의 주지로 계세요. 도와줄 마음이 있다면 먼저 법연스님을 찾아서 상의해보세요. 절에서 일어난 일은 나보다 많이 아실 테니."

"그럼 그림만 찾으면 유학을 가시겠군요."

"프랑스로 가서 서양미술을 공부할 거예요."

"네에… 음… 그렇군요. 그나저나 모레 스님 다비식이 있다고 하던데…."

그는 대답이 없었다. 그가 세 번째 담배를 피우려 라이터 불을 켜자 눈가에 물빛이 반짝거리는 것이 보였다. 그는 불을 붙이려다 말고 물었던 담배를 내던지며 머리를 내 어깨에 얹었다.

"나 잠시만 안아줄래요?"

"……."

승낙을 하기도 전에 그는 내 품에 파고들어 비 맞은 작은 새처럼 오들오들 떨었다.

"아버진 원하던 수도를 실컷 하다가 갔으니 후회는 없겠죠. 후회와 원망은 늘 남겨진 사람의 몫이죠."

나는 흐느끼는 그의 등을 조심스럽고 담백하게 토닥여주었다. 웃기게도 행복감 같은 것이 밀려왔다.

"도와줄 거죠?"

그저 고개를 끄덕일 수밖에 없었다. 꿈결 같은 시간이 흐르고 이영선이 눈물을 그치자 나는 차에서 내렸다. 그가 일주문까지 태워주겠다는 것을 사양하고 길을 걸었다. 몇 발자국 못 가 힐끗 뒤돌아보니 차는 고장이라도 난 듯 그대로 서 있었고, 그의 까만 머리가 운전대에 처박힌 채 흔들거렸다. 돌아가 그를 꼭 안아주고 싶은 마음을 가까스로 다스리며 앞으로 걸었다. 삼거리 모퉁이를 지나면서 다시 돌아보니 차는 마법처럼 사라져버리고 없었다.

15

객사로 돌아왔을 땐 자정 무렵이었다. 자고 있을 줄 알았던 양근철과 박재혁은 자리를 깔고 누워 두런두런 말을 나누는 중이었다.

"지금까지 홍제굴에 있다 오는 길이오?"

방에 들어서자마자 양근철이 물었다.

"네."

나는 고개를 돌리며 대답했다.

"그런데 얼굴이 확 폈네. 홍제굴에서 무슨 기분 좋은 일이라도 있었수?"

박재혁은 내전보살마냥 눈치가 빨랐다. 얼른 배낭에서 수건을 챙기고 일어서자 박재혁이 눈을 동그랗게 떴다.

"어라, 이 밤에 또 어딜 가시려구?"

절간에서 새우젓을 포식하고도 남을 그가 전혀 모르겠다는 듯 물었다. 손에 쥔 수건을 목에 걸어 보이자 박재혁은 그제야 알았다는 듯 입술을 씰룩대며 이죽거렸다.

"아, 씻으러 가시는 거유. 하여간 절에서 젤로 바쁘신 분이슈. 가다가 딴데 빠지지 말고 바로 와요. 에이고, 이참에 나도 오줌이나 누고 와야것다. 자 나갑시다."

나는 박재혁의 싱거운 제안을 뒤로하고 방에서 먼저 빠져나왔다.

샤워기에서 뿜어져 나오는 미지근한 물을 맞으며 다사(多事)와 슬픔으로 얼룩진 하루를 되짚어보았다. 콕 건드리기만 해도 풀썩 쓰러질 것만 같았다. 뜨거운 물을 잠그고 움찔거릴 만큼 차가운 지하수 밸브만 끝까지 돌려 열었다. 우둘투둘 피부가 돋는 찌릿함 속에서 홍제스님의 죽음도 이영선의 살 냄새도 몸을 세차게 때리는 물방울에 씻겨 수챗구멍으로 사라지길 빌었다. 그때 탈의실 쪽에서 탁탁거리는 소리가 들렸다.

뭘까? 이 시간이면 수각장을 사용할 사람도 없을 텐데….

귀를 기울였지만 소리는 이어지지 않았다. 예사로 생각하며 머리를 헹궈내는데 이번에는 여자의 울음소리 비슷한 것이 물소리에 섞여들었다. 소스

라치게 놀라 밸브를 잠그고 기괴한 소리에 집중했지만 소리는 금세 끊어졌다. 귀신이 곡할 노릇이었다. 거품을 씻어내지 못한 머리털을 쭈뼛 세우고는 탈의실 쪽으로 다가섰다. 쓰라린 눈을 문지르며 고개를 살짝 빼보니 외부로 통하는 수각장 출입문이 삐죽이 열려 있었다.

들어올 때 수각장 문을 잘 닫지 않았던가?

물방울을 뚝뚝 떨어뜨리며 탈의실로 들어가 벌어진 문틈으로 얼굴을 내밀고는 밖의 상황을 살폈다. 사위는 어둠 속에서 조용하게 가라앉아 있었고 불 꺼진 전각과 요사들 사이론 풀벌레 소리만 바람을 타고 흐르고 있었다.

혹시 영락사에 산다는 처녀귀신이 환청을 일으킨 것일까?

바보 같은 귀신놀음에 빠져드는 것보다 신경중이라 생각하는 편이 남은 샤워를 무사히 끝마치는 방법이었다. 괜한 헛기침을 하면서 목을 집어넣다가 문을 건드리자 뻑뻑한 경첩에선 끼기기익, 하는 날카로운 소리가 새어나왔다. 이거였나? 고개를 절레절레 흔들며 문을 닫는 순간 백열등 불빛이 미친 듯 일렁이더니 뒤에서 요망한 소리가 덮쳐왔다.

파파파파파파팍!

노랗게 달아오른 백열등 주위로 어디선가 날아든 큰 나방 하나가 제 몸을 전구에 부딪히며 어지럽게 펄럭이고 있었다. 바람과 경첩, 전구와 나방조차 나를 괴롭히고 있었다. 마치 온 우주를 상대로 싸워야 하는 격투가가 된 기분이었다. 시큼한 웃음과 함께 가슴 깊은 곳에서 한숨이 푸슈슈 터져나왔다.

샤워를 마치고 바지를 입는 동안에도 나방은 여전히 머리 위를 배회하고 있었다. 셔츠를 걸치자 이영선이 흘려놓은 체취가 콧속으로 말려 올라왔다. 싱싱한 제비꽃에서 풍기는 보랏빛 관능의 내음에 머릿속이 다시 엉키는 것 같았다. 날뛰는 나방을 바라보니 떠오르는 이름이 있었다.

이 불을 끄면 소신공양의 각오로 불단 위의 촛불로 뛰어들겠느냐, 아니면 또 다른 백열등의 온기를 찾아 밤의 헛된 길들을 날개에서 떨어진 미망(迷妄)의 가루로 덮고 다닐 것이냐? 현 인 호.

스위치를 내리고 문을 조금 열어놓은 채 수각장을 빠져나왔다.

둘째 날

새벽예불에 참석한 것은 실로 오랜만이었다. 양근철의 코골이 때문에 밀려서 나온 길이기도 했지만 꼭 그것만은 아니었다. 솜이 죽어 납작한 좌복 하나를 빼내어 들고는 법당 맨 뒤로 가서 자리를 잡았다.

"계향(戒香)

정향(定香)

혜향(慧香)

해탈향(解脫香)

해탈지견향(解脫知見香)

광명운대(光明雲臺)

주변법계(周邊法界)

공양시방(供養十方)

무량불법승(無量佛法僧)

옴 바으라 도비야 훔

옴 바으라 도비야 훔

오옴 바으라 도비야 후움…."

예불을 집전하는 승려의 선창이 시작되자 슬며시 눈을 뜨고 주위를 둘러보았다. 법당을 채우고 있는 것은 허드렛일을 하는 행자, 강원에서 공부중인 사미, 예불을 드리러 온 일반 신도, 그리고 수련회 사람들이었다. 불단 앞 중앙에 자리 잡은, 절의 어른들과 절의 주요한 직책을 맡고 있는 스님들이 사용하는 붉은 비단방석은 텅 비어 있었다.

예불문이 끝나자 사미 하나가 손에 든 종이를 힐끔거리며 제문(祭文) 같은 한문 발원문을 길고 길게 읽어 내렸다. 사람들은 그동안 졸거나 잠이 덜깬 눈만 껌뻑거렸다. 그 모습을 보고 있자니 불경스럽게도 톨스토이의 소설 『부활』의 구절이 떠올랐다.

'예배의식에 참석한 사람들 중 어느 누구도 신부가 째지는 소리로 몇 번씩이나 그 이름을 되풀이하면서 온갖 기괴한 말로 칭송한 바로 예수 자신이, 여기서 행했던 모든 것을 금하고 있다는 사실을 깨닫지 못했다. 그리고 예수는 신부라는 교사가 빵과 포도주를 가지고 행하는 무의미하고 모독적인 요술을 금했을 뿐 아니라 어떤 사람들이 다른 사람을 스승이라고 부르는 일조차 분명히 금했으며, 또 교회에서의 기도를 금했고, 각자에게 오직 혼자서 기도할 것을 명했던 것이다. 그는 교회 자체를 금했을 뿐 아니라 자기는 제단을 파괴하기 위하여 온 것이며, 기도는 교회 안에서 행하는 것이 아니라 마음과 진리 속에서 해야 한다고 말했다. …… 참석자 중 어느 누구도 여기서 이루어지는 모든 일이 그리스도의 이름으로 행해지고 있으면서도 기실은 그리스도 자신에 대한 다시 없는 모독이며 조소라는 것을 헤아린 사람은 없었다.'

예불문과 발원문이 끝나고 반야심경을 봉독하는 순서가 되자 예불을 주관하는 스님이 대중들에게 말했다.

"앞으로 『반야심경(般若心經)』은 『우리말 반야심경』으로 바꿔 봉독하기로 전국의 사찰들이 결의했습니다. 각자 앞에 놓인 책을 펴주시기 바랍니다."

책을 펴서 읽는 순간 막막함이 가슴을 짓눌렀다.

"관자재보살이 깊은 반야바라밀다[62]를 행할 때, 오온[63]이 공한 것을 비

---

62) 般若波羅蜜多 : 제법(諸法)이 공(空)임을 깨닫는 참다운 지혜를 얻어 열반에 이른 상태.
63) 五蘊 : 인간이나 현상계를 구성하는 색(色:육체, 물질), 수(受:감각, 느낌), 상(想:이미지, 생각), 행(行:의지), 식(識:총체적 인식, 판단)의 다섯 가지.

추어 보고 일체 괴로움과 재앙을 없앴느니라. 사리자여. 물질이 공과 다르지 않고, 공이 물질과 다르지 않으며, 물질이 곧 공이요, 공이 곧 물질이니, 느낌과 생각과 의지와 판단도, 또한 그러하느니라…"

'우리말'이라더니 외국어였다. 게다가 탈속한 도사들이 던지는 오리무중의 말장난이 난무하고 있었다.

지금 이 자리에서 대중과 함께 『반야심경』을 흘려 읽고 있는 나에게 불교란 어떤 의미일까? 돌아보면 불교란 삶의 진통제이자 친구라는 이름을 유지한 옛 애인이었다. 즐겁고 행복할 때는 생각나지 않다가 괴롭고 쓸쓸해지면 한 알씩 복용하고 한 번씩 전화 걸어 위안 받고자 하는 반투명한 존재. 거친 세상을 건너다보니 스무 살 초반에 얻은 자비와 나눔의 가르침은 자신에게 향하는 이익과 연민으로 변질되어 버렸고, 쥐뿔만큼도 발산하지 못하고 끝없이 제로로 수렴하다 종국엔 본질 자체도 망실해버리는 단세포보다 못한 삶을 연일 기록하는 중이었다. 초발심을 잃은 마음은 기적의 영험담과 구경각 사이를 시계추처럼 기웃거리다 어느새 그나마도 멈춰버렸다. 엎드리고 조아려 부처와 보살의 가피를 입고 싶은 중생의 마음과 팥죽을 젓다가 문수보살이 팥죽거품에서 현신하려고 하자 '문수는 네 문수고 무착은 내 무착이니 부디 꺼져라' 하며 주걱으로 문수보살의 **빰**을 후렸다는 무착(無着)스님의 마음 사이에서 길을 잃은 것이다. '부처님, 이번만 이 불쌍한 중생을 살려주세요' 애원했다가 문제가 해결되면 가부좌를 에헴 틀고 앉아 '부처가 오면 부처를 죽이겠다'는 조사[64]의 결의를 내세울 수 있을까? 스님들은 이렇게 답했다.

'머리 깎고 출가하지 않을 바엔 당장은 원하는 것을 구하세요. 그러다 삶이 안정이 되면 깨달음으로 나아가면 되는 겁니다.'

---

64) 祖師 : 선가(禪家)에서 깨달음을 이룬 승려를 지칭하는 말.

방편으로 하는 말임을 모르는 바 아니었지만, 출가하지 않고서는 깨달을 수 없다는 뜻이 배어나오는 그 말을 순진하게 내 삶에 적용할 수 없었다. 설령 스님들이 말한 방법을 따르려고 해도 문제가 있기는 마찬가지였다. 산다는 일이 끝없는 곤란의 연속임은 말문을 뗀 아이조차 아는 일이거늘, 기복에서 깨달음으로 나아가는 길이 순차적으로 열리기나 할까? 석가는 생로병사라는 문제를 원만히 풀어주려 온 자가 아니라 문제 자체를 없애러 온 자임을 상기한다면 그들이 권하는 방편을 더더욱 따를 수 없는 일이었다. 머릿속의 생각이 늘어갈수록 영험과 신비는 대중을 후리는 사기처럼 보였고, 조사의 깨달음은 너무 먼 저 너머의 이야기였다. 그럼에도 여전히 절 언저리를 맴돌고 있는 까닭은 무엇일까?

망념 속에서 예불이 끝났다. 수련회에 참석한 사람들은 법당 옆문으로 빠져나가며 오늘도 한 고비 넘겼다는 의미심장한 웃음을 주고받았다. 나는 쉽게 자리를 뜨지 못하고 뭉그적거렸다. 점점 빠져드는 망상과 혼동의 늪에 질식해갈 무렵, 누군가 내 어깨를 두드렸다. 돌아보니 예불시간에 보이지 않던 현담이 서 있었다.

"잠시 따라 나와보세요."

그는 어두운 얼굴로 그렇게 말하고는 법당을 나갔다.

2

설법전 오른편 난간을 돌아 승려들이 사용하는 육화문(六和門)으로 향하는 그의 걸음걸이는 휘청거렸다. 육화문을 나와 백련암(白蓮菴)으로 통하는 시멘트 다리 위에서 현담이 걸음을 멈추더니 물었다.

"어젯밤 늦게 들어왔다면서? 계속 홍제굴에 있었던 거야?"

그는 내가 이영선과 만나 보냈던 그 시간을 궁금해 하고 있었다. 그러나 이영선을 만났다는 말은 선뜻 꺼내기가 거북했다. 만났던 일 자체야 대수롭지 않았지만, 함께 있을 때 들었던 감정이라도 들킬까 두려운 마음에 더 듬거렸다.

"뭐… 홍… 홍제굴에서 늦게 내려왔지. 그런데?"

"스님 한 분이… 조금 전에 장경각(藏經閣)에서 죽은 채로 발견됐어."

현담은 시멘트를 발라놓은 표정으로 말했다.

"응?"

첫새벽부터 듣기엔 살 떨리는 소식이었지만, 어제만큼 놀랍진 않았다. 죽음의 소식에 대해서도 내성이 생겨가는 내가 더 놀라울 따름이었다.

"새벽에 도량석을 하던 스님이 장경각 자물쇠가 깨져 있다고 알려줘서 들어가 보니… 창자가 바닥까지 흩어져 있었어."

참혹한 광경이 그려질 듯 머릿속을 휘젓고 다녔다. 콧등을 찡그리며 신음을 내뱉는데 갑자기 현담이 매서운 목소리로 물었다.

"그런데 너 말이야. 뭐 좀 물어도 되지?"

"뭘?"

"장경각에서 죽은 스님을 어제 저녁까지 본 사람들은 많아. 저녁예불에도 참석했으니까."

현담의 돌변이 의아해 그의 눈만 멍하니 쳐다보았다.

"근데?"

"장경각을 관리하는 스님의 말로는 어제 잠자리에 들기 전에 장경각 안을 확인하고 자물쇠를 채웠다더군. 장경각을 확인한 시간이 밤 10시니 그때까진 별일이 없었단 말이지. 일은 분명 어젯밤 10시에서 오늘 새벽예불 사이에 벌어졌을 거야. 넌 어젯밤 12시쯤에 들어왔다면서. 솔직히 말해. 장경각 근처에서 무슨 소리를 들었다거나 수상한 사람을 본 적 없어?"

현담이 나를 의심하는 건지, 도움을 얻기 위해 물어보는 건지 분간이 되지 않았다. 찍어누르듯 캐묻는 말본새가 의아스럽긴 했지만 설마 하는 생각에 순순히 대답했다.

"아무도 못 봤어."

그는 내 표정을 꼼꼼히 살피더니 어렵게 운을 뗐다.

"네가 온 뒤로 스님들이 죽어나가는 걸 이상하게 생각하는 사람들이 있어. 늦은 밤에 혼자 홍제굴에 올라간 것도 그렇고… 어제 수련회 사람들에게 쓸데없이 떠든 말 때문에 네가 승가를 혐오한다는 말까지 돌고 있어."

현담의 의도가 파악되자 웃음부터 나왔다.

"내가 승가를 혐오하는 게 아니라 승가가 날 미워하는 거겠지. 도대체 그런 말도 안 되는 소리를 퍼뜨리고 다니는 사람이 누구야?"

"절 분위기가 그렇다는 거야."

미심쩍은 눈으로 바라보던 양근철이 떠올랐다.

"혹시 양 거사 아냐? 그 사람이 내가 수상해 보인다고 하디? 지금 그 사람 말만 믿고 나한테 이러는 거야?"

"뭐, 꼭 그렇다는 건 아니고 그냥 확인해보는 거지."

현담의 말이 꼬이고 있었다. 의심의 딱지가 한번 붙은 이상 아무리 결백을 주장한다고 하더라도 피곤해지리란 직감이 들었다. 그러나 현담이 옹호해주기는커녕 몰아붙이고 있다는 사실은 피곤함을 넘어서 관계의 근본을 뒤흔드는 문제였다.

"너도 날 못 믿어? 내가 사람을 죽였을 거라 생각해? 사람을 영락사로 불러놓고 이게 뭐 하는 짓이야."

흥분해서 소리치자 현담은 애매하게 중얼거렸다.

"난 널 믿는다. 하지만 다른 사람이 볼 때 확실한 알리바이가 없으면…."

모멸감을 느끼며 어제의 행적을 밝혔다.

"사실은 홍제굴에서 내려온 게 아니라 사람을 만나고 왔다."

"누구?"

"그간 나를 먹여살렸던 송금자(送金者)."

"연락처를 모른다며?"

"연락이 왔어. 핸드폰에 찍힌 전화번호를 알려줄 테니 정 못 미더우면 확인해봐."

"그럼 애초에 그렇게 말하지, 왜 홍제굴에 있었다고 거짓말을 해? 그런데 다른 사람들 의심사기 딱 좋게 야밤에 만나서 뭘 한 거냐?"

현담은 힐난조로 투덜거렸다.

"해고통지를 받았다. 그림이 바닥나서 그림 일도 못 해먹게 생겼다. 됐냐?"

이영선의 얼굴이 떠오르며 그가 얼굴을 파묻었던 어깨와 가슴이 자꾸만 실룩거렸다.

"누구야? 만나보니 믿을 만한 사람이야?"

"홍제스님 딸이야."

현담은 별달리 놀라는 눈치가 아니었다.

"홍제굴에 올라 다닌다고 소문이 자자하던 미모의 아가씨가 스님의 딸이었군. 그림은 어떻게 난 거래?"

"할아버지한테 물려받았다던데… 그 여자는 상속인일 뿐이야."

어느새 처지도 잊고 이영선의 변호를 하고 있었다.

"어젯밤에 온 이유가 뭐래. 아버지가 죽었다는 소식을 듣고 온 건가?"

"그게, 사… 사실 그래."

'사라진 그림을 찾아달라고 왔어' 라는 말이 튀어나오려는 것을 서둘러 막으며 말을 돌렸다.

"진즉에 이렇게 말했으면 오해받을 일도 없었을 거 아냐. 왜…."

"오해가 풀렸으면 가도 되지?"

등을 돌리자 현담이 다급하게 어깨를 잡았다.

"절 안의 누군가가 널 의심하고 있다면 내가 나서서 풀어야 하지 않겠니? 내가 감싸고 있다고 생각하면 말들이 더 많아지니까. 이해해라."

"됐어. 별로 널 이해하고 싶다는 기분이 안 드니까 강요하지 마."

그때 육화문 너머에서 저벅거리는 발소리와 함께 두런거리는 말소리가 들려왔다. 선방(禪房) 승려들이 육화문 쪽으로 걸어 나오는 모양이었다.

"해줄 말이 있다."

현담은 그들에게 나와 함께 있는 모습을 보이고 싶지 않았는지 따라오라는 손짓을 하고는 다리를 건너 백련암 숲길로 올라갔다. 모른 척 객사로 직행하면 속이 시원할 것 같았지만 어떤 정보든 모아야 하는 처지라 어기적어기적 그를 따라 올랐다. 얼마 오르지 않아 나무가 울창해지며 사방이 먹먹해졌다. 편평한 둔덕이 나오자 현담은 걸음을 멈췄다. 현담은 주위에 아무도 없는 것을 확인하고서도 입을 내 귀에 바투 대고 말했다.

"톱, 칼, 바위, 튀어나온 창자… 스님들이 살해된 방법이지. 뭔가 연상되지 않아?"

숲의 적묵(寂默) 속에서 살벌한 단어를 듣고 있자니 인상만 찌푸려졌다.

"박 거사 말대로 스님을 혐오하는 정신병자의 짓이군. 아님 노스님들 말대로 처녀귀신의 저주든가."

"아니야. 내 생각엔…."

그의 입술이 움찔거렸다.

"명부전[65] 지옥도(地獄圖)."

---

65) 冥府殿 : 명부(지옥세계)를 다스리는 시왕과 망자들을 구제하는 지장보살을 모신 전각.

"지옥도? 그렇다면 누군가 명부전의 지옥도에 그려진 형벌의 방식을 흉내 내서 스님들을 죽이고 있다는 거야?"

현담은 담담하게 고개를 끄덕였다. 나는 지옥도에 나오는 도상들과 그가 말한 단어들을 연결시켜보았다.

"톱은 거해지옥(鋸解地獄)이고, 칼은 도산지옥(刀山地獄), 바위는 철산지옥(鐵山地獄), 창자는 박피지옥(剝皮地獄)이란 거지?"

그림의 내용과 승려의 죽음이 딱딱 들어맞는 것이, 현담의 말이 틀리지 않은 것 같았다. 소름이 돋았다. 만일 살인이 지옥도에 따라 진행되는 것이 사실이라면, 열 개의 지옥 중 지금까지 살인에 차용된 지옥은 네 개이니 앞으로도 살인은 계속 이어진다는 뜻이었다.

지옥도와 시왕신앙(十王信仰)은 불교 속에 녹아 있던 인도신과 중국의 도교가 만나서 태동했다. 인도신화에서 지옥의 주재자이자 최초의 사자(死者)로 알려진 야마(Yama)가 중국 도교의 최상신인 태산부군(泰山府君)과 엎치락뒤치락하는 세력싸움을 거쳐 체계에 편입된 것은 9세기 『불설예수시왕생칠경(佛說豫修十王生七經)』의 편찬 무렵이었다. 야마는 염마왕 혹은 염라대왕으로, 태산부군은 태산대왕으로 이름이 바뀐 채 나머지 여덟 명의 왕을 추가하거나 반복시킴으로써 열 명의 지옥 왕 체제가 성립되었던 것이다. 『불설예수시왕생칠경』이 만들어진 시기와 비슷하게 시왕도의 도상도 자리를 잡는데 각 왕의 재판장면 아래 참혹하기 이를 데 없는 지옥들이 하나씩 등장하게 된다. 죄인을 꽁꽁 얼려버리는 한빙지옥(寒氷地獄), 독사가 우글거리는 곳에 던져버리는 독사지옥(毒蛇地獄), 펄펄 끓는 쇳물로 삶아버리는 확탕지옥(鑊湯地獄), 철확에 넣고 쇠몽둥이로 몸을 짓이겨 버리는 대애지옥(碓磑地獄)….

섬뜩함에 몸을 떨면서 범인의 윤곽을 좁혀보았다.

"그렇다면 스님들을 죽인 놈은 불교를 잘 알고 있거나 적어도 시왕도의 도상을 꿰고 있는 놈이야. 범인은 불교신자나 스님일 수도 있겠군. 나 같이 불화를 연구하는 사람일 수도 있고…."

승려가 용의선상에 올라간다는 말이 부담을 줬는지 현담은 혈압이 오른 중년처럼 뒷목을 슬그머니 쥐었다. 범행이 지옥도와 일치한다는 사실을 알게 되자 의구심이 대가리를 쳐들었다.

"그런데 놈이 지옥도의 형벌을 살인에 끌어오는 기준이 뭘까? 첫 살인은 제7 태산대왕(泰山大王)의 거해지옥이고, 두 번째는 제6 변성대왕(變成大王)의 도산지옥, 세 번째는 제8 평등대왕(平等大王)의 철산지옥, 이번에는 제2 초강대왕(初江大王)의 박피지옥이잖아. 순서대로 나가는 것도 아니고 뒤죽박죽이야. 원칙도 없이 내키는 대로 선택해서 살인을 저지르는 걸까?"

현담은 빠져나갈 구멍을 찾은 쥐처럼 눈을 반짝이며 말했다.

"그래서 하는 말이지만 살인범이 불교와 관련된 사람이라는 네 추측엔 동의할 수 없어. 그놈이 꼭 지옥도를 제대로 알고 있다고 단정하기는 힘들단 말이야. 관광 삼아 절에 온 사람이라도 지옥도를 보았다면 그 정도의 형벌들은 인상에 선명하게 남을 테니까."

좁게는 승려를, 넓게는 불자나 학자를 용의자로 압축할 필요가 없다는 뜻이었다. 나도 혜택을 보는 처지여서 반박 대신 사건의 공개를 현담에게 종용했다.

"일이 이렇게까지 됐는데 자체적으로 해결하려고 고집만 부리는 건 아닌 것 같다. 지금이라도 경찰수사를 벌이는 것이 희생자를 줄이는 일이야. 괜히 어설프게 생사람이나 잡지 말고 잘 생각해봐."

현담은 비릿한 웃음을 흘리며 말했다.

"경찰이 개입하면 사건이 해결되고 모든 의혹이 말끔하게 해소될까?"

"적어도 지금보단 낫겠지. 경찰이 깔리면 범인이 거동하긴 아무래도 어려울 테니."

"그걸 몰라서 어른스님들이 그런 결정을 내린 게 아니야. 더 큰 이유가 있다고 어제 말했잖아."

"말끝마다 어른스님, 어른스님… 어떻게 하다 최경섭이 이런 병신으로 변했냐?"

어둠 속에서도 현담의 얼굴이 양잿물을 마신 듯 일그러지는 것이 보였다. 그는 어금니를 꽉 깨물며 말했다.

"나는 중이 되고 너는 중이 되지 못한 이유를 아니?"

"갑자기 무슨 말이야. 그게 이 일이랑 무슨 상관이야."

"진리와 구도의 길을 가려는 의욕과 기회는 네가 나보다 훨씬 많았겠지. 하지만 너는 힘들 때 돌아갈 집이 있었고 부모가 있었고 애인이 있었고 하다못해 책 속에라도 파묻히면 됐겠지. 나는 돌아갈 곳이 아무데도 없었어. 그게 너와 내가 다른 길을 걷게 된 이유지."

"그래서… 그래서 하고 싶은 말이 뭔데?"

"승가란 자신 말고는 의지할 것이 없는 사람들이 모인 집단이야. 스스로를 지켜내기 위해선 우리의 일은 우리가 처리할 수밖에 없어. 내부의 일이 벅차기로서니 남들에게 의지할 수 없는 부분이 있다는 거지."

"결핍과 불운이 널 승려가 되게 이끌었단 거군. 네 말대로라면 절은 상처 입은 영혼들의 집결소쯤 되겠고."

그는 잠시 주춤거리더니 한숨과 함께 손을 내 어깨에 올렸다.

"내가 다른 스님들까지 욕되게 만들었군. 이 길은 자신이 좋아서 가지 않으면 갈 수 없는 길이야. 오해하지 마라. 인간은 본질적으로 누구나 혼자란 말이었어. 네가 보기엔 절이 폐쇄적으로 보이겠지만 그게 없으면 승가는 존립하기 힘들어. 절이라는 공간이 추구하는 것은 열린 깨달음이지만 그걸 유지하기 위한 내부규율도 필요한 거야. 기다려보자. 두 거사가 열심히 움직이고 있으니."

꼬인 심사를 조금이나마 해소시킨 건 앞뒤 안 맞는 말의 내용이 아니라 그의 목소리와 표정에 담긴 인욕(忍辱)의 흔적이었다. 게다가 지나간 이야기들로 시시비비를 가리고 싶은 열정이 내겐 남아 있지 않았다. 조용히 의지를 드러내는 것으로 이야기를 마무리 짓고 싶었다.

"나까지 의심의 대상이 된 이상 이대로는 못 기다리겠다. 나도 나름대로 움직일 거야."

그는 한참을 생각하더니 입을 뗐다.

"할 수 없지. 스님들에게 피해주지 않게 조용조용 다녀라. 그래봐야 이틀 동안이지만."

그는 왕 딱지를 친구에게 빌려주며 생색내는 다섯 살배기처럼 보였다.

3

현담의 이름은 최경섭이다. 영주고개와 영주터널로 갈라지는 학교 앞 삼거리에 있던 '영주방앗간'이라는 상호가 달린 구멍가게가 어릴 적 경섭의 집이었다. 쌀과 고추를 빻는 제분기 한 대와 갓 뽑아낸 참기름이 소주병에 담겨 고소한 냄새를 풍기며 가판대에 늘어서 있던 집. 초등학교 5학년 때 전학 온 경섭을 아이들은 참기름이라 불렀다. 별명과 다르게 경섭의 인생은 맛나지도 고소하지도 않았다. 어머니를 일찍 여읜 경섭은 말수가 적은 아이였다. 늘 술에 취해 있던 아버지 때문에 참기름을 배달하느라 수업을 마치고도 친구들과 공놀이 한번 제대로 못했던 아이. 하교 길에 반 아이들과 마주치면 얼굴이 빨개져서 손에 들고 있던 참기름 병이 보일세라 가슴에 꼭 껴안고 허겁지겁 도망치던 그였다. 그가 결석을 할 때마다 선생님의 지시로 그를 데리러 가면 술에 취해 늘어진 그의 아버지만 방에 드러누워 있었다. 경섭은 아이들의 놀림이 되었고 외톨이가 되어갔다. 중학생이 되고 내가 다른 동네로 이사를 가면서 경섭은 기억에서 사라졌다.

국기에 대한 맹세와 운동장 조회의 줄맞추기를 통해 집단으로부터 이탈을 좌시하지 않겠다던 국가가 한낱 대입시험점수와 선택과 자율이란 미명 속에서, 한 인간을 방치하고 세상 밖으로 밀어낼 수도 있다는 더러운 본색을 체감한 재수시절의 냄새나고 어두운 사설입시학원의 복도 끝에서 그를 다시 만났다. 움푹 팬 두 눈에서 그윽하게 발하는 눈빛과 오뚝하고 날렵한 콧날을 가진, 그래서 또래보다 두어 살은 더 들어 보이는 청년이 내 이름을 부르며 악수를 청했을 때, 나는 그를 전혀 알아보지 못했다. 나는 머쓱하게 손을 뻗으며 "누구?" 하고 물었고, 그는 "나 몰라? 최경섭이야" 하며 활짝 웃었다. 그제야 비로소 어릴 적 그의 모습을 앞에 서 있는 낯선 얼굴에서 반추해낼 수 있었다. 같은 교실에서 수험생활을 시작한지 3개월을 넘어서던 어느 밤, 학원 옥상에서 담배를 빌리며 털어놓은 그의 이야기는 나에겐 적잖이 충격이었다. 경섭은 더는 주눅 들어 얼굴이 빨개지는 아이가 아니었다. 그는 아버지의 술주정과 손찌검에서 벗어나 자취를 하고 있었다.

"중학교 2학년 때 자퇴했어. 한 1년 놀다가 정신 차리고 검정고시를 봤지. 그동안 웨이터도 하고 주유소에서도 일하고…."

부모의 수발을 받는 수험 2년차인 나와 달리 경섭은 어른이 되어 있었다.

"학원비나 생활비는 국제시장에서 옷 파는 고모가 아버지 몰래 보태주는 거고… 대학 졸업하면 갚아야지. 그런데 나 너 좋아했었다. 왠지 아니?"

"……."

"넌 날 한 번도 참기름이라고 부르지 않았거든."

기억도 나지 않았다. 열 살 남짓한 소년이 무슨 견결한 인류애의 사도라고 '참기름' 대신 꼬박꼬박 친구의 이름을 챙겨서 불러주었겠는가. 다만 대놓고 그의 앞에서 '참기름' 이라고 부르며 무안을 주지 않았으리란 생각은 들었다. 사람의 호불호나 선악관은 우연이나 실수 같은 미세하고 사소한 것에 의해 결정된다는 것을 그때 깨달았다. 거창한 이유와 구구한 설명들은 원초적이고 치졸한 감정을 감추기 위한 장식일 따름이었다.

그날 우리는 야간자율학습을 포기하고 학원가에 늘어선 포장마차에 들어가 우정과 의리에 관한 개똥구리철학을 나눴다. 이후 우리는 같이 놀 방법을 찾아야 했다. 당시의 다른 스무 살짜리들처럼 호프집과 당구장, 오락실을 안방처럼 들락거리기엔 경섭의 호주머니가 너무 얇았다. 그래서 생각해 낸 것이 산과 사찰이었다. 처음에는 내 의지였고, 나중에는 경섭이 가자고 운을 띄우기도 했다. 경섭과는 한마디로 죽이 잘 맞았다. 절을 찾을 때마다 주워듣고 읽었던 불교이야기를 경섭에게 해주었고 그는 내 말을 흥미롭게 빨아들였다. 법당에 경섭과 함께 눈을 감고 앉아 있다 보면 어떤 충일감이 우리를 감싸는 것 같았고, 경섭도 산문을 나설 때면 '불법(佛法)을 알게 해줘서 고맙다' 는 밑도 끝도 없는 말을 건네는 것으로 나와 같은 기분을 느꼈음을 고백하곤 했다. 불교에 대한 그의 관심은 불교교리에 관련된 입문서를 가방에 넣고 다니며 읽는 데까지 미치고 있었다.

대입시험이 한 달도 남지 않았던 어느 날, 대학생이 된 고등학교 동기를 만나고 온 내가 경섭을 잡고 씨근거렸던 말들이 아직도 잊히지 않는다. 그 유치함에 얼굴이 달아오르곤 하지만.

"대학 간 친구 놈이 교회에 나가자고 협박하더라. 하나님의 은총을 받아야 대학도 좋은 데 들어갈 수 있다고…."

"왜, 부처님 빽은 안 먹힌대?"

"그러게 말이야. 싫다고 했더니 나더러 불쌍하다고 하더라고. 나중에 구원받지 못해서 지옥 유황불에 떨어져 고생할 것이 훤히 보인대나 뭐래나. 그래서 유황지옥이란 게 어디서 온 건지나 알면서 지옥 운운하냐고 물었지."

"어디서 왔는데?"

"원래 초기 기독교의 지옥관은 단순했어. 천국 아님 지옥이지 뭐. 지금 기독교인들이 사용하는 연옥이니 뭐니 하는 복잡한 지옥의 개념이야 단테의 『신곡』의 영향이지. 그런데 『신곡』에 등장하는 지옥들을 살펴보면 불교와 힌두교 같은 동방종교의 지옥개념을 차용했다는 걸 인정하지 않을 수 없거든. 공자 앞에서 문자 쓰지 말라고 일침을 놓았지."

"그런데 난 그것보다 불교가 자식을 끝까지 포기하지 않는 엄마 같은 느낌이어서 좋아. 기독교는 지옥에 떨어지면 끝이지만, 불교는 지장보살이 지옥에 떨어진 중생까지 구해주시니까."

성서에 지옥에 관한 구원의 원리가 없는 것도 아니었지만, 불교가 우월하다는 것을 내세우기 위해 쇼펜하우어의 말을 빌려오고 니체의 기독교 비판을 들먹여야 직성이 풀리던 시절이었다. 젊음의 치기였다 해도 내가 오로지 문자와 말의 힘에 의지해 거칠고 공격적으로 불교를 이해한 반면 경섭은 구원과 자비에 기울고 있었다.

모든 것이 대학만 가면 해결될 것 같은 착각 속에서 1년이 지나갔다. 나는 서울로 왔고 경섭은 부산에 남았다. 대학을 다니면서도 편지를 쓰거나 학보를 주고받는 형태로 연락이 유지되었고 방학이 되면 함께 청련사(淸蓮寺)에 올라 삼천 배를 하기도 했다.

"야. 이 생고생을 21일 동안 했다고? 난 다시는 삼천 배 못하겠다."

처음 삼천 배를 한 경섭의 투정과는 달리 그는 일과로 받아온 108배를 집에서 꾸준히 해나갔다. 시간이 흘러 내가 전공을 바꿔 학교를 옮길 무렵 경섭은 방송국 피디시험에 합격했다. 어머니를 여의고 주정뱅이 아버지 밑에서 기초교육도 변변하게 받지 못한 이력을 가진 한 청년이 장학생으로 대학에 입학하고 방송국 피디로 입사하게 된 것을 어떻게 설명할 수 있을까?

133

개인의 의지나 피나는 노력 운운하며 찬양하고 칭송하면 그만일까? 나날이 견고해지는 자본의 시스템을 조금이라도 맛본 사람이라면 도저히 납득할 수 없는 일이었다. 그러나 그는 간단하게 설명했다. 모든 것이 그동안 부처님께 엎드린 공덕 덕분이라고. 그 말은 흔히 불교를 종교로 가진 사람들이 축하할 일이 생기면 하는 겸사(謙辭)의 차원이 아니라 확고한 믿음에서 나오는 듯 보였다.

그가 입사를 하고 두 번째 맞는 여름휴가에 우리는 지리산을 찾았다. 폭우 때문에 발이 묶여 산에 오르지도 못하고 이틀간 죽쳐야 했던 민박집에서 경섭은 뜻 모를 말을 했다.

"내가 만드는 다큐가 어떤 의미가 있을까?"

"세상의 눈이 되잖아. 왜 그래? 상도 받고 그러면서."

"자신은 증오와 고통으로 자꾸 찌들어가는데 환경이니 역사니 사회문제를 고발하고 계몽하는 프로그램을 만드는 것이 위선은 아닐까?"

"근래 무슨 일이라도 있어?"

"점점… 그 새끼를… 죽이고 싶어."

"또 술 드시고 회사까지 찾아와서 돈 달라고 행패를 부리셨니?"

"하여간 너한테 미안하다."

"뭐가 미안해?"

"그냥….'

이유를 물어도 대답 대신 웃기만 하는 그에게서 더 이상의 이야기를 끌어낼 수 없었다. 알맹이가 빠져나간 듯 헛헛한 경섭의 눈빛 때문인지 매캐한 모기향과 버무려진 비 냄새 때문인지, 왠지 그가 어디론가 멀리 떠나버릴 것만 같았다. 걱정대로 그는 지리산을 내려온 후 연락이 끊겼고, 알아보니 산에서 내려온 다음날 회사에 사직서를 던진 상태였다. 경섭이 왜 사라졌는지는 알 수 없었지만, 어디로 사라졌는지는 짐작이 갔다. 경섭의 행방불명은 1년 뒤 걸려온 "나 오늘 사미계 받았어"라는 전화 한 통으로 종결되었다.

4

향냄새가 아닌 게 의아했다. 현담이 빌려준 차는 숲 향이라고 주장하는 방향제 냄새만 점령하고 있었다. 룸미러에 둘러쳐진 백팔염주, 자동 변속기어에 끼워진 알 굵은 단주, 먼지를 덮어쓴 채 수납통에 얌전히 놓인 수첩형 법요집(法要集)까지 일반 신도들의 차와 다를 바 없었다. 진짜 숲 향을 맡으려 창문을 내렸다. 아침 숲에서 번지는 알싸한 공기가 폐 속으로 스며들었다. 가로수 잎을 통과한 햇살이 흰 조약돌처럼 내려 박힌 아스팔트길을 달리다 보니 어제 지인의 죽음을 통보 받은 사람이라 할 수 없으리만치 상쾌하고 명랑하기까지 한 기분으로 채워지고 있었다.

금조암(金鳥庵)은 초행길이었다. 신도들에게 금조암은 영험한 기도처로 유명했지만, 내겐 주목할 유물이 없는 평범한 암자에 불과했다. 기도발이 센 곳이라면 낙도(落島)도 마다하지 않는 불자들과는 달리 그런 곳일수록 멀리하고 싶으니, 언젠간 총무원 측에 전화해 나 같은 인간도 불자 될 자격이 있는지 물어보고 싶었다.

산문 반대방향으로 올라 뻗은 도로를 달린 지 10분쯤 지나자, 암자들 이름으로 빼곡한 이정표가 세워진 갈림길에 도착했다. 속도를 줄여 방향을 확인한 후 다시 속도를 높였다. 얼마 가지 않아 호기롭게 뻗은 길이 끝나고 시멘트가 군데군데 깨진 어둑한 길이 나왔다. 나무로 우거진 길을 덜컹대며 빠져나오자 이번엔 차 한 대가 지나가기에 빠듯한 석교가 나왔고, 석교를 조심스럽게 건너자 논을 양쪽으로 끼고 난 신작로가 펼쳐졌다. 논의 볏 닢들은 바람이 지나갈 때마다 햇살을 받으려 머릿결을 뒤척였고 거기서 뿜어져 나오는 푸른 기운에 취해 느릿느릿 차를 몰았다. 이런 곳을 차로 지나간다는 것은 형벌이었다. '금조암 300m'라고 적힌 표지판이 세워진 곳에서 차에서 내려 경사진 흙길을 걸어 올랐다. 솔바람이 간간이 불어와 힘들지 않았던 흙길의 끝에는 금조암의 주차장이 자리 잡고 있었다. 하지만 주차장에서 전각이 설핏설핏 보이는 여느 절과는 달리 금조암은 모습을 드러내지 않았다. 다만 성벽같이 높다란 축대 옆으로 또다시 가파른 길이 나 있을 뿐이었다. 축대 위엔 험준한 바위산이 자리 잡고 있었다. 나는 고개를 갸웃거리며 급경사 길을 올라갔다.

축대 위로 오른 순간 거짓말처럼 길쭉한 평지가 펼쳐지며 전각들이 벌여 있었다. 전각들 지붕 위로는 기괴한 형상을 한 거대한 바위들이 신장(神將)처럼 암자를 호위하는 형세였다. 반풍수에 집안 망한다지만 문외한이 느끼기에도 터의 기운은 신성하고 압도적이었다. 벌렸던 입을 다물며 입구에 서 있는 게시판으로 눈을 돌렸다. 게시판에는 몇 장의 사진이 붙어 있었다. 바위구멍에서 눈만 빠끔하게 내놓은 새를 찍은 사진 아래에는 발견된 날짜와 '금조보살(金鳥菩薩)'이란 설명이 달려 있었다. 그러나 명실상이(名實相異)하게도 금조보살은 황금빛으로 번쩍거리는 새가 아닌 그저 파랑새였다. 금조보살보단 청조보살이 더 어울릴 판이었다. 시큰둥한 마음으로 게시판을 지나 근래 올린 것으로 보이는 요사 앞에 서서 목청을 가다듬었다.

"계십니까?"

공양주로 보이는 키 작은 보살이 방문을 열고 나왔다.

"우얀 일로 오셨쓰예?"

"법연스님과 약속을 하고 왔습니다."

"그래예? 저짝으로 들어가시믄… 아, 시님 나오시네."

얼굴의 반을 뿔테안경으로 덮은 승려가 요사에서 나왔다. 얼굴이 불그스름하게 빛나고 풍채가 좋은 것이 흔히 접하는 주지의 풍모였다.

"전화하신 거사님입니까?"

"네. 제가 현인홉니다."

대답이 끝나자마자 그는 마당 중앙에 있는 전각을 가리키며 말했다.

"부처님께 인사드렸습니까?"

"아뇨. 아직….'

"그럼 드리고 오세요."

법연스님의 손끝을 따라 작은 솟을 문을 통과해 들어간 마당에는 관음전이란 편액이 걸린 법당이 앉아 있었다. 서둘러 삼배를 해치우고 마당에 내려서자 공양주 보살이 지나가며 한마디 보탰다.

"여기 첨입니꺼?"

"예."

"그라믄 저짝 뒤에 금조보살님 친견하러 가보이소."

그러지 않아도 궁금하던 참이었다. 신발을 끌며 관음전 뒤로 돌아가자마자 암회색 바위 하나가 떡 하니 버티고 있었다. 바위에서 흘러나오는 석간수를 받는 약수대가 설치되어 있는 것 말고는 유별날 것도 없는 바위였지만, '사진촬영금지'라고 적힌 팻말이 세워져 있는 것으로 보아 뭔가 있긴있는 모양이었다. 다가가 살피니 바위 가운데 손가락 하나를 쑥 쑤셔서 만든 것 같은 구멍이 나 있었다. 얼마나 많은 사람이 와서 만졌는지 구멍의 입구는 닳아 황동처럼 반질거렸다. 약간 떨리는 마음으로 컴컴하고 기묘한 구멍으로 조심스레 눈을 가져다 댔다. 구멍은 생각보다 깊고 컴컴해서 아무것도 보이지 않았다.

"오데, 보입니꺼?"

어느새 따라와 지켜보고 있던 보살이 물었다.

"안 보이네요."

보살은 답답한 듯 나를 밀치고는 구멍에 눈을 가져다 댔다.

"아아, 오늘은 안 나오셨나 보네. 나오시는 날이 있고 아닌 날이 있고 그래예. 그라고 하루에도 몇 번씩 보였다가 안 보였다가 한다 아입니꺼."

"이 좁은 구멍에 새가 산단 말입니까?"

"입구에 있는 사진 못 봤으예?"

"보긴 했는데… 근데 새를 보면 뭐 좋은 게 있나요?"

"아이고, 불경시럽꾸로 자꾸 새라 캐샀네. 금조보살님이지, 금조보살."

"아. 죄송합니다."

"그라이까네 안 나오시지. 마음이 맑고 신심이 있어야 친견한다고 안 합니꺼."

"친견하면요?"

"그걸 몰라서 물어예? 보살님을 친견했는데 좋은 일이 생기는 건 당연하지예."

언젠가 『영락사지(永樂寺誌)』에 기록된 금조보살의 이야기를 읽은 적이 있는데, 내력은 대략 이랬다. 영락사를 세우기 위해 금조암에 머무르던 자장은 식수가 필요했지만 주변이 돌산이라 마땅히 물을 구하기가 어려웠다. 자장은 신통으로 전각 뒤 큰 바위 속으로 물이 흐르는 것을 관하고, 평소 짚고 다니던 석장으로 바위 아래 돌을 깨뜨려 물을 구했다. 그때 어딘가에서 나타난 새 한 마리가 샘물에 뛰어들어 흙탕물을 퐁퐁 일으켰다. 자장은 새를 잡아 땅바닥에 패대기치고 싶은 욕망을 누르고 바위에 손가락을 쑤셔서 새의 거처를 마련해준다. 그 후 새는 물을 어지럽히는 일이 없이 좁은 구멍 속에 살면서 갖은 신묘를 일으키는데, 벌로 변하기도 하고 나비가 되기도 하며 심지어 개구리로 화하기도 하는 아름답고 신비로운 부처님 세계를 연출한다. 개구리로 변한 새가 자장의 밥상까지 올라와 친밀감을 표했다는 대목에선 웃음이 터지고 말았는데, '스님, 오늘은 무슨 반찬일까요?' 하고 새가 물으면 '오늘 반찬은 개구리 반찬이네' 하고 응했을 자장이 떠올랐기 때문이었다. 하지만 내 부박한 상상과 까탈을 비웃듯 근대의 대표적인 불교학자로 이름난 박화명의 『조선불교약사(朝鮮佛敎略史)』에는 금조보살의 구체적인 형상까지 기록되어 있었다.

"새의 몸은 청색이고 부리는 금색이므로 승려들이 금조라 불렀다. 그런데 이 새는 산문 밖을 나가지 않고 바위굴 근처에만 기거하므로 어느 땐가 관리 한 사람이 그 말을 믿지 않고 새를 잡아 함 속에 넣고 돌아가다 도중에 열어보니 없어졌다 했다. 그래서 전하는 말로는 그 새는 자장의 신통으로 나타난 것이라고 한다."

몇 분을 조용히 기다려봤지만 새처럼 생긴 것은 코빼기도 드러내지 않았다. 욕심을 접고 마당으로 나오니 법연스님이 기다리고 있었다. 스님을 따라 들어간 곳은 다탁만 방 가운데 놓여 있을 뿐 사방이 텅 비어 있는 방이었다. 법연스님이 보온병 대가리를 꾹꾹 누르자 작은 폭포수 같은 물이 뜨거운 김을 뿜으며 다기 속으로 후르륵후르륵 쏟아져 내렸다.

"더울 때는 속이 냉한 법이지요. 따뜻한 것이 들어가야 헛땀도 들어갈 겁니다."

스님이 건네준 찻잔에는 다관(茶罐)에서 도망쳐 나온 연한 차 잎 하나가 둥실 떠 있었다. 찻잔을 입에 대며 조심스레 이야기를 꺼냈다.

"홍제스님 소식은 들으셨지요?"

"갑작스럽게 들려온 비보에 멍멍했지요. 스님이 돌아가실 이유가… 그렇게 험한 모습으로 가실 이유가 없는데… 나무아미타불."

침통한 분위기와 어울리지 않게 차는 달았다. 찻잔이 비자 스님이 다시 차를 따랐다. 새롭게 따른 차는 첫잔보다 조금 더 짙은 연녹색을 띠고 있었다.

"홍제스님과는 도반(道伴)이라고 들었습니다."

"도반이 아니라 스승처럼 생각했던 분입니다. 홍제스님이 천축총림의 강주(講主)로 오셨을 때 스님을 모시고 같이 학인들을 지도했던 사이지요. 해박한 경전의 지식이나 뜨거운 구도의 열정을 지니고도 참으로 소탈하게 행동하는 분이시라 제가 문중의 사형들보다 더 존경하며 모셨지요."

"제가 전화했을 때 놀라지 않으셨습니까?"

"만나러 온 이유는 어제 영선이에게 전화로 들어 알았습니다. 그리고 거사님에 관한 이야기도 홍제스님에게 가끔씩 들어 알고 있었지요."

대화의 윤활제는 더 이상 필요 없는 듯싶어 곧장 본론으로 들어갔다.

"그림과 관련해서 홍제스님 주변에 문제는 없었습니까?"

"조금 불미스러운 일이 있긴 했지만…."

법연스님은 코끝에 걸쳐진 안경을 들쳐 올리며 불그스름한 볼을 손바닥으로 쓱쓱 문질렀다.

"불미스러운 일이라뇨?"

"그게… 광오라는 자가 나타나 홍제스님을 그림문제로 괴롭혔지요. 그자가 어디서 냄새를 맡았는지 영선이를 찾아가 그림을 거래해주겠다며 행패를 부렸던 모양입니다. 그래서 영선이가 견디지 못하고 홍제스님에게 그림의 처분을 의논했던 것이고… 나중에는 광오가 홍제스님한테까지 찾아와 협박도 하고 애걸도 하고 별 수를 다 썼지요. 홍제스님이야 눈 하나 깜빡하지 않으셨지만…."

"광오는 어떤 사람입니까?"

"전국의 사찰을 돌면서 잠들어 있는 탱화들을 수거해 거래하는 거간꾼인 모양인데 원래 승려였다더군요. 승적에서 제외된 후에도 승복을 입고 다니긴 했지만… 듣기로는 승려 때부터 절을 옮겨 다니며 물의를 일으켰던 사람인데, 숨겨놓은 여자도 있고 행실도 문란했다고 합디다. 그러다 보니 돈이 필요했을 것이고… 그림 판 돈을 모아서 암자나 하나 내려고 했겠지요. 여자를 두고 살면서 여전히 청정비구의 흉내를 내는 무리들이 있긴 하지요. 말법시대가 오면 먹물 옷 입고 당신의 제자를 참칭하는 도둑들이 날뛸 것이라고 하신 부처님 말씀이 조금도 틀리지 않은 겁니다."

"광오의 행방을 아십니까? 한번 만나보고 싶은데…."

"광오는 8개월 전에 영락사 성보박물관에서 잡혀 경찰에 넘겨졌지요."

"아, 그렇군요. 광오가 경찰에 넘겨진 이유가 뭔가요?"

"사기죄지요. 돈 있는 불자들에게 접근해 절의 사정이 어려워져 불화들을 급하게 처분해야 한다고 속였지요. 문화재청이 알면 안 되니까 비밀로 하라는 입단속도 철저히 시키고… 간 크게도 신도들을 박물관까지 부른 뒤 전시장에 걸린 불화들을 보여주면서 마음에 드는 것을 고르라고 했답디다. 그러다 대화를 우연히 들은 직원의 신고로 스님들에게 잡혔지요. 승복을 걸치고 있으니 일반 불자들로선 믿을 수밖에 없었겠지요."

"광오는 지금 교도소에 있나요?"

"아마 그렇겠지요."

"광오가 잡혀간 뒤 다른 사람이 와서 그림에 관해 물었다든가 하는 일은 없었습니까?"

"그런 일은 없었습니다. 그것보다 광오 때문에 홍제스님이 곤욕을 치른 것은 다른 일이었습니다."

"네?"

"아시는지 모르겠지만, 홍제스님은 본사와 관계가 그리 원만하지 못했습니다."

"처음 듣는 소리입니다만…."

"겉으로 보기에는 무난했지요. 몇 년간 강주로 학인들을 지도하고 이 산에 토굴까지 내어서 살게 된 것만 보자면 그랬습니다. 그런데 홍제스님이 천축총림의 방장[66]이신 봉허스님의 처소에 출입하게 되면서 주변의 시기가 많았습니다."

"무슨 일로 홍제스님이 방장스님의 처소에…"

"봉허스님에게 선화를 배운다고 합디다. 7개월 전부터 일주일에 한두 시간씩 염화전(拈花殿)에 머물다 왔지요. 방장스님의 선화와 서필은 외국에서 전시회를 열 만큼 고매한 정신과 품격이 드러나는 작품인 것은 아실 테고… 그런 방장스님이 방으로 사람을 불러 그림을 직접 지도한 것은 처음이니 좀 의외였지요. 이유야 어찌됐든 홍제스님이야 이쪽 문중이 아닌데 염화전을 드나드는 것을 보고 문중사람들이 고운 마음을 가질 수 없었지요. 저도 홍제스님을 만나 돌아가는 분위기를 이야기하며 몇 번이나 말렸지만, 사람들의 언설에 연연해 하지 않는 스님은 염화전 찾는 것을 그치지 않으시더군요. 그러자 문중에서는 광오의 일을 끄집어내서 홍제스님이 염화전에 드나드는 것을 반대하고 나왔지요."

나는 찻잔의 바닥까지 입 안에 탈탈 털어 넣었다.

"곧바로 광오가 홍제굴을 찾아다니는 것을 봤다는 말들이 문중에 돌았지요. 박물관에서 잡힌 광오가 홍제스님을 몇 번 찾았단 이유만으로 둘이 한패라는 소리도 나돌았습니다."

"심하군요."

"심했지요. 문중이 워낙 거세게 나오니 방장님도 어쩔 수 없으셨던지, 스님이 염화전에 드나드는 일은 두어 달 만에 종지부를 찍게 되었습니다."

집단의 핏줄을 내려받지 못한 채 무소의 뿔처럼 혼자 걸어가는 것만으로도 따돌림을 당한다는 사실은 승가나 속가나 변하지 않는 철칙인 모양이었다. 나는 잠시 할 말을 잊고 있다가 문득 생각나는 게 있어 법연스님에게 물

---

66) 方丈 : 총림을 지휘하는 으뜸 되는 승려를 지칭하는 말.

었다.

"그런데 영선 씨는 그림들을 직접 팔았습니까?"

"허허, 아니지요. 그것까지는 무리였어요. 제가 영선이에게 그림을 처분할 분을 연결시켜주었습니다."

"그분이 누굽니까?"

"말하기 어렵습니다. 다만 믿을 만한 사람이란 것만 아시면 됩니다."

법연스님은 윤기 나는 볼을 실룩거리며 웃었다. 두루뭉수리하게 넘어가는 그의 태도가 어쩐지 마음에 걸렸다.

"밝힐 수 없는 사람입니까? 스님은 어떻게 그분과 아시는 겁니까?"

"허허, 산에 사는 출가인이 무슨 발이 그리 넓은가 물으시는 겁니까? 그분은 제가 속가에 있을 때 사촌지간이라 인연이 된 것뿐입니다. 불심도 깊은 분이고… 하여간 여러 좋은 의미로 소개한 겁니다."

그는 끝까지 그림을 거래해준 사람의 정체를 밝히지 않았다.

"그렇다면 어떤 식으로 그림이 거래됐는지 아십니까?"

"저는 잘 모르지요. 소개만 하고 일체 관여하지 않았습니다. 주로 영선이와 그분이 개인적으로 만나서 거래를 성사시킨 것으로 압니다."

"그렇다면 영선 씨가 맡겨놓았다던 그림을 본 적은 있으십니까?"

"금시초문이군요."

"스님이 아실 거라고 했는데…."

"아마도 그간의 사정을 안다는 말이겠지요. 실제로 어떤 그림도 본 적이 없어요. 지금껏 내가 아는 전부를 말한 겁니다."

말이 갈수록 심문처럼 느껴졌는지 법연스님은 불편한 기색을 내비쳤다. 더 이상의 질문은 무리였다. 문중에 관한 일은 현담을 추궁하고, 그림 거래자의 정보는 이영선에게 듣는 수밖에 없었다.

"말씀 잘 들었습니다. 그런데…."

고벽(痼癖)이 슬그머니 도졌다. 잠시 말을 할까 말까 고민하다 불쑥 이야기를 꺼냈다.

"스님은 금조보살을 보셨는지요."

"허허, 여기 들어와 살면서 여러 번 친견했지요. 계절별로 깃털 색깔을 바꾸기도 하고 기도정진을 마친 날에는 불단 위로 날아와 앉으셔서 신심을 북돋워 주시더군요. 자장스님의 법력은 천년이 지나도 끊어짐이 없습니다."

"저는 예전 중국의 무착스님처럼 보살친견 알레르기인 모양인데 금조보살을 보는 것이 가능할까요?"

"허허허. 거사님은 거사님이고 무착스님은 무착스님일 뿐, 깨달음으로 향하는 길은 가리는 것이 없습니다."

"하지만 『금경경』에 '만약 형상으로써 나를 보려 하거나 음성으로써 나를 구하려 하면, 이 사람은 사도(邪道)를 행함일지라. 따라서 여래를 보지 못하리라' 란 말이 나오지 않습니까?"

"모습에 연연해 하면 중생이요, 연연해 하지 않으면 부처라… 맞지요. 거사님이 보살의 모습에 얽매이지 않으려는 것은 좋지만 그것을 지키려고 애쓰는 것 또한 얽매임이고 상(相)[67]이란 생각은 안 해봤습니까?"

깨달으려는 생각까지도 놓아버리는 것이, 아니 놓아버린다는 생각까지도 놓아버리는 것이 깨달음이란 것이던가.

"그렇다고 해도 신도들이 금조보살을 친견해서 복을 빌고 신심을 운운하는 것은 어떻게 해석해야 합니까?"

"사람들이 호기심이나 기복적인 소원을 가지고 금조보살을 친견하려는 것은 막을 수가 없어요. 중생의 수많은 바람을 수렴하는 것이 종교의 필수

---

67) 모양, 소리, 향기, 맛, 촉감, 의지 등에 의해 생기는 분별작용이나 대상.

적인 사항이기도 하고요. 파랑새를 보살이라 칭하고 귀하게 모시는 것이 그리 나쁜 것만도 아닙니다. 미물에도 불성(佛性)이 숨어 있다는 생각은 세상 모든 것을 존중하게 만들어주지요. 보살은 어디에나 현현하시고 상주하셔서 우리를 지켜보고 계신 겁니다."

"과연 금조보살을 보면서 그걸 느끼는 사람이 몇이나 되겠습니까?"

"『금경경』에 '약견제상비상(若見諸相非相)이면 즉견여래(卽見如來)'라 했습니다. 만약 모든 상(相)을 보고 그것이 상(相)이 아님을 안다면, 즉시 여래를 볼 것이란 말이지요. 여기에 와서 파랑새를 보고 그것이 실답지 않음을 느끼는 이가 단 한 명이라도 생긴다면 금조보살은 실로 천 년간 이어진 무상(無相)으로서의 역할을 다하는 것이 아니겠습니까. 허허."

스님은 처놓은 덫에 좀처럼 걸려들지 않았다. 자취를 지우고 도망가버리는 말의 꼬리를 잡기 어려워 합장반배를 한 뒤 자리에서 일어났다.

5

현담은 출타 중이었다. 종무소 문을 열고 밖으로 나오다가 급하게 들어오는 양근철과 어깨를 부딪쳤다.

"아, 죄송합니다."

"……."

그는 옆구리에 꼈던 노트북을 쟁여들더니 벌레 보듯 쓱 훑고는 안으로 들어가버렸다. 이쯤에서 매듭을 지어놓지 않으면 내내 시달릴 것 같아 한참을 밖에서 기다려, 문을 열고 나오는 그를 불러 세웠다.

"양 거사님, 바쁘지 않으시면 저 좀 보시지요."

그는 가소롭다는 표정을 짓더니 나를 따라왔다. 관광객이 북적거리는 주로(主路)를 피해 한적한 구석에 자리한 가람각[68] 앞에서 그에게 물었다.

"양 거사님이 저에 대한 오해를 하고 계신 것 같은데 맞습니까?"

"현 선생만 당당하다면야 그깟 오해가 뭐 대수요?"

"대체 왜 의심하는 겁니까? 단지 제가 오고 나서 스님들이 죽었다는 시간상 이유 때문에 그렇습니까? 전직 경찰이란 분이 이렇게 마구잡이로 수사를 펼치고 용의자를 만들어도 되는 겁니까?"

그는 인상이 구겨지는가 싶더니 곧바로 반말을 시작했다.

"그거 알아, 용의자는 반드시 현장에 다시 나타난다는 말? 어젯밤 홍제굴에는 무슨 이유로 올라왔는지부터 해명해보지 그래."

그는 산전수전을 다 겪은 생김새만큼이나 당차게 말했다. 말로 상대할 수 있는 사람이 아니었지만, 불러놓고 흐물흐물 물러날 수도 없는 일이었다.

"제가 말씀드렸잖아요. 심사가 복잡해서 스님 방을 다시 찾은 거라고…."

"이봐. 그런 거짓말이 먹힐 거라 생각하나? 현담스님에게 홍제스님 행방을 알아봐 달라고 했다며? 수사의 기본은 제보자부터 의심하는 거야. 당신과 피해자와는 긴밀한 사이였고, 당신이 어제 새벽 홍제굴에 올라간 뒤 홍제스님이 실종되고, 죽어서 발견된 것은 누가 봐도 의심할 만하지. 안 그래?"

당장이라도 내 팔목에 수갑을 채울 것 같이 말하는 양근철을 보고 있자니 피가 뻗쳐 까무러칠 것만 같았다.

"새벽에 홍제굴에 오른 건 그림 감정 때문에… 어휴… 현담스님에게 못 들었습니까?"

---

68) 伽藍閣 : 가람(절)을 수호하는 신장을 모신 전각.

"들었어. 아마 그림에 관련한 문제에 얽혀 홍제스님과 다툼이 생겼겠지. 그래서 사고를 친 거지. 다른 스님들의 죽음은 조사를 해봐야겠지만 홍제스님 건은 이미 답이 나왔어."

"그래서 제가 범인이란 증거라도 있습니까?"

"조만간 찾을 거야. 먹물들은 잘난 척해봐야 항상 증거를 남기니까. 하여간 현담스님이 당신을 싸고도는 탓에 많이 참고 있다는 것만 알아둬. 여기까지만 하지. 바빠서 오래는 못 놀아주겠군."

그는 일방적으로 대화를 끊고는 작고 날카로운 눈을 번뜩이며 천왕문으로 휙 나가버렸다. 혹을 떼려다 붙인 셈이었다. 이유는 알 수 없지만 그는 나를 증오하고 있음이 분명했다. 일이 단단히 꼬여간다는 두려움으로 가슴이 꽉 막혀가는데 불현듯 핸드폰이 울렸다. 예림이었다.

"오빠 뭐해요?"

"그냥 있어."

"어디 아파요? 왜 이렇게 목소리에 힘이 없어요?"

"아니야. 지금 어딘데?"

"강의 하나 끝내고 잠시 쉬면서 전화하는 거예요. 근데 어제 말했던 그림이 뭔지 알아냈어요?"

"아직. 그러지 않아도 물어볼 게 있었는데 전화 잘했어. 혹시 육여라는 이름의 화가가 있나?"

물어도 벌써 물었어야 할 이야기였다. 그러나 이영선을 안은 후, 예림이의 목소리를 불러낼 면목이 생기지 않았다.

예림이와는 늘 어긋나곤 했다. 예림이가 대학원에 들어왔을 때부터 끌렸지만, 그에겐 이미 4년이나 사귄 남자 친구가 있었다. 내게 여자 친구가 생기자 그는 남자 친구와 헤어졌다. 여자 친구를 학교사람들에게 소개하던 자리에서 예림이의 얼굴이 굳어버리는 것을 보고는 아쉬움과 죄책감이 동시에 들었다. 1년간 사귄 여자 친구와 헤어지고 나자 정작 예림이에게 마음을 고백할 수 없었다. 사귀는 내내 예림이와의 관계를 추궁하며 불쾌해 하고 민감해 하던 여자 친구였다. 자낙스와 프로작[69]을 복용하며 가까스로 견디고 있는 옛 여자 친구의 귀에 예림이와 사귄다는 사실이 들어가는 순간, 그는 이별의 통고를 '예림이와 사귀려고 너랑 끝낸 거야' 라는 의미로 받아들일 것이 확연했다. 옛 여자 친구가 결혼식을 올렸다는 소식에 압박감이 사라졌을 무렵에는 박사과정을 중단해야 하는 일이 벌어졌다.

하지만 감정에 연연할 때가 아니었다. 무엇이든 조그마한 연관이라도 있는 것이라면 건지고 싶을 만큼 필사적이었다. 타오르는 열정의 근간은 홍제스님의 죽음에 대한 애통함이나 이영선의 부탁에서 촉발된 것이 아니었다. 내게 덮어씌워진 누명을 벗기 위해서라도 한시라도 빨리 답을 알아내야 했다.

"명나라 때 당인(唐寅)이 육여거사(六如居士)라는 호를 쓴 것 같은데…."

"강남제일풍류재자(江南第一風流才子)라고 자칭했던 당인 말이지. 그건 나도 아는데 당인 말고는 없나?"

"또 있나? 잘 모르겠네요. 근데 그 그림이 어유도가 아니라 육여도인가 보죠?"

"아무래도 『금경경』의 육여를 나타내는 육여도인 것 같아."

"그런 게 있어요? 어떤 내용인데요."

도움을 얻을 수 있는 범위에서 이야기가 점점 벗어나고 있다는 생각에 기운이 빠지기 시작했다.

"지금 자세하게 말하긴 그렇고, 올라가서 만나면 그때 얘기해줄게."

"얼굴을 보여주기나 해요? 얼굴은커녕 통화도 힘들면서… 그러지 말고

---

69) 신경안정제.

148

당장 말해봐요."

"『금경경』에 육여에 관련한 구절이 있어. '일체유위법 여몽환포영 여로
역여전 응작여시관(一切有爲法 如夢幻泡影 如露亦如電 應作如是觀)'이란 부분인
데, 세상의 모든 일이 꿈이나 환영, 물거품, 그림자와 같고 또한 이슬과 번
개와 같으니, 응당 이와 같음을 직시해야 할 것이다, 대략 이런 말이야. 세
상의 일들은 순간적이고 헛되니 진실한 깨달음으로 나아가라는 뜻에서 육
여도를 만들어낸 것 같아. 그림을 그린 분이 스님이거든."

"다행이다."

"뭐가?"

"그러지 않아도 한국회화가 피를 바짝바짝 마르게 하는데 만약 오빠한
테 꼬여서 불교회화로 전공을 바꿨다면… 으… 경전에 치어서 죽어버렸을
거예요."

"공부에 치어서 죽으면 행복하게?"

"아…."

예림은 입을 다물었다. 서늘한 침묵이 우리를 삼키기 직전 예림은 밝은
목소리로 화제를 돌렸다.

"이광수의 〈애인 육바라밀〉이란 시는 알아도 육여는 처음 듣네요. 육바
라밀(六波羅蜜)은 깨달음을 향한 여섯 가지 수행법이고, 육여는 허망한 세상
에 관한 여섯 가지 비유네요. 하나는 긍정, 하나는 부정. 완전히 상반된 개
념 맞죠?"

'완전히 상반된 개념'이란 말이 왠지 어색하게 들렸다.

"글쎄다. 중생과 부처가 둘이 아니고, 생사고(生死苦)와 열반락(涅槃樂)이
한 치의 다름도 없는 불교에서 완전히 상반된 개념이란 게 존재하겠냐."

"에고, 머리 아파지기 전에 끊을게요. 저 또 강의하러 들어가 봐야 해요.
밥 잘 챙겨먹어요."

전화를 끊자마자 머리가 아뜩해졌다.

그래, 다르지 않은 개념이다.

보시(布施), 지계(持戒), 인욕(忍辱), 정진(精進), 선정(禪定), 지혜(智慧)의 육바라밀과 몽(夢), 환(幻), 포(泡), 영(影), 전(電), 로(露)의 육여는 반대 개념이 아니다. 하나는 세상을 살아나가는 방법이고, 하나는 세상을 바라보는 방법이다. 결국은 상주불멸(常住不滅)의 무상법(無上法)으로 향하기 위한 숱한 방편과 비유 중 하나일 따름이다. 육여란 현상적 글자에만 매달려 있다 보니 놓치고 있었던 것이다. 그것은 손가락일 뿐이다, 달을 가리키는.

어차피 도상학적 규칙에 매어 있지도 않은 육여도라면 여섯 마리 물고기가 육바라밀의 하나 하나를 표상해도 대수는 아니었다. 나아가 여섯 마리의 물고기가 미망 속에 허덕이는 육도중생(六道衆生)을 상징한다고 해도 말이다. 하지만 화제에 굳이 삼여도라 썼고 삼여도란 원래 권학의 의미이니 그림 속 여섯 마리 물고기는 깨달음을 얻기 위한 대승수행의 여섯 가지 핵심권고인 육바라밀이 될 개연성이 더 높은 것이 아닐까.

순간 전기가 통한 것처럼 찌르르 몸이 떨리며 떠오르는 곳이 있었다. 제발 내 짐작이 맞기를!

6

육바라밀에서 바라밀(波羅蜜)은 범어 파라미타(paramita)의 음차이다. 완전한 깨달음과 열반을 뜻하는 바라밀을 한자로 풀어쓰면 도피안(到彼岸)이고, 도피안은 저 언덕으로 넘어간 상태를 말한다. 도피안에서 피안은 불교적 이상향이자 무릉도원인 극락과도 일맥상통한다. 홍제스님의 육여도가 단순한 깨달음의 알레고리를 뜻하는 선화가 아니라면 결국 저 언덕 어딘가에 무엇인가 있다는 말일 터였다. 스님이 말하고자 하는 현실세계의 피안은 어디일까? 피안은 극락이고, 극락의 또 다른 불교식 이름은 안양(安養)과 청량(淸凉)이다. 영락사 산내 말사(末寺) 중에 극락이나 안양이란 이름을 내걸고 있는 암자는 없으니 남은 건 청량이었다.

　홍제굴 쪽으로 난 산길을 오르다 갈림길에서 왼쪽 등산로로 진로를 바꾸었다. 통행이 없어 썩은 낙엽이 좀 쌓이긴 했지만, 수많은 시간동안 수없는 사람들에게 다져진 길의 허연 등뼈는 역사(歷史)처럼 남아 있었다. 급하게 길을 밟아나가다 문득, 가려는 곳이 그저 청량암(淸凉庵)이란 이름을 가진 암자가 아니라 나와 꽤 인연이 있는 곳임을 자각했을 때 다리의 힘이 풀리기 시작했다. 내게 청량암은 아찔한 아치형 돌다리와 장하게 핀 연꽃만으론 설명할 수 없는 무엇이 있었다. 청량암이란 이름을 들을 때마다 반사적으로 떠오르는 것은 찜찜함이었다.

　"올라온나. 이 다리를 건너면 난중에 극락에 간데이."

　빨간 등산조끼를 입은 30대 후반의 아버지는 청량암의 연지(蓮池) 위에 걸쳐진 안양교(安養橋)의 배꼽에 서서 그렇게 말했다. 아버지는 다리라고 말했지만 안양교는 다리가 아니었다. 세상에 무슨 다리가 발 두 개 달린 사람은 못 건널 것 같은 좁은 폭과 냉장고 포켓 속에 끼워진 달걀의 정수리 같은 경사를 가졌단 말인가. 미끌미끌한 석교에 몇 번 발을 올려봤지만 종내 나는 극락을 포기해야 했다. 낙담한 나는 심통을 부리며 사진 찍는 것도 거부한 채 어머니를 졸라 서둘러 청량암을 나왔다. 산을 반쯤 내려왔을 때, 영락사에서 종소리가 들려왔다. 예불시간을 벗어나 울리는 종소리에 부모님이 의아해할 무렵, 너덧 명의 승려가 잿빛 장삼을 휘날리며 산길을 치올라 왔다. 입매는 굳어 있었고 발걸음은 다급했다. 아버지와 어머니는 합장한 채 옆으로 물러나 길을 열어주었지만, 그중 성급한 한 명의 옷자락이 내 얼굴을 스치고 지나갔다. 태어나 처음 맡아보는 냄새였다. 향내도 아니고 비린 내도 아닌, 성글지도 두텁지도 않은 내음이었다. 지금 생각하면 그 냄새는 아마 '스님은 어떤 연유로 처자와 부모를 버리고 산 속에 들어와 수행자의 길을 걷게 되었습니까?' 라는 호기심에 꽤나 진실한 대답이 될 만한 것이었다. 스님들은 지나갔지만 어머니는 고개를 자꾸만 뒤로 돌리며 발걸음을 늦췄다. 마침내 소녀처럼 상기된 표정의 어머니가 "소매를 펄럭거리며 가는 모습이 진짜 멋있네예"라며 감탄하는 순간, 아버지의 얼굴에 모가 지는 것을 보았다. 길고 긴 종소리는 산문을 벗어날 때까지도 그치지 않았다.

다음날 저녁, 어머니는 밥상머리에 앉은 아버지의 식욕을 떨어뜨렸다.

"어제 우리가 들은 종소리가 청량암의 삼문 큰스님이 열반하셔서 울린 열반종인가 보데예. 그래서 영락사 스님들이 허겁지겁 올라간 거 아닙니꺼. 참말로 어머니처럼 인자하신 분이셨는데… 보살들한테 밥 무으라, 똥 누고 가라… 일일이 챙겨주시는 그런 스님을 이제 어데서 찾겠습니꺼?"

어머니의 기억에 의하면 청량암의 조실이던 삼관(三關)스님은 암자를 찾는 이들에게 '여기에 무엇을 하러 올라왔나?' 하고 세 번 물었다고 한다. 그래서 사람들이 스님을 삼관스님 대신 삼문(三問)스님이라 불렀고, 스님은 질문 끝에 이렇게 말했다고 했다.

"너그들이 여기 온 이유는 똥 쌀라고 온기라. 청량에서 밥 마이 묵고 똥 마이 싸고 가거래이. 업장을 해우소에서 다 녹이고 내려가야 청량을 찾은 보람이 있지."

청량을 똥밭으로 만들려고 했던 스님이 과업을 완수하지 못하고 열반에 드신 것은 다행이었지만 불편한 느낌은 사라지지 않았다.

왜 하필이면 삼문스님이 열반에 드시는 날 청량암에 있었던 것일까? 스님은 극락으로 가셨을 텐데 난 어쩌자고 안양교도 건너지 못한 것일까? 생각할수록 그때의 일들이 불법의 길을 가지 못할 것이란 암시 같아서 청량암을 떠올릴 때마다 불편하고 찌뿌드드한 느낌을 떨치기 어려웠다.

쩌릿한 회상으로 길을 밟다 보니 어떤 식으로 이야기를 꺼내야 할지 계획을 세우지도 못한 채 청량암에 당도하고 말았다. 잔디가 오종종 돋아난 삼관굴(三關窟) 앞마당을 지나 향나무가 차양 역할을 하고 있는 요사 앞에 섰다.

"계십니까, 스님."

40대 중반쯤으로 보이는 선하게 생긴 승려가 방문을 빠끔 열고는 얼굴을 내밀었다.

"무슨 일로 오셨소?"

"상의드릴 일이 좀 있어서 왔습니다."

"어떤 일인데…."

보살들의 화기애애한 웃음소리가 흘러나오는 옆방의 분위기와는 달리 사뭇 긴장이 흐르는 상황이었다. 그는 손바닥을 비비적거리는 나를 훑어보더니 방문을 열고 나왔다.

"어디서 오셨소."

"영락사 수련회 미술강의 때문에 서울에서 내려왔습니다."

"아, 사람을 불러서 한다더니… 고생이 많소. 그래, 본사에도 스님이 많으신데 어떤 일을 상의하려고 예까지 올라오셨소?"

엄연한 영락사 핵심문중의 스님들이 포진한 이곳에서 홍제스님 이야기를 꺼낸다는 것이 얼마나 엉터리 같은 발상이던가. 하지만 올라온 이상 물어야 했다.

"최근에 홍제스님이 여기 들른 일이 있습니까?"

그는 홍제스님이란 말을 듣자마자 목소리가 싸늘하게 틀어졌다.

"없는데 왜 그러시오."

"그게… 그냥… 홍제스님이 여길 자주 찾으셨다기에…."

그 말이 어설픈 떠보기라는 것은 지나가는 개도 알아챌 만큼 더듬거렸다.

"누가 그럽디까? 홍제스님이야 홍제굴에 계시겠지요. 왜 여기서 찾으시오."

그는 홍제스님이 돌아가신 것도 모른다는 눈치였다. 냉랭한 목소리에는 더는 말을 섞고 싶지 않다는 기색이 역력했다.

"대체 여기서 뭘 하려고 그러시오. 당신 정체가 뭐요?"

"그게⋯."

그는 나를 한참 노려보더니 말했다.

"별로 할 말도 없는 것 같군. 쓸데없는 말을 늘어놓을 것 같으면 피차 귀한 시간 낭비하지 않는 것이 좋겠소. 이만 내려가 보시오."

그는 변명할 틈도 주지 않고 방문을 쾅 닫고 들어가 버렸다. 차라리 똥이라도 누러 왔다고 할 것을⋯.

나는 안양교 위로 터벅터벅 올라섰다. 아래엔 진초록의 널따란 잎이 가득 찬 검푸른 연지가 아가리를 벌리고 있었다. 돌다리를 건너 속세로 되돌아 나오는 두 다리가 흐느적거렸다. 육여도를 엉터리로 풀었다는 부끄러움보다 청량에서 또다시 내쳐지고 있다는 절망감이 가슴을 물어뜯었다. 난 이래저래 극락과는 인연이 없는 모양이었다.

7

"지금 오는 길입니까?"

현담이 관광객들 사이에서 불쑥 튀어나와 불러 세웠다.

"아침에 일이 끝난다더니 오래 걸렸네. 근데 표정이 왜 이래?"

"웃고 다닐 일이 뭐 있겠어?"

현담은 내 얼굴빛을 살피더니 방으로 불러들였다.

"왜 이렇게 저기압이야?"

"그냥, 돌대가리란 게 짜증이 나서."

"누가?"

"내가!"

"이 상태로 사람들 만날 수 있겠어?"

"수련회 사람들? 걱정 마. 잠시 쉬면 강의할 수 있어."

스님들이 죽어가는 상황에도 절의 행사를 신경 쓰는 현담이나 범인으로 오해받는 와중에도 할 일은 하겠다는 나나, 대단하다고 해야 할지 한심하다고 해야 할지 판단이 서지 않았다.

"강의보다… 양 거사 때문에 미치겠다."

"왜?"

"홍제스님을 내가 죽인 것으로 몰아붙이더군. 막무가내야."

"괜히 널 떠보려고 그러는 거야. 너무 신경 쓰지 마라."

"무슨 억하심정인지는 모르지만, 해도 너무하잖아."

"내가 잘 이야기해볼게. 마음도 진정시킬 겸 차나 한잔해라."

"차는 마실 만큼 마셨어. 금조암 법연스님을 뵙고 오는 길인데, 스님한테서 새로운 사실을 들었다. 홍제스님이 문중의 미움과 질시를 받았다는 게 사실이야?"

현담은 어이없다는 듯 웃었다.

"그간 죽어나간 스님들도 영락사 문중에 속하지 않는 스님들인 거 아냐?"

"아무것도 모르면서 함부로 말하지 마라. 네가 생각하는 그런 게 아니다."

"현재 영락사 문중의 주축은 방장인 봉허계가 맞지? 봉허스님 아래로 어떤 분들이 계시냐? 홍제스님을 질시했다던 문중 이야기 좀 들어야겠다."

"너 왜 이렇게…."

"내가 범인으로 몰리는 상황에서 언제까지 날 외부인 취급만 할래?"

"그래, 말해주지. 노장[70]님(봉허 방장)이 처음 받은 제자가 도원스님이야. 그 다음이 도각. 도명, 도경, 도암, 도인으로 이어지다 열 번째 도무스님을 마지막으로 노장님은 더 이상 제자를 받지 않으셨어. 너도 스님들의 이름은 대충 들어 알고 있겠지."

"내가 어떻게 알아. 상세하게 이야기해봐."

"도원스님은 20년간 노장님 곁을 떠나지 않고 시봉(侍奉)하셨어. 노장님 제자들 중 제일 큰형님이기도 하고. 그간 노장님의 말씀이나 육성법문을 정리하고 기록해 책으로 세상에 알리는 일도 해오셨지."

"아난[71]이 따로 없군."

빈정거렸지만 틀린 말은 아니었다. 아난이 평생을 석가모니 곁에서 시봉하면서 들은 설법들을 풀어낸 것이 '나는 이렇게 들었다'로 시작되는 '여시아문(如是我聞)'의 경전이 되었듯, 도원스님은 봉허스님의 아난이라 할 만했다.

"둘째 아들 격인 도각스님은 나이 마흔에 확철대오하고 전국을 돌며 여러 선지식들에게 인가를 받아 지금은 천축총림[72] 선방에서 납자들을 이끌고 계신 분이야."

부처의 마음을 처음으로 이어받은 이라고 선가에서 말해지는 가섭. 도원

---

70) 老丈 : 절의 어르신이나 나이가 많은 승려를 높여 부르는 말.

71) 阿難 : 석가의 사촌동생으로 석가가 적멸에 들 때까지 그의 곁에서 시봉한 제자. 석가의 입멸 후 이루어진 최초의 경집은 그가 부처에게 들었던 말을 바탕으로 이루어졌다.

72) 叢林 : 선원(禪院), 강원(講院), 율원(律院)을 모두 갖춘 사찰.

스님이 아난이라면 도각스님은 가섭이었다. 아난과 가섭을 동시에 두고 있으니 봉허스님은 제자 복이 많은 사람이었다.

"셋째 도명스님은 미국에서 원각사란 포교당을 짓고 포교 중이고, 넷째 도경스님은 율사로 통도사에서 금강계단의 맥을 잇고 계시지. 또 다섯째 도암스님은 해인사에서 강사로 학인을 지도하고 계시고…."

문중 자랑으로 늘어질 기미에 현담의 말을 잘랐다.

"그런 이야기 말고 홍제스님과 문중과의 알력이란 말이 왜 법연스님의 입에서 나오게 됐는지 설명해봐."

"무슨 소리야. 홍제스님을 영락사 강주로 불러들인 것이 문중의 큰 형인 도원스님인데 어떻게 문중과 홍제스님의 알력이 생길 수 있겠어. 도암스님도 있었는데 굳이 문중 밖의 홍제스님을 모신 것에 대해 불만을 품은 지대방[73] 소식통들에 의해 말들만 떠돌아다녔던 정도지, 그 이상은 아니야."

"지대방에서 떠돌던 말이라니?"

"뭐… 그게, 영락사 강주로 홍제스님을 앉힌 것이 도원스님이 도암스님을 탐탁하게 생각하지 않아서라는 등, 도원스님이 봉허스님 곁에 붙어서 형제들을 이간질한다는 등의 시시껍절한 말들이야. 다들 입이 궁하면 염불이라도 할 것이지 무슨 말들이 그리 많은지."

"홍제스님이 염화전에 선화를 배우러 다니셨다며?"

"그랬지. 노장님이 홍제스님을 부르신 걸로 알아. 두 분이서 그림을 그릴 때면 노장님이 시자(侍者)인 현구스님까지 물러나게 했거든. 그래서 말들이 더 많았어. 그때마다 도원스님이 나서서 못난 목소리들을 잠재우셨지. 홍제스님이 문중과의 심각한 알력이 있었던 것이 아니라 사람들의 단순한 시기심과 질투로 봐야지. 절이란 곳도 사람 사는 곳이니만큼 그런 것까지 없

을 수는 없지."

"문중의 소란을 야기하면서까지 노장님이 홍제스님을 부른 이유가 뭘까?"

"그럼 노장님이 눈치봐가며 문중사람만 불러야 하나? 노장님은 홍제스님을 좋아하셨어. 홍제스님과 같이 시간을 보내고 싶으셨겠지."

"그럼 도원스님이 도암스님을 제치고 굳이 홍제스님을 강주로 앉힌 이유는?"

"깊은 뜻이 있지. 도원스님은 영락사 강원에 새로운 활력을 불어넣으려고 하셨어. 그러려면 문중의 이해관계에 걸릴 것이 없는 외부인물이 낫겠다고 생각하신 거지. 홍제스님은 경학(經學)의 대가인 수월스님에게 배웠으니, 도원스님 입장에서는 홍제스님이 실력으로나 입지로나 자신의 뜻에 딱 맞는 분이라고 생각하셨겠지."

"도원스님은 여느 스님과는 다른 면이 있으신 분이군."

"내 입으로 이런 말을 하긴 그렇지만, 도원스님은 정말 대단한 분이셔. 간화선[74] 위주로 일방통행 되는 승려의 수행을 일신하려면 강원부터 바뀌어야 한다고 생각하시지. 사실 지금 강원의 교육과정은 문제가 없잖아 있어. 경전의 깊은 내용을 탐구하는 것보다 한문 습득에 그치고 마는 것이 현실이야. 종단에서는 소의경전[75]을 『금강경』이라고 내세우지만, 『화엄경』을 『금강경』 위에 두는 절집의 교상판석[76]이 관례처럼 통용되다 보니 강원에서조차 명과 실이 부합하지 않는 지경이지. 도원스님은 불교의 발전과 승려의 수준을 올리기 위해서는 강원의 교육제도를 대대적으로 혁신해야

---

74) 看話禪 : 화두를 정해 참구하는 선의 방식.

75) 所依經典 : 종단의 교리에 있어 핵심이 되는 경전.

76) 教相判釋 : 불경에 드러난 모순된 가르침을 하나의 통일체계로 포섭하기 위해 각 종파의 입장에 따라 경전의 우열을 정해 놓는 것.

한다고 생각하시는 분이야."

"어떻게 혁신시키는 건데?"

그의 쑥 들어간 두 눈이 총기를 발했다.

"강원교육기간을 4년에서 5년으로 늘이는 거야. 지금 교육방식은 조선시대 때 10년을 가정하고 이루어진 승려의 교과과정을 4년 만에 마치는 것이거든. 빈약할 수밖에 없지. 스님은 강원의 교육과정을 기초과정 3년과 전문과정 2년으로 바꾸려고 하시지."

"전문과정이라니? 대학원 같은 건가?"

"그래, 대학원 같은 거야. 반야중관강원, 화엄강원, 유가유식강원, 범어원전강원 등으로 세분화시켜서 기초과정을 마친 학인 스님들이 2년 동안 공부하고 싶은 분야를 찾아 파고들어 갈 수 있도록 해주자는 거야. 거기서 일정한 시험을 보고 통과해야만 비로소 비구계를 주는 거지."

"공부를 못 따라가서 스님 못 된다는 말이 나오겠군. 마음 찾는 승려가 경전적 지식을 쌓는 것이 대수냐 하고 당장에 들고 일어설 사람도 한둘이 아닐 테고."

"그래서 도원스님이 화엄이나 간화선을 중시하는 사람들한테 미운털이 박힌 상태지. 이대로 가다간 얼마 가지 않아 무너질 거야. 지금도 불교연구는 대학에 모든 것을 내주고 있는 형편이잖아. 경전공부에 뜻을 둔 승려들도 대학과 대학원에 진학해서 연구하는 것을 정석처럼 여기다 보니, 천년이 넘게 강원에서 이어져 내려오는 승가만의 불학은 무시당하거나 점점 질이 떨어져 가고 있는 거고. 그런데 대학이란 곳에서 배우는 경전연구와 불교학은 너도 알다시피 종교적인 의미보다는 학구적인 측면이 강하잖아. 불교학이 발전되어야겠지만, 승가의 전통적인 경전해석과 가르침이 근대의 학문방법인 불교학에 의해 흡수되는 것이 바람직한 일은 아니지."

"전통적인 불학이라. 근데 지금 와서 전통적 불학과 불교학을 명확하게 구분한다는 게 가능한가?"

전체적인 선의는 의심하지 않았지만, 승가만의 독선을 고집할 또 다른 구실이 되지 않을까 걱정이 되어 물은 소리였다. 그의 짙게 뻗은 눈썹이 꿈틀거렸다.

"전통적인 불학이 사라져버렸다 해도 되살리기 위해 노력해야 하는 것이 승려의 본분 아니겠냐. 학자로서의 불교와 수행자로서의 불교는 다른 부분이 생길 수밖에 없으니까."

"그건 알겠는데 어제 네가 말했던 주문의 신묘함에 관한 확고한 믿음 같은 것도 전통적 불학에 속하는 건가?"

"그렇담 창건설화나 자장스님에 대한 역사학적 해석이 불교의 골수인가?"

현담도 지지 않았다. 곁길로 새어버린 얘기가 길어진데다 물어볼 말이 한두 가지가 아니었기에 화제를 돌렸다.

"그런데 죽은 스님들은 어떤 분들이시냐?"

"말해주지. 6개월 전 처음 변을 당한 것은 원철스님이야. 노장님의 사제인 고경스님의 상좌[77]였어. 어제 낮에 죽은 스님은 도각스님의 상좌였던 현선스님이고, 오늘 새벽에 발견된 스님은 내 직계사형이자 도원스님의 상좌인 현일스님이야. 홍제스님을 제외하곤 다 봉허스님 문도들이야. 괜히 문중이 홍제스님을 어떻게 한 건 아닌지 하는 의심은 접어라."

"그렇다면 봉허스님을 적대시하는 다른 문중이 있는 것 아냐?"

"다른 문중이라니? 영락사에 다른 계파가 있긴 해도 크게는 다 영락사 문중이야. 너는 승려들이 파벌싸움이나 일삼는 집단인 줄 아는가 보군."

받아치고 싶은 기분은 굴뚝같았지만 말이 또 번질까봐 혀를 눌렀다.

---

77) 上佐 : 어른스님의 제자나 그의 법을 이은 승려.

"광오는 어떻게 된 거야?"

"광오? 그것까지 알아?"

"법연스님이 다 말해주셨어."

"광오는 사기꾼이지, 뭐. 광오가 홍제스님을 찾아다닌 이유를 몰랐는데 어제 네 말을 듣고 보니 이해가 되더군. 잡혔을 때 횡설수설했던 그 소리도…."

"뭐라고 했는데?"

"홍제스님이 김홍도의 지옥도를 가지고 있다고 했어. 아무도 믿지 않았지만… 하여간 그 일이 불거져 홍제스님이 염화전 출입을 금지당하셨지."

김홍도의 지옥도!

뜨거운 물에 덴 듯 심장이 펄쩍 뛰었다. 영선의 말이 떠올랐다.

'지옥도예요. 할아버지가 팔지 않고 아꼈던 그림이라고 하는데 좀 이해가 안 됐죠. 그런 끔찍한 그림을 좋아하셨다니….'

기이하게도 홍제스님 방에서 잠들었을 때 꿈결에 나타났던 그림도 지옥도였다. 그동안 홍제스님이 보여준 그림 중 지옥도는 한 점도 없었다. 홍제스님의 죽음과 함께 사라진 그림이 김홍도의 지옥도란 말인가. 김홍도의 불화라면 광오가 박대를 당하면서도 홍제스님을 찾아다녔던 이유가 설명이 된다. 하지만 화승[78]도 아니고 화원[79]이 그린 불화라니….

나는 기어이 현담에게 숨겨두었던 비밀을 털어놓았다.

"어제 영선 씨에게 들으니 홍제스님과 함께 사라진 그림이 있다고 하더라. 그게 광오가 말한 김홍도의 지옥도일 수도 있다는 생각이 드네."

"그걸 왜 이제야 말해?"

---

78) 畵僧 : 절에 기거하며 불화를 그리는 중.
79) 畵員 : 조선시대 도화서에 속해 임금의 초상이나 의궤에 쓰이는 그림을 그리던 사람.

말은 그랬지만 현담의 표정은 별로 변하지 않았다.

"흠, 그렇다면 스님들의 죽음이 사라진 그 그림과 관련된 것일 수도 있다는 말인데…."

그는 잠시 생각하는 듯하더니 고개를 흔들며 말했다.

"그건 아닌 것 같아. 돌아가신 스님들과 홍제스님은 왕래가 없는 걸로 알고 있어. 돌아가신 스님들도 영락사에 같이 산다는 것뿐이지 눈에 띄게 어울려 다니는 사이는 아니었어. 사라진 그림이 있다는 것만 가지고는 네 분을 연관지을 만한 공통점이 보이지 않아. 그것 말고 다른 이유가 있겠지. 그걸 찾아야 해."

현담이 그림에 관심을 보이지 않자 나는 다급해졌다.

"아니야. 생각해봐. 네가 말한 살인의 방법 말이다. 누군가 명부전의 지옥도에 나오는 형벌대로 살인을 저지르고 있는 상황에서 홍제스님의 지옥도가 사라졌다는 것이 뭔가 상징적으로 얽혀 있다는 생각이 들지 않아?"

현담이 헛헛한 웃음을 터뜨렸다.

"꽤 단순하구나. 누군가 지옥시왕을 흉내 내서 승려를 죽인다면 그것은 종교적 처단을 의미한다는 생각은 안 드니? 그림을 가진 홍제스님의 죽음은 단지 연속적으로 일어난 사건의 중간에 있다는 것뿐, 어쩌면 다른 스님들의 죽음과 별개의 사건일지도 모르고. 그러니까 사라진 그림과 너무 끼워 맞추려고 하지 마."

그의 말이 풍기는 야릇한 낌새를 알아차리고는 물었다.

"처단이라니, 뭔가 아는 게 있는 거야?"

현담은 대답을 회피하며 시계를 가리켰다.

"그냥 생각해보니 그렇다는 거야. 시간이 너무 흘렀군. 수련회 사람들에게 가봐야겠다. 나중에 보자."

8

"여보세요."

이영선은 막 잠에서 깬 목소리였다. 눅진눅진한 목소리를 듣는 순간 어 젯밤 그의 몸에서 풍겨나던 달착지근한 향기가 콧가를 맴도는 것 같았다.

"물어볼 게 있어서 전화했습니다. 잃어버린 그림이 김홍도의 지옥도인 가요?"

"몰라요. 그림만 찾으면 되지 누가 그렸든 관심 없으니까."

남의 일처럼 대수롭지 않게 말하는 목소리에 맥이 풀렸다.

"혹시 할아버지가 남기신 것들 중에 그림들에 대한 메모나 기록 같은 것 은 없나요?"

"노트가 있기는 한데… 하나도 알 수 없는 내용이던데."

"상관없습니다. 지금 그걸 팩스로 보내주실 수 있나요?"

"그게 꼭 필요해요?"

"그림을 찾는데 도움이 될 수도 있습니다."

"지금 당장 보내야 하나요?"

잠을 깨워 뭔가를 시키는 것에 짜증이 난 목소리였다.

"가능한 한 빠르면 좋겠습니다."

"그것 말고는 없죠?"

"네."

그리곤 전화가 툭 끊겼다. 설마 그렇게 끊으리라고는 생각도 못했기에 얼마간 끊어진 핸드폰을 멍하니 귀에 붙이고 있었다.

간드러진 상냥함이나 오금을 저리게 하는 콧소리라도 기대했던 걸까? 어 깨를 한 번 빌려준 것만으로 애인처럼 대해주리라 기대했던 얼빠진 상상이 현실과 조우하자 형언할 수 없는 쓰라림이 되어 되돌아왔다. 무안과 허탈함을 풀어내려 미친 사람처럼 걸어 다니다 보니 어느새 반야교 대형주차장에 새로 생긴 음식점 앞까지 와 있었다. 씻김굿이 필요한 상황에서 누군가 고사떡을 내민 셈이었다. 입구에 너절한 기념품들을 줄줄이 늘어놓은 음식점으로 들어서려는 순간, 담배를 물고 나오는 박재혁과 마주쳤다. 곰살궂은 눈웃음을 치며 그가 먼저 아는 척을 했다.

"아따, 현 선생 아니슈. 뭐 먹으러 오는 길이유?"

"벌써 식사를 하시고 나오는 겁니까?"

"했지. 근데 절에 온 지 며칠이나 됐다고 밖에서 밥을 사먹수? 나야 푸성귀만 먹은 지 1년이 되어가니까 입맛이 달아나서 어쩔 수 없다지만…."

"그런데 양 거사님은 어디 가시고 혼자만 드시고 나오십니까?"

"으응, 그 양반은 일이 있어 잠시 출타했수. 그럼 맛나게 먹고 오슈."

흔치 않은 기회다 싶어 그를 붙들었다.

"저, 잠시 이야기 좀 나눌 수 있겠습니까?"

"응? 근데 식사는?"

"이왕 늦었는데 천천히 먹죠. 커피나 한잔하죠."

"어디서?"

박재혁이 환한 얼굴로 물었다. 턱으로 파라솔이 세워진 근처 테이블을 가리키자 박재혁은 금세 떨떠름한 표정으로 바뀌었다.

"자판기 커피?"

"왜, 싫어하십니까?"

"아니, 뭐, 좋수. 사준다면 마셔야지."

그는 흐흐 웃더니 테이블로 가서 플라스틱 의자를 뽑았다. 나는 음식점에 들어가 담배 한 갑을 산 뒤, 커피를 뽑아 들고는 그가 기다리는 테이블로 가 앉았다. 담배를 내려놓자 그가 고개를 갸우뚱거렸다.

"현 선생도 이 담배 피나 보우. 담배 피는 걸 못 본 것 같은데…."

"아뇨. 이건 거사님께 드리는 겁니다."

그는 코를 벌름거리더니 잽싸게 담배를 집어 윗주머니에 집어넣었다.

"하하. 고맙수. 근데 이렇게 아부하는 건 이유가 있을 텐데…."

그는 얇은 입술을 씰룩거리며 경계의 빛을 내비치긴 했지만, 무료한 시간에 혀 맞출 사람이 생겼다는 것에 기뻐하는 표정이었다.

"궁금한 게 몇 가지 있어서요."

"물어보슈."

박재혁은 만물박사라도 되는 양 거만한 자세로 몸을 의자에 기댔다.

"거사님도 제가 범인이라고 의심하십니까?"

"아따. 서운하게 그게 무슨 말이슈?"

그는 팔을 허공에 홰홰 내저었다.

"양 거사님은 제가 범인이라고 생각하던데요."

"아, 그건 그 양반이 좀 맺힌 게 있어놔서 그렇수."

"맺힌 거라뇨?"

그는 담배연기를 쭈욱 빨아 마시더니 코로 가늘게 뿜으며 말했다.

"재작년에 일어난 '보양호텔사건' 모르슈? 양 거사님이 그것 때문에 옷을 벗었거든."

'보양호텔사건'은 모 국립대학 교수가 제자인 여자 대학원생을 호텔로 불러 강제로 옷을 벗기자 여자가 나체로 도망쳐 나와 세간에 알려진 사건이었다. 신고를 받고 호텔로 달려간 경찰이, 술에 취해 연행을 거부하며 맥주병을 휘두르는 교수의 뺨을 두어 차례 갈기는 바람에 강간미수나 강제 추행 중 하나를 적용하면 될 사건은 시간이 갈수록 복잡하게 번져갔다. 교수는 추행 사실을 부인하며 경찰에게 부당한 폭행을 당했다고 주장했고, 교수에게 정치칼럼을 부탁하던 언론들은 여자 대학원생의 과거행적을 선정적으로 들춰내며 강단에 서지 못한 여자의 앙심 쪽으로 분위기를 몰아갔다. 대학 교수들은 정권과 공권력이 정부에 비판적인 학자를 죽이려는 음모라고 규정하며 구명을 위한 서명운동을 펼쳤고, 그들 아래에 있던 대학원생들은 검찰청 문 앞에서 '학자의 양심을 짓밟지 마라' 는 구호와 '학자들은 뺨 맞지 않을 권리가 있다' 는 피켓을 들고 시위까지 벌였던 사건이었다.

"그럼 양 거사님은 그때 그 경찰 중 한 명이었군요."

그는 하관이 급하게 내려빠진 역삼각형의 얼굴을 끄덕였다.

"경찰이 징계를 받았다는 건 아는데 옷을 벗을 정도였나요?"

"정직처분만 맞고 끝나나 했는데 시시콜콜한 사항까지 다 들춰내서 옷을 벗겼다니까. 뒤에는 대학교수들의 입김이 있었수. 지들 인맥 중 정치계나 검찰, 경찰 윗선까지 동원해서 말단 경찰 모가지를 날린 거지. 교수를 건드리면 어떻게 되는지 본보기를 보인 거유. 그러니 양 거사님이 학자의 학만 들어도 치를 떠는 거 아뉴."

양근철의 날이 선 증오는 대상을 잘못 골라잡고 있었다. 저열한 인간됨됨이에서 올라오는 썩은 냄새를 학문과 논문이라는 향수로 가릴 수 있다고 믿는 학계의 축농증과 끼리끼리 모여 놀며 이방인은 짓밟아버리는 소아병적 집단주의에 나 또한 심한 염오(厭惡)를 품고 있다는 고해성사라도 해야 양근철의 마음이 풀릴까?

"그런데 두 분은 어떻게 절에 오시게 된 겁니까?"

"으응. 양 거사님은 도원스님이랑 인연이 있었고, 나는 집안 대대로 영락사와 인연이 깊어 요양도 하고 절 일도 거들 겸 영락사에 신세를 지고 있었수. 내가 절에 온 지 석 달쯤 됐나? 그때 원철스님이 죽어나가더라구. 그리고 얼마 안 돼서 사설조사업체에서 일하던 양 거사님이 도원스님의 부탁으로 절로 들어왔수."

박재혁은 흥신소나 심부름센터를 사설조사업체라고 둘러말하는 것 같았다.

"그럼 두 분이 원래부터 아는 사이가 아니었군요. 어떻게 하다 박 거사님이 양 거사님이랑 같이 이 일을 조사하게 된 겁니까?"

"나야 빈둥거리고 싶었수. 그런데 젠장, 봉허스님이 나더러 허송세월만 보내지 말고 밥값을 하라고 해서 귀찮지만 어쩔 수 없이 양 거사님 뒤를 따라다니는 거유. 나야 뭐 심부름이나 하는 따까리지."

"돌아가신 스님들의 평판은 어땠습니까?"

"평판?"

"절 안에서 잡음이나 문제를 일으킨 전력이 있는 분이 있습니까?"

그는 갑자기 크게 웃어젖히며 새끼손가락을 흔들어 보였다.

"하이고, 이거 말하는가 보네. 장가가려면 중이 되야겠더라고. 스님들이 여자들한테 인기가 어찌 그리 많은지. 하하하."

"그럼 여자문제가 있는 스님이 있단 말입니까?"

그는 남자들 특유의 공모의 눈빛을 흘리며 말했다.

"원철스님은 인물이 훤했수. 콧대가 오똑하고 눈이 부리부리한 게 호남형인데, 여자들이 보면 오줌깨나 질질 싸게 생겼어. 기집들이 가만 놔뒀겠수? 나도 나중에 알았지만, 여대생이나 아줌마나 그 스님만 보면 눈이 희뜩 뒤집혀서 선물도 보내고 편지도 보내고 찾아도 오고 난리도 아니었다고 하드만. 하여간 요즘 기집들, 비싼 밥 처먹고 스님이나 꼬시려 드는 거 보면 대가리에 뭘 처넣고 사는 건지 알 수가 없수."

그의 말투가 거슬렸지만 다음 말을 끌어내기 위해선 대충 동의하는 시늉을 해야 했다.

"일상에서 만나는 남자들과는 달리 성스럽고 고결해 보였겠지요. 사람들이 원래 넘을 수 없는 어떤 것을 갈망하는 심리가 있지 않습니까. 게다가 인물까지 잘났으면… 그럼 원철스님이 어떤 여자를 몹시 서운하게 해서 원한을 샀나요?"

처음에는 비웃었지만 절에서 일어난 일련의 죽음을 가리켜 압원석을 건드린 동티라고 한 말이 신경이 쓰여 물었다.

"편지 주고받고 한 것 말고는 드러나게 문란했던 건 아닌 것 같은데… 모르지, 그 속을. 방귀가 잦으면 똥 싼다고… 남녀가 만나서 별일 없이 넘어가는 것 봤수? 스님이 죽은 지도 모르고 아직까지 연애편지 보내는 미친년들이 있다니까. 읽어보면 간지러워서 죽어요, 죽어."

"관계를 암시할 만한 내용이라도 있었습니까?"

"뭐, 그건 아니고. 스님의 좋은 말씀을 듣고 싶네, 중생을 어루만지는 따뜻한 눈빛이 그립네, 답장을 안 해줘서 걱정이 되네, 그런 내용들이유. 그래도 그게 결국은 한번 자자는 소리 아니겠수. 그런데 헌 선생은 이 일이 여자와 관련된 치정극이라고 생각하는 모양이유?"

"모든 가능성을 열어두는 겁니다."

"원철스님 말고 다른 세 분은 여자하고 별 관계없는데… 홍제스님이야 다 늙으신 분이 무슨 여자와 관련이 있겠수. 그리고 다른 스님들은 스님이라는 이유만으로 기본은 하겠지만, 여자들이 그리 달라붙을 타입은 아니었수. 현선스님은 키가 짜리몽땅하고, 현일스님은 얼굴이 너부데데하던데, 뭘."

"현선스님과 현일스님을 만난 적이 있습니까?"

"원철스님이 죽고 난 다음, 조사차원에서 절 안의 스님들과 한 번씩 다 만났지. 현선스님은 되게 과묵한 사람이드만. 뭘 물어도 네, 아니요, 말고는 말을 안 해서 사람 숨이 꼴딱꼴딱 넘어가게 하는 그런 타입 있잖수. 스님이라 심하게 다그칠 수도 없고 답답해 죽는 줄 알았지. 현일스님은 말야, 얼굴은 생긋생긋 웃는데 말을 어긋지게 하는 타입이야. 무슨 도사 선문답도 아니고 물어도 빙빙 돌려가면서… 여튼 제대로 답을 하는 사람이 아니야. 나중에는 내가 물어보는지 스님이 물어보는지 분간이 안 될 지경이었수. 양 거사님도 그 스님 때문에 두 손 두 발 다 들었다니까."

말끝에 떠오르는 얼굴이 있었다. 어제 솔밭에서 애매한 이야기만 남기고 사라졌던 승려였다.

"현일스님이란 분은 좀 미친 사람 같았겠군요?"

박재혁은 또 한바탕 크게 웃었다.

"크흐흐. 아따 대놓고 말을 못했는데 짚어주니까 또 그렇네. 현 선생 말마따나 싸이코 같았수."

"마르고 창백한 얼굴에 광대가 불거진 분이 아니던가요?"

"어, 어떻게 아슈? 피부는 허옇고 광대뼈가 튀어나와서 넓적하게 보이는 얼굴인데… 현일스님을 알고 있수?"

어제 이상한 말을 떠들었던 잡승은 다름 아닌 현일스님인 것 같았다. 우연치고는 기묘한 우연이었다. 그가 내게 한 짓이라곤 쓸데없는 헛소리와 시비밖에 없었지만, 박재혁 앞에서 괜히 만났단 말을 꺼냈다가는 양근철의 귀에 들어갈 것 같아 두려웠다.

"아뇨. 영락사를 들락거리다 몇 번 스쳤던 얼굴인 것 같아서요."

"그랬었군. 하여간 조사를 해보니 현선스님과 현일스님 두 분은 다른 스님들과 별로 친하지도 않고 외톨이 같더라구. 하긴 벙어리와 싸이코면… 크크크, 그런 사람들 옆에 누가 붙어 있겠수. 존재 자체가 민폐지. 이거 다른 스님들이 들으면 혼나겠네."

그들의 성격이나 태도를 마음에 들어하지 않던 누군가가 죽였을까? 불가능한 일은 아니었지만, 현담은 종교적 처단이라 했다. 그렇다면 죽은 승려들은 계를 파하거나 승가의 불화를 조장하는 구체적이고 치명적인 일을 했어야 한다. 박재혁의 말을 미루어 판단하건대 현선과 현일스님은 그럴 그릇도 못 되는 듯 보였다.

"죽은 스님들의 공통점은 전혀 없나요? 현장에 남겨진 증거라든가…."

증거에 관한 이야기가 나오자 그는 씰룩거리던 입가에 묻은 웃음기를 싹 지우더니 딱딱하게 굳은 얼굴로 바뀌었다.

"그런 게 있다면 벌써 범인을 잡았게. 내가 볼 때는 정신병자의 소행이유."

그는 다 마시지도 않은 종이컵을 꾸깃꾸깃 움켜쥐더니 쓰레기통으로 던지며 일어섰다.

"난 일이 있어 가봐야겠수. 그럼, 점심 맛나게 먹고 오슈."

말성 좋은 박재혁이 서두르는 것으로 보아 증거에 관한 정보를 함구하라는 지시를 받은 것이 분명했다. 붙잡아 둔다고 그의 혀가 녹을 것 같진 않았기에 선선히 그를 보내고는 식당으로 들어섰다.

9

검은색 고급세단 스무 대가량이 일주문을 막고 두 줄로 줄지어 늘어서 있는 바람에 영락사를 찾은 관광객과 신도들은 길 가장자리로 몰린 채 힘들게 통행하고 있었다. 차 주위로 무전기를 들고 귓구멍에 리시버까지 꽂은 검은 양복들이 설치는 것으로 보아 정치인이 행차한 모양이었다.

빌어먹을 새끼들. 넓디넓은 절 주차장이 일주문에서 얼마나 된다고 꼭 좁은 길목에 이 따위로 차를 대서 사람들에게 불편을 주나. 영락사도 그렇지, 왕명을 받은 사신들도 일주문 100여 미터 전방의 하마석(下馬石)에서부터 말에서 내려 걸어 들어왔다는 자부심은 어디다 내팽개치고 이런 짓을 허락했을까. 일주문 문턱과 천왕문 계단이 없었다면 사리탑 코앞에 차를 들이미는 짓도 마다하지 않을 주인과 객들이었다.

일주문 안에서 나오는 나긋한 인상의 보살을 붙잡고 누가 왔는지 물었다. 보살은 존경과 자랑스러움을 담뿍 담은 표정으로 "박태환 씨가 왔어요, 왔어"라며 흥분했다.

박태환.

항시 손목에 염주를 둘러차고 국회를 들락거리는 불자의원이자, 그가 모친의 극락왕생을 빌며 탑을 세우고 전각을 올려준 사찰들을 순례하며 하루씩 묵더라도 반년은 족히 걸리리란 풍문이 나도는 재력가였다. 그런데 아이러니컬하게도, 국회연설 도중 튀어나온 '불법집회나 시위를 일삼는 무리들은 사회에서 영원히 격리시켜야 한다'거나 '국토개발을 위해서는 산은 몇 개라도 밀어버릴 수 있다'는 말들로 자신이 불살생과 연기(緣起)사상을 눈곱만치도 모르는 사이비불자라는 것을 만방에 공표하기도 했다. 그럼에도 불교계에선 박태환이 불교신자라는 것만으로도 감격했는지 아니면 그런 발언들과 불교를 믿는 것은 별개라고 생각했는지 한뜻으로 그를 옹호하고 지지하는 형편이었다. 대선을 얼마 남겨두지 않은 시점에서 그가 영락사를 찾은 이유는 불을 보듯 뻔했고, 그를 영락사에서 받아들인 이유도 물을 들여다보듯 환했다.

혀를 끌끌거리는 사이 박태환을 가운데에 끼고 가사를 수한 두 명의 승려가 기자들과 경호원들을 이끌고 일주문 밖으로 나왔다. 그들 뒤로는 보좌관들과 정치인들, 그리고 종무소에서 몇 번 마주쳤던 승려들이 마구잡이로 뒤섞여 난장을 이루고 있었다. 박태환이 차 앞에 서자 오른편에 있던 키가 작고 중후한 목소리를 지닌 승려가 말했다.

"이곳이 진신사리의 영험한 정기가 흐르는 곳이니만큼 오늘 박 대표가 그 정기를 제대로 받고 가시는 겁니다. 앞으로 좋은 일이 많으실 겁니다."

그러자 늙었지만 날카로운 목소리의 승려가 덧붙였다.

"불교계에서 왕이 나올 때가 됐지요, 암요."

박태환은 입이 찢어져라 웃으며 두 승려의 손을 번갈아 잡았다. 카메라 플래시와 박수소리가 함께 터져 나왔다.

"두 분 대덕스님들께서 많이 도와주십시오."

"그럼요. 도와야지요. 걱정 마십시오."

박태환이 차에 올라타자 검은색 세단들은 뱀처럼 구불거리며 일렬로 절을 빠져나갔다. 갑자기 목젖이 간질거리며 마른기침이 미친 듯 목구멍을 타고 올라왔다. 먼지 때문이었다. 가슴을 쥐고 켁켁거리다 그 자리에 꼬꾸라지듯 주저앉고 말았다.

우주에 팽만한 죽일 놈의 먼지들.

한동안 쪼그리고 앉아 기침이 진정되기를 기다렸다. 여진(餘震)처럼 간간히 올라오던 밭은기침도 사그라지자 몸을 일으켜 성보박물관으로 향했다.

일찍 온 탓에 박물관 계단은 텅 비어 있었다. 멀뚱멀뚱 기다린 지 10분쯤 지나자 수련회 사람들이 하나둘 웃으며 계단으로 몰려들었다. 눈에 익은 몇몇과 눈인사를 나누다 보니 오래된 지인을 만난 것 같은 반가움마저 일었다. 약속대로 현담은 물론 다른 스님도 보이지 않았다. 박물관 관람은 혼자서 이끌겠다고 요청한 결과였다. 물론 영락사 측도 내 제안에 대한 조건을 내걸었다. 영락사측은 박물관 관람 일정을 염주를 만들든지 관람을 하든지, 둘 중 하나를 선택할 수 있는 자유 시간으로 변경하겠다고 했다. 그나마 박물관 관람이 수련회 일정에서 완전히 삭제되지 않은 것은 현담이 고집을 피운 덕분이었다.

어제보다 인원이 반 이상 줄었지만 분위기는 훈훈했다. 여기에 모인 이들은 염주라는 기념품을 포기하고 내 이야기를 들으러 온 고마운 사람들이었다.

"절에 딸린 박물관이라고 가벼이 보시는 분들도 있으시겠지만, 여러분은 곧 통도사 성보박물관과 더불어 국내 불교회화미술관의 양대 산맥을 이루는 곳으로 들어가시게 될 겁니다. 물론 소장유물은 통도사가 더 많습니다만 통도사 박물관은 유물보호를 위해 프린트 사진을 군데군데 걸어놓고 있는데 반해 영락사 박물관은 실제 작품들로만 전시장이 채워져 있습니다. 네? 국립중앙박물관요? 국립중앙박물관도 영락사 박물관에서 괘불(掛佛)이나 불화를 빌려 전시하는 형편이라고만 말씀드리죠. 자, 이제 관람할 의욕이 좀 생기셨습니까?"

사람들을 이끌고 홀로 들어서자 3층 높이의 천장에 닿을 만큼 거대한 화폭에 그려진 부처가 우리를 맞았다. 부처의 장대한 모습에 여기저기서 탄성이 터져 나왔다.

"보시는 괘불은 야외용 불화입니다. 영락사 절 마당에 서 있는 두 개의 쇠기둥을 보셨을 겁니다. 그 기둥은 바로 이런 괘불을 걸기 위해 세워 놓은 겁니다. 거는 불화라고 해서 괘불이라고 하죠. 괘불은 항상 걸어두는 건 아니고 특별한 날에만 겁니다. 초파일이나 개산재(開山齋), 수륙무차법회(水陸無遮法會) 등의 큰 행사가 있을 때 절에 사람이 많이 모이지 않습니까? 그럼 법당에 사람들을 다 수용하지 못하는 경우가 생기겠죠. 절 마당에 괘불을 걸어놓으면 마당이 큰 법당으로 변하는 겁니다."

"저분은 어떤 부처님인가요?"

어제 불이문 앞에서 농을 걸던 여대생이 천진한 얼굴로 질문을 던졌다.

"석가모니불이라고 보는 견해와 노사나불이라고 보는 견해가 있습니다. 어떤 부처인지 이름이 명시되어 있지 않아서 학계에선 그냥 〈1792년 영락사 괘불〉이라고 부릅니다. 그림을 보세요. 일반적인 부처님과는 다르게 이 부처님은 머리에 뭔가를 쓰고 있지요? 저걸 보관(寶冠)이라고 하는데 조선 후기 괘불에 그려지는 부처님은 보살처럼 보관을 쓰고 등장하는 분이 많습니다. 도상학적으론 노사나불이 주로 보관을 쓴 채로 그려지지요. 그럼 저 부처님도 보관을 썼으니 노사나불이 아닌가 하시겠지만, 보관을 쓴 괘불

중에 '석가모니불'이라고 명시된 괘불도 있으니 뭐라 장담을 할 수가 없는 겁니다."

사람들이 심각한 표정으로 괘불을 보는 것 같아 슬쩍 말을 덧붙였다.

"하지만 여러분들은 저 부처님이 노사나불인지 석가모니불인지 너무 고민할 필요가 없습니다. 그건 학자들의 몫입니다. 여러분을 무시해서가 아니라 어차피 법신(法身), 보신(補身), 화신(化身)으로 나누는 삼신불(三身佛)의 개념으로 들어가면 노사나불이나 석가모니불이나 결국은 한 부처님이니 크게 상관이 없다는 뜻입니다. 자 그럼…."

날렵한 금테안경을 쓴 새하얀 얼굴의 청년이 중간에 말을 자르고 들어왔다.

"그런데 삼신불이 뭡니까?"

대충 넘어가려는 대목을 귀신같이 알고 거는 질문이 반가울 리 없었다. 질문을 받은 이상 거짓말이라도 해줘야 하는 것이 선생의 업보라 배웠기에 마지못해 입을 열었다.

"법신, 보신, 화신이 삼신불의 개념입니다. 우리가 어제 들른 화엄전에 계신 비로자나불이 법신입니다. 불법(佛法)을 상징하죠. 그리고 보신불은 노사나불입니다. 보신불이란 의미는 수행공덕으로 부처의 몸을 얻었다는 걸 의미합니다. 화신은 육화(肉化)해서 우리 곁에 내려온 부처, 바로 석가모니불을 의미하죠. 삼신불은 부처의 세 가지 모습을 설정하고 각 부처님에게 역할을 분담시켰기에 무 자르듯 나누는 것보다 중생을 교화하기 위한 방편으로 셋이면서 동시에 하나인 부처의 개념을 가져왔다고 보시면 그리 틀리지 않을 겁니다. 삼신불을 파고들면 기독교의 삼위일체설만큼이나 복잡해지니 이 정도로만 하고 넘어가지요."

청년은 미진하다는 듯 바라보았지만 현담이 삭도로 내 머리털을 밀어버리기 전에 삼신불에 관련한 설명은 이쯤에서 접는 게 수였다.

"자세한 건 나중에 현담스님에 여쭤보세요. 그럼 다시 괘불을 보시죠. 자세히 보면 부처님의 상체는 크고 비대한 반면 하체는 좀 빈약하게 그려졌습니다. 어떤 이유로 이렇게 그렸겠습니까? 아마 영락사 법당의 불상들을 참배하신 분이라면 답을 아실 겁니다."

"참배하는 사람의 시선을 고려한 겁니까?"

이번에는 침착한 얼굴의 30대 남자가 말했다.

"예리하시군요. 영락사 금당의 불상들은 고개를 아래로 숙이고 있기 때문에 법당에 우뚝 서서 바라보면 부처님 얼굴이 찌그러져 보입니다. 조성자의 미감이나 기술이 떨어져서 그렇게 만든 것이 아닙니다. 절을 하면서 몸을 낮춘 채 불상을 바라보면 그제야 찌그러진 부처의 얼굴이 둥근 보름달처럼 원만해집니다. 마찬가지로 여기 있는 괘불도 참배자의 시점을 고려한 형태로 그려진 것입니다. 높이가 12미터인 괘불을 바라보는 우리의 시선은 항상 아래에서 위를 쳐다보게 될 수밖에 없겠죠? 그런데 만일 상체를 하체와 같은 비율로 그리게 되면 눈에서 멀리 떨어진 상체가 아무래도 왜소해 보일 겁니다. 또 다른 이유는 상체를 과장되게 부각시킴으로써 부처님이 장엄하고 위엄 있게 보이도록 하기 위해섭니다. 영락사는 덩치가 있는 부처님을 선호했던 모양입니다. 지금 보시는 이 괘불 말고도 영락사에는 충청도 마곡사에 머물다가 초빙된 영훈(永薰)이란 화승이 그린 〈영락사 석가여래괘불탱〉이 남아 있는데, 그 그림은 영훈이 이전에 그린 늘씬한 〈마곡사 괘불〉과는 달리 통통하고 덩치 있는 모습으로 부처님을 표현하고 있습니다. 이것은 불화에 화승 개인의 미감뿐 아니라 사찰의 취향이나 의견도 반영되었다는 것을 의미하죠. 세련미는 떨어져도 묵직하고 위엄 있는 걸 선호하는 경상도 기질이라고 할까요."

"에휴, 우리 남편이랑 같네. 그 기질이 사람을 잡아요."

누군가 한숨을 내쉬며 중얼거리자 뒤에 서 있던 보살들이 공감을 표했다.

"맞다. 맞다. 그기 다 똥폼인기라."

"그래. 묵직한 기 뭔 소용이고. 내는 마 내생(來生)에 태어나면 살살거리는 서울 남자랑 결혼할란다."

무안해진 경상도 태생의 남자는 얼른 변명에 들어가야 했다.

"자, 보시다시피 경상도 지방의 불화는 대개 색감이 진하고 어두운 편입니다. 전라도 불화가 수채화처럼 색감이 맑고 화사한 반면에 경상도 불화는 답답할 정도로 두텁게 칠해집니다. 경상도 불화가 도식적 형상을 지켜내는 데 힘을 모으다 보니 장중함은 전해주지만 보는 사람에게 갑갑함을 주는 면도 없지 않지요. 하지만 부처님이 입고 있는 옷에 그려진 문양을 보세요. 아주 치밀하고 화려하지요? 이게 바로 장식성으로 경직성을 보완하는, 경상도 불화의 특징입니다. 그건 여기까지 하고 돈 이야기 한번 해볼까요. 이 그림의 제작비가 지금의 돈으로 얼마쯤 들었을 것 같나요?"

백만 원부터 일억까지 각자 부르고 싶은 금액들이 불쑥불쑥 튀어나왔다.

"지금 보시는 괘불과 관련해서 금액이 명시된 자료는 없지만, 영락사에 또 다른 괘불이 남아 있습니다. 아까 말씀드렸듯이 마곡사에서 온 영훈이 제자들을 이끌고 그린 그림인데, 〈1792년 영락사 괘불〉이 조성되기 30년 전인 1762년에 그려진 〈영락사 석가여래괘불탱〉입니다. 다행히 그 그림은 조성기가 아직 남아 있어서 그걸 근거로 이 그림의 제작비를 산출할 수 있습니다. 〈석가여래괘불탱〉은 그림의 원재료인 안료나 금니[80], 복장[81]거울, 삼베, 비단 같은 시주물품을 제외하고도 현금만 481냥 7전이 모였다고 기록되어 있습니다. 481냥 7전을 당시의 쌀값과 지금의 쌀값, 또 금의 가치 등을 종합적으로 고려해서 오늘날의 돈으로 환산하면 대략 1,700만 원 정도

---

80) 金泥 : 금가루. 물에 개어서 사경(寫經)이나 불화에 쓴다.
81) 腹藏 : 불상의 배 안에 넣은 사리나 불경 등을 이르는 말.

가 나옵니다. 〈석가여래괘불탱〉과 크기가 동일한 이 괘불도 참여규모나 재료비까지 고려한다면 2,000만 원 이상이 들었다고 봐야겠죠."

몇 명은 고개를 끄덕였지만 어디선가 비싸다는 불평이 터져 나왔다.

"이 그림을 몇 사람이 그렸을 것 같습니까? 그림 하단에 있는 화기를 살펴보면 그림을 그린 승려 이름만 22명 나옵니다. 괘불은 한 명이 조성할 수 있는 규모가 아닙니다. 적게는 열 명에서 많게는 스무 명 이상의 공동 작업으로 이루어지죠. 그림을 제작하는 몇 달 동안 먹고 쓰는 비용과 화승의 잔일을 돕기 위해 동원된 사람들의 인건비와 물품비, 그리고 제작 후에 화승에게 지급하는 수고비 등을 고려하면 그들은 거의 돈을 받지 않고 일을 했다고 해도 과언이 아닙니다. 게다가 이 〈1792년 영락사 괘불〉을 그린 화승들은 시주자 역할까지 동시에 수행합니다. 돈을 받고 그린 그림이 아니라 돈을 기부하면서 그린 그림이란 말이지요. 그것은 그들이 승려였기에 가능했던 겁니다."

내가 뱉은 말들에 휩쓸려 서서히 현담과 약속한 수위를 넘어서고 있었다.

"불화는 원래 절에 걸렸던 것입니다. 세상이 변하면서 불화가 예배와 포교의 대상이 아니라 감상용으로 전락된 것도 사실이죠. 서양인들이 부처의 머리와 불화들을 거실 한쪽 벽에 장식한 모습을 보신 적이 있을 겁니다. 법당과 금당에 있어야 할 것들이 개인의 집안에서 미술품과 인테리어 소품으로 사용되고 있는 겁니다. 사실 박물관에 전시된 불화들도 그것들의 운명과 별로 다르지 않습니다. 저처럼 불화를 연구하는 사람들과 스님들 사이에는 넘지 못할 강이 흐릅니다."

이미 나는 넘지 말아야 할 강을 반쯤 건넌 상태였다.

"어떤 스님은 불교철학이나 불교미술을 전공하는 학자들을 가리켜 부처의 유산을 훔쳐먹고 사는 도둑놈이라고 부르죠. 학자들은 학자들대로 스님들을 세상물정 모르는 완고하고 무식한 까까머리라 부릅니다. 학자들이 불화를 연구해야 할 대상으로 취급하는 반면에 스님들은 신앙 그 자체로 이해하고 있습니다. 부끄럽지만 저도 학자적 시각에서 벗어나지 못합니다. 불화를 보면 어느 시기의 어떤 양식인지부터 분석하고 구도와 채색, 인물 표현을 보면서 좋다 나쁘다 마음대로 평가하곤 하죠. 스님들이 불화를 바라보는 방식은 학자와 다릅니다. 불화가 미술사를 전공하는 사람이나 미술 애호가를 위해 탄생한 게 아니라 부처의 가르침과 중생들의 기원을 담기 위해 조성되었다는 것을 강조하지요. 맞습니다. 저는 스님들의 시각에 동의합니다. 원래 자리를 지키지 못한 채 국립중앙박물관 불상전시실을 가득 채우고 있는 불상들이나 수장고에 처박혀 햇빛을 못 보는 불상들을 볼 때마다 처연(悽然)한 기분을 떨칠 수 없으니까요. 가끔 국립중앙박물관에 전시된 불상 앞에서 손을 모으고 지극정성으로 절하는 나이 든 보살님들을 뵙게 될 때마다 정신이 퍼뜩 듭니다. '아, 원래 불상과 불화는 미술적 평가의 대상이 아니라 신앙이었지' 하고 말입니다. 지금 괘불탱 앞에는 예배를 드릴 수 있게 불단과 자리를 깔아놓았습니다. 미술관에 웬 불단이냐 하시는 분도 있겠지만, 저는 긍정적으로 봅니다. 현재 국립중앙박물관에도 괘불탱을 전시하고 있지만 이곳과 달리 불단이 놓여 있지도, 놓일 수도 없습니다. 같은 박물관일지라도 불화를 대하는 방식이 얼마나 다른지 저 불단이 상징적으로 말해주고 있습니다. 불상이나 불화가 일차적으로 종교적 목적에 의해서 만들어졌다는 것을 누가 부인할 수 있겠습니까? 하지만 종교적 목적에 저것까지 포함되는지는 생각을 해봐야 합니다."

손가락으로 불단 앞에 놓인 불전함(佛殿函)을 가리켰다.

"본래 불법이란 현상과 형상을 절대적 가치로 인정하지 않습니다. 현상이나 형상은 시절인연(時節因緣)에 따라 잠시 모여 모양을 드러낸, 허망하고 진실하지 못한 것이라 생각을 하니까요. 그런데도 왜 불교가 형상을 만들어 모시느냐 하는 문제가 발생합니다. 실제로 석가모니가 열반하고 나서

500년이 흘러도 부처의 형상이 그려지거나 만들어지지 않았습니다. 진리는 감히 형상으로 표현할 수 없다고 생각한 것이죠. 기독교에서도 성화상(聖畫像)을 인정할 것인가 말 것인가 하는 논란이 유럽을 비잔틴제국과 서유럽으로 쪼개버린 단초로 작용하지 않았습니까. 그러니 종교에서 성상을 만든다는 것이 얼마나 예민한 문제인지 이해가 되실 겁니다. 그러나 안타깝게도 사람이란 무엇인가 손에 잡히고 눈에 보여야 믿는 존재라는 겁니다. 세속을 벗어난 가르침을 얻기 위해서는 어쩔 수 없이 세속의 방법을 통할 수밖에 없다는 역설이 그래서 생기는 겁니다. '형상으로 나를 찾거나 소리로 나를 구하면 삿된 길이니, 여래를 볼 수 없을 것이다' 란 부처님의 말씀에도 불구하고 부처님의 가르침을 펼치려면 형상과 소리를 빌려와야 했습니다. 형상은 불상, 불화였고 소리는 범종과 운판, 법고, 목어, 목탁이죠. 종교적으로 쓰이는 형상과 소리는 그 너머를 보게 하려는 매개체일 따름입니다. 불화와 불상도 부처님 법의 심오한 가르침을 전달하기 위한 임의적인 도구란 거죠. 그런데 저 앞에 돈을 넣으라고 구멍이 뻥 뚫린 불전함이 놓여 있습니다. 그것이 의미하는 것은 무엇이겠습니까? 괘불에 그려진 부처님을 실재(實在)로 고착시켜 성상으로 숭배하게 하고 그 앞에서 돈을 넣어 복을 짓게 함으로써 사람들이 그림 너머의 불법이란 본질로 다가가는 것을 방해하고 있는 것은 아닐까요? 성보박물관이 불교회화라는 형상을 통해 불법의 본질을 전파한다는 기치를 내걸고 지어진 만큼 본래의 취지를 되살리고자 한다면 저 불전함부터 없애는 것이 도리가 아닌가 생각합니다. 아, 더 이상했다간 산문 밖으로 쫓겨나겠군요."

제 버릇은 개 못 주는 법이다. 현담이 곁에 없는 것이 천만다행이었지만, 이미 약속을 어긴 셈이었다. 강사로나 친구로서 면목이 서지 않았다. 불교 미술에 관한 표피적인 이야기만 하리라 다짐하며 사람들을 이끌고 2층 불화 전시실로 올랐다. 불교회화실 입구에는 1775년에 그려진 〈영락사 시왕도〉

열 폭이 늘어서 있었다.

"앞으로 이 전시실에서 보게 될 그림들의 이해를 위해서 간략하게나마 영락사를 거쳐 간 화사들의 계보를 말씀드리는 게 좋을 것 같군요. 조선후기 화사들의 계보를 연구해보면 일정지역과 사찰에 머물면서 그림을 그리고 제자를 키우는 승려가 많았습니다. 현존하는 불화들을 근거로 조선후기 영락사의 화사 계보를 유추해보면 크게 3기로 나눌 수 있습니다. 먼저 1기는 1731년 〈영산전 석가모니후불탱〉에서 1754년 〈화엄전 삼신탱〉에 이르는 시기로, 이때 활동하는 수화사(首畵師)는 해원(海圓)입니다. 24년 간 영락사와 인근 사찰의 탱화에서 그의 이름을 확인할 수 있습니다. 2기는 1762년 〈영락사 석가모니괘불탱〉에서 1777년 〈무량수전 아미타탱〉에 이르는 시기로 충청도 마곡사에서 활동하다 초빙된 영훈(永薰)이 수화사로 활동하는 기간입니다. 3기는 우리가 홀에서 보았던 〈1792년 영락사 괘불〉부터 1798년 〈명부전 지장탱〉의 조성시기로 주연(珠演)이란 수화사가 등장합니다. 그런데 주연이란 화승의 영락사 활동시기에 관해서는 미스터리가 있습니다. 지금보고 계시는 이 지옥도는 주연이 1775년에 제자들을 이끌고 와서 그린 그림입니다. 그 시기에 영락사에는 분명 영훈이란 수화사가 활동하고 있었는데 왜 갑자기 주연이 등장했는지는 수수께끼입니다. 다만 영훈에게 사정이 생겨 주연이 잠시 땜빵으로 이 〈시왕도〉를 그렸지 않았나 하고 짐작할 따름입니다. 주연은 이 지옥도를 그린 17년 뒤인 1792년부터 영락사에 머물며 본격적으로 불화를 양산해내기 시작하지요. 어려운 이야기는 이쯤하고 제가 문제를 하나 내겠습니다. 주연이 화승들을 이끌고 그린 이 지옥도에는 치명적인 실수가 하나 있습니다. 잠시 시간을 드릴 테니 찾아보세요."

사람들은 눈에 불을 켜고 그림을 살피고 있었지만 답은 쉽게 나오지 않았다. 보다 못해 넌지시 힌트를 주었다.

"그림들의 하단에 등장하는 옥졸들을 잘 살펴보세요. 뭔가 빠진 것이 있을 겁니다."

그 말이 떨어지자마자 '제4 오관대왕'의 확탕지옥 앞에 선 여자아이가 외쳤다.

"찾았다. 이 사람은 자세가 이상해요."

옆에 선 엄마가 아이의 말을 거들었다.

"가마솥 왼쪽에 있는 옥졸이 뭔가를 쥐고 있어야 하는 거 아닌가요?"

모녀의 눈부신 합동작전에 웃으며 고개를 넌지시 끄덕여주었다.

"이 그림 하단부분의 하이라이트는 두 명의 옥졸과 큰솥에서 끓여지고 있는 사람들입니다. 솥 오른편의 옥졸을 보시면 창으로 죄를 지은 사람의 배를 꿰어 솥으로 옮겨 넣고 있는 모습이 역동적으로 표현되어 있죠? 그런데 왼편의 옥졸은 가마솥에 넣어진 사람들이 튀어나오는 것을 막으려고 뭔가로 찔러대는 자세를 취하고 있는데 손에는 아무것도 들려 있지 않습니다. 그러니까 자세가 굉장히 불안해 보이는 겁니다. 원래는 이 옥졸의 손에도 창이 들려 있어야 하죠. 주연이 총감독을 한 〈시왕도〉 중에서 상인(相仁)이란 화승이 다른 세 명의 화승과 함께 맡아서 그린 이 그림만 실수가 있습니다. 아마 상인이란 화승은 꼼꼼하지 못한 성격이라 이런 실수가 발생한 것 같습니다."

"도중에 화장실 갔다 와서 까먹은 건 아니고요?"

누군가 툭하니 농을 던지자 화, 하는 웃음소리가 전시실 허공으로 울려 퍼졌다.

10

박물관 앞에서 사람들과 작별인사를 나누는 것으로 영락사에서 공식일
정은 끝이 났다. 몇 사람이 자신들의 작은 모임에서 불교회화에 관한 강연
을 해달라며 연락처를 묻는 바람에 애는 먹었지만 말이다.

매미소리가 나무들 사이에서 메아리치듯 울리고 있었다. 사람들을 절로
보내곤 솔밭으로 들어가 벤치에 등을 기댔다. 목소리는 또 갈라져 있었다.
멍하니 앉아 계곡의 물소리에 귀를 기울이다 보니 승려들의 죽음도 김홍도
의 지옥도도 차츰 잊혀갔다. 그냥 이런 솔밭 그늘에서 남모르게 늙어가다
죽으면 안 될까? 행복한 은신의 상상에 막 빠져드는 순간 카랑카랑한 음성
이 들렸다.

"강의가 열정적이데요, 인호 씨."

흰색 마(麻) 원피스를 입은 여자가 웃으며 바라보고 있었다. 친근한 말투
로 보아선 내가 아는 사람임이 분명했지만 눈에 익은 얼굴은 아니었다. 여
자는 내가 자신을 단번에 알아보지 못한다는 것을 알고는 당황해 했다. 벤
치에 내려앉은 솔잎 몇 개를 쓸어주며 자리를 권했다.

"앉으세요, 일단."

여자는 순순히 자리에 앉았다.

"성함이?"

"고미연이에요. 진짜 기억 안 나요?"

고미연이라… 뿌연 과거 속에서 어렴풋이 떠오르는 이름이었다. 학회가
있을 때마다 화장기 없는 얼굴에 안경을 걸치고 생머리를 고무줄로 질끈
묶은 모습으로 유 교수 뒤를 따라다니던 대학원생이던가. 유 교수와 안 교
수가 학회를 마치고 함께 술을 마실 때 스치듯 인사한 후, 학회의 간사로 일
하면서 일 관계로 한두 번 더 마주쳤던 사람이었다.

다시 그를 바라보았다. 적당히 살이 올라 도톰해진 얼굴, 갈색의 굽이치는 파마머리, 안경 대신 생긴 쌍꺼풀. 외모가 사람을 만드는 걸까. 그는 예전과 다른 종류의 자신감으로 가득 차 있었다. 학인의 긍지보다는 미모에 대한 자부심이랄까. 모습은 돌아보게 변했으나 풋풋한 문자향(文字香)은 사라진 듯했다.

"미안해요. 기억납니다. 학회지 편집하느라 몇 번 뵀죠."

"서운하네요. 그런데 붉은 입술과 흰 피부는 여전하시네요."

그는 그게 인사라도 되는 듯 내 입술을 민망하게 쳐다보았다.

"그런데 여기는 어쩐 일이세요?"

"성보박물관 학예사로 있어요. 그러는 인호 씨는 어쩐 일이에요?"

"학예사들과 도슨트들이 워낙 바쁘다고 하셔서 시간이 남는 제가 왔지요."

그가 갑자기 장난기서린 눈빛으로 말했다.

"사람들이 쭉 빠져들어서 듣던데요."

"설마, 보신 겁니까?"

"봤죠."

"언제부터 보고 계셨던 겁니까?"

"괘불탱 설명하실 때부터요. 인호 씨 설명이 맞나 틀리나 확인하려고 사람들 뒤를 따라다녔죠."

그는 대단한 약점이라도 잡은 양 의기양양하게 말했다.

"어쩐지 장학사 앞에서 공개수업 하는 선생 같은 기분이더라니…"

별로 웃기지도 않은 말에 그는 웃음을 크게 터트렸다.

"긴 설명에 비해 지루하진 않았어요. 특히 불전함을 치워야 한다고 말할 때는 좀 놀랐어요."

"결국 그 얘기를 제외하곤 다 지루했단 말이군요."

달뜬 얼굴을 문지르며 말하자 그는 또다시 크게 웃었다.

"전 다시 만나니까 반가운데 인호 씨는 아닌가 봐요."

고미연은 알 것이다. 미술사학계 사람들 중에 내 소식을 모르는 사람이 어디 있으랴. 학계의 원로를 까다가 매장된 현인호야말로 그들의 반면교사겠지. 그는 나의 근황을 캐묻지 않았다. 사람에 대한 배려일까. 편하지 않을 것 같았던 대화는 의외로 느긋하게 흘러가고 있었다.

"특별전시실에서 열리는 달마도 특별전은 왜 빼먹으셨어요?"

그는 눈을 흘기며 샐쭉하게 말했다.

"시간이 없더군요."

"품평 좀 해주세요. 제가 처음 기획을 맡은 전시거든요."

"아니에요. 제가 본다고 뭘 알겠습니까."

"지금 바쁘세요? 그렇지 않으면 같이 올라가서 한번 봐요."

붙임성이 좋은 건지 자부심이 대단한 건지, 막무가내로 팔뚝을 잡아끄는 그를 뿌리치기 어려웠다. 처음에 알아보지 못한 죗값이라고 마음을 다독이며 그의 청을 수락했다.

"그럼, 그냥 보기만 하겠습니다."

전시실은 달마로 홍수를 이루고 있었다. 갈대 잎을 꺾어 타고 강을 건너는 모습의 절로도강도(折蘆渡江圖), 신발 한 짝 지팡이에 꿰어 어깨에 메고 서역으로 돌아가는 모습의 척리서귀도(隻履西歸圖), 옛 거장인 심사정, 김홍도의 달마도부터 중국과 일본의 달마도까지 걸려 있는 것을 보니 풍성한 볼륨과 정성에 감탄이 절로 나왔다. 그러나 무엇보다도 나를 경탄하게 한 것은 전시실의 중심 위치에 걸려 있는 김명국의 〈달마도〉였다. 달마의 형상은 여전히 호쾌하고 압도적이었지만, 달마의 눈빛은 국립박물관에 걸려 있을 때보다 깊어 보였다. 상처 입은 짐승의 눈빛, 자신을 받아들이지 못하는 세상을 향한 원망의 눈빛, 하지만 어떤 잡스러움이나 속물스러움에 물들지 않았다고 항거하는 순정한 눈빛. 그 눈이 나를 움켜쥐고 있었다.

천분(天分)에게 향한 둔재의 두서없는 경외일까, 아니면 세상에 내쳐진 사람이 나 하나가 아니라는 비열한 안도감일까? 몇 년 전 김명국의 달마도를 실견(實見)한 후 나는 알 수 없는 힘에 이끌려 김명국에 관련된 기록들을 뒤지기 시작했다. 그러나 김명국에 관한 논문이나 자료는 박약하다 못해 없는 것이나 다름없었다. 김명국이 언급된 책은 실망스럽게도 짤막히 간추려진 기행(奇行)과 일화들로 채우고 있었고, 그나마 볼만한 몇 편의 논문은 김명국의 회화세계를 조망해주고 있었을 뿐 김명국이란 인간을 탐색할 자료는 아니었다. 나는 화가 김명국의 재능이나 미술사적인 위치보다는 자신이 그린 달마의 눈빛을 가진 것이 분명한 인간 김명국이 궁금했다.

어느 날 조선통신사에 관련된 논문들을 뒤적이던 과정에서 우연히 김명국을 발견했다. 이전까지 피상적으로 이해했던 김명국은 자신의 재능을 온전히 인정하지 않는 시대에 태어났지만 술과 농담으로 세월을 이겨나간, 불굴의 예술혼이 이글이글 불타오르는 전형적 예술가 타입의 사나이였다. 그러나 새롭게 발견한 기록에 의하면 그는 그리고 싶지 않아도 그려야 하는 자신의 운명을 비관하고 있었다.

"(통신사 수행화원으로서의 첫 일본 방문에서) 김명국은 조선에서 몰래 가져온 인삼을 밀매하려다 발각되어 처벌을 받았다."『해행총재(海行摠載)』

"(두 번째 일본을 방문했을 때 김명국은) 비싼 물건을 탐내고 집정(執政) 이하의 그림 요구에 응하기를 거부하고 도처에서 일본상인들의 요구를 받아 서화를 매매하여…."『춘관지(春官志)』

"예전에 일본에 왔을 때도 만약 눈 앞 보이는데서 그리지 않으면 번번이 다른 이

를 시켜 그림을 그리게 하고도 자신이 직접 그렸다고 기망했으니…." 『왜인구청
등록(倭人求請謄錄)』1662년 2월 25일조

"일본에 왔을 때 만약 목전(目前)에서 그림을 그리게 하지 않으면, 다른 사람이
대신 그림을 그리거나 혹은 술에 취해 희롱하듯 엉망으로 그리니… 만약 명국에게
임의로 그림을 그리게 하오면 반드시 전과 같은 난잡한 그림으로 병폐를 불러올 것
이니…." 『왜인구청등록』1662년 3월 13일조

김명국은 엉터리 그림이 자신의 이름을 달고 나가는 것도 개의치 않았고
나라나 체면 따위는 중요하게 생각지 않는 잡인이었다. 병자사행 때의 인
삼밀매 건은 애교로 넘어간다고 해도 계미사행 때 일본 화상들과 결탁을
해서 거래까지 한 것을 보면 조선을 대표하는 화원이란 명예까지도 하찮게
여긴 인간이었다.
  처음엔 그의 비행(非行)들이 의외였지만 곰곰이 생각해 보니 이해가 됐고
급기야는 화가 치밀었다. 조선과 일본을 휘두를만한 재능을 가진 화가가
생계를 지탱하지 못해 결국 장사치로 전락해야 하는 세상의 혹독함. 수많
은 궁중의 일에 차출당하고 사대부의 초상과 그들의 사랑방을 장식하기 위
한 그림을 그렸지만, 그에게 내려진 것은 말년에 겨우 얻은 정6품이란 품계
와 간신히 입에 풀칠 할 만큼의 녹봉이었다. 세상은 그를 감정과 울분을 지
닌 인간으로 취급하지 않았다. 그는 그림 그리는 기계였다. 일본의 귀족들
이 그를 대하는 방식도 조선과 다를 바 없었다. 그들이 사랑한 것은 오직 김
명국의 재능이었다. 인간으로서 김명국은 이해되지도, 이해해서도 안 되는
천한 존재였다. 그 상황이라면 누구라도 재능에 대한 실없는 찬사와 그 끝
에 폭압적 의무로써 따라붙는 그림 제조자로서의 숙명적 굴레를 견디기 어
려웠을 것이다. 세상이 덮어씌어 놓은 예인(藝人)이라는 그럴싸한 허울을

벗어던지고 밥벌이를 하겠다고 나선 그를 욕하고 싶지 않았다. 체면이니 위신이니 하는 말은 배부른 사대부에게나 어울리는 말이었다. 시대가 그를 거기까지 허락했고 타락시켰던 것이다.

세상이 달라졌을까? 지금도 학계에서 김명국은 버림받은 화가 아니던가. 학자들은 남겨진 기록과 그림이 적어 김명국 연구가 힘들다고 하지만 핑계일 뿐이다. 진적(眞蹟)이라 인정되는 그림이라곤 일본이 소장하고 있는 〈몽유도원도〉, 달랑 하나뿐인 안견도 권위자가 있어 국내학계를 군림하는데, 그림이 서른 점 넘게 남아 있는 김명국의 전문가가 없다는 건 이상하지 않은가. 안견은 되고 김명국은 안 되는 진짜 이유는 김명국이 한국회화의 연구 주류인 안견파의 회화적 특색을 갖추지도 못했고, 문인화를 그린 추사처럼 학자들에게 신분적 동질감을 심어주지도 못한다는 데 있었다. 반대로 말해 안견과 추사는 한국회화사에서 분에 넘치는 관심을 받고 있는 셈이었다. 김명국은 광태사학파[82], 부벽준[83], 감필기법[84] 등의 몇 마디만 한국회화사 책에 살짝 언급하고 넘어가도 시비 걸 이 하나 없는, 대수롭지 않은 존재였던 것이다. 심지어 국립중앙박물관에서 비공개로 보관중인 그림첩 하나를 바탕으로 그가 말년에는 특유의 개성과 필법을 버리고 안견파의 회화적 특성으로 복귀했다는 끼워 맞추기식 주장까지 나돌고 있는 실정이었다.

천한 인간 김명국.

하지만 달마도에 드러난 저 도저한 경지는 대체 어디서 오는 것일까. 순

---

82) 狂態邪學派 : 명나라 절파(浙派) 후기의 직업 화가들의 화풍. 여백과 공간을 중요시하고 이상적인 분위기를 묘사한 남송 산수화와는 달리 복잡한 구성과 거친 필치를 구사해서 남성미를 드러냈다. 광태사학은 문인화가들이 그들을 비난하며 미치광이 같은 사학(邪學)이라고 부른 데서 붙은 이름.

83) 斧劈皴 : 동양화에서 뾰족하고 험악한 바위의 표면이나 깎아지른 산의 입체감과 질감을 붓으로 표현할 때 쓰는 방법으로 마치 도끼로 찍어냈을 때의 자국 비슷하다하여 붙은 이름.

84) 減筆技法 : 붓을 대는 것을 최소화하여 간결하게 그림의 맛을 살린 기법으로 선화나 달마도에 주로 쓰인다.

전히 하늘에서 내려 받은 예술적 재능 때문일까 아니면 잡되고 속된 눈으로 집요하고 끈질기게 삶의 무늬를 응시했던 평범한 인간이 성취한 탈속의 경계일까.

"그렇게 좋으세요?"

한참을 그림에 빠져 있던 나는 비로소 고미연과 시선을 맞추었다.

"그런데 김명국은 어떻게 온 겁니까?"

"몇 달 전 국립중앙박물관 '조선불화 특별전' 때 영락사에서 귀한 그림이 많이 갔거든요. 그래서 김명국이 이번 전시회에 나올 수 있었죠."

"너무 훌륭하네요. 고생하셨습니다."

"부끄럽네요."

"흥행은 좀 됩니까?"

"어디 흥행을 바라고 하나요? 서울처럼 고흐전이나 샤갈전 같은 타이틀로 그림을 걸어야 흥행이 되죠. 그래도 관심이 있는 분들은 멀리서도 찾아오시긴 해요. 김명국과 김홍도를 지방에서 동시에 보는 건 흔한 일이 아니니까요. 보신 분들이 입소문을 내주셔서 찾으시는 분들도 있고요. 좋은 전시를 많은 사람들이 보면 좋겠는데 조금 실망스러워요. 아무래도 접근성이 떨어지다 보니 어쩔 수 없는 부분이 있긴 하지만…."

"힘들더라도 지방에서 이런 전시가 자꾸 열려야죠."

그의 얼굴은 기쁨과 자랑스러움으로 붉게 물들었다. 더 있고 싶었지만 박물관에서 빈둥거릴 수만은 없었다. 한사코 만류했지만 고미연이 박물관 문 앞까지 배웅을 나왔다. 이제 인사를 하고 각자의 세상으로 돌아갈 차례였다.

"만나서 반가웠습니다. 덕분에 좋은 구경도 했고요."

"언제 서울로 올라가세요?"

"아마 내일쯤일 듯싶군요."

"아, 네."

"그럼….”

“음….”

잘 가라는 말 대신 멈칫거리는 그를 보니 안 교수의 농담이 떠올랐다.

'쟤, 너 좋아하는 거 아냐? 왜 너만 보면 몸을 꼬는 거야?'

“아, 차라도 한잔하시겠습니까?"

자신감을 얻은 내가 먼저 말을 꺼냈다. 고미연을 탐문해보고 싶었다. 여기서 일하고 있으니 절에서 떠도는 수많은 소문들을 들었을 것이고 혹시 나에 대한 호감이 있다면 발설하는 것도 주저하지 않으리란 계산도 깔려 있었다.

“바쁘신 거 아니에요? 괜히 저 때문에 그러실 필요는 없구요.”

“들어가면 막상 할 일도 없어요.”

“그래요? 그럼 제 차를 타고 밖으로 나가실래요? 여긴 아무래도 보는 눈이 많아서 조금 불편하네요.”

고미연의 뺨이 홍조를 띠며 빛나기 시작했다.

11

빨간색 소형차는 산문에서 꽤 떨어진 국도변의 레스토랑 앞에 멈췄다. 붉은색 벽돌로 쌓아올린 아치형 입구를 통과해 제법 르네상스 건축의 맛을 낸 건물 안으로 들어서자 금칠을 남발한 인테리어와 스테이크 소스 냄새가 이국적인 정서를 자아냈다. 웨이터가 안내한 자리에 앉자마자 고미연이 물었다.

“여기 괜찮지 않나요?”

데이트 분위기에 취하고 싶은 그와는 다르게 나는 스릴러 영화를 재탕해서 보는 것 같은 맨송맨송한 느낌만 속을 채우고 있었다. 주문한 커피가 나오기까지 우리는 결혼 여부나 수년 내에 결혼할 의사가 있는지에 관한, 미혼남녀가 처음 만나 나누는 전형적인 이야기들로 관계의 어색함을 더하거나 마모시키는 데 열중했다. 미혼이라 말하자 그는 엷은 미소를 지었다. 잡다한 이야기를 나누는 동안 촉촉해져 가는 그의 눈빛을 바라보고 있기가 점점 힘들어졌다. 29살, 미혼의 매력적인 박물관 학예사. 해온 공부도 있고 명패도 그럴싸하니 일이나 자신에 대해서 도도하고 건방질 나이다. 나 같은 속물 앞에서 표정관리를 하고 있는 그를 보고 있자니 정보를 얻기 위해 그의 호감을 이용하고 있는 내 자신이 끔찍스러웠다. 애매한 분위기를 조금 더 이어가다 조심스레 본심을 드러냈다.

"최근에 절에서 일어난 일들을 아십니까?"

"무슨 일요?"

"어제 계곡에서 발견된 스님부터 뭐 이것저것."

그의 얼굴이 딱딱해졌다. 죽음을 들었을 땐 으레 그래야 한다는 인간의 예절인지, 화기애애한 분위기를 깨지 말라는 경고의 뜻인지 갈피를 잡을 수 없었다. 그는 곧 표정을 회복하며 말했다.

"6개월 전의 그 일도 그렇고, 어제 계곡에서 일어난 일도 그렇고… 두 분이나 돌아가시다니…."

아무리 쉬쉬해도 집안일을 모를 리 없다. 그러나 어제 저녁과 오늘 새벽의 죽음은 아직 박물관까지 새어나가지 않은 모양이었다.

"별 소문이 다 떠돌아요. 나쁜 기운을 눌러놓았던 돌을 손대는 바람에 풍파가 생긴 거란 말도 있고… 믿기 어려운 소리긴 하지만, 들으면 기분이 안 좋죠. 어제는 박물관에서 주차장까지 걸어가는데도 머리털이 곤두서서 혼났어요. 그런데 그 얘기는 왜?"

"개인적인 관심이 있어서요. 어제 계곡에서 시신을 봤거든요."

"취향이 별나시네요. 남자라서 그런가? 전 어제 그런 사고가 있었다는 말을 듣고 무서워서 나가보지도 못했어요. 그런데…."

그는 말을 끊더니 어깨를 움츠리며 팔뚝을 쓸어내렸다. 나는 의자를 끌어당겨 그에게 바짝 다가앉았다.

"그런데요?"

"같이 근무했던 이 선생님한테 들은 이야긴데… 어휴, 지금도 소름이 돋네요."

그는 몸을 내 쪽으로 숙이고는 속살거렸다.

"영락사에서 일어나는 죽음이 책하고 똑같다고…."

"네? 무슨 책 말입니까?"

"그게 반년 전 백련암의 노스님 한 분이 입적하시면서 책 한 권이 나왔어요. 『영락사몰락기(靈樂寺沒落記)』인가 하는 한문 필사본인데, 영락사 측에서 이 선생님에게 조사를 부탁했나 봐요."

"그럼 그게 영락사의 역사를 담은 내용입니까?"

"아뇨. 한자가 달라요. 길 영(永)을 쓰는 영락사와 달리 신령 령(靈)을 쓰는 가공의 절이래요. 스님들이 지옥도대로 한 명씩 죽임을 당해 결국엔 절이 망하는 내용이라 들었어요."

냉동실에 처박아 둔 머리를 목에 얹은 것처럼 정신이 얼얼해졌다.

"그게 진짠가요?"

"그럼요."

"그 책 지금 어디 있습니까?"

"도난당했어요."

"네?"

"복사본을 뜨기도 전에 없어졌어요. 누군가 이 선생님의 책상서랍을 부수고 책을 빼갔거든요. 범인을 찾느라고 한동안 박물관이 시끄러웠죠."

"그래서 범인은 잡았나요?"

"아뇨. 박물관식구들 전부 조사를 받았지만 별다른 혐의들이 없었거든요. 결국은 문화재를 노린 외부인의 소행으로 결론을 내리고 넘어갔죠."

"이 선생님은 아직 박물관에서 근무합니까?"

"아뇨. 그만 뒀어요."

"그 일로 문책을 당했나요?"

"그게 아니라 유학준비 때문에 그만둔 거예요. 3개월 전에 남편이랑 미국으로 갔어요."

"그래요? 그렇담 그 얘기는 언제 이 선생님한테 들었습니까?"

"그때가 이 선생님이 박물관을 그만둔 지 한 달쯤 됐었나? 이 선생님은 미국에 가기 전까지 저랑 가끔 만났거든요. 이런저런 얘기를 하다가 스님 한 분이 영각에서 죽었다는 말까지 나오게 됐어요. 이 선생님이 갑자기 파랗게 질리더니 혹시 톱에 쓸려 죽은 게 아니냐고 묻는 거예요. 그냥 돌연사라고 말해줬더니 그제야 숨을 쉬더라구요. 이 선생님 말에 의하면 『영락사몰락기』에서도 스님이 영각에서 죽는대요. 단순한 우연이라고 생각했는데 어제 계곡에서 발견된 스님을 보니 이 선생님이 『영락사몰락기』에서 두 번째 죽음이 일어난다고 말해준 장소와 똑같은 거예요. 아아… 어젠 정말…."

그는 오들거리며 말을 잇지 못했다.

"그 책에 첫 죽음은 영각에서 두 번째 죽음은 계곡에서 일어난다고 써 있나보죠. 그 다음에 이어지는 죽음의 장소는 어딘가요?"

"영각, 계곡 다음은 산에서 바위에 짓눌려 죽고 또 뭐더라… 지장전이든가 장경각이든가? 둘 중 하나였는데, 어디였지?"

'장경각!'이라고 혀끝에서 튀어나오려는 말을 간신히 목구멍으로 삼켰다. 고미연은 원철스님의 죽음을 돌연사로만 알고 있어 장소뿐 아니라 방법까지 같다는 사실을 모르고 있다. 살인에 지옥도의 형벌이 무작위로 차용된 것이 아니었다. 살인자는 지옥도가 아니라 고미연이 말한 그 책을 교본 삼아 장소와 방법을 동일하게 카피해서 살인을 실행하고 있었다.

"단순한 우연을 가지고 제가 너무 예민하게 구는 건가요?"

"우연이죠. 걱정할 필요 없습니다."

그를 안심시키는 내 목소리가 심하게 떨렸다.

"기억나는 또 다른 장소는 없습니까?"

"왜요?"

"일단 기억해보세요."

알기만 한다면 그곳에서 기다려 범인을 잡을 수 있다는 생각에 소리가 높아졌다. 그는 약간 놀라더니 기억을 끄집어내려 몸을 비틀었다.

"아, 그게 어디더라. 하여간 절 안인데… 절의 전각 중 하난데… 미안해요. 들은 지 오래돼서 생각이 안 나네요."

몸을 지탱하던 팽팽한 줄이 툭 끊어지는 느낌이었다.

"그럼 이 선생님이나 미연 씨 말고 그 책의 내용을 알고 있는 사람이 있습니까?"

"모르겠어요."

"이런 이야기를 저 말고 다른 사람에게 한 적 있습니까?"

"아뇨. 괜히 미국에 계신 이 선생님에게 피해가 갈까봐 말 안 했어요. 조사한다고 그분 귀찮게 하면 제 탓이잖아요. 저도 괜한 일에 휘말리긴 싫구요."

"이 선생님은 누구에게서 그 책을 받았나요?"

"백련암의 대정스님일 거예요. 그런데 이런 얘긴 너무 싫네요. 우리 다른 이야기해요."

이영선의 애원에도 고삐를 늦추고 싶지 않았다.

"혹시 그림에 관한 이야기는 없나요?"

"그림이오?"

"김홍도의 지옥도라든가…."

"아, 예전에 광오란 사람이 흘리고 다닌 이야기 같은데… 광오 사건 아세요?"

"네. 다른 스님들한테 들었습니다."

"아시는구나. 그 일로 박물관이 좀 힘들었어요. 하필 여기서 잡혀 가지구… 언론에 나는 건 막은 모양인데 이래저래 망신이었죠. 경찰에 넘겨지기 전에 광오란 사람이 김홍도 지옥도가 어떻고 하며 떠들어댔죠. 자기는 사기 치러 온 게 아니라 그림거래를 하러 온 거라고 횡설수설하고… 김홍도의 지옥도는 아마 광오가 급한 김에 지어낸 말일 거예요. 그런 게 있을 리가 없죠. 김홍도의 달마도나 관음도면 몰라도… 설령 김홍도가 지옥도를 그렸다 해도 도(圖)예요. 탱(幀)이 될 수는 없죠. 안 그런가요?"

고미연의 말은 김홍도는 절간에 걸리는 종교화를 그린 것이 아니라 감상용 도석인물화(道釋人物畵)를 그렸다는 뜻이었다.

"네. 아마도."

대답이 불분명하게 들렸던지 그는 고개를 갸우뚱거렸다.

"설마 용주사(龍珠寺) 〈삼세여래불탱〉[85]을 김홍도가 그렸다고 믿는 건 아니겠죠?"

"그런 건 아닙니다만, 꼭 아니라는 법도 없으니… 그래서 이 분야가 어렵지 않습니까?"

김홍도가 그린 것으로 대중들에게 알려진 용주사 대웅전의 〈삼세여래불탱〉은 정작 학계에서는 수십 년 동안 이견이 분분한 그림이다. 그림에 그린

---

85) 三世如來佛幀 : 중앙의 석가모니를 중심으로 동방(東方) 약사불, 서방(西方) 아미타불을 함께 그린 그림. 삼불회도(三佛會圖)라 부르기도 한다.

사람을 알려주는 화기(畵記)가 없고 남겨진 문헌들조차 그린 이에 관한 기록들이 충돌하고 있다는 점이 논쟁의 발단이었다. 최초의 언급은 김홍도의 〈해상군선도(海上群仙圖)〉에 등장하는 신선의 인상이나 손과 손가락의 모양이 같다는 것을 근거로 〈삼세여래불탱〉은 단원의 작품이 분명하단 입장이었다. 그러나 30여 년 전, 〈삼세여래불탱〉의 내력을 상세히 기록한 「삼세상원문(三世象願文)」이 대웅전 닫집에서 발견되면서 김홍도가 아닌 25인의 화승이 공동제작했다는 것으로 결론이 나는 듯했다. 한편에선 「삼세상원문」의 기록은 인정하지만 「삼세상원문」에서 언급한 그림과 현재 용주사 대웅전에 걸린 그림이 동일한 것이 아니라는 견해도 나왔다. 서양화의 음영기법이 적극적으로 쓰인 것으로 보아 18세기 말의 일반적 음영과 채색으로 볼 수 없고, 1900년 전후에 제작된 불화라는 주장이었다. 이렇듯 의견이 나뉘어져 미지근한 상태로 있던 문제는 최근 몇몇 학자들이 얼굴, 인체, 옷 주름 등에서 보이는 품위 있는 필치와 김홍도가 불사의 감동[86]으로 참여했다는 근거를 들어 김홍도가 화승들과 공동으로 그린 작품이라고 주장하면서 다시 불거지는 형편이었다. 학계에서 내로라하는 학자들이 그림 하나를 두고 각자 입맛에 맞는 문헌을 끌어다 쓰면서 누구는 1790년의 김홍도의 체취가 느껴진다고 주장하고 누구는 근대회화기법이 도입된 1900년대의 흔적을 발견하니, 그림 보는 일이 어찌 어려운 분야가 아니라 할 수 있을까.

"미국에 있다는 이 선생님의 전화번호를 알 수 있을까요?"

"가신 뒤 연락이 끊어졌는데, 왜요?"

"책의 자세한 내용을 알고 싶어서요."

"그런데 단순한 호기심이 아니죠? 인호 씨가 절의 일을 조사하는 거예요?"

---

86) 監董 : 토목공사나 서적간행 등의 특별한 국가사업을 감독·관리하기 위해 임명한 임시직.

"꼭 그렇다기보다는….".

그에게 더 캐널 정보가 없다는 것을 알게 되자 말수는 급속히 줄어들었다. 그제야 그도 내가 따라나선 이유를 눈치챈 것 같았다. 시계를 계속 힐끔거리는 나를 보던 고미연은 남은 자존심이라도 지키려는 듯 차갑게 말했다.

"여기서 택시가 안 잡힐 테니 제가 다시 태워다드리죠. 이만 들어가보세요."

차를 타고 영락사로 돌아오는 내내 고미연은 입을 열지 않았다. 냉랭한 분위기를 무마시킬 어떤 계책도, 의지도 없는 난 차창에 고개를 기대고 풍경만 바라보았다. 힘들고 지루한 시간이었다. 영락사 산문을 얼마 남겨놓지 않는 지점에서 몸을 뒤척이다 우연히 사이드미러에 부착된 경고문에 눈이 갔다. 거울에는 투명한 노란색으로 이렇게 적혀 있었다.

'주의! 사물이 거울에 보이는 것보다 가까이 있음.'

12

종무소엔 비쩍 마른 여자가 혼자 책상 앞에 앉아 손톱 손질을 하고 있었다.

"팩스는 어디 있나요?"

이영선이 팩스를 보냈다는 문자를 받고 마음이 급한 나머지 이름을 밝히지 않고 용건부터 꺼냈다. 현담을 찾아 종무소를 몇 번 들락거렸기에 알리라 생각했지만, 여자는 얼굴을 한가득 찡그린 채 말했다.

"뭐 하는 분인데 여기서 팩스를 찾아요?"

"수련회 때문에 내려온 현인호라고 합니다. 저한테 팩스 들어온 게 있나요?"

"직접 찾아보세요."

여자는 종무소 구석에 놓인 팩스를 향해 고개만 까딱거렸다. 영락사 앞으로 온 공문들 사이에서 발신인이 이영선인 다섯 장의 종이를 챙겼다. 종이엔 알 수 없는 기호들만 빽빽했다.

......

58 朝 三 全 直 秀 —60 朴

58 朝 靈 慶 松 法

......

60 高 楊 서   —63 文

60 朝 獨 忠 法 海 —62 崔

......

"그거 가져와 봐요."

여자가 껌을 짝짝 씹으며 책상에 앉은 채로 명령했다. 어찌할 바 몰라 가만히 서 있자 여자가 성큼성큼 다가와 팩스뭉치를 홱 잡아챘다. 신경질적으로 한 장 한 장 넘기던 여자가 말했다.

"이게 뭐야? 다른 걸 잘못 가져가는 건 아니죠?"

"제 앞으로 온 게 맞습니다."

"사전에 말도 없이 여기서 팩스 주고받고 하지 말아요. 스님들이 싫어해요. 아셨어요?"

훈계를 마치고 당당한 걸음으로 자리로 돌아가는 여자를 보니 억울하단 생각이 들었지만, 행여 절간에서 시시비비를 가리다 스님들 눈에 띄면 '입차문례 막존지해(入此門來 莫存知解)'의 경구를 들을 것 같아 주먹만 꼭 쥐고 종무소를 나왔다.

'이 문을 들어서는 자, 세간의 알음알이를 내지 말라.'

깨달음의 세계로 들어가라는 의미 깊은 구절을, 주로 사중(寺中)의 일을 세간의 험담과 비난으로부터 방어하기 위한 뜻으로 버젓이 곡해해서 인용하는 스님들이 꽤 있는 절간에서 시시비비는 무슨 시시비비랴. 무릇 절 안에서 일어나는 일은 시(是)고, 절 밖의 일은 비(非)인 것을. 불교정화운동 이래로 총무원장직 임명무효소송이나 종단분리소송, 재산소송 등 사중의 문제가 생길 때마다 세속의 법원으로 쪼르르 달려가 시비를 구걸하던 승가의 전통은 생각하지 않는 편이 나았다. 감로대에서 솟아나는 찬물로 속을 식히고는 객사로 들어가 종이를 살폈다.

58 朝 三 全 直　秀　—60 朴

……

60 高 楊 서　　　　—63 文

……

73 朝 山 京 月　哲　—74 吳

……

78 朝 臧 慶 華　明　—80 朴

……

200여 개는 족히 넘을 것 같은 기록들이 난삽하게 종이를 채우고 있었다. 호흡을 가다듬고 자꾸만 보다 보니 반복되는 형식이 눈에 띄었다. 종이에 적힌 글자들은 그림을 거래한 기록처럼 보였다. 나열된 글자들이 온전한 단어의 첫 글자일 거라 짐작하며 기록들을 해독해나가기 시작했다.

각 줄의 처음에 위치한 '58', '60', '73', '78' 등의 숫자는 그림을 입수한 연도.

다음에 쓰인 '朝' 나 '高' 는 그림이 그려진 시대.

세 번째 '三', '楊', '山', '藏' 등은 그림의 종류를 나타낸 것으로 유추했다. '三' 은 삼세불탱[87], 삼신불탱[88], 삼장불탱[89] 중의 하나일 것이고, '楊' 은 양류관음도[90], '山' 은 산신도, '藏' 은 지장도로 읽었다.

네 번째와 다섯 번째 글자는 그림이 나온 지역과 사찰의 약자로 보였다. '全 直' 은 전라도 직ㅇ사, '京 月' 은 경기도 월ㅇ사, '서 ?' 는 서울 ㅇㅇ사, '慶 華' 는 경상도 화ㅇ사….

'秀', '哲', '明' 등은 거래자들 이름의 약자. 지역마다 겹치는 이름이 많은 것으로 보아 주로 그 지역에서 영선의 할아버지에게 물건을 넘겼던 사람들 같았다.

하이픈 뒤의 숫자와 '朴', '文', '吳' 등은 그림을 판매한 연도와 구입자의 성일 것이라 생각했다.

나름대로 해석한 규칙을 토대로 각 줄의 세 번째에 있는 글자 중 지(地)나 시(十)로 적힌 것을 종이에서 찾아 내렸다. 지옥도나 시왕도를 찾기 위해서였다. '시' 는 없었고 '지' 로 표기된 것이 일곱이었다. 하지만 하나같이 하이픈 뒤에 판매한 연도와 구입자 표시가 있는 것으로 보아 영선이 물려받았다는 지옥도는 아니었다. 이번에는 하이픈이 달려 있지 않은 것들만 찾아 노트에 옮겨 적었다.

아직 팔지 않은 23개의 목록이 나왔다. 비교적 근래에 입수한 것부터 40년이 넘은 오래된 것까지 들쑥날쑥 대중없었다. 구매자를 만나지 못했거나

---

87) 三世佛幀 : 삼세여래불탱.

88) 三身佛幀 : 비로자나불, 노사나불, 석가모니불을 그린 그림.

89) 三藏佛幀 : 천장(天藏), 지지(持地), 지장(地藏)보살을 그린 그림.

90) 楊柳觀音圖 : 버드나무 가지를 지물로 들고 있는 관음보살을 그린 그림.

어떤 이유로 묵혀 놓아야 하는 그림이라 짐작했다. 23개의 그림 중에서 21 개가 그동안 보고서를 썼던 그림들과 얼추 맞아떨어졌다. 생경한 나머지 두 개의 목록을 노트에 풀어 적었다.

72 朝 (潭)司 釜 : 72년 조선시대 (潭)司 부산 ？？
88 朝 白 全 修 守 : 88년 조선시대 백의관음도[91] 전라도 수O사 거래자 수

백의관음도가 지옥도일 리 없으니 정황상 72년도에 입수한 것이 사라진 지옥도가 되어야 했다. 그런데 '(潭)司' 란 글자를 이해할 수 없었다. 시왕도 와 함께 그려지는 저승사자인 직부사자(直符使者)나 감제사자(監齊使者)를 의 미하는 것일까? 그렇다면 '司' 가 아니라 '使' 가 되어야 할 텐데 오기(誤記) 인가? 그리고 왜 유독 이것만 그림의 종류를 나타내는 명칭 앞에 '潭' 이 란 말을 써넣었을까? 질문이 꼬리를 물고 일어났지만 가닥이 잡히지 않았 다. 그러나 먼저 이영선에게 확인해야 할 사항이 있었다.

"팩스 보냈는데 못 받았어요?"

이영선은 전화를 받자마자 의아하다는 듯 물었다.

"받았습니다. 다섯 장 보내신 거 맞죠."

"네, 다섯 장."

"혹시 가지고 있던 탱화 중에 제가 보지 못한 그림이 하나가 아니라 두 개 아닌가요?"

"노트에 그런 것도 나와 있나보죠. 그림을 찾겠다고 해서 보내줬더니 쓸 데없이 다른 걸 캐냈나 보네요."

들키지 말아야 할 흉터라도 내보인 사람처럼 격앙된 음성이었다. 그가

---

91) 白衣觀音圖 : 흰 옷을 입은 관음보살을 그린 그림.

그림과 관련해 털어놓지 못한 뭔가가 있다는 직감이 들었다.

"아무래도 이 상태로는 제가 도와드리기 어려울 것 같습니다."

"네?"

내친김에 한 걸음 더 나가기로 했다.

"이만 끊겠습니다."

그리곤 전화를 끊었다. 고분고분 기분만 맞추며 휘둘리다간 일이 어그러질 것 같았다. 그를 끌어내기 위해선 자극을 주는 것도 나름의 방법이었다. 물론 그 방법이 통할지 확신할 순 없지만, 겉으로 보아 목이 타는 쪽은 이영선이니 연락이 다시 오리라 생각하며 방을 나섰다.

13

대정스님은 크고 시원스런 경상도 말투를 가진, 마흔을 넘기지 않아 보이는 사나이였다.

"지묵스님 벽장에서 안 나왔능교."

책의 출처를 묻자 그는 귀가 어두운 노인과 대화하는 양 큰 소리로 말했다. 우렁우렁한 목소리는 구석에 앉은 관객에게 대사가 전달되지 않을까 전전긍긍하는 배우의 톤이었다. 침묵과 정숙을 강조하는 강원 시절에 주위 사람들로부터 눈치깨나 받았을 법한 목소리였다.

"그런데 지묵스님은 언제부터 『영락사몰락기』를 지니고 계셨던 걸까요?"

"모르제. 내도 시님 돌아가시고 그때 처음 봤으이까. 시님이 불사하러 원캉 전국의 절을 마이 돌아댕기다 보이 어찌어찌 그 책을 구하게 됐겠지. 마,

그런 거 아이겠소.”

"혹시 읽어보셨습니까?”

"에헤이, 부처님 말씀도 아인데 말라꼬 읽어요. 중이 그런 책이나 읽고 있어가 되겠어요? 우리는 그런 거 관심 없어요.”

"지묵스님은 어떤 분이셨는지요?”

"금어(金魚)라고 아시능교? 불화 그리는 시님 말입니더.”

"아, 그런가요?”

"아따, 근데 어데서 여자 분 냄새가 이리나노? 오기 전에 여자 만나고 왔능교?”

사냥개 같은 코였다. 고미연과 같은 차에 타고 어깨를 스치며 걸은 것 외에 이렇다 할 접촉이 없었지만, 그는 내가 여자랑 질펀하게 뒹굴고 온 것이라 생각하는 모양이었다.

"손만 잡고 왔습니다. 죄송합니다.”

"아이고 마. 그랬는가베. 그래, 좋았능교?”

"스님은 여자 손 잡으면 어떻습니까?”

"아하하하하. 좋제. 육보시(肉布施) 못 받은 지 원캉 오래돼 나서, 마, 해탈해뿔라 카네. 아하하하하. 근데 손잡은 사람이 눈교? 애인인교?”

농담을 빙자해 끝없이 여자이야기를 물어볼 것 같아 살짝 겁이 났다. 나는 진지한 얼굴로 원래의 대화로 복귀하기를 종용했다.

"네. 그건 그렇고 지묵스님 이야기를 좀 더 해주시죠.”

그는 아쉬운 표정으로 입맛을 다시더니 말을 이었다.

"마, 어데서부터 말해야 되노. 지묵시님은 태어날 때부터 말도 몬하고 듣지도 몬하는 벙어리라. 어릴 때 집이 가난해서 시님을 백련암에 맷깃는데 당시 이 암자에 영재시님이라고 유명한 금어시님이 있었던 기라. 처음에 영재시님 따라댕기면서 잔심부름을 하다가 어깨너머로 그림을 배우셨다

카데. 후제 머리를 깎고 시님이 돼가 탱화를 쭉 기릿는데, 대한민국 큰 절 치고 지묵시님 손 안 거친 데가 없어요. 겸손하게 말해서 어깨너머로 시님 이 이론에도 아주 빠삭한 기라. 스승이 좋으니까 지대로 배운 기지. 마, 삼 사십 년 전 만캐도 절마다 엉터리로 걸린 그림들이 수두룩빽빽했다 아잉 교. 미타전에 비로자나불탱이 걸리 있고 미륵전에 영산탱이 붙어 있고… 이런 거 보믄 당신이 직접 고치 달고 새로 그리주고 캤다카데. 시님이 항상 강조하는 기 그기라. 진정한 금어는 기교 우에 이론 있고, 이론 우에 부처님 을 모시는 경건한 마음이 있어야 된다꼬. 내 지금 무슨 말 하는지 알겠능 교?"

나는 고개를 크게 끄덕였다. 불화를 그리는 사람들 입에서 지묵스님이란 이름이 나오는 것은 가끔 들어보았지만, 고미연이 말했던 노스님이 그 지 묵스님일 줄은 생각지도 못했다. 불화를 그리는 대부분의 이들이 일반인들 로 대체된 시대에 지묵스님은 화승으로부터 그림을 전수받은 흔치 않은 화 승이었다.

"지묵스님의 제자는 없습니까?"

"한 놈 있기는 했는데 그기 영 인간 안 될 놈이라."

그는 개운치 않은 듯 입을 쩝쩝거렸다.

"그 분은 지금 어디에서 일합니까?"

"일은 무슨 일, 만날 천날 사고나 치고 댕기는 놈인데."

"네?"

"이수형이라는 놈이 있어. 글마가 7년 전인가부터 시님한테 그림 배우겠 다고 쫄랑쫄랑 따라댕깃는데, 마, 옆에서 볼 때도 딱 아인 기라. 근데 지묵 스님이 글마를 받아주더라꼬. 속을 모르제. 지묵시님이 그거 인간 만들어 보겠다고 단청할 때마다 데꼬 댕기고 머리도 깎아주고 했다 아잉교. 그라 믄 머 하노. 보살이나 처녀들 쩝쩍거리고, 그림 값으로 받은 돈 시님 몰래 삥땅한 기 한두 번이 아이라. 글마는 비구계도 지대로 못 받았을 꺼로. 지가 지묵시님 덕분에 중 행세했던 기지. 마, 한 3년쯤 밑에 있었나? 하기사 그림 배우겠다고 들어온 놈들이 3개월을 못 버티고 나가는 거에 비하믄 글마도 독한 구석은 좀 있었네. 그래 보이 글마도 온다간다 말도 없이 밤에 도망친 거는 마찬가지지만… 그래 몇 년을 소식이 없드만 8개월 전인가, 요 밑에 영락사 박물관에 나타나가꼬 사기 치다가 마, 딱 안걸릿능교. 지금쯤 콩밥 묵고 있을 꺼로."

채를 썰다 손가락을 날려먹은 기분이었다. 일이 어디서부터 얽혀 있는 것인지 가늠하기 어려웠다. 대정스님이 말하는 이수형은 분명 광오였다. 광오는 중 행세를 하던 떠돌이가 아니라 백련암과 연이 닿아 있던 사람이었다. 확신은 있었지만 광오란 이름을 그의 입을 통해 직접 듣고 싶어 태연하게 물었다.

"이수형이란 사람, 법명이 뭡니까?"

"광오라고, 빛날 광에 깨달을 오로, 지묵시님이 붙이줏는데 내가 볼 때는 마, 미칠 광에 더러울 온기라."

"네에. 그렇군요. 그런데 지묵스님은 어떻게 열반하셨습니까?"

"나이가 드셔가 안 그래도 골골했는데 이수형이 글마가 잡히고 나서 충격을 잡샀는지, 한 달쯤 지나서 열반에 드시뿌데. 방에 들어가 보이까 앉은 채로 입적하셨더라꼬. 말년에 정을 준 기 글마가 되나서 그런가, 영 못 잊으시더만. 그래서 그런지 광오에게 전해주라고 적힌 쪽지가 책에 꼬치 있더라꼬."

"『영락사몰락기』에 말입니까?"

"하믄. 이수형이 그것도 인간이라꼬 시님이 그 책을 유품으로 남깃는갑던데, 그런데 콩밥 묵는 놈한테 우애 전해주겠노. 그래서 마, 박물관으로 바로 넘깃지. 광오랑 지묵시님이랑은 참말로 악연이제…"

204

그는 천장을 바라보며 한숨을 푹푹 쉬더니 뜻밖의 말을 했다.

"궁금한 거 대충 풀렸으면 백련암에 올라온 김에 복이나 짓고 가소."

"네에?"

그는 책상서랍을 열고 종이 한 장을 꺼냈다.

"북극전[92]에 기와를 새로 올려야 되는데… 부처님 머리에 빗방울 안 떨어지게 하는 복덕을 쌓으믄 내세에 집 없는 서러움은 안 당할 기라. 어짤란교? 내사 마, 강요 같은 거 딱 질색이다."

지갑에서 3만 원을 꺼내, 기와 세 장을 사는 것으로 정보료를 대신했다.

"에헤이. 주소랑 이름도 써야지 기와에다 옮기 적지."

신청서에 아무것도 적지 않자 속이 탄다는 듯 그가 말했다. 불사 때마다 날라 올 '불사동참안내문'이 귀찮아서 부러 공란으로 비워둔 것이었다.

"삼계도사(三界道師)이신 부처님이 기와에 이름하고 주소 안 올린다고 제 정성을 모르시겠습니까? 그냥 비워두지요."

모른 척 웃으며 방 안에 걸린 둥근 시계로 시선을 흘렸다. 오후 5시였다.

"내려가 봐야겠군요. 너무 오래 잡아서 죄송합니다."

"죄송은 무슨. 궁금한 기 있으면 또 물으러 와요이."

"그런데 스님은 목소리가 원래 이렇게 호탕하신 겁니까?"

"장부가 불알 달고 나와 가꼬 무슨 죄를 지었다고 다 죽어가는 목소리를 낼 끼요. 안 그래요? 아하하하하…."

그의 웃음소리는 방문을 나설 때까지 이어졌다.

---

92) 北極殿 : 북극성을 비롯해 북두칠성을 상징하는 존재들을 모신 전각. 흔히 칠성각이라고 한다.

14

성보박물관 앞을 지나며 현수막에 프린트 된 '달마도 특별전'이란 문구를 뜻 없이 바라본 순간 머릿속이 윙윙거리며 정수리가 뜨끈해졌다. 자판기에 동전을 집어넣고 버튼을 꾹 누른 기분이었다. 밑구멍으로 팔만 뻗으면 우당탕 떨어져 내린 뭔가가 손아귀에 잡힐 것 같았다. 허겁지겁 이영선이 보내준 팩스를 배낭에서 꺼냈다.

'72 朝 (潭)司 釜'

종이를 잡은 손가락에 불끈 힘이 들어갔다.

사라진 지옥도가 김명국의 그림이라면? 이영선의 조부의 노트에 적힌 '담(潭)'은 연담 김명국(連潭 金明國)을 의미하고, '사(司)'가 김명국의 명사도(冥司圖)[93]를 지칭하는 것이라면? 그렇다면 정래교의 『완암집(浣巖集)』에 실린 김명국의 명사도 이야기가 사실이란 말인가. 『완암집』에는 그에 관해 이렇게 적혀 있다.

언젠가 영남 지방의 중이 큰 생초(生綃)를 지니고 와, 명사도를 그려 달라 부탁하면서 가는 베 수십 필을 사례로 가져왔다. 명국이 기꺼이 받아 부인에게 주면서 말했다.

"이것으로 술을 사시오. 이 정도면 몇 달은 신나게 술을 마실 수 있으리라."

후에 중이 와서 그림을 재촉하자 명국이 말하되, "돌아가 있으라. 내 그릴 마음이 생기면 그릴 것이다"며 네 번이나 중을 물리쳤다.

---

93) 명부에서 재판 받는 그림. 지옥도.

어느 날 김명국은 통음(痛飮)한 뒤 생초 앞에서 한동안 꼼짝도 하지 않고 생각을 가다듬고 바라보더니 단숨에 붓을 휘둘렀다.

그림에는 전각과 귀신들의 형색들이 빽빽하게 들어차 묘한 기운을 내뿜었다. 머리채를 잡힌 채 형벌장으로 끌려오는 자, 불에 타는 자, 칼로 베이고 절구질을 당하는 자, 모두가 화상(和尙)과 비구(比丘)의 모습이었다.

중이 와서 완성된 그림을 보고는 한숨을 몰아쉬며 말했다.

"아이고, 참말로 공께서는 우짠 일로 절의 큰일을 조져놓았능교?"

김명국은 두 발을 쭉 뻗고 웃으며 말했다.

"너희 중들, 일생의 악업이 혹세무민이라. 중이 아니고 지옥에 갈 자가 누구랴?"

중은 눈살을 찌푸리며 말했다.

"공은 우얄라꼬 절의 큰일을 베릿뿌단 말인교, 이 그림은 불 질러뿌고 내 베나 내놓으소."

김명국은 웃으며 "네가 이 그림을 온전히 하려면 술을 더 사오너라. 그럼 내 고쳐줄 것이다"고 말했다.

이에 중이 술을 사오니 김명국은 웃으며 술을 가득 따라 마시고는 주흥이 일자, 머리 깎은 자는 머리털을 그려 넣고 수염이 없는 자는 수염을 그리고 승복과 납의는 색깔 옷으로 채색했다. 모든 것이 순식간에 바뀌지니 그림은 더욱 새로워졌고 흠잡을 것이 없었다. 김명국은 그림을 마치자 붓을 던지고는 크게 웃으며 또 한 잔 가득 부어 마셨다. 중이 그림의 여기저기를 살핀 뒤 경탄하며 말했다.

"공은 참말로 천하의 신필(神筆)입니더."

중은 김명국에게 감사의 절을 하며 그림을 가지고 떠났다. 아직도 절에는 그 그림이 남아 절의 보배로 여긴다.

이 일화에 대해 한 학자는 "경상도 지역의 절집을 찾을 때마다 김명국의 명사도가 있을까 명부전을 꼭 둘러본다"고 했고, 다른 학자는 "믿고 안 믿고는 각자의 뜻대로 할 일이지만 믿을 만한 대목도 없지 않다"고 덧붙였다. 그들의 글을 읽으며 학자라면 조금 더 신중했어야 하지 않았나 생각했다. 현재 전하는 기록 중 최초의 김명국 전기의 성격을 지니고 있는 『완암집』의 「화사 김명국전」은 필자인 정래교 자신이 밝히듯 불분명한 출처에 의해 쓰였기 때문이었다.

"내 나이 15~16세 무렵 어떤 지체 있는 집에서 소위 그의 제자라고 칭하는 자를 만나 연담의 이야기를 대략 들었고, 또 동네 늙은이에게서 명사도 일화를 들었다."

'소위 그의 제자라고 칭하는 자'란 말을 붙인 것도 석연치 않거니와, 설령 정래교가 어릴 적 들었던 이야기를 세월이 지난 뒤에도 『완암집』에 완벽하게 옮길 총명이 있었다손 치더라도 명사도는 동네 늙은이에게서 나온 민담 그 이상은 아니었다. 동네 늙은이의 말이라 폄하했던 것은 아니었고, 김명국의 명사도와 유사한 일화를 가진 한시각(韓時覺)이란 도화서 화원이 있기에 의심이 들지 않을 수 없었다. 한시각은 김명국과 동시대를 살았던 화원으로 통신사 수행화원으로 발탁된 이력 등 여러모로 김명국과 비교될 만한 화가였다. 떠돌던 이야기가 채록된 『야승(野乘)』에는 한시각의 일화가 실려 있다.

한시각은 화사다. 절에 중이 있어 무거운 값으로 삼계불탱(三界佛幀)을 얻고자 했다. 시각은 소위 지옥도라는 그림을 그렸다. 험한 산에 들어 칼 숲에 꽂히는 자, 태워지고 찢기고 갈리는 자, 그려진 모든 자가 중이었다. 그림이 완성된 다음 중에게 전하니, 중이 그림을 보고 대경실색해서 말했다.
"지옥에서 고통 받는 자가 모두 중이니 이게 어찌된 일입니까?"
한시각이 말하길 "나는 불탱에는 당연히 부처나 중이 있어야 하는 줄 알고 그렇게 그랬을 뿐이네" 하였다.

중이 억울해하며 "이것은 쓸 수가 없는 것입니다. 어찌 하실 겁니까?" 하고 한탄하자 시각은 빙그레 웃으며 말했다.

"일이 기왕에 이렇게 돼버렸으니 어찌할 수가 없네. 그대가 비용의 반을 부담하고 내가 반을 부담해서 다시 그리는 수밖에."

중이 어쩔 수 없이 반값을 더 지불하자 시각은 그림 속 중의 머리에 먹칠만 한 뒤 새로 그렸다며 내놓았다. 이 말을 전해들은 사람들은 "지옥이라는 곳은 마땅히 한시각이 갈만한 곳이다" 하고 입을 모았다.

두 이야기를 비교해보자면 『완암집』의 일화는 김명국의 천재성을 부각시키면서 동시에 당시 성행하던 시왕숭배나 승려의 비행을 은근히 비꼬고 있고, 『야승』은 이야기의 골격은 유지하되 사람을 속이는 화원의 행태를 풍자하고 있다. 같은 뼈대를 가진 이야기가 다른 결론에 봉착하는 이유는 김명국과 한시각의 명성이나 재능의 차이에서 비롯된 것이라 생각할 수밖에 없었다. 당시에 지옥도나 불화를 부탁 받은 화원이 중들을 능욕하는 그림을 그린 다음 다시 고쳐서 내놓는다는 골격의 풍자가 유행했고, 이는 말하는 이에 따라 자신이 원하는 대상을 풍자할 수 있는 열려 있는 구조의 민담에 지나지 않으리라고 유추하는 것이 자연스러웠다. 그러니 『완암집』에 실린 명사도 이야기가 김명국이 실제로 지옥도를 그린 증거라 순진하게 믿기엔 어려움이 있었다.

그렇게 회의적이던 내가 '72 朝 (潭)司 釜'란 한 줄의 문장과 박물관에서 본 김명국의 〈달마도〉를 조합해 통음이라도 한 듯 김명국의 명사도 일화가 사실일 것이란 생각의 난무(亂舞)를 펼치고 있다니….

아니다. 역설적으로 김명국과 한시각의 민담은 당시의 불화제작이 전문적인 화승을 대신해 간간이 이름난 화원들에 의해 행해졌다는 그 시대의

혼적은 아닐까? 김명국이 지옥도를 그리지 않았다고 누가 장담하겠는가. 만약 그게 사실이라면 이영선의 할아버지가 남긴 '72 朝 (潭)司 釜'란 문장은 이렇게 풀린다.

1972년에 이영선의 할아버지는 부산의 한 절에서 지옥도를 우연히 입수했고 화기를 살피다 그것이 김명국의 명사도임을 알았다. 그림을 팔지 않았던 이유는 김명국이란 천재화가의 불화를 자신이 소장하려는 욕심이었다….

김명국이 그린 불화라…. 애초에 내가 김명국의 달마도에 홀린 이유도 종내 그의 〈명사도〉를 찾기 위한 긴 여정의 출발점에 지나지 않았던 것일까? 나와 김명국을 잇는 가느다랗고도 질긴 끈이 눈앞에 어른거리는 것 같아 피부가 선뜻선뜻 일어서고 입술이 바싹거렸다. 사라진 지옥도가 김명국의 그림이란 확신이 뻐근하게 가슴을 채울 무렵, 모든 것을 망치려고 등장한 의심이 고개를 내밀었다.

'이건 너무 달콤하잖아?'

의심은 또 다른 질문을 만나 마비되었던 이성을 일깨웠다.

'그런데 광오는 왜 그 그림을 김명국이 아닌 김홍도의 지옥도라 했을까?'

애써 쌓아온 것들이 일거에 무너지는 굉음이 귓전을 울릴 때 누군가 시야를 가로막았다.

"여기서 서성이는 걸 보니 이제는 박물관 그림까지 훔치려는가 보군."

양근철이 살벌한 눈동자를 팽글팽글 돌리며 노려보고 있었다. 가설의 잔해더미에 깔려서 모가지만 빼고 있는 날 마무리하기 위해 하늘이 보낸 사람임이 틀림없었다.

"그냥 지나가주시죠. 저도 지금은 거사님과 놀아드릴 기력이 없습니다."

그는 시퍼렇게 독이 오른 얼굴로 내 멱살을 부여잡았다.

"보자보자 하니까…."

벌어진 그의 겨드랑이를 보는 순간 바닥에 메다꽂고 싶은 충동이 솟구쳤지만 희끗한 그의 머리털이 날 억눌렀다.

"이거 놓으시죠. 절간에서 이렇게 하는 건 도리가 아니죠."

"도리? 도리? 말은 잘하는군. 입만 살아 나불거리는 학삐리 놈들은 남자도 아니지. 앞에선 끽소리 못하고 뒤에서 모략질이나 하는 비겁한 새끼들."

"그 남자다움으로 사람을 상하게 해서 경찰 옷 벗었으면 이제 정신 차릴 때도 되지 않았습니까?"

"뭐?"

그는 주먹이라도 내지를 태세였다. 그때 일주문에서 승려 하나가 헛기침을 하며 걸어 내려왔다. 그는 승려를 보자 움켜쥔 멱살을 스르르 풀며 말했다.

"영락사를 떠나지 말고 기다려. 내가 증거를 찾을 때까지…."

그는 앞을 지나치는 승려에게 공손히 합장배례하고는 일주문 쪽으로 사라졌다.

15

이영선의 흰색 대형세단은 주차장에 대놓은 차들 사이에서 눈에 띄게 빛나고 있었다.

"여기까지 오실 줄 몰랐습니다."

"그렇게 전화를 끊은 건 내려오라는 뜻 아니었나요?"

그의 말에는 자존심을 굽힌 이들이 풍기는 옅은 냉소가 배어나왔다. 그는 에어컨을 끄더니 창문을 내렸다. 담배를 피울 모양이었다. 하루에 몇 갑이나 피우는지 차 안에서 꼭 피워야 하는지 묻고 싶었지만, 주제넘은 간섭 같아 앞만 응시하고 있는데 그가 갑자기 차문을 딸각 열고는 내렸다.

"안 내려요? 답답한데….."

이 사람, 상대를 멋쩍게 하는 재주가 탁월하다. 타라고 손짓한 게 누구였더라?

그는 불을 붙인 담배를 물고는 반야교 쪽으로 걸어갔다. 마치 산책이라도 나온 듯 한가한 걸음이었다. 지나가는 승려가 그 모습을 볼까봐 가슴이 조여왔다. 젊은 여자가 절간 언저리에서 담배 피우는 모습을 승려에게 들키는 것이 작지 않은 낭패임은 익히 알고 있었다. 하지만 불안하게 그를 지켜볼 뿐 제지할 수 없었다. 그는 다리 난간에 상체를 기대고는 계곡을 바라보면서 연기를 가늘게 뿜었다. 몸을 숙이는 바람에 그의 동그랗고 도톰한 엉덩이가 짧고 견고한 데님치마에 둘러싸여 가련하게도 압박받고 있었다. 그의 속살을 해방시키고 싶다는 엉뚱한 의무감이 스멀거릴 때 그가 뒤돌아보며 말했다.

"저 물은 흘러 어디로 갈까요?"

시선을 고치며 부러 차갑게 말했다.

"바다로 가겠죠."

그는 뜨악하게 날 쳐다보더니 손가락을 퉁겨 담배꽁초를 계곡 아래로 날렸다.

"그렇담 저것도 바다로 가겠네요."

그 말과 동시에 내 인내심도 몸을 빠져나와 모조리 바다로 흘러가는 것 같았다. 그는 다시 물었다.

"물은 바다로 간다지만 사람은 죽으면 어디로 흘러갈까요?"

"……."

침묵에 침묵으로 응대하며 들쭉날쭉한 감정의 경계선을 고르는 듯 보이던 그가 마침내 입을 열었다.

"솔직하게 말할게요. 영감님이 절 돌봐주고 있어요."

아리따운 처녀의 입에서 불현듯 삐져나온, 영감이란 말이 주는 퀴퀴함에 놀라 물었다.

"영감님이라뇨?"

"인호 씨도 아마 알겠죠. 국립중앙박물관장 장연준. 그림 때문에 법연스님에게 소개받고 몇 번 만나는 사이 영감님이랑 사귀게 됐어요. 아버지 없이 자라 그런지 나이 많은 남자에게 끌리는 타입이거든요. 지금 살고 있는 아파트랑 저 차는 영감님이 해준 거예요. 엄마가 암으로 오래 누워 있다 돌아가시는 바람에 내게 남은 건 그림뿐이었죠. 고맙게도 영감님이 거래를 도맡아서 해줬어요. 내 은인이죠."

뜻 모를 배신감과 체념이 육박하는 바람에 나도 모르게 주먹을 꼭 쥐었다.

"그런데 왜 제가 필요했던 겁니까?"

"물론 영감님 주변에 그림 감정을 맡길 사람은 많았죠. 하지만 아무래도 국립박물관장이 사적으로 그림 거래를 하는 게 알려지면 좋을 게 없잖아요. 그러다가 저와의 관계가 드러나는 것도 문제고… 사정을 모르고 그림에 관련된 일을 할 사람을 물색했어요. 그림문제를 상의하기 위해 아버지를 찾았을 때 불화를 전공하는 인호 씨 이야기를 듣긴 했지만, 법연스님에게 영감님을 소개받아서 모든 게 끝난 줄 알았어요. 그런데 영감님이 연구를 접고 행정직으로 넘어간 게 오래라 자신 없어 하더라구요. 그래서 인호 씨 얘기를 영감님에게 했더니 글을 보고 판단해보자고 하더군요."

"홍제스님을 통해 제게 처음 부탁했던 글은 일종의 시험이었군요."

"그렇게 됐어요. 인호 씨가 문제를 일으키고 학교를 나온 상태란 것도 알아요. 그림을 보고 학계에 발표하거나 논문을 쓸 일도 없으니 우리에겐 딱이었죠. 미안해요."

그가 미안하다는 단어를 알고 있다는 것이, 아니 쓰기도 한다는 것이 신기했다.

항간에 도는 말에 의하면 장연준의 두 딸은 미술을 전공하는 대학생과 대학원생이라 했다. 자기 딸 또래의 여자와 로맨스라. 돈 있고 지위 있는 남자에게 특별한 일도 아니었다. 이영선 같은 미인이라면 친구들에게 부러움을 사는 노년의 새로운 즐거움이겠지. 도덕의 잣대를 들이대며 비난하거나 권력과 재화의 힘을 새삼 찬미하고 싶지도 않았다. 내가 그림 거래에 이용된 것도 그리 나쁘지 않았다. 그건 꼬장꼬장하기로 소문난 장연준이 날 인정한다는 뜻이니까. 재미있는 사실은 내가 표절문제를 까발린 학계의 거두 최 교수와 장연준은 절친한 지기란 점이었다. 장연준은 친구의 곤경으로 인해 날 얻은 셈이었다. 사정을 듣고 나니 의외로 덤덤했고 그에게 궁금했던 것들을 물을 만큼 평온해져 있었다.

"제가 보지 못한 그림이 두 점 맞죠."

"그래요. 두 점이에요."

"하나는 영선 씨가 말한 지옥도고, 다른 하나는 백의관음도 맞나요?"

"네."

그는 자신의 과거를 족집게처럼 집어내는 점쟁이 앞에 앉은 사람처럼 기가 죽어 있었다.

"백의관음도는 지금 가지고 계십니까?"

"그게… 영감님은 엄마가 관음보살에게 백일치성을 드린 후에 태어났대요. 유난히 애착을 보이기에 제가 가지라고 했어요."

그는 입을 삐죽거리며 눈알을 굴리더니 내게 바싹 붙으며 물었다.

"그런데 남은 그림이 두 개란 건 어떻게 안 거죠?"

"할아버지의 기록을 보고 산수를 해봤습니다. 형편없는 산수실력치고는 다행히 맞았네요."

그는 이해할 수 없다는 눈빛으로 뭔가 물을 것처럼 하다 이내 포기한 듯 말했다.

"무슨 말인지 모르겠지만… 뭐, 그게 중요한 게 아니니까."

"그런데 왜 지옥도를 찾으려고 하는 겁니까? 단순히 할아버지의 유품이라서 그런 겁니까."

"광오 때문이죠."

손바닥에 땀이 차올랐다.

"광오가 왜요?"

"저녁이라도 아직 덥네."

그는 주차장으로 걸어가 차에 오르더니 에어컨을 틀고는 의자를 젖혔다.

"어디까지 이야기했죠?"

"광오."

그는 역겨운 음식이라도 입에 담은 듯 미간에 주름을 잡으며 말을 토해 냈다.

"그래요. 광오. 그치가 1년 전쯤 내게 접근했어요. 처음엔 자신이 그림을 거래해주겠다고 하더군요. 날 보살이라 부르던 그 느물거리는 얼굴이라니… 당연히 거절했죠. 그 다음부턴 술 먹고 새벽이면 전화해서 하룻밤만 자기를 시봉해달라고 하는 거예요. 미친놈이죠."

"그래서요?"

"경찰에 신고한다고 했더니 잠잠해지더군요. 그런데 광오가 두 달 전쯤 영감님에게 접근해서 자신에게 그림을 넘기지 않으면 나와 영감님의 관계를 세상에 까발리겠다고 협박했어요."

두 달 전쯤이라니? 짚어볼 부분이 있었지만 말이 끊길까봐 남은 이야기를 내쳐 듣기로 했다.

"광오가 원한 것은 아버지에게 맡겨두었던 그림이었어요. 광오 말로는 김홍도의 지옥도라고 하데요. 시달림을 견디다 못한 영감님이 그림을 줘버리자고 했죠. 아깝긴 했지만 할 수 없었죠. 열흘 전에 아버지를 만나 그 그림을 돌려받아야겠다고 했어요."

"그래서 돌려받았습니까?"

"아뇨. 그림이 쓰일 데가 있어서 당장은 안 된다고 하는 바람에 빈손으로 털레털레 내려왔어요. 영감님에게 그 말을 했더니 불같이 화를 내더라구요. 신경쇠약으로 죽는 꼴을 보려고 그러느냐면서… 그 일로 싸우고는 일주일 정도 영감님 얼굴을 안 봤죠. 그런데 영감님이 진짜 입원하더라구요."

"그림이 쓰일 데라뇨?"

"그건 나도 몰라요. 아무튼 영감님이 입원한 마당이라 하루라도 빨리 그림을 돌려받아야 했어요. 어제 낮에 홍제굴을 찾았는데 아버지가 없더라구요. 저녁쯤이면 돌아오실 것 같아 영산 시내에서 시간을 보내는데 법연스님이 전화로 아버지가 돌아가셨다고 알려줬어요."

그는 젖혀진 의자를 되돌리더니 자세를 바로잡았다.

"소식을 듣고 경황은 없었지만 가만히 있을 수도 없었어요. 그림부터 찾아야 했죠. 벽장과 아궁이를 샅샅이 뒤져봤지만 그림은 없었어요. 지금 속으로 날 나쁜 년이라고 욕하고 있죠? 아버지가 죽었는데 그림부터 찾는다고…"

나는 묵묵히 창밖을 바라보았다. 기가 막혔다, 윤리적 불쾌감 때문이 아니라 바보 같은 판단력 때문이었다. 딴에는 교묘하게 그림을 숨길 장소로 택한 아궁이가 사람들 머릿속엔 당연히 뒤져야 하는 코스로 포함되어 있다는 것에 한숨이 나왔다.

"나쁜 년이라고 생각해도 좋아요. 그림은 없고 법연스님도 그림의 행방을 모른다고 하고… 막막했어요. 그때 인호 씨가 생각났어요."

일말의 희망을 품고 그에게 물었다.

"그런데 혹시… 아궁이에 있던 그림을 보지 못했습니까?"

그는 동그란 눈을 치뜨며 되물었다.

"무슨 그림요?"

"물고기가 그려진 그림인데, 못 봤습니까?"

"몰라요. 아궁이엔 아무것도 없었어요."

이영선도 아니라면 누굴까? 숨겨놓았던 육여도의 행방이 더욱 묘연했다.

"그건 또 무슨 그림이에요? 또 다른 그림이 있나 보죠?"

"그냥 개인적으로 찾는 그림입니다. 아무것도 아닙니다."

그는 새치름한 눈으로 쏘아보며 말했다.

"그런데 왜… 아, 됐어요. 일단 믿어주죠. 중간에 그림을 빼돌리거나, 날 속일 생각은 하지 않는 게 좋을 거예요. 뭐, 그 정도의 강심장도 못 되는 것 같지만…."

무시하는 건지 믿는 건지 종잡을 수 없는 말이 떨떠름했지만 애써 외면하며 미뤄뒀던 질문을 했다.

"영선 씨 말 중에 이해할 수 없는 게 있네요."

"뭐가요?"

"아까 광오가 두 달 전에 나타나 협박했다고 했죠? 제가 알기론 광오는 8개월 전에 영락사에서 사기를 치다가 붙잡혀 교도소에 있다는데…."

"무슨 소리예요. 광오는 지금도 버젓이 거리를 활보하고 있어요."

"뭘 잘못 아신 게 아닙니까?"

"인호 씨야말로 잘못 알고 있는 거죠. 며칠 전에도 광오가 전화를 걸어 영감님을 협박했다구요. 교도소에 있다면 어떻게 협박을 해요. 안 그래요? 하여간 내 말이 맞아요."

광오는 교도소에 있어야 했다. 현담도, 법연스님도, 대정스님도 다 그렇게 말했다. 모두 작당해서 나를 우롱했던 걸까? 엉켜버린 머릿속이 무거워 고개를 뒤로 젖히자 이영선의 보드라운 손가락이 목을 감쌌다. 움찔 놀라 턱을 당기자 그는 흉포한 동물도 3분이면 길들일 것 같은 손놀림으로 목을 쓰다듬으며 물었다.

"내가 왜 영감님 이야기까지 인호 씨에게 다 털어놓았는지 알아요?"

"그… 글쎄요."

한 치 앞도 예측할 수 없게 행동하는 그에게 휘둘리고 있었다. 그는 내 목을 희롱하던 손으로 담배를 꺼내 물었다. 담배연기를 입안으로 깊게 빨아들이더니 룸미러에 대고 가늘고 길게 뿜었다. 룸미러에 부딪혀 나온 연기는 창밖으로 다 빠져나가지 못하고 차 안을 매캐한 아편굴로 만들었다.

"당신이 늙어 보여서…."

"어제완 말이 다르네요."

그의 변덕에 불편한 표정을 짓자 그는 다시 내 목을 가볍게 휘감으며 달랬다.

"생긴 것 말고 영혼이… 당신 가끔 인생의 쓴맛 단맛 다 본 70대 영감 같아."

그때 저녁예불을 알리는 첫 번째 범종소리가 귓가를 파고들었다. 사방이 어둑해지고 관광객과 피서객의 차들은 하나씩 주차장을 빠져나가고 있었다.

"내가 왜 여기까지 내려온 줄 알아요?"

"……."

"당신 입술이 너무 예뻐서."

돌연 그는 입술을 살짝 벌려 내 입술에 가져다 댔다. 마치 수백 번의 정사를 나눈 연인 같은 익숙한 몸짓에 취해 그를 밀쳐낼 수 없었다. 벌어진 그의 입술 사이로 시금한 단내가 날숨과 함께 새어나왔다. 그 냄새는 황금과 유황과 몰약을 버무린 최음제마냥 몸을 달구었다. 당목[94]이 당좌[95]를 두 번째로 두드릴 때, 입술 사이로 연하고 보드라운 혀가 들어왔다. 제비꽃 맛. 나는 성급한 에밀레종이 된 것 같았다. 에밀레종은 타종된 지 9초 후에야 허억 헉 하는 64헤르츠의 숨소리와 어어엉 곡을 하는 듯한 168헤르츠의 소리가 울리지만, 그의 혓바닥이 내 혀에 닿자마자 나는 헉헉거리고 엉엉거렸다.

"흐으응."

그의 야릇한 신음소리에 격발된 나는 계곡에 내 신체의 일부를 깊숙이 파묻고 싶다는 열망으로 그의 몸을 짓눌렀다. 혀가 그의 목덜미와 귓불과 입술을 몇 번씩 왕복하며 탐하는 동안 서른세 번의 범종 소리는 끝나고 금발의 미인을 제물로 바치는 정글의 북소리 같은 법고 소리가 이어졌다. 젖무덤을 파헤치던 손이 치마 속으로 빨려들려는 찰나 그가 비명을 질렀다.

"아악!"

거부의 표시라기에는 너무도 지독한 괴성이었다. 최면에 걸린 피험자를 깨우는 의사의 종료신호 같은 비명에 손을 거두고 그를 멍하니 바라보았다. 이영선은 내 어깨너머의 무언가에 노랗게 질려 있었다. 영문을 알기 위해 고개를 돌리자 새까만 눈동자가 차창에 달라붙어 있었다.

억!

그 눈은 극락교에서 만난 아이의 것이었다. 당혹감과 수치심으로 엉거주춤한 사이 아이는 볼 건 다 봤다는 미소를 짓고는 반야교 쪽으로 사라져버렸다. 영선과 나는 놀란 혼과 가쁜 숨을 수습하느라 꼼짝없이 자리에 늘어져 있어야 했다.

"언제부터 와 있었던 걸까요?"

---

94) 撞木 : 종을 치기 위해 들보에 줄을 늘어뜨려 매어놓은 통나무.
95) 撞座 : 종을 칠 때에 소리가 가장 맑게 울리는 연꽃문양의 자리.

사위가 완전한 어둠에 묻혔을 때, 기력을 찾은 영선은 헝클어진 머리를 매만지며 말했다. 아이의 출현이 아니었다면 어디까지 나갔을지는 짐작되고도 남았다. 차라리 잘된 일이었다. 낯선 이와 쾌락의 단물을 나눈 후에 들려오는 죄책감의 조종(弔鐘)소리가 두려운 것이 아니라, 이영선이 원하는 것이 무엇인지 정확히 모르는 상태로 엮여서는 곤란하다는 판단력 때문이었다. 게다가 둘 다 상중(喪中)이라는 상황적 곤혹감도 머리를 처들었다. 나는 룸미러를 보며 루주를 바르는 그를 망연히 지켜보았다. 그의 얼굴은 주차장을 빠져나가는 차들의 전조등이 닿을 때마다 홍제스님이나 장연준의 얼굴과 겹쳐졌다. 나는 머리카락에 들러붙은 송충이라도 떼어낼 듯 고개를 세차게 흔들었다.

"정말 프랑스로 유학 갈 겁니까?"

"그래요. 영감님에게는 비밀이에요."

그는 속삭이며 볼에 스치듯 키스했다. 쪽 하는 소리가 헛헛하게 차 안을 울렸다.

"그럼 전 들어가겠습니다."

"그러세요."

도망치듯 허겁지겁 차에서 내리자마자 그는 차를 움직여 떠났다. 내 행동을 어떻게든 스스로에게 변해(辨解)하고 싶었다. 긴장하면 자신도 모르게 떨어대는 다리마냥, 가까운 이의 죽음이 가져온 심리적 경련 앞에서 육욕적 도피를 원하는 것도 자연스런 본능 중 하나라고. 하지만 아무리 설득해보아도 흔들리며 멀어져 가는 저 붉은색 후미등이 알려주는 관계의 실상은 회피할 수 없었다. 우리는 헛바닥으로 상대의 혀를 위로할 순 있을지언정 그 혀로 작별인사 한마디 따뜻하게 지어낼 수 없는 서먹한 사이라는 것을.

16

저녁 무렵임에도 찜통더위로 느껴졌던 것은 소나기가 오리란 예고였다. 옅게 흩날리던 비는 종무소 문을 열고 들어서자마자 쫘하고 쏟아져 내렸다. 종무소에 혼자 남아 있던 현담이 수건을 건넸다.

"현 거사가 불보살의 가피를 업고 다니시네."

성가신 파리를 쫓듯 손을 저으며 수건을 물렸다.

"괜찮아. 많이 맞지도 않았어. 아가씨는 퇴근했나 보네?"

"5시면 퇴근하지. 왜?"

"…."

"어디가 끌렸는지 모르지만 부디 접어라. 처녀보살 성질이 모나서 너처럼 까다로운 노총각이랑은 안 어울린다."

현담은 자못 진지하게 조언을 건네는 시늉을 함으로써 날 웃게 만들었다. 그가 농을 걸 정도로 태평하다는 사실은 캐낼 것이 많은 나에겐 좋은 소식이었다. 그는 책상으로 돌아가 큰 의자에 몸을 파묻으며 느긋하게 물었다.

"하루 종일 어딜 쏘다녔기에 안 보였던 거야."

"그냥, 여기저기… 수련회 사람들은 다 갔어?"

"수계식(受戒式)이 끝나고 간지가 언젠데."

고미연과 산문 밖에 있을 때 모두 집으로 돌아간 모양이었다. 현담은 한시름 놓은 얼굴로 덧붙였다.

"든 사람은 몰라도 난 사람은 안다더니 허전하네. 내일은 또 선방 해제[96] 날인데다 강원 방학식까지 겹쳐서 스님들이 다 빠져나가고 절이 텅 비겠

---

96) 解制 : 수좌들이 선방에 들어 석 달 동안의 안거(安居)를 끝내는 것을 말함. 강원의 학인들도 이 날을 맞아 방학에 들어간다.

군. 이틀 동안 고생했다. 고마워."

"고맙긴, 내 험한 입 때문에 고생한 사람은 너지. 그런데 오늘 낮에 절에서 박태환을 봤다."

"으응. 뭐, 그랬다고 하더군. 나도 전해만 들었다. 그때 수련회 사람들이랑 같이 있었거든."

그는 자신과 상관없는 일이라는 듯 말했다. 하지만 피곤한 문중과 피곤한 친구를 둔 업보를 그가 짊어지고 있음을 상기시켰다.

"박태환이 영락사엔 왜 온 거야?"

"알잖아. 선거가 얼마 남지 않은 거. 도원스님이 자리를 비운 사이 일각스님과 주지스님이 받아들인 모양이야. 원래 예정에 없었는데 통도사를 방문했다가 내친김에 여기까지 찾아왔나 봐. 오겠다는 사람을 어떻게 내치나?"

"일각스님은 누구야?"

"노장님과 도원스님을 제외하고 영락사 전체 문중에서 세 번째로 영향력이 있으신 분이야. 이번에 총무원장 선거에 나가실 분이기도 하고. 영락사 문중에서 한뜻으로 밀고 있는 분이지."

"그분이 총무원장이 될 가능성이 높아?"

"원로스님들에게 두루 신망을 얻고 있고 따르는 승려나 신도도 많아서… 아마 되시겠지."

말끝에 묘한 씁쓸함이 떠돌고 있는 것을 알아차리고는 은근히 떠보았다.

"그 스님이 총무원장이 되면 안 될 것 같은데…."

"무슨 소리야, 그게?"

그는 눈썹을 꿈틀거리며 내 의중에 쉽게 동참하지 않았다. 절밥에 인이 박일 세월도 아니건만, 절과 관련된 이야기만 나오면 정색을 하는 그가 남처럼 느껴졌다.

"스님들이 박태환에게 했던 말 아니? 영락사 사리의 정기를 받고 대통령 되십사 축원하더라. 그게 대찰의 스님 입에서 나올…."

"인호야! 됐다. 괜히 스님들 비방하는 구업(口業) 짓지 말고 거기까지만 해라."

아니나 다를까, 현담은 승가(僧家)의 보도(寶刀)를 꺼내 내 혀를 잘랐다.

계속 뻗대다 현담의 기분을 망치기 전에 말을 돌리는 게 나을 성싶었다.

"그러지. 그런데 전에 박물관에서 없어졌다는 『영락사몰락기』란 책 말이야…."

현담은 갑자기 내가 무색할 만큼 큰 웃음을 터트렸다.

"너 참, 재주가 신통방통하다. 별 일을 다 아는구나. 이번에는 어디서 듣고 온 거야?"

그저 신기해하고 있을 뿐, 악의는 느껴지지 않았다.

"그 책의 내용을 너도 알아?"

"아니, 그 책이 왜?"

그는 대체 무슨 소리냐는 듯 멀뚱한 눈으로 바라보았다.

"절에서 일어난 살인이 그 책에 쓰인 대로 벌어졌던 것 같아. 사라진 책과 스님들의 죽음이 연관이 있는 듯싶어."

그는 못 미더운 듯 이맛살을 찌푸리며 말했다.

"아까는 사라진 그림이라더니, 이번엔 책이냐? 도대체 그 책의 내용이 뭔데?"

"나도 정확히는 몰라. 영락사란 가상의 절에서 스님들이 한 명씩 죽어나가다 폐사(廢寺)하는 내용의 소설인 모양이야. 소설 속에서 살인이 일어나는 장소와 순서, 방법이 여기서 일어난 일과 똑같아."

"영락사가 폐사한다? 내용이 상당히 불경스럽군. 하여간 네 말은 살인자가 그 책을 보고 따라서 한다는 거야?"

"그래. 왜 따라하는지는 모르겠지만 단순한 모방범은 아닌 것 같아. 뭔가 의도가 있긴 한 것 같은데…."

"같은데, 뭐?"

"이해할 수 없는 게 있어. 백련암 지묵스님이 그 책의 필사본을 어떤 경로로 가지게 됐는지는 모르지만 입적과 동시에 책이 세상에 나왔어. 위험을 무릅쓰고 그 책을 박물관에서 훔친 것만 보자면 살인자는 그 책이 세상에 알려져서는 안 될 책이라고 생각한 것 같아. 그런데 책을 감추려는 의도가 있는 자가 책의 내용대로 살인을 한다? 살인을 통해서 도리어 책의 내용을 누설하고 있는 셈이니 모순된다는 거지."

반짝이던 현담의 눈이 허탈하게 풀렸다.

"그게 뭐야. 드러난 사실이 네가 세운 가설과 전혀 부합되지 않잖아."

"아니, 현재로선 가설과 사실을 이어줄 다리가 없을 뿐이야. 그 책은 우리가 생각하는 대로 단순한 소설이 아닐 수도 있어. 그 책이 미처 연구되기도 전에 사라졌으니 담고 있는 내용이 정확히 뭔지는 모르지. 책 속에 어떤 비밀이 감추어진 것일 수도 있고… 뭔가를 드러내놓고 보여줄 때는 다른 것을 숨기기 위한 의도도 있는 법이니까."

"네 강짜를 누가 말려. 그럼 박물관에서 책이 사라진 것은 문화재를 노린 절도사건이 아니란 거군."

"책의 행방을 찾는 게 급선무야. 책이 없어진 날 박물관을 드나들었던 사람이나 직원부터 조사해봐."

"그래, 알았다."

현담은 조소 어린 표정으로 내 제언을 흘려듣고 있었다.

"그리고 광오 말이다…."

광오란 말에 책상 위에 놓인 공문을 매만지던 현담의 손이 멈칫거렸다.

"광오는 또 왜?"

"광오란 사람, 그때 경찰에 넘긴 거 아니지?"

현담이 눈을 치켜떴다.

"누가 그래?"

"영락사와 연이 있어 광오라는 사람을 함부로 하지 못한 것 아닌가 해서."

"말도 안 되는 소리. 광오가 백련암의 지묵스님과 관계 있다는 말을 어디서 듣고 이러는지 모르겠지만, 이번엔 잘못 짚었다. 광오는 산문출송[97]에다 승적까지 박탈시키고 스님이 직접 경찰서까지 데리고 가서 넘겼어. 쓸데없는 소리 마라."

"어느 스님이 넘기셨는데?"

"내 말을 못 믿는군. 도원스님이 그날 광오를 넘겼어."

이영선과 현담 중 누구의 말이 진실인지 분간할 수 없었다. 어쩌면 거짓말을 하는 것은 이영선과 현담이 아니라 장연준이나 도원스님, 둘 중 누군가 중간에서 의도적으로 사실을 비틀고 있을 가능성도 배제할 수 없었다. 광오와 관련된 이야기는 현담이 몹시 분개하는데다 이영선의 사생활을 드러내지 않고는 말을 잇기가 어려워 보류해두기로 했다.

"알겠다. 그럼 네가 낮에 '종교적 처단'이라고 했던 말… 왜 그런 말을 했는지 정도는 설명해줄 수 있겠지?"

그는 좀 전의 기세와는 다르게 어눌하게 뇌까렸다.

"별 의미 없이 한 말을 다 신경 쓰는군."

"네 말은 뭐랄까, 죽은 스님들이 어떤 잘못을 저질러서 살인자가 지옥 왕을 대신해서 심판했다는 느낌이란 말이야. 게다가 네가 홍제스님의 죽음을 별개의 사건이라 구분지어 말할 때는 나머지 스님들이 공통적으로 저지른

---

97) 山門出送 : 잘못을 지은 승려를 절에서 쫓아내는 일.

일이 있다는 걸 알았기에 그럴 수 있었겠지."

그는 깎은 지 오래돼 제법 거뭇거뭇하게 자란 머리를 문지르며 말했다.

"그건 자꾸 네가 살인에다 사라진 그림을 끌어다 붙이기에 한 말이야. 신경과민이군."

"알아봤더니 죽은 스님들은 다른 스님들과 잘 어울리지 못했던 것 같은데 나한테 말하지 않는 게 있지? 말해봐. 관계를 유추할 수 있는 증거라도 발견한 거야? 응, 응?"

끈덕지게 밀어붙이자 그는 너털웃음을 터뜨렸다.

"아, 이 거머리 같은 자식을 어찌 하면 좋을꼬? 듣고 나서 입 다문다고 약속할래?"

"시골영감처럼 자꾸 이럴래? 떠벌리는 성격이 아닌 건 너도 알잖아."

그제야 그는 잔뜩 낮춘 목소리로 입을 열었다.

"사실 어제 계곡에서 발견된 현선스님의 방에서 노트 한 권이 나왔다. 이런저런 글귀와 단상들이 적혀 있는 일기 같은 거였는데 날려 쓰는 바람에다 알아볼 수 없었어. 그게 중요한 게 아니고… 노트 뒷부분에 돈이 출납된 사항이 적혀 있더군."

"가계부라도 쓰셨나?"

"아니. 큰돈은 아니지만 고정적으로 여러 명에게서 돈이 들어온 기록으로 봐서 아마 몇 명이서 계를 모았던 모양이야."

"그걸 가지고 별일이라 할 수 있나? 스님들이 계를 모으는 것은 오랜 전통이잖아."

"보통 계가 아니야. 참여인원이나 금액으로 볼 때 갑계[98]나 불량계[99] 같은 통상적 계는 절대 아니었어. 전통적으로 한자로 짓는 계의 이름 대신 '데바'라는 생소한 명칭을 붙인 것도 그렇고."

"데바라니?"

"하늘을 뜻하는 범어 데바(deva) 같아."

"그렇다면 데바계에 참여한 승려들과 죽은 스님들이 일치하는 건가?"

"그건 몰라. 이름 대신 기호로 표기해놓은 걸 보아서는 노트가 유출되더라도 계원들의 이름이 밝혀지는 것은 막으려고 했던 모양이야."

"그럼 뭘 보고 공통점이 있다는 거야?"

"현선스님의 장부에는 5개월 전에 계비로 노트북을 장만했다고 나와 있어."

"노트북은 발견했어?"

"찾긴 했는데… 그게 현선스님에게서 나온 게 아니라 오늘 새벽에 죽은 현일스님의 방에서 나왔지. 노트북은 현선스님이 보관했던 영수증에 적힌 제품이랑 동일한 모델이었어."

"그렇다면 적어도 현선스님과 현일스님은 데바계의 계원이었다고 추측할 수 있겠네. 컴퓨터 안의 파일들은 확인해봤고?"

"애초 심하게 망가진 채로 발견되어서 양 거사를 보내 복구를 맡겨봤지만 안에는 아무것도 없더군."

낮에 양근철의 손에 들려 있던 노트북이 현담이 말하는 것이었다.

"원철스님이나 홍제스님도 데바계의 일원이었을까?"

"모르지. 그런데 연배나 사는 공간으로 봐서 원철스님은 몰라도 홍제스님까지 데바계로 포함하기엔 무리가 있어. 그래서 별개의 사건이 아닌가 하고 추측했던 거고."

"데바계의 목적이 뭐였을까? 속세의 계처럼 친목도모용인가?"

---

98) 甲契 : 절의 토지나 수입을 늘리려는 목적으로 나이를 불문하고 같은 띠를 가진 승려나 십이간지의 중간을 갈라 두 무리로 나누어진 승려들이 모으는 계.

99) 佛糧契 : 불사나 절의 양식을 마련하기 위해 승려와 신도가 함께 참여하는 계.

"절에도 친목계가 없는 것은 아니지만, 데바계는 그저 친목계라고 하기엔 너무 비밀스런 모임이었어. 그걸 아는 주변 스님이 한 명도 없었으니까. 앞으로 죽은 스님들의 행적을 더 조사해봐야지. 이틀 사이에 세 분이나 죽었어. 그간 일어난 일들을 수습하기에도 빠듯했다."

순간 머리통을 갈기듯 떠오르는 것이 있었다.

"너 혹시… 데바에서 데바닷타[100]를 떠올리고 처단이란 말을 쓴 거 아냐? 데바닷타의 데바도 하늘이란 뜻이잖아. 결국 죽은 스님들이 계를 모은 목적이 데바닷타처럼 불순해서 누군가에게 처단당했다고 생각한 거 맞지?"

"아냐. 하고많은 이름 중에 아무렴 스님들이 조달이란 이름을 계명으로 썼겠냐."

그는 부인했지만 개운치 않은 표정으로 보아 짐작이 틀리지 않은 것 같았다. 만일 '데바' 란 계의 명칭이 데바닷타를 표방하는 게 맞다면 죽은 승려들은 불교에 해를 끼칠 음침한 계획을 진행하고 있었고, 살인자는 승가의 붕괴와 살불(殺佛)를 막기 위해 데바닷타의 후예들을 제거한 셈이었다.

"죽은 승려들이 승가의 화합을 깨거나 분란을 일으킨 적은 없어?"

현담은 고개를 가로저었다.

그때 종무소 문이 거칠게 열리더니 어깨가 젖은 승려가 화평한 기운이라곤 할 수 없는 얼굴로 우산을 접으며 들어섰다. 불의의 등장에 놀란 현담이 얼른 일어서서 합장했다.

"아, 현명스님."

그는 현담의 인사를 받지도 않고 나를 흘끔거리더니 냉랭하게 말했다.

---

100) Devadatta : 제바달다(提婆達多), 제달(提達), 조달(調達)로도 불린다. 석가의 사촌으로 출가했다가 나중에 반역해 승단의 분열을 일으키고 석가를 살해하려 한 인물로 그는 오역죄를 지은 탓으로 산 채로 아비지옥에 떨어졌다고 한다.

"이 분이 수련회에서 사람들을 인솔한 거삽니까?"

현담이 빠르고 부러지게 말을 받았다.

"네. 맞습니다."

"도각스님이 찾으니까 스님이 처사를 데리고 심검당(尋劒堂)으로 가봐요."

"현명스님, 무슨 일입니까?"

"가보면 알겠지. 그럼 말은 전했소."

그가 쏟아지는 빗속으로 사라지자 현담과 나는 곤욕스런 눈빛을 주고받았다. 어제오늘 사람들에게 금지된 말들을 늘어놓은 것에 대한 걱정이 밀려왔다.

"빨리 가자. 늦는 거 싫어하시는 분이다."

현담이 먼저 일어서서 벽에 기대어놓은 우산을 집었다.

17

비는 영락사를 쓸어버릴 듯 내리퍼부었다. 관음전 창호 문에 비치는 촛불의 일렁임조차 굵다란 빗방울 속에선 요물의 혓바닥마냥 요사스럽게 보였다. 바짓단을 걷고 발꿈치를 든 채 현담을 뒤쫓았다. 현담은 대웅전과 보광전(普光殿)을 잇고 있는 담장 가운데 뚫린, '능견난사(能見難思)'라는 편액이 걸린 작은 문 앞에 멈춰 섰다. 안에서 잠겨 있어 일반인들은 들어갈 수 없는 문이었다. 현담은 문 가운데 조그맣게 뚫린 구멍에 보일 듯 말 듯 걸쳐져 있는 매듭을 잡아당겼다. 매듭을 따라온 줄이 쭉 늘어나더니 안에서 잠긴 빗장이 벗겨지는 소리와 함께 문이 열렸다. 능히 볼 수는 있으나 헤아려 알기는 어렵다는 '능견난사'였다.

"빨리 안 들어오고 뭐해?"

문 안으로 들어선 현담이 재촉했다.

"으응…."

단지 문턱을 사이에 두었을 뿐인데 빗속을 헤쳐오는 현담의 목소리가 아득하게만 느껴졌다. 일반인에겐 공개하지 않는 영락사의 속살로 접근하다니. 그제야 금역(禁域)으로 발을 들여놓고 있다는 실감이 들었다.

선방인 보명선원(普明禪院) 옆에 지어진 심검당에 다다르자 현담은 처마 아래로 들어가 우산을 접었다. 담으로 둘러쳐진 작은 요새 같은 집을 손가락으로 가리키자 현담이 말했다.

"염화전이야. 방장스님이 기거하시는 곳."

"구중궁궐이 따로 없군."

"웅?"

빗소리에 묻혀 내 말을 듣지 못한 모양이었다. 염화전에 둘러진 두터운 담벼락은 중생과 승려를 이분하는 명징한 상징으로 보였다. 석가모니가 손수 발우를 들고 동네를 돌며 밥을 얻으러 다니고, 길을 걸으며 만나는 사람들을 교화하던 시절에도 붓다의 처소가 저렇게 육중한 담으로 둘러쳐져 있었을까? 여기도 부름을 받고서야 겨우 발을 들였는데, 담 너머의 방장스님은 대체 어떤 첩지(牒紙)를 들이밀어야 친견의 인연을 지을 수 있을까?

현담이 옷에 묻은 빗물을 털어내며 낮고 부드럽게 기척을 알렸다.

"스님, 현담입니다. 들어가겠습니다."

현담은 댓돌에 벗어놓은 고무신을 가지런히 모으면서 속삭였다.

"들어가면 스님께 삼배(三拜)부터 해라."

"……."

스님을 처소에서 만나면 엎드려 세 번 절하는 것이 신도들이 지켜야 할 당연한 예의인 양 몰아가는 불가의 습속을 나는 오랫동안 혐오해왔다. 대승불교를 지향하는 한국 불교의 삼보가 불, 법, 승으로만 한정되어 승려가 신도들의 절을 꼬박꼬박 받아먹는 것에 대한 유감이었다. 여자신도들을 부를 때 쓰는 보살(菩薩)이란 용어가 대승불법의 정체성을 상징하고, 재가불자(在家佛子)인 유마거사가 아만(我慢)에 빠진 승려들을 불러다 한 방씩 먹이는 『유마경(維摩經)』이 불경에서 제외되지 않는 한, 삼보는 불, 법, 중(衆)이어야 했다. 비구, 비구니, 재가남자신도, 재가여자신도를 모두 합한 사부대중이어야 하는 것이다. 승가에 머물거나 속가에 있거나, 남자이거나 여자이거나, 가난하거나 권세가 있거나 가리지 않는 무차별의 존중과 평등, 그것이야말로 부처와 중생이 둘이 아니란 생각을 바탕에 두고, 상(相)에 얽매이지 말라는 부처의 가르침에 합당한 것 아니던가.

하지만 현실은 사부대중이 아닌 비구란 일부대중(一部大衆)만 있을 뿐이다. 비구가 팔경법[101]을 근거로 비구니를 지배하고, 비구니는 출가 수행자라는 이유로 재가의 남녀신도들에게 우월감을 느끼며, 남자는 구도의 길을 가는 데 있어 겪어야 할 장애가 적다는 점을 들어 여자를 무시한다. 부처는 항상 부처고 스님은 항시 스님이니, 중생들은 영원히 중생으로 머물 수밖에 없는 것 아니던가. 이런 틀에서 중생들이 할 일이라곤 스님과 부처님을 무조건 공경하며 불사시주로 공덕을 쌓고 기복적인 기도에 열 올리는 것 말고 무엇이 더 있으랴. 그중 입천장이 까지도록 끌끌거려도 시원치 않을 일은 법당에서는 불이(不二)의 지혜를 법문으로 가르치는 다수의 승려들이

---

101) 八敬法 : 비구니가 비구를 만나면 공경하여 행해야 하는 여덟 가지 법으로 비구니에게 차별적인 내용을 담고 있다. "……비구니가 계율에 어긋나는 행동을 저지르면 보름 동안 비구가 모인 곳에 가서 참회할 것이고, 비구니가 비록 백 년 동안 큰 계(戒)를 지녔어도 갓 계를 받은 소년 비구 아래 앉아 공경하고 절해야 할 것이다."

현실에 있어서, 특히 여자나 재가신도들을 대할 때 어째서 필부중생과 다름없는 소견을 내는가 하는 것이었다. 심지어 비구니나 여자는 결코 성불할 수 없다거나 여자는 수행을 통해 다음 생에 남자 몸을 받아야만 성불할 수 있다는 말을 설파하며 타고난 남성을 자랑하는 비구도 꽤 만나왔다. 깨달음의 길을 가는 데 있어 여성이 남성보다 불리한 존재로 기술된 경전도 있다. 그렇다 해도 비구들이 그러한 경전을 빙자해 본인의 여성관을 정당화하는 것이 옳을 리 없다. 사문(沙門)이라면 『금강경』과 『유마경』 등에 드러난 대승적 진리인 '공(空)'이나 '불이(不二)' 사상 앞에서는 성별 또한 하나의 착각에 지나지 않는다는 걸 말해줘야 하는 것 아닌가. 법문으로 버젓이 여성불성불론(女性不成佛論)을 운운하는 승려들을 볼 때마다 그들의 귓구멍에다 대고 『유마경』의 한 부분을 고막이 찢어지도록 읽어주고 싶었다. 석가모니의 상수제자이자 지혜제일이라 불렸던 사리불[102]이 천녀(天女)에게 호되게 당하는 장면을 말이다.

사리불이 물었다.

"당신은 왜 여자의 몸을 바꾸지 않는 거요?"

천녀가 단호하게 답했다.

"나는 12년 동안이나 여자의 모습을 찾아다녔지만 끝내 찾을 수 없었습니다. 그런데 뭘 어떻게 바꾼다는 것입니까? 예를 들어 어떤 뛰어난 마술사가 환영으로 여자의 몸을 만들어냈다고 해요. 그런데 그 광경을 곁에서 보고 있던 어떤 사람이 마술사에게 왜 여자를 남자로 바꾸지 않느냐고 묻는다면, 이 질문이 옳다고 보십니까?"

사리불이 대답했다.

---

102) 舍利弗 : 사리푸타, 사리푸트라, 사리자(舍利子)로 불린다. 지혜제일로 불렸으며 신통제일 목건련과 더불어 석가의 가장 뛰어난 제자였으나 석가보다 먼저 죽었다.

"물론 아니요. 마술사가 만들어낸 여자가 진짜가 아닌데 어떻게 남자로 바꾸겠소?"

천녀가 말했다.

"모든 것이 그와 같아 그 자체의 정해진 모습이 없는 것입니다. 그런데 어째서 몸을 바꾸라 마라 하십니까?"

천녀는 신통력을 발휘해 사리불과 자신의 몸을 순식간에 바꿔치기했다. 그리곤 능청스럽게 물었다.

"당신은 왜 그 안타까운 여자의 몸을 바꾸지 않는 거죠?"

천녀의 몸으로 바뀐 사리불이 말했다.

"어떻게 된 건지 영문도 모르는 사이에 나는 여자가 되어버렸구려. 그러니 이 여자의 몸을 어떻게 남자로 바꿀 수 있는 것인지 도무지 모르겠소."

천녀가 말했다.

"당신이 만약 그 여자의 몸을 바꿀 수 있다면, 이 세상 모든 여자들도 당연히 그 몸을 바꿀 수 있을 것입니다. 당신은 지금 여자가 아니면서도 여자의 몸으로 나타나 있습니다. 이 세상 모든 여자들도 그와 같아서 비록 여자의 몸으로 나타나 있지만 여자는 아닙니다. 이와 같기에 부처님께서는 '이 세상 모든 존재는 여자도 남자도 아니다' 라고 말씀하셨던 것이죠."

천녀는 신통력을 써서 사리불을 원래 모습으로 되돌려놓고 물었다.

"여자의 본질이 어디 있던가요?"

사리불이 말했다.

"여자 된 몸의 겉모습은 있다고도 없다고도 할 수 없을 듯 하오만…."

천녀가 말했다.

"모든 존재하는 것들도 그와 같아서 있는 것도 아니고 없는 것도 아니니, '있는 것도 아니고 없는 것도 아니다' 는 무릇 부처님 말씀인 것입니다."

상황이 이러한데도 대중들은 삼배란 형식을 통해 승가를 오냐오냐 받들어 모셔온 것이다. 나까지 그 미친 대열에 눈감고 동참할 순 없었다.

"인호야."

"……."

"삼배할 거지?"

"……."

막상 현담의 애절한 눈빛을 보자, 그간의 소신이 곱게 빻은 유골처럼 흩어지며 쓴웃음만 입 꼬리에 머물렀다.

"인호야!"

"알았다. 널 위해 하는 거다."

내가 먼저 방으로 들어섰다. 벽장 아래에 눈이 부리부리하고 얼굴이 말간 스님이 허리를 꼿꼿이 세우고 앉아 있었다. 그는 빈틈이라고는 찾을 수 없는 성성한 눈빛과 맑은 목소리로 우리를 맞았다.

"오게나."

"절 받으시지요."

"한 번만 하게."

서늘한 바람이 훅하고 몸을 관통했다. 어른에 대한 예만 표하라는 지극히 명쾌한 주문이었다. 절인지 주저앉은 건지 모를 자세로 바닥에 이마를 댄 후 자리를 잡았다.

"이름이 뭔가?"

"현인호라고 합니다."

"그래?"

그 말을 끝으로 도각스님은 침묵에 휩싸였다. 도각스님의 눈은 별스러운 데가 있었다. 목숨을 건 수 없는 대결에서 살아남은 검객의 냉정한 눈빛. 스승에게 따귀와 주먹다짐을 아무렇지 않게 일삼던 임제선사가 이랬을까? 신발을 벗어놓고 훌쩍 강을 건넌 사람의 냄새가 방 안을 진동하는 듯했다. 드높은 기운에 압도당하는 것은 실로 오랜만이었다. 눈을 계속 바라보다가는 마지막 남은 지식에 대한 집착마저 선사의 불꽃 같은 기운에 휘발될 것 같아서 결국 맞은편 벽에 붙은 글씨에 시선을 돌렸다. 큰 붓으로 휘두른 초서는 자신을 가둔 액자를 깨부수고 뛰쳐나갈 기세였다.

'대도무문(大道無門)'

큰 깨달음에는 문이 없다.

일견 모든 것이 용납된 열린 세계. 그러나 실제로는 어떤 것도 용인하지 않겠다는 숨 막히는 도그마. 문이라도 있으면 두드리며 호소하고 원망하련만, 문 자체가 없으니 들고나는 자취를 찾을 수 없다. 망망대해. 처음과 끝을 종내 훔쳐볼 수 없는 무한. 그 뜻을 몸으로 체득한 이 외에는 어느 누구의 드잡이와 혀 놀림도 허용하지 않겠다는 단호한 선언.

봉허스님이 낙관한 글씨를 배경으로 앉은 도각스님은 대도무문의 화신 같았다.

"불교공부를 많이 한 모양이지?"

드디어 스님이 입을 열었다.

"무슨 말씀이신지… 공부가 많이 부족한 사람입니다."

"아니야. 자네가 공부가 되지 않고서야 어떻게 불교에 관한 이야기를 사람들에게 그렇게 많이 할 수 있었겠는가?"

"아닙니다."

사람들에게 떠벌렸던 말이 스님의 귀까지 들어간 것이다. 절간의 입들이 어찌 이리 방정맞은 걸까. 도각스님은 목청을 가다듬더니 물었다.

"으흠. 공부가 많이 되지 않았다고 하니 쉬운 걸 묻겠네. 옛 조사스님이 말씀하시길 이것은 마음 밖에 있는 것도 아니요, 마음 안에 있는 것도 아니라고 했네. 이것이 무엇인고?"

말해도 서른 대. 다물어도 서른 대. 그 경지에 오르지 못한 이는 무얼 해도 서른 방.

순간 '당신은 도대체 누구요?' 라는 양무제의 질문에 심통 맞은 한 마디만 던져놓고 양자강을 건넌 달마가 되고 싶었다.

몰라, 씨발!

눈을 내리깔며 벙어리 흉내를 내자 도각스님이 소리를 빽 질렀다.

"그것도 모르는 주제에 뭘 안다고 떠들었는고? 알고 보니 약아빠진 지해종도[103]구먼."

꿇어앉은 무릎을 쓸어내리며 곁눈질해 보니 현담은 고개만 푹 숙이고 있었다. 도움이라도 얻을까 싶어 바라보았던 내가 한없이 가련하게 느껴졌다. 죄인처럼 꼼짝도 못하는 현담과 비굴하게 잠자코 있는 내 자신에 대한 짜증이 걷잡을 수 없이 치솟았다. 진공 같은 적막을 깨뜨린 것은 나도 모르게 터져 나와 버린 말이었다.

"스님, 제가 한 말씀 올리겠습니다."

현담이 급히 팔을 잡았지만 나는 이미 다른 말을 내뱉고 있었다.

"형상은 본디 부처의 마음이 아닐진대, 법당의 불상과 탱화는 다 태워버려야 합니까?"

"뭐라?"

현담은 수액이라도 채취할 것처럼 내 팔을 쥐어짰다. 그러나 난 따귀가 됐건 발길질이 됐건, 도각스님의 그 어떤 가르침이든 받아들일 준비가 되어 있었다.

"진신사리는 부처의 본래면목(本來面目)이라서 화강암 탑 안에 감춰두고

---

103) 知解宗徒 : 부처와 조사의 적실한 깨달음에 이르지 못하고 알음알이에 집착하는 사람을 지칭하는데 주로 돈오돈수(頓悟頓修)를 주장하는 간화선 위주의 선가에서 다른 깨달음의 방식을 얕잡아보며 쓴다.

경배하는 것입니까? 말이 끊어진 자리에 있다는 화두 또한 누추한 말의 몸을 빌리고 있지 않습니까. 형상으로 형상이 아닌 것을 꿰뚫어보고 텅 비어버린 것에서 진실함을 찾는 진공묘유(眞空妙有)가 있을진대, 제 근기로 사람들과 불교에 관한 고민을 나누는 것이 어찌 큰 허물이라고 하십니까. 모두가 스님 같이 화두(話頭)를 참구해서 도통해야 속이 풀리시겠습니까?"

방은 다시 적막으로 가득했다. 건드리면 터져 나갈 것 같은 팽팽한 긴장 속에서 뜻밖에도 스님은 몸을 기울여 내 왼 가슴에 버석거리는 마른 손을 가만히 가져다 댔다. 예상치 못한 방편에 놀라서 움찔했지만, 스님의 눈은 먼 곳에 박힌 별처럼 형형함으로 빛나고 있었다. 이제 보니 스님의 눈은 살에 닿으면 사람을 상하게 하는 비수가 아니라 비춰진 제 모습을 보고 놀라 얼른 자세를 고치게 하는 밝은 거울이자 물이었다. 꼬리에 불이 붙은 개가 살고자 하는 마음에 깊이를 알 수 없는 우물로 뛰어든 것보다 더 미련한 짓을 저질렀다는 걸 세세하게 가르치고 있었다.

"듣고 보니 니 말도 틀리지 않다. 그런데 느껴지느냐, 니 딱딱한 가슴이? 사람의 가슴이 이렇게 딱딱하면 못 써. 머리에 잡다한 지식 쪼가리를 쌓아두느라 가슴이 다 죽었어. 물기 하나 없이 바짝 타 들어갔단 말이다. 두려운 게지. 세상이 무서워서 다치지 않으려고 이렇게 가슴이 돌처럼 굳은 게지."

우습게도 스님의 손이 가슴에 닿자, 수조 속에 떨어진 한 방울의 물감이 전체의 물색을 바꾸듯 모든 것이 달라졌다. 증오와 절망의 봉인에서 풀려난 기분이었다. 나는 열매 맺기를 열망하며 황량한 사막을 헛되이 맴돌다 비로소 촉촉한 흙 속에 뿌리를 내린 씨앗이었다. 켜켜이 쌓인 회한과 슬픔이 우주 밖에서 눈송이처럼 휘날려 사라지는 것이 보였다. 부르르 쥔 주먹 위로 닭똥 같은 눈물이 떨어졌다. 외로웠던 것이다. 스님의 따스한 온기가 음습한 지하실에 갇힌 번뇌를 태워 날리는 것 같았다.

"다른 사람은 내 앞에서는 숨조차 크게 못 쉬는데 그래도 니 속에는 대드는 용기 하나는 살아 있구먼. 좋다. 한 중생을 제도하려 백천생을 따라다니는 것이 불보살의 대자비니, 이해할 수 있는 말로 한마디만 하마. 보아하니 네 지혜의 종자가 모조리 썩어버린 건 아니다. 오래전부터 심어져 있는데 물을 안 주니 싹이 틀 리가 있나. 그래놓고는 나는 될성부른 나무가 아니다 하고 여기저기 기웃거렸겠지. 화두가 아니어도 좋으니 세간의 말과 글에서 이제 그만 눈을 거두게. 내게 달려드는 용기로 마음자리를 살펴보란 말이야. 불교는 책에서 찾는 것이 아니야. 무슨 말인지 알겠는가?"

도각스님의 말을 듣는 동안 주체할 수 없이 몸이 떨려왔다.

"이틀 동안 고생했어. 나가보게."

스님은 가슴에 댔던 손을 거두며 덤덤하게 작별을 고했다. 나는 비틀거리며 일어나 정중히 삼배를 올렸다. 도각스님은 만류하지 않고 절하는 모습을 찬찬히 지켜보았다.

18

방 가운데 관이 놓였고, 주위에는 희고 붉은 꽃들이 무더기째 꽃밭을 이루고 있었다. 망연자실 꽃 속에 파묻혀 생각했다.

'아직 깨달음을 얻지 못했는데 스승님은 어찌 날 버리고 가셨을까?'

한숨이 절로 터져 나왔다.

'아, 이제 누구를 의지해 길을 간단 말인가?'

그때 문 밖에서 웅성거림이 일더니 제자들을 거느린 가섭이 방으로 들어섰다. 나는 허리를 굽혀 그를 맞았다.

"오셨습니까."

나와는 비교할 수 없는 고결한 신분과 부유한 집안에서 출가를 한 그는 이미 수많은 지지자와 문도를 거느리고 있었다. 가섭은 탐탁지 않은 표정으로 나를 흘겼다.

또 시작이군. 저 거만한 눈빛이라니. 사리불과 목건련 사형이 살아만 있었어도 지가 저렇게 상수제자(上首弟子)를 자처하며 기세등등하진 못했을 터인데.

그는 몇 해 전부터 자신이 스승님의 깨달음을 이은 유일한 제자라고 참칭하고 다녔다. 그가 당당하게 말할 수 있었던 것은 스승님이 그에게 보인 두 가지 행동 때문이었다.

문도들이 스승님을 모시고 소풍을 갔을 때였다. 둘러앉아 가져온 주먹밥을 조용히 먹고 있는데 그가 뒤늦게 도착해 앉을 자리를 찾았다. 스승님은 말없이 옆으로 옮겨 자리를 나누어주었다. 그는 후에 이것을 반분좌(半分座)[104]라고 불렀다.

밥을 먹고 난 후 스승님은 소매에서 연꽃을 빼어들며 '내 이것을 숨길 테니, 너희들이 찾아내는 여흥을 즐겨보자' 하셨을 때 가섭은 혼자 웃었다.

"스승님, 우리가 무슨 애들도 아니고…."

이것은 이후 염화시중(拈花示衆)의 미소로 부풀려졌다.

그는 떠들고 다녔다. 스승과 자리를 나누었고 스승님이 들어 보인 연꽃에 유일하게 응답한 것도 자신이니, 누가 최고의 제자인지 만천하에 드러났다고.

그는 관 앞에서 큰소리부터 쳤다.

---

104) 선가에서 석가가 가섭에게 직접 마음을 전했다는 증표로 삼는 세 가지를 삼처전심(三處傳心)이라고 한다. 삼처전심에는 반분좌(석가가 가섭과 자리를 나누어 앉은 일), 염화미소(설법 중 석가가 연꽃을 들어 보이자 가섭이 웃은 일), 곽시쌍부(장례에 늦게 도착한 가섭을 위해 열반에 든 석가의 발이 관을 뚫고 나온 일)가 있다.

"이게 어떻게 된 일인가? 어떻게 모셨기에 내가 운수행각(雲水行脚)을 하는 중에 스승님을 열반에 들게 했단 말인가?"

"아시다시피 스승님이 연로하신데다 등창까지 겹쳐 어쩔 수 없었습니다."

나는 얼굴빛을 가다듬으며 애써 담담하게 말했다.

"스승님이 열반에 드신 이유가 자네 때문은 아니고?"

그는 숨겼던 마음을 얼굴에 한껏 풀어놓으며 물었다.

"무슨 말을 하고 싶은 겁니까?"

"기억하지 못하나 보군. 몇 년 전 소풍 말이야. 스승님이 봄꽃을 보면서 뭐라고 하셨는지 기억이 정말 나지 않는단 말인가?"

그가 말하는 장면이 떠올랐다. 그때 스승님은 봄꽃에 취해 문도들이 듣는 앞에서 이렇게 말씀하셨다.

"깨달은 사람은 오고감이 자유롭지. 이 봄을 앞으로 100년만 더 누리며 살까?"

사람들은 모두 입을 모아 '이 땅에 영원히 머무르며 봄꽃을 누리소서' 하고 발린 말을 늘어놓았다. 그러나 나는 생과 사에 초연해야 할 사문들의 속물스러움을 비웃으며 침묵을 지켰다. 봄꽃이 좋아 그냥 하시는 말씀에 저토록 과장된 맞장구를 쳐주는 그들이 가증스럽기까지 했다. 그때 옆에 앉은 가섭이 시큼하게 비꼬았던 기억도 새록새록했다.

"아난, 자네는 대답하지 않는 걸 보니 스승님이 그렇게 오래 사시길 바라지 않는 모양이군."

나는 빙긋 웃어주었다. 내가 스승님 지근에 붙어 수도하는 것을 질투하던 그였기에 그러려니 했다. 하지만 가섭은 지금 그 일을 다그치는 중이었다.

"평생 스승님을 모시던 자네가 스승님이 이 땅에 오래 머무는 것에 찬성하지 않았기에 서운함으로 스승님이 급히 열반에 드신 게지. 그때 자네는 마구니[105]에게 조종당했기에 대답하지 않았어. 자네가 마구니에게 홀린 것이 그때만은 아니지."

"마치 제가 마구니의 하수인인 양 말씀하시는군요."

"아닌가? 자네는 마등가족 창녀의 유혹을 받고 그의 처소에 드나든 적도 있지 않나. 물론 교단 내에서는 자네의 행실보다 그 어미의 술법 탓으로 돌리고 있지만. 어찌됐건 그것도 외도의 술수에 넘어간 꼴이니 할 말이 없지 않은가?"

나는 끓어오르는 분노를 삭이며 말했다.

"사형. 깨달은 자를 왜 여래(如來)라고 합니까? 오고감이 여여(如如)해서 여래입니다. 스승님은 깨달으신 분이고 오고감이 자유로운 분이셨습니다. 그런데 제가 감히 그 여래의 뜻을 조종했단 말씀입니까? 사형이 저에게 죄를 주는 것은 곧, 스승님에게도 깨닫지 못한 자라는 오명을 덮어씌우는 것과 다르지 않습니다. 그리고 제가 마등가족 여인의 집에 찾아가 삿된 행동이라도 저질렀습니까? 도리어 그 인연으로 그는 불법에 귀의하지 않았습니까?"

가섭은 눈을 무람없이 치켜떴다.

"난 자네가 스승님을 꼬드겨 불도를 닦는 데 장애가 많은 여인네들을 출가자로 받아들이게 한 것도 용서할 수 없네."

"그럼 사형처럼 존귀한 집안의 출신이나 남자들만이 이 법을 따를 수 있단 말입니까? 불법 앞에서는 만인이 평등하다는 스승님의 말씀은 어디다 내팽개치시고 뒷북을 울리십니까?"

가섭은 말로는 이기지 못하자 씩씩거리며 관으로 다가섰다.

"스승님의 가신 모습을 뵈어야겠네."

---

105) 마군(魔軍)에서 변화한 말로 수행을 방해하는 마귀나 마음의 장난을 의미한다.

"안 됩니다."

"안 된다니?"

"이미 염과 수습이 끝나 관을 열어볼 수 없습니다. 그러니 다시 관을 열고 스승님을 뵙는 것은 예에 합당치 않습니다."

가섭이 눈짓을 하자 뒤에 서 있던 문도들이 나를 붙잡아 강제로 관에서 떼어놓았다. 가섭은 관의 판자를 우악스럽게 뜯어내더니 발목이 드러나게 시신을 끌어냈다. 나는 그가 이것을 곽시쌍부(槨示雙扶)라 부를까 두려웠다.

가섭은 짐승 같은 눈빛으로 스승님의 발을 어루만지며 핥았다. 옴짝달싹할 수 없는 나는 가섭의 역겨운 행동을 제지하지 못한 채 소리만 질렀다.

"미쳤어요? 지금 뭐하는 짓입니까!"

그때 누군가가 귀에 대고 속삭였다.

"가섭스님이 스승님을 다시 살리려 하고 있어요."

'살려? 어떻게 살린다 말인가?'

내가 혼란스러워하는 사이 가섭은 더욱 난잡하고 추악한 짓을 저지르고 있었다. 가섭이 스승님의 발을 입안에 넣고 게걸스럽게 빨자, 발등의 살이 녹으며 뼈가 드러나기 시작했다.

"제발 그만해요. 제발!"

악을 쓰며 몸부림칠수록 문도들은 손목을 더 강하게 꺾어 죄었다. 그때 가섭이 갑자기 울부짖으며 말했다.

"다 망쳐놓았어, 다 망쳐놓았단 말이다. 네가 성스러운 스승님 발에 더러운 얼룩을 남겨 놓았나? 그 더러운 얼룩 때문에 스승님이 다시 살아날 수 없어."

더러운 얼룩이라니.

낮에 문상 온 백발의 노파가 떠올랐다. 그가 스승님의 발치에서 울다가 눈물을 떨어뜨리는 것을 보았지만 꾸짖지 않았다. 성스러운 것은 싸늘하게 식은 스승님의 발이 아니라 노파의 뜨거운 눈물이라고 생각했기에. 그런데 그것이 큰 죄가 된단 말인가?

입가에 피를 묻힌 가섭이 원망 가득한 눈으로 다가와 내 목 깊숙이 손톱을 박아 넣으며 말했다.

"너 때문에 스승님이 죽었으니 너도 죽어야 해. 죽어!"

숨길이 좁아들면서 의식이 차츰 희미해져 갔다. 순간 난데없이 쾅하는 소리가 지척에서 들렸다. 그 소리에 꺽꺽 넘어가던 숨이 피유유 내쉬어지면서 눈이 떠졌다.

막 깨어 혼미한 정신에도 양근철이 방문을 열어젖힌 채 밖으로 뛰쳐나가는 것이 보였다. 시간은 밤 10시가 조금 넘어 있었고, 불 켜진 방 안에는 혼자뿐이었다. 어떻게 잠이 들었는지 기억도 나지 않았다. 방으로 돌아오자마자 도각스님을 만난 충격에 의식을 흩어버리고는 혼절하듯 쓰러진 모양이었다. 이영선과 야릇한 시간을 보내느라 저녁을 생략한데다 꿈길에 육신까지 뒤숭숭해져서인지 허기가 심하게 찾아들었다. 먹다 남은 옴 자 빵이 떠올라 배낭을 뒤져보니 빵은 쉰내를 풍기고 있었다. 먹을 것을 구하려면 산문 밖까지 걸어가야 했지만, 배를 채우지 않고는 잠을 다시 청할 수 없을 것 같아 뻣뻣한 목을 매만지며 자리에서 일어났다.

밖으로 나오자 희뿌연 달이 보일 만큼 날이 들어 있었다. 육화문 근처 출입구로 타박타박 걸어가는데 공양간에서 불빛이 환하게 새어나왔다. 선방 수좌들의 철야정진을 위한 죽이라도 쑤는 모양이었다. 공양간을 지나며 무심결에 힐끔 쳐다보니 통유리문 안으로 양근철과 현담이 탁자에 앉아 있는 모습이 보였다. 반가운 마음에 공양간 계단으로 다가서자 눈매가 사나운 승려 하나가 유리문을 열고 나왔다. 그는 나를 보자마자 험한 기운을 토해냈다.

"지금 여기서 뭐하는 거요?"

"아, 절에 잠시 머무는 사람인데 배가 고파서…."

"공양이 끝난 지가 언젠데, 지금 이 시간에 먹을 것 타령이야. 이름이 뭐요?"

창졸간에 낮밤도 못 가리는 식충이가 된 꼴이었지만 치받는 성질머리를 꽁꽁 묶어두고선 말을 받았다.

"현인호라고 합니다."

"무슨 일로 절에서 묶고 있소?"

"현담스님 부탁으로 수련회 사람들을 지도하러 왔습니다."

"수련회가 끝났는데 안 가고 뭐 하는 거요?"

"그게 사정이 좀 있어서…."

"현인호라고 했지. 꼼짝 말고 여기서 기다리시오."

그는 나를 아래위로 훑고선 다시 공양간으로 들어갔다. 그는 현담에게 다가가 뭐라고 쏘삭이며 손가락으로 나를 가리켰다. 잠시 후 현담이 굳은 얼굴로 문을 열고 나왔다.

"이 시간에 여기서 뭐 하는 거야?"

"아니, 배가 고파서…."

"일단 여기서 나가자."

육화문 밖으로 빠져나오자 현담은 크게 한숨부터 내쉬었고, 나는 미안함에 변명을 늘어놓았다.

"원래는 산문 밖에 나가서 밥을 먹으려고 했어. 근데 공양간을 지나가다가 널 본 거지. 별 생각 없이 뭐라도 좀 얻어먹을까 하다가 일이 이렇게 꼬여버렸네. 곤란하게 만들어서 미안하다."

현담은 어처구니가 없다는 듯 내 얼굴을 빤히 바라보았다. 한심해하는 그의 표정을 보자 허기에다 서러움까지 겹쳐 부아가 치밀어올랐다.

244

"미안하니까 너무 그런 눈으로 보지 마라. 배고픈 중생이 시간을 못 맞추고 공양간을 찾았기로서니, 이렇게 닦아세우는 건 좀 아니지."

"그게 아냐."

"그럼 뭐야."

그는 복화술처럼 입술을 닫은 채 웅얼거렸다.

"광오가… 공양간에서 죽었다."

19

전조등 불빛이 빗물을 빨아들인 아스팔트 위에 닿자 기괴한 상상이 번들거리는 도로를 스크린삼아 불온하게 펼쳐졌다. 도로 옆 음침한 나무숲 아래엔 백발의 살인귀가 피가 뚝뚝 듣는 칼을 혓바닥으로 핥으며 차가 지나가는 걸 지켜보고 있을 것만 같았다. 홍건해진 손바닥이 핸들 위에서 미끄덩거렸다. 굽어진 도로를 돌 때마다 뭔가 툭 튀어나올 것 같은 두려움에 액셀러레이터를 무리하게 짓이겨 산문을 벗어났다.

산문을 빠져나오자마자 모텔의 네온이 각막을 아리게 했다. 몇 블록을 건너도 끊이지 않고 늘어선 모텔들은 이곳이 불보를 모신 성지(聖地)가 아니라 쾌락의 성지(性地)임을 증명하고 있었다. 한밤중에 사막에 내던져 져도 이보단 나을 것 같았다. 지옥을 벗어나 봤자 기다리는 것은 또 다른 지옥일 뿐이고, 구원은 희망이 만든 조야한 자위기구일 따름이었다.

'네가 할 일은 없으니까 밥 먼저 먹고 와. 위험하니까 걷지 말고.'

현담은 아까 담배라도 건네주면 피울 것 같은 얼굴을 하고선 차키를 넘겨주었다.

'이 상황에서 밥이 넘어가겠냐.'

억지로 키를 받아들긴 했지만 어느새 식당을 찾기 위해 모텔이 밀집한 이 골목 저 골목으로 차를 들이밀고 있었다. 어쩌면 가장 감당할 수 없는 지옥은 내 안에 있는지도 몰랐다.

늦게까지 문을 연 곳은 고기집이거나 술집이어서 골목을 몇 바퀴 돌고 나서야 겨우 허기를 메우기 위한 순례를 멈출 수 있었다. '콩나물해장국 전문'이라고 쓰인 식당으로 성마르게 들어섰다. 구석 테이블에는 50대 남자 둘이 혀가 꼬부라진 채 말싸움을 하고 있었고, 텔레비전에선 연예인들이 나와 연애담을 늘어놓는 토크쇼가 목하 진행 중이었다. 먼지와 손때로 변색된 냉장고 위에 놓인 텔레비전은 주인이 냉장고 문을 여닫을 때마다 지진이라도 일어난 듯 화면이 흔들렸다.

"참말로 행님, 그기 아이라니까네!"

술에 취한 동생이 형님에게 성질을 부리자 텔레비전의 방청객들은 웃으며 손뼉을 쳤다. 나온 배가 신체의 8할인 남자가 물 잔을 함부로 내려놓고는 주문을 받았다. 메뉴판을 훑으니 이것저것 팔지 않는 게 없는 음식백화점이었다. 콩나물해장국 전문집에서 선택할 메뉴가 넘쳐난다는 사실에 감격하며 주문한 건 콩나물해장국이었다. 국밥이 비워지는 동안에도 현실감은 회복되지 않았다. 속이 채워질수록 기분은 황폐해져 갔다. 결국 국물에서 쉰 행주 냄새가 나는 국밥을 반도 비우지 못한 채 수저를 놓았다. 괜스레 핸드폰을 꺼내보았지만 전화를 걸 마땅한 얼굴도, 마땅히 할 말도 떠오르지 않았다.

테이블에 돈을 올려두고 밖으로 나와 걸었다. 비가 와서 그런 것인지 비가 왔음에도 그런 것인지, 후덥지근한 밤공기가 기분 나쁘게 달라붙었다. 가로수를 지날 때마다 매미들은 밤을 잊은 채 울어댔고 나도 그들 속에 끼어 울고 싶었다. 한적한 도로의 중앙선을 따라 걸으며 이정표에 쓰인 커다란 고딕글씨를 쳐다보았다.

'부산.'

차로 40분이면 부산이다. 이대로 집으로 돌아가 '어머니, 제가 좀 아파요' 하고 말한 뒤 두꺼운 이불을 덮어쓰고 땀을 흠뻑 빼면 안 될까. 그렇게만 한다면 내가 앓고 있는 이 몹쓸 병이 나을 것만 같았다. 그러나 어머니의 수발을 받으며 병치레를 할 수 있었던 시절은 이미 지나갔다.

그 시절, 어머니는 내가 학자이기 이전에 좋은 인간이기를 바랐다. 그런 바람과는 아랑곳없이 내 안테나의 주파수는 학자에 맞춰져 있었다. 가볍게 무릎을 흔들며 잔디광장을 가로질러 대학 본관에 대학원 원서를 내러 가던 나는 얼마나 행복하고 우쭐했던가. 학자라는 직함, 진리의 전당의 성스러운 회원증을 발급받기를 고대하며 공부, 공부, 공부. 죽도록 공부만 하리라 다짐했다.

그러나 인생은 계획대로 돌아가지 않았다. 아버지는 내가 이상한 책들을 읽어서 인생을 망쳐버린 것이라고 했다. 그랬다. 책에서 얻은 앎을 삶에 써먹어 보려고 한 것이 문제의 시작이었다. 학구적이고 탈세간적 구석이 있으리라 기대했던 대학원과 학계는 겪어보니, 동물이나 조폭들의 세상과 별반 차이가 없었다. 똘마니들의 충성에 의해 두목은 신비화되고, 두목들간의 연합과 반목, 힘의 서열에 따라 그들만의 엄숙하고 진지한 리그가 삐거덕거리며 운용되고 있었다. 수치심의 바닥을 시험하는 교수의 모멸적 언사, 타 학교에서 학부를 마치고 들어온 학생들에 대한 교수와 본교출신 학생들의 은근한 따돌림, 대학원생이라면 반드시 해야 할 교수의 개인적 심부름과 집안 대소사의 뒤치다꺼리, 잦은 술자리에의 동석 등 열거하자면 끝이 없는 불합리한 관행들을 견딜 수 없었다. 교수 따까리나 하고 파벌이나 만들려고 대학원에 들어왔냐고 말할라치면 사람들은 일하기 싫어 몸이나 사리는 놈쯤으로 취급했다. 불만이 계속되자 동기는 나를 달래며 말했다.

"걔네들은 뭐 빨아먹을 게 있다고 지네 학교 대학원 놔두고 우리 학교에 들어왔대? 우리도 학위 마치면 자리가 없어 허덕이는 판에 그런 애들한테까지 나눠줘야 해? 그리고 안 교수는 다른 교수에 비하면 진짜 양반이야. 심하게 부려먹는 것만큼 자기 사람은 꼭꼭 챙기잖아. 투자라고 생각해."

학문적 능력이 뛰어나다고 칭찬이 자자한 박사과정의 선배는 이렇게 충고했다.

"세상에 불만이 많다는 건 네가 그만큼 참을성과 인내가 없다는 반증이야. 내가 보기엔 넌 인간부터 돼야 할 것 같다. 군대를 한 번 더 다녀오든가…."

그들에게 '기회의 평등'이나 '학문의 자세' 같은 원론으로 따지고 들라치면 종내 돌아오는 한마디는 이것이었다.

"그런다고 세상이 바뀔 것 같아?"

그들이 세상의 룰에 순종하며 앞서나가는 사이 나는 절름거리고 있었다. 그들은 교수의 집사이자 경호원이고 대변인이길 자처했고, 교수의 말과 지시라면 죽는 시늉까지도 다투는 충성스런 개였다. 이런 개새끼들이 세상에 나가 학문의 독립성이 어떻고 인간의 자유가 어떻고 떠들면서, 다음 세대를 가르치고 키워낸다는 생각만으로도 구토가 치밀었다. 학문세계의 실상은 공부에 대한 근원적 회의를 품게 만들었지만, 이미 많은 시간을 공부에 낭비했고 이 땅에서 연구 말고는 달리 할 것이 전무하다시피 한 인문학 전공이 발목을 잡았다.

오랜 고민 끝에 어정쩡한 자세를 접고 개새끼가 되기로 했다. 간간이 스스로에 대한 혐오와 토악질이 올라오긴 했지만, 현실을 있는 대로 받아들이며 계속 굴러가게 해야 한다는 관성의 폭력이 날 지배했다. 인간에서 개로 변신하는 것은 군대에서 충분히 체득했기에 그리 낯설진 않았다. 아니, 중학교 시절부터 일진들에게 구타당하는 급우들을 바라볼 수밖에 없는 절망감이, 저 주먹이 나에게만은 날아오지 않기를 비는 간절한 바람으로 치환될 때부터 나는 개다운 것에 익숙해져 있었는지도 모른다. 뒤늦게나마 나는 안 교수의 충견이 되려고 필사적으로 노력했다. 그렇게 견디다 보면 사람답게 살날도 있으리라 희망하며. 지성이면 감천인지 늦게 배운 도둑질에 밤새는 줄 몰랐는지, 나는 어느새 박사과정을 밟으며 강의를 하는 위치까지 올라섰다. 그것은 안 교수가 하사한 개목걸이를 차고 나름의 필드에서 열심히 영역표시를 해나가고 있다는 증표였다. 안 교수의 눈 밖에 나는 순간, 박사를 따건 수료를 하건 서울에서 튕겨나 지방 신생대학의 시간강사로 출발해야 하는 처지였기에 안 교수의 말이라면 죽자고 따랐다.

그렇게 잘도 굴러가던 어느 날이었다. 안 교수의 정교수 승진을 축하하는 술자리가 있던 날, 나는 운명과 조우했다. 안 교수는 룸살롱에서 여자를 양쪽에 끼고 자신이 직접 만든 5부 폭탄주를 제자들에게 돌렸다. 5부 채운 양주잔을 5부 채운 맥주 컵에 빠뜨리면 세상에서 가장 맛난 5부 폭탄주가 된다는 것이 안 교수의 지론이었다. 평소 술이 약한 박경민을 열외 시켜주던 안 교수는 그날은 흥분을 했는지 빠짐없이 술을 먹였다. 몇 차례 술잔이 파도를 타고 동석한 사람들이 꽤나 취해 갈 무렵, 박경민이 테이블에 머리를 박고 쓰러졌다. 아가씨의 가슴을 주무르던 안 교수는 가장 멀쩡해 보이는 나에게 박경민을 데리고 나가 택시를 태워주라고 시켰다. 빈 택시를 잡고 박경민을 밀어 넣는 순간 그가 내 소맷자락을 붙잡고 늘어졌다.

"형. 나 못 가. 술 한잔만 더 해."

"이미 취했어. 들어가."

"아냐. 하나도 안 취했어. 안 교수 오른쪽에 있던 년이 첫사랑이랑 닮아서… 괴로워서 취한 척한 거야. 형. 이대로는 못 들어가겠어. 나랑 한잔만 더하자."

주점으로 날 끌고 간 박경민은 소주 두 잔에 첫사랑 이야기를 횡설수설 늘어놓았다. 첫사랑이 대기업의 손녀딸이었다는 것부터 어른들의 주선으로 만나 어른들의 반목으로 헤어졌다는 이야기를 들으며, 나는 주말드라마가 현실을 반영하는 것인지 현실이 주말드라마를 따라가는 것인지 도통 알수가 없었다. 애정드라마가 끝나자 박경민은 은밀한 미소를 지으며 말했다.

"흐흐… 아무한테도 말하면 안 되는데… 형. 비밀 하나 말해줄까?"

그 후로 박경민이 쏟아놓은 말이 진짜 드라마였다.

박의 할아버지가 이름만 대도 알 만한 정치인이라, 박이 흔히 말하는 성골 출신이란 점은 예전부터 학교에 소문이 파다했으니 별로 놀랍지 않았다. 그러나 뒤에 이어진 말들은 감당할 수 없는 것들이었다. 자신이 이 학교에 들어온 후부터 학교 이사장, 총장, 학계 원로인 최 교수, 학과 실세인 안교수 등에게 명절이나 스승의 날이면 매번 일인당 수백만 원대의 명품선물을 돌려왔다는 사실을 술술 털어놓았다. 자신은 학부시절부터 학계의 교수들과 안면을 익히기 위해 안 교수를 따라 학술회장을 들락거렸고, 유학을 위해 총장이 연결해준 교수들로부터 외국어 과외를 받는 중이라고 했다. 외국에서 학위만 받아오면 자신에게 본교의 교수 자리가 밀약으로 확정되어 있다는 말을 들었을 땐 술잔을 씹어 삼키고 싶었다. 그가 말한 이야기는 주요 출연진들의 해피엔딩이 보장된 각본이었지만, 나는 드라마가 어떻게 끝나든 입맛을 다시고 잠자리에 들면 그만인 시청자 입장은 아니었다.

그랬구나. 그래서 안 교수가 싸고돌았구나.

내가 안 교수의 충실한 개는 될 수 있을지언정 사람대접은 받지 못할 것이란 사실을 절감할 수밖에 없었다. 그날 나는 생전 하지 않던 오바이트를 했고, 다음날 학교에서 만난 박경민은 소줏집에 간 사실조차도 기억하지 못했다.

한 달 후 나는 일을 저질렀다. 석·박사 주축의 진보적 학술지에 글을 하나 실었는데, 학계에 만연한 논문 재탕과 베껴쓰기를 추적한 글이었다. 당사자의 이름을 거론하지 않았다면 원론 수준의 범박한 비평 정도로 넘어갔 겠지만, 나는 과감하게도 안 교수의 스승이자 한국 미술사학계의 거두인 최 교수를 실명으로 거론하며 그의 초기 논문과 최근 논문 몇 편이 일본의 석사논문을 그대로 번역한 표절이라는 사실을 폭로했다. 물론 혼자만 안 사실은 아니었다. 몇몇은 알면서도 최 교수의 위치와 자신의 입장 때문에 쉬쉬해왔던 비밀이었고, 이런 일로 시비를 붙자면 교수 중에 몇 명이나 살 아남겠냐며 눈감았던 일이었다. 글은 일간지 학술기자의 눈에 띄어 공론화 되었고, 학계원로이자 최고 권위자인 최 교수의 해명과 공식사과로까지 이 어졌다.

안 교수는 터질 듯 뻘건 얼굴로 미쳐 날뛰었다.

"야, 이 개새끼야. 스승을 팔고 이름을 사? 근본 없는 새끼를 이만큼이나 키워놨더니 이 따위로 은혜를 갚는단 말이지? 네깟 놈이 얼마나 똑똑하고 청렴하기에 감히 최 선생님을 까? 네가 스승을 물어뜯고도 학자로 남을 수 있을 것 같아? 앞으로 미술사해서 밥 먹을 생각하지 마. 그게 박물관이든 학 교든 하다못해 구청 문화강좌든, 너 같은 배신자 새끼가 발붙일 곳은 없을 테니."

파국을 예상한 것도, 못한 것도 아니었다. 세상을 향한 천박한 분풀이도, 뒤늦게 학자적 양심을 들먹이며 먹물 특유의 파수꾼 행세를 하려는 심보도 아니었다. 다만 그들에게 알려주고 싶었다. 내가 영원한 개는 아니란 사실 을… 그뿐이었다.

학자로서 사망선고를 당하고 출강도 중단됐지만 그저 멍했다. 집에 내려 가 어머니가 서럽게 우는 걸 보고서야 비로소 내 앞에 놓인 상황이 파악됐 다. 후회가 밀려왔다. 개는 개답게 살아야 했다. 함부로 인간이라고 선언하 면 안 되는 일이었다. 만약 또다시 선택권이 주어진다면 결코 인간이라고 말하지 않으리라, 어머니 눈이 눈물로 짓무르게 하지 않으리라, 신생 지방대의 시간 강사직이라도 감읍하며 받으리라, 차비도 안 빠지는 강의료 때문에 초라할 수밖에 없는 저녁식탁 앞에서도 '주인님, 감사합니다. 오늘도 이 버러지 같은 놈에게 일용할 양식을 주신 주인님을 위해 앞으로도 최선을 다하겠나이다. 땡큐' 하며 기도하리라 다짐했다. 그러나 기회는 다시 오지 않았다.

상념에 젖어 무작정 싸돌아다니다 차로 돌아왔을 때 셔츠는 등짝에 달라붙어 있었다. 대나무로 짠 운전석 시트에 몸을 눕히며 라디오를 켰다. 대여섯 개의 채널을 건너뛰자 지지거리는 잡음과 함께 'The Cars'의 'Drive'가 흘러나왔다.

오, 그렇게 계속 살아갈 수 없다는 건 너도 알잖아.
잘못된 건 하나도 없다고 생각하면서 말이야.
오늘밤 누가 널 집까지 태워다 줄까?

구닥다리 노래를 듣는 동안 기분이 풀려갔다. 뒤늦게 소화된 탄수화물이 혈당의 수치를 높여줘서인지, 익숙한 멜로디에 친구를 만난 듯 위안을 얻어서인지 따위는 따져보고 싶지 않았다. 중요한 건 노래가 끝나자마자 시동을 걸고 부산 대신 영락사 방향으로 핸들을 돌렸다는 것이었다. 오늘밤 집까지 나를 태워다 줄 사람은 없으리란 걸 잘 알고 있었다.

20

공양간은 불이 꺼진 채 잠들어 있었다. 한 시간 사이 아무 일도 없었다는 듯 고요에 휩싸인 절에 들어서니 정나미가 떨어졌다. 현담이 기거하는 요사로 가보았지만 창호지를 뚫고 나오는 불빛은 허전한 댓돌만 비추고 있었다. 돌아서려는 찰라 어디선가 웅웅거리는 소리가 들려왔다. 누군가 방석으로 입이 틀어막힌 채 고함을 지르는 듯한 소리였다. 두 걸음을 떼기도 전에 다시 소리가 이어졌다. 소리가 흘러나오는 근원지를 찾아 어둠을 더듬다보니 종무소 앞에서 발이 멈췄다. 사람들의 목소리가 종무소 문틈을 비집고 새어나왔다. 안쪽에 있는 사람들이 철썩 같이 믿고 있을 나무문은 그들의 대화를 첩자처럼 흘려주고 있었다. 나는 귀를 문에 바투 붙이고 소리를 훔쳐듣기 시작했다. 심장이 벌렁거리고 헛구역질이 올라왔지만, 묘한 쾌감이 전신을 휘어 감았다.

"바른대로 말해라. 황급히 도망간 이유가 단지 놀라서였다고?"

나이가 들었지만 꽤 날카로운 목소리가 누군가를 신문(訊問)하고 있었다. 박태환에게 왕이 되라고 운운한 그 인상적인 목소리와 흡사한 것이 귀에 아주 선 목소리는 아니었다. 곧이어 높고 성급한 음성이 터져 나왔다.

"아닙니다. 일각스님. 제가 멈추라고 몇 번을 말했는데도 무시하고 가다가 저한테 붙잡힌 거라니까요."

박재혁이었다. 연이어 박재혁을 응원하는 양근철의 목소리가 이어졌다.

"현무스님. 단지 놀랐다면 기왓장을 깨가면서까지 산으로 도망칠 필요가 없었을 텐데요."

현무스님? 사람들은 현무의 대답을 기다리는지 잠시 조용해졌다. 그때 걸걸한 남자의 목소리가 삐죽 튀어나왔다.

"내가 죽인 게 아니라고. 벌레 하나 함부로 못 죽이는 자비문중에서 사람을 죽였다니 말이 되냐고."

그는 복장이 터지는 듯 투박하게 말했다.

"그럼, 왜 그 시간에 서성거렸는고."

일각으로 추정되는 목소리가 묻자 걸걸한 목소리가 기다렸다는 듯 답했다.

　"자다가 물이 켜여서 물 마시러 나온 겁니다. 물을 마시고 있는데 누가 감로대 앞을 휙 지나가더라고요. 근데 그게 누구였는지 아십니까? 광오였어요. 경찰에 넘겨진 놈이 야밤에 절을 돌아다니니 이상하지 않을 수 있습니까. 자초지종을 물어보려고 놈의 멱살을 쥐고 공양간으로 끌고 갔지요."

　"왜 공양간으로 갔습니까?"

　양근철이 의문을 제기했다.

　"처음에는 별일 아니라고 생각해서 나 혼자서 조용히 해결하려고 했지. 괜히 절 마당에서 시끄럽게 굴면 어른스님들과 도반들이 깰 수 있잖아."

　"그래서?"

　"예. 스님. 그래서 일단 끌고 가긴 했는데 공양간에 들어서자마자 그놈이 주방으로 뛰어가서는 칼을 집어 들고 나오는 겁니다. 저더러 비키라고 악을 썼어요. 저야 그렇다 해도 만일 그놈이 칼을 든 채 방장스님이 계신 염화전이라도 들이닥치면 어찌되겠습니까. 일단 순순히 물러나는 척을 하면서 틈을 노렸지요. 근데 놈이 공양간 문을 급하게 열고 나가더니만 계단에 발이 걸려 푹 꼬꾸라지데요. 부처님이 도우셨다 싶어 재빨리 등 뒤로 올라타 손목을 꽉 제압했는데, 글쎄 이놈이 반응이 없는 겁니다. 이상해서 뒤집어 봤더니 지가 지 목을 찌르고 있었어요. 저는 정말 손 하나 까딱 하지 않았습니다."

　"그런데 도망은 왜 갔습니까?"

　양근철이 못 믿겠다는 듯 계속 물고 늘어졌다.

　"나 이거 참. 그 상황에서 누군들 겁이 안 나겠어? 황망해서 허둥지둥하는데 선방야식을 담당하는 행자들의 발소리가 들리더라고. 괜한 오해를 받겠다 싶어 자리를 피하다 공양간 모퉁이에서 박 거사와 부딪히고는 나도 모르게 뛰어버린 거야. 일각스님. 정히 책임을 물으시겠다면 책임을 지겠습니다. 날이 밝으면 경찰서에 가서 자초지종을 밝히면 되는 거 아닙니까."

그때 중후한 목소리가 기침으로 정적을 갈랐다.

"흠흠. 부처님의 거룩한 진신이 모셔진 이곳에서 불미스러운 일이 자꾸 생기는 것은 사찰의 일을 맡고 있는 주지인 제 불찰이자, 부처님을 모시는 정성이 부족해서인 듯싶습니다. 들어보니 현무는 죄가 없습니다. 이 문제는 염화전과 상의를 해보아야 할 듯합니다. 그리고 현무, 너는 어른들이 계신 앞에서 어찌 경찰이니 뭐니 하며 입을 망령되게 놀리는가? 어른스님들의 결정이 날 때까지 네 방에서 조용히 기다리며 참회하거라. 머리를 깎고 부처님 제자가 된 이상 세간의 법보다는 산중의 법도를 따라야 하는 것을 모르는고."

"잘못했습니다. 주지스님."

걸걸한 목소리가 기어들자 나이 든 목소리가 물었다.

"흐음, 그보다 주지스님. 광오가 어찌하여 감옥에 있지 않고 여기를 돌아다녔는지 아십니까?"

"저도 모르지요. 그때 광오를 경찰에게 넘긴 것은 도원스님 아닙니까? 저도 광오가 이렇게 나다니다 여기서 변을 낼지 몰랐습니다."

늙은 목소리가 다시 날카롭게 터졌다.

"도원스님은 어디 계신고?"

"그게… 서울로 출타하신 뒤 아직 돌아오지 않으셨습니다."

머뭇머뭇 들려오는 목소리는 현담이었다.

"서울에는 왜 가셨느냐"

"강원 문제로 만나볼 분들이 있다 하셨습니다. 그런데 이건 말씀드려야 할 것 같아서…."

"무엇인고?"

거기까지였다. 현담의 말에 빠려들고 있을 때 종무소 뒤편에 있는 요사에서 인기척이 나더니 방문을 여는 소리가 들렸다. 나는 황급히 문에서 물러나 객사를 향해 걸었다. 누가 물으면 밥을 먹고 방금 돌아왔다고 할 셈이었다.

21

객사에서 기다린 지 한 시간쯤 지나자 양근철과 박재혁이 방문을 열고 들어왔다. 박재혁은 쩔뚝거렸고 양근철의 표정은 굳어 있었다.

"그런데 이 밤에 두 분은 어딜 다녀오시는 겁니까?"

양근철은 얼굴을 찡그렸지만 박재혁은 여유만만이었다.

"밤 마실 다녀왔지. 애처럼 쌔근거리며 자더니 언제 깼수?"

"배가 고파서 일어났죠. 공양간에 밥 한술 얻어먹으려 들렸더니, 밥은 없고 스님들만 모여 있더군요."

양근철의 입매가 뒤틀렸다. 박재혁이 양말을 벗다가 급하게 물어왔다.

"그 일을 알아요?"

"현담스님한테 얘길 들었습니다."

"으응. 신경 쓸 필요 없수. 사건이 다 해결됐으니까. 아이야."

"다쳤어요?"

"젠장, 발목을 접질렸수. 아야야. 거 되게 아프네. 금이 갔나?"

박재혁이 살짝 부어오른 복사뼈를 어루만지며 엄살을 떨었다.

"그런데 해결됐다니 어떻게 해결됐습니까? 홍제스님을 죽인 범인이 잡혔단 말입니까?"

"잡혔다기보단… 뭐… 하여간 다 끝났수."

박재혁이 이불을 펴던 양근철의 눈치를 보며 얼버무렸다.

"쓸데없는 소리하지 말고 찬물에 발목이나 담그고 와. 내일 일어나면 더 부어."

양근철이 벽장 쪽으로 돌아누우며 박재혁의 입을 매조지하자 박재혁은 수건을 챙겨 일어섰다.

"박 거사님."

"응?"

"어디 가십니까?"

"씻으러 가는데, 왜요?"

"그냥, 거사님이 이 절에서 제일 바쁘신 분이다 싶어서…."

박재혁은 고개를 갸우뚱하더니 갑자기 웃음을 터뜨렸다.

"아아! 아하하하. 알고 보니 현 선생도 되게 싱거운 사람이유. 하하하."

딸깍거리는 슬리퍼 소리가 멀어진 지 3분도 되지 않아 양근철의 코고는 소리가 방 안을 울렸다. 얄밉게 돌아누운 양근철의 등에 대고 중얼거렸다.

"사건이 해결됐다면 그간 의심해서 미안하단 소리 정도는 해야 하는 거 아닌가. 생사람 잡아놓고도 잠이 오는 모양이네."

잔다고 생각했던 양근철의 목소리가 들렸다.

"절에서는 광오로 모든 걸 덮으려 하지만 아직 사건이 끝난 게 아니야."

그는 소름끼치게도 돌아누운 자세 그대로 말을 받았다.

"아직도 날 의심하는 겁니까?"

"잠이나 자두라고… 학자양반."

"……."

그의 수법에 계속 휘말리다간 정말 살인이라도 저지를 것 같아 방을 나왔다.

먹장구름은 비질에 쓸려나간 낙엽처럼 흩어지고 달빛이 제법 선명한 그림자를 만들고 있었다. 현담이 돌아와 있길 빌며 요사로 향했다. 다행히 현담의 고무신은 댓돌 위에 놓여 있었고 방 불도 아직 꺼지지 않은 상태였다. 방문을 열어주는 현담에게 차 키를 건네자 그는 잠시 들어오라는 손짓을 했다.

방안은 숨 고르는 소리로 그득했다. 어느새 밀어 훤칠한 머리와는 다르게 그의 얼굴은 꺼칠하고 수척해 보였다.

"밥은 먹고 왔어?"

밥을 먹어야 할 사람은 너라고 말하고 싶었지만 그저 고개만 끄덕였다.

"광오는 어떻게 된 거야?"

"사중의 일을 떠드는 게 잘하는 일인지 모르겠다만, 너도 궁금할 테니…."

현담은 탄식인지 한숨인지 모를 소리로 웅얼거렸다.

"광오가 죽은 이유가 밝혀졌다."

"왜 죽었는데?"

나는 천연덕스럽게 물었다.

"누가 죽인 게 아니라, 지 스스로 죽은 모양이다."

"자결이라도 했단 말이야?"

"비슷해. 또 다른 범행을 저지르러 절에 숨어들었다가 스님한테 들키는 바람에 도망치다 넘어져 칼에 찔린 모양이야."

"또 다른 범행이라니?"

"광오의 바랑에서 책이 나왔다."

"책이라면, 설마?"

"그래, 『영락사몰락기』가 나왔어. 그간 일어났던 모든 일이 광오에 의해 행해졌다는 증거지."

현담이 순순히 사정을 밝히며 범인이 잡혔다고 말하자 기분이 묘해졌다.

"잠시만. 그렇게 단정해도 되나. 그 책을 가졌다는 것만으로 살인을 저질 렀다는 증거는 되지 않잖아."

"말이 바뀌는구나. 몇 시간 전만 해도 네 입으로 그 책의 방식대로 살인 이 일어났다고 했잖아. 책의 내용을 아는 사람이라곤 책을 가진 광오밖에 더 있겠냐."

"그 책 지금 어디 있어? 내가 좀 볼 수 없을까?"

그는 내 앞에 철한 종이뭉치를 던졌다.

"그럴 줄 알고 한 부 복사해 놓았다. 책은 주지스님이 보관하고 있어."

"웬일이야?"

"원하는 걸 줘도 문제군."

"근데, 교도소에 있어야 할 광오가 어떻게 나다녔을까?"

"일이 이 지경이 되니, 도원스님과 함께 광오를 경찰서로 데리고 갔던 박 거사가 실토하더라. 광오가 중간에 차에서 빠져나갔다고."

"그렇게 중요한 일을 박 거사는 왜 진즉에 말하지 않았대?"

"그야 절의 잡일을 봐주며 얹혀사는 입장에다가 도원스님이 부탁까지 했으니 말할 수 없었겠지."

"부탁? 도원스님은 광오가 도망친 책임을 피하려고 입단속을 시켰나 보 지?"

"차라리 도망이라도 쳤으면 낫지. 박 거사의 말로는 광오가 차 안에서 도 원스님의 귀에 대고 뭐라고 속삭이고 난 후에 도원스님이 차를 세우고 광 오와 함께 내렸다더군."

현담도 충격에서 벗어나지 못하는 얼굴이었다.

"문중의 제일 큰형님이신 도원스님이 왜 그러셨을까?"

"모르지. 나도 혼란스럽다. 출타했던 도원스님이 돌아오시면 문중회의 에서 내막이 밝혀지겠지. 도원스님이 책임을 면하기는 어려울 것 같아. 그로써 도원스님이 그동안 추진했던 일이 수포로 돌아가게 생겼어."

"강원개혁에 관련한 일 말이야?"

"그것도 그렇고, 주변의 반대를 무릅쓰고 새롭게 강원을 신축하려고 하셨거든. 휴, 비극으로 마무리되긴 했지만 더는 스님이 죽어나가는 일은 없겠지. 광오가 자신의 업연으로 죽은 걸 봐라. 불법은 성기긴 해도 놓치는 것이 없는 그물이란 말이 한 치의 오차도 없어."

"광오가 왜 그랬는지 밝히지도 않고 이 일을 끝낼 생각이야?"

"그건 차츰 밝히면 되는 거고, 사건은 종결됐으니 너도 그렇게만 알아둬."

얽히고 설킨 난마의 한복판에서 현담은 광오의 죽음만 가지고 모든 일을 접으려 하고 있다. 제대로 밝혀진 것 하나 없이 현담의 입에서 마무리된 사건이 도통 마음에 들지 않았다. 한동안 대꾸가 없자 현담은 자신의 말을 납득한 것으로 오해했는지 한결 여유로운 음색으로 물었다.

"김홍도의 지옥도는 찾을 기미가 보여?"

"어디서부터 시작해야 할지 엄두가 안나."

"자신을 혹사시키지 마라. 너와 그림이 운대가 맞지 않거나, 그림이 세상에 나올 연이 안 되거나 그런가 보다. 내일 홍제스님 다비식이 끝나면 서울로 올라갈 거지?"

"……."

현담의 입에서 나온 서울이란 단어가 내전 후 분리된 아프리카 신생국 이름만큼이나 낯설게 들렸다. 잊고 있었다, 내일이면 누추한 일상으로 돌아가야 한다는 것을. 나는 그제야 현담이 광오의 이야기를 해준 것이나 『영락사몰락기』의 복사본을 선선히 내어준 의도를 눈치챌 수 있었다. 미련 없이 절을 떠나라는 종용이자 배려였다. 서울에 올라가서 딱히 할 일도 없었지만, 객을 부담스러워하는 절에서 무한정 머물 수도 없는 노릇이었다.

어찌해야 하나. 그간 홍제스님이란 기댈 언덕과 그림 때문에 삶을 짜나
갈 수 있었는데 이제는 무엇을 연료 삼아 노곤한 인생을 끌고 나가야 하나.
앞으로 견뎌야 할 캄캄한 미래에 대한 빤한 전망이 나를 벼랑 끝으로 몰아
세우고 있었다.

셋째 날

1

불을 켜서 잠든 박재혁을 괴롭히는 것은 도리가 아닌 것 같았고, 절 안에서 혼자 머무는 것은 담이 허락하지 않았다. 밤새워 복사본을 읽을 곳을 찾다보니 산문 밖으로 나오는 수밖에 없었다. 가로등 불이 환한 길턱 위에 종이 박스를 깔아놓으니 그럭저럭 자리가 마련되었다.

『영락사몰락기』는 행서(行書)로 쓰인 글이었다. 저자의 이름이 없는데다 중간에 글을 고치거나 지운 흔적이 없고 일정한 호흡으로 유려하게 써내려 간 것이 저자가 직접 쓴 수고본(手稿本)보다는 초본을 보고 베낀 필사본으로 보였다. 책 첫머리에 등장하는 연호, 언문이 아닌 한문으로 쓰인 점, 활자로 된 판본이 아닌 점을 함께 고려했을 때 대중적으로 읽히던 소설은 아닌 듯했다. 이따금씩 무시무시한 굉음을 내며 앞을 지나가는 차들 때문에 놀라긴 했지만 활자들을 동공 속으로 침전시키려 애썼다.

건륭(乾隆), 기묘(己卯)년의 일이다.

안양(安養) 땅 경계 굽이굽이 극락산(極樂山)이 솟았는데, 산의 정기가 준수하고 형상이 수려해 남쪽지방의 제일가는 명산으로 불렸다. 산의 상서로운 기운이 뭉쳐 내려온 자락에는 영락사(靈樂寺)가 자리 잡고 있었다. 영락사는 수십 채의 금당과 수백의 비구를 헤아리는 대찰이었다. 전하는 말에 의하면 영락사는 신라 때 중국 청량산에 기거하던 문수보살이 이 산의 서기(瑞氣)에 응해 손수 세운 곳으로, 이는 석씨(釋氏)의 뜻이 드러난 영험한 곳이라 하여 사람들이 신성하게 모셨다. 사람들은 영락사의 영험을 얻기 위해 조상이 죽으면 재를 지내고, 중을 초대해 복전(福田)을 빌었다. 사람들이 앞 다투어 재물을 바치니 전답은 날마다 늘어나 안양 땅의 절반이 영락사의 소유가 되는 지경에 이르렀다. 이에 방자해진 중들은 기방(妓房)을 출입하고 절을 찾은 부녀를 기롱(欺弄)하는 등의 음행을 일삼고 가난한 집에 고리로

265

돈을 놓아 재산을 가로채기 일쑤였다.

그들의 죄업이 쌓여 다함없는 허공을 채우고도 남을 무렵, 영락사에 기이한 일이 일어났다. 어느 날 밤 한 중이 톱에 쓸려 토막이 난 채 영각에서 발견되었다. 중들이 괴히 여겨 연유를 찾았지만 어디에서도 단초를 얻을 수 없었다. 수일 후에는 칼에 난자당해 죽은 중의 시신이 계곡으로 떠내려왔고, 산에서 바위에 짓눌려 압사한 중도 생겼다. 중들이 떨며 의논하기를 "우리가 산신을 잘못 모셔 괴변이 일어나는 것 같으니, 산신에게 크게 제사를 지내고 받들어 위로하는 것이 재앙을 피하는 방법이다" 하였다. 이에 중들은 함께 모여 산신제를 크게 지냈다. 이 소식을 들은 유사(儒士:유생)들은 "석씨의 무리들이 오랫동안 천리를 어겨 생긴 변고인데, 어찌 산신을 위로한다고 일이 해결되겠는가?" 하며 비웃었다. 산신제를 지낸 그날 밤에는 창자가 뽑힌 중이 장경각에서 발견되었다.

장소와 수법에 경기(驚氣)가 일며 으슬으슬해지더니 급기야 오줌까지 마려웠다. 한 글자 한 글자마다 살인귀의 숨결이 배어나는 듯해 종이뭉치를 바닥에 던져버리곤 사방을 두리번거렸다. 텅 빈 거리의 곳곳엔 죽음의 그림자가 잠복해 있는 것 같았다. 그러나 몇 시간 후면 절을 떠야 하는 상황에서 넋 놓고 있을 틈이 없었다. 떨리는 손으로 종이뭉치를 다시 집어 들고는 기괴하게 꿈틀거리는 글자들을 이를 악물며 해석해 나갔다.

중들은 필시 인간의 힘으로 제어할 수 없는 재앙이 내린 것이라 믿고, 몸을 보존하는 것이 가하다 하여 하나둘씩 영락사를 떠났다. 사람들도 영락사가 영험을 잃었다고 생각해 발길을 끊어갔다.

그 무렵 심천(深川) 땅에 사는 한유(韓喩)란 선비가 영락사를 찾았다. 그는 일찍이 학문에 뜻을 두고 성현의 말씀에 천착한 선비로 오래전부터 불교, 귀신, 무당을 믿지 않았다. 하지만 한유는 성정이 거칠지 않아 중들과도 원만히 교유하며 지냈다.

한유는 주지에게 절에서 일어난 일을 듣고는 웃으며 가로되 "일찍이 성현이 말씀하시길, 천하의 이치는 한 가지라, 하늘이 기(氣)로 만물의 형상을 만들 때 리(理)를 그 체(體)로 하였소. 이치는 천성을 말함이요, 천성은 하늘의 명령을 뜻하는 것이니 이는 곧 부자유친, 군신유의, 부부유별, 장유유서, 붕우유신을 뜻하오. 이치에 따르면 무엇을 하여도 통할 것이오, 이치를 어기고 천성을 잃으면 재앙을 불러올 것이니 이것 외에 무슨 도리가 있어 사람들에게 행동의 근간을 이루게 하겠소. 그대들의 행실을 바로 잡고 세상으로 돌아가 부모를 봉양하며 생업에 열중한다면 재앙은 자연히 사라질 것이오" 하자 주지는 부끄러워하며 대답하지 못했다.

그날 밤 한유는 객사에서 등불을 돋우고 책을 읽다 깜빡 잠이 들었는데, 그가 당도한 곳은 황폐하고 음습한 암흑의 땅이었다. 한유의 앞에 홀연 철로 이루어진 성벽이 나타났다. 성문 앞에는 우면(牛面), 마면(馬面)을 한 옥졸들이 지키고 있었는데 그중 하나가 한유에게 다가와 물었다.

"누구이기에 이곳에서 서성이는 것이오?"

한유가 심천 땅에 사는 선비라고 자신을 밝히자 옥졸이 말했다.

"선비의 기품과 풍모를 보니 이런 곳에 올 사람이 아님이 분명하오. 마땅히 대왕께 일이 잘못되었음을 고하겠으니 잠시 기다리시오."

잠시 후 성문이 열리며 가마를 탄 미인이 일산을 받쳐든 동자 두 명을 거느리고 나왔다. 미인이 가마에서 내려 한유에게 공손히 청했다.

"대왕이 편전에서 기다리시니 안으로 드시지요."

한유가 미인의 인도를 받아 성안으로 들자 길 양옆으로 감옥이 늘어서 있었는데, 감옥 안에는 험악한 옥졸들이 칼을 쓴 죄인들을 고문하는 중이었다. 옥졸들이 죄인을 불로 태우고 물에 삶고 정으로 머리를 뚫으니 그 참혹함이 눈 뜨고는 볼 수 없었다. 한유가 "저자들은 무슨 연고로 여기서 이렇게 고통을 받는 것입니까?" 하고 묻자, 미인이 대답하길 "저들은 세상에 있을 때 온갖 악행을 저지른 자들이라 대왕의 관결에 의해 이곳에서 벌을 받는 중입니다" 하였다.

길이 끝나는 곳에 칠보로 치장한 기둥과 청자로 기와를 올린 화려한 대궐이 있었다. 한유가 대궐로 들자 면류관을 쓰고 문옥대(文玉帶)를 찬 대왕이 뜰까지 내려와 영접하였다. 대왕이 한유의 자리를 정하여 준 뒤, 동자들을 시켜 다과를 준비하게 하였는데, 차는 맑은 향기가 진동했고 과자에서는 산해진미를 모두 합친 냄새가 풍겨왔다.

한유가 대왕에게 물었다.

"여기가 어디입니까?"

"이곳은 염라부(閻羅府)고, 나는 이곳을 다스리는 염라대왕이오. 이곳은 음기가 모여 이루어진 세계로, 살아 있는 것도 이곳에서는 기운을 다하고 빛을 잃는 곳이니, 사람이 생전에 살며 행했던 것을 심판받고 그 죄과를 치르는 곳이요."

한유가 대왕에게 "조선 땅 영락사란 절을 아십니까?" 하고 묻자, 염라왕은 검고 아름다운 수염을 쓰다듬으며 말했다.

"얼마 전 그곳에서 죄인들을 압송해 벌주고 있기에 잘 알고 있소."

한유는 이유를 물었다.

"영락사의 중들은 어찌된 연고로 비참하게 죽어 이곳에 있습니까?"

대왕이 노기를 띠며 답했다.

"영락사 중들은 부처와 나를 팔아서 말하길, 사람이 죽은 후 49일 동안 재를 지내면서 부처에게 공양물을 바치고, 지전을 태워 나에 대한 뇌물로 삼으면 망자의 영혼이 지옥의 고통을 면하고 극락왕생한다고 하였소. 아무리 간악한 인간일지라도 그리하면 죄과가 사라진다고 속이며 사람들의 전답과 양식을 축내었소. 원래 재란 정결한 마음을 의미하고 부처는 밝은 깨달음을 뜻하고 왕은 정명한 위엄을 상징하니, 어찌 부처가 세속의 공양을 받을 것이며 내가 어찌 뇌물로써 죄인의 죄를 눈 감아주겠소. 방자하게도 중들이 부처와 나를 두려워하지 않고 거짓을 퍼뜨려 삿된 음행을 일삼고 사람들의 재물을 빼앗았으니, 지옥의 추상같은 엄정함을 보여주고자 이리로 끌고 와서 죄과를 치르게 하는 중이오."

이후부터 책은 지루한 논쟁으로 이어졌다. 한유와 염라왕의 말을 통해 극락과 지옥을 논하고, 윤회를 말하고, 석가와 공자를 비교했다. 그런데 그 논쟁들은 분명 어디서 읽은 내용이었다. 몇 줄을 더 읽어내리다 『영락사몰락기』가 김시습이 저술한 『금오신화(金鰲神話)』의 「남염부주지(南炎浮洲志)」를 차용했다는 사실을 깨달았다. 기억이 녹슬지 않았다면 거의 표절에 가까운 수준이었다. 번쇄한 논쟁이 나오는 부분을 대충 훑고는 글의 마지막 부분으로 넘어갔다.

한유가 아침에 주지를 만나 "염라왕을 만나고 와 그의 전갈을 전하겠으니 공경하여 받드시오" 하니, 주지는 깜짝 놀라 의습과 자세를 단정히 했다. 한유는 주지에게 가로되 "이곳의 중들이 죽은 이유는 석씨와 지옥 왕을 빙자해 그대들이 중생을 현혹하고 재산을 갈취해왔기에 염라왕이 내린 벌이라 하였소. 앞으로 모든 재를 폐하고 그들에게 빼앗은 재산을 돌려준다면 이곳에서 더 죽어나가는 중들은 없을 것이라 염라왕이 약속하였소. 그대가 석씨의 유취를 이은 영락사를 보존하고 중들을 상하지 않게 하려면 의심 없이 내 말을 따라 명맥을 유지함이 가할 것이오" 하였다.

주지가 한유에게 절하며 "선비의 높으신 덕 때문에 염라왕의 전언을 취하게 되어 영락사가 살길을 찾았습니다" 하고 기뻐하였다. 주지는 창고를 열어 한유와 주민들을 위해 공양을 베풀었다.

그러나 얼마 지나지 않아 한유의 말이 불교의 씨를 말리려는 유자(儒者)의 계략이라 의심하는 중들이 점차로 생겨나더니, 영락사는 다시 재를 일삼으며 재물을 거두어들였다. 그로부터 한 해를 넘기지 못하고 중들은 참혹하게 모두 죽어나갔고 절은 망해 황폐한 터와 주춧돌만 남게 되었다. 사람들은 그 일을 말하며 "신하는 성군을 위해 목숨을 바치고 선비는 자신을 알아주는 이를 위해 절개를 바쳐야 함에도, 한유는 폭군에 가탁해 진심을 간하고 검객에게 꽃을 바친 격이니 어찌 헛된 일

이 아니리오" 하고 한탄했다. 한유는 이를 부끄러워해 지리산으로 들어가 남은 생
명을 마쳤다.

　책의 마지막 문장까지 읽고 나자 혼란스러움이 몰려왔다. 『영락사몰락
기』는 단순한 살인지침서가 아니었다. 그렇다고 해서 개운하게 글의 의도
를 파악할 수 있는 책도 아니었다. 수상하고 묘한 냄새가 곳곳에서 배어나
왔다. 『금오신화』 중 가장 유가적 냄새가 강한 「남염부주지」의 논쟁을 그대
로 빌려온 것이나 절이 폐사되고 중들이 모두 죽는 것으로 끝나는 결말로
보아 『영락사몰락기』는 불교를 폄훼하고 유교의 정당성을 고취하려는 의
도가 빤한 글이었다. 문제는 『영락사몰락기』가 당시 시대상황과는 상당히
동떨어진 소설이란 점이었다. 소설의 첫머리에 나온 '건륭'이란 연호는 영
정조 시절을 말할 터인데, 당시 불교는 이런 글로 두들기지 않더라도 충분
히 쇠약하고 기진맥진한 상태였다. 조선 초기야 성리학자들이 통치의 헤게
모니를 장악하기 위해 불교비판서를 양산해냈다지만, 유학이 나라의 운영
원리와 민중의 삶 속에 뿌리내린 조선후기에도 이런 글을 쓸 필요가 있었
을까. 실학과 양명학 등으로 정통주자학에 대한 반성의 기운과 불교적 개
념들을 유학 안으로 포섭하려던 시도가 왕성하던 시절에 고답적인 성리학
이론으로, 그것도 김시습의 글을 차용하면서까지 이런 논쟁적인 글을 쓴
이유를 짐작할 수 없었다.
　『영락사몰락기』에서 염라왕의 입을 빌어 비판하는 재와 천도의식은 유
생들이 불교를 때릴 때마다 사용한 전가의 보도였지만, 실상 유학자들이
원한 것은 불교가 딱 그 수준으로 머무는 것이었다. 성리학자들은 조선을
건국하며 불교의 씨를 말리려 했으나 천년 이상 이어져 온 불교를 이 땅에
서 몰아내는 것이 불가능함을 깨달았다. 적은 살려두되 약해야 했다. 유학
자들의 해결책은 자신들이 관리할 수 있는 수준으로 불교의 방향을 설정해

주는 것이었다. 그것은 유교의 조상숭배와 제사의식과 습합해서 살아남은 지옥시왕사상을 은근히 방관하다, 한 번씩 그 폐단과 잘못을 지적하면서 탄압할 구실로 삼을 수 있으면 족했다. 또한 유생들에게 불교란 공동의 적이 있다는 것은 친(親)불교적 성향의 왕이 등장할 때마다 한목소리로 그릇됨을 지적하며 왕권을 약화시키는 구심점이 되기도 했다.

민중의 입장에서도 불교의 재와 시왕사상은 구미에 맞아 떨어졌다. 현세의 삶을 규율하는 실천윤리에는 철저했지만, 사후에 대한 언표조차 꺼려했던 공자의 일화를 살펴보더라도 유교는 내세에 관한 뾰족한 대책이 없었다. 사람이 죽으면 혼(魂)과 백(魄)으로 나뉘어 소멸한다는 식의 풀이와 이(理)와 기(氣)에 관련한 복잡한 철학은 대중에게 다가서지 못했다. 대중은 시왕도의 지옥을 보면서 죽음을 대비했다.

그런데 지옥도에 묘사된 지옥이 무섭고 참혹할수록 사람들은 옷깃을 여미며 죄를 짓지 않으려 노력했을까? 죄란 인간이 존재하기에 생기는 것인데, 죄 안 짓고 살아가는 인생이 어디 있으랴. 물론 시왕도에 묘사된 지옥의 광경이 끔찍할수록 사람들은 고통 받고 있는 죄인들에게 자신과 죽은 조상의 모습을 투영하긴 했을 것이다. 그러나 그 두려움을 해소하기 위해 도덕적으로 살기보단 사찰에서 권장하는 예수재(豫修齋)를 지냈다. 예수재가 살아생전 업장을 참회하고 마음을 닦는다는 본래의 뜻과 다르게 지옥시왕에게 미리 돈푼이나 찔러주는 행사로 전락하면서, 산 자들의 면죄부이자 복전으로 이용되었고 절의 입장에서는 주요한 수입원이었다.

조선의 불교는 장례의식이나 기복을 담당하는 조잡한 것으로 그 명맥을 유지해왔다. 가끔 미륵과 정토를 내세운 민란과 반역이 생기긴 했지만 크게 보아선 화로로 떨어지는 눈송이에 불과할 따름이었다. 조선의 사대부들은 불교를 두려워하지 않았다. 그들 눈에 사찰은 그저 아녀자들과 무지렁이 민중들의 놀이터에 불과했다. 이런 상황에서 왜 『영락사몰락기』가 조선

후기에 버젓이 등장해야 한단 말인가.

혹시!

배낭에서 연호표가 적힌 수첩을 꺼냈다. '건륭 기묘년'을 찾아보니 1790년 정조 말이었다. 그때 정조는 노론에 의해 억울하게 희생된 그의 아비 사도세자를 장헌세자로 추존하고, 장헌세자의 능사(陵寺)로서 용주사를 중건하면서 아비를 위해 재를 지내고 『불설부모은중경(佛說父母恩重經)』의 경판을 제작하는 등 불교를 빌려 노론에 대한 압박을 진행하던 때였다. 그렇다면 『영락사몰락기』는 정조의 행적과 당시의 분위기를 탐탁지 않게 생각했던 노론벽파의 한 유생이 정조를 겨냥해 쓴 글일까? 정조가 노론을 압박하고 장헌세자를 추모하는 일환으로 불교를 이용했듯 『영락사몰락기』를 쓴 자도 같은 방식으로 정조를 비판하려고 한 것은 아닐까?

그건 그렇다 치더라도 지묵스님은 왜 이런 소설을 간직하고 있었을까? 또 이 책을 광오에게 넘기려고 한 지묵스님의 뜻은 뭘까? 박물관에서 책을 훔친 것은 광오일까? 광오가 범인이라면 책을 따라한 이유가 뭘까? 이영선이 말한 사라진 그림과 승려들의 죽음은 전혀 연관이 없는 것일까? 홍제스님이 남긴 육여도에 숨겨진 뜻은 없는 것일까?

의문은 끊임없이 솟아났지만 어느 것 하나 시원하게 풀리지 않았다. 생각할수록 머릿속은 엉켜들었고, 의문들을 떠올려보는 것만으로도 기운이 소진되는 것 같았다. 고개를 젖히니 그 많던 별들은 어느새 사라지고 하늘이 검푸르게 밝아오고 있었다. 나는 슴벅해진 눈을 비비며 기지개를 켰다. 굳었던 몸 여기저기서 우두둑거리는 파열음이 터져 나왔다.

2

'서로 다정하게 더불어 살고, 험한 말로 다투지 말고, 좋은 뜻은 함께하고, 계를 지켜 수행하고, 바르게 보아 깨달음을 얻고, 이익이 생기면 나누고 살아라. 이기 바로 육화(六和)다. 절간을 드나드는 대중들이 보고 늘 마음에 새기라는 의미로 그 문의 이름을 육화문(六和門)으로 지은 기다.'

언젠가 육화문이란 편액이 무슨 뜻인지 묻자 홍제스님은 내 아둔함을 탓하지 않고 자상하게 풀어주셨다. 나는 육화문 앞에 쭈그리고 앉아, 안(眼), 이(耳), 비(鼻), 설(舌), 신(身), 의(意)란 육근(六根)을 제거하지 못하고, 흘러가는 계곡의 모습과 소리와 냄새와 맛과 촉감과 뜻에 마음을 빼앗기고 있었다. 『반야심경』의 '무안이비설신의(無眼耳鼻舌身意)'라는 부분을 읽다가, '스님, 저는 눈과 귀와 코와 혀와 몸과 뜻이 다 있는데, 어찌하여 부처님께서는 없다고 하셨는지요?'라고 묻는 바람에 더 큰 스승을 찾아 거처를 옮겨야 했던 옛 조사의 순진한 의심이 부러울 따름이었다. 나를 사로잡고 있는 것은 육도윤회[106]를 벗어나 열반적정에 들고자 하는 열망이나 뭇 중생을 제도하고 살피고자 하는 동체대비[107]의 발심이 아니었다. 오직 풀지 못한 세속적인 호기심만 물길을 따라 끊임없이 이어지고 있었다.

쌓아둔 의문들이 턱 밑까지 차오르자 숨을 몰아쉬며 자리에서 일어섰다. 오전 10시에 예정된 스님의 영결식과 다비식 때까지 어딘가에 처박혀 있고 싶었다. 언제나 그랬듯 갈 곳 없는 내가 마지막으로 떠올린 곳은 홍제굴이었다.

---

106) 六道輪廻 : 업의 결과에 따라 천(天), 인(人), 수라(修羅), 아귀(餓鬼), 축생(畜生), 지옥(地獄)의 세상을 떠도는 것. 아귀, 축생, 지옥을 묶어 삼악도(三惡道)라 한다.
107) 同體大悲 : 부처가 중생의 슬픔을 자신의 고통으로 삼아 자비를 행하는 것.

산길이 시작되는 공터에 이르자 못 보던 구조물이 눈에 들어왔다. 연화
대[108]였다. 연화대는 묵직한 적막 속에서 자신이 타오를 시간을 초조하게
기다리고 있었다. 다소곳이 숨죽인 연화대는 불과 몇 시간 뒤면 세상에는
고정적이고 변하지 않는 것은 없다는 제행무상(諸行無常)의 묘리를 치솟는
불길로써 가르치겠지. 나는 입술을 깨문 채 산길을 올랐다.

"거기 누구요?"

홍제굴의 굽어진 청대숲길로 들어서려는 찰라 안에서 목소리가 들려왔
다. 누군가 자박거리는 내 발소리를 들은 모양이었다.

"여긴 스님이 수행하는 곳이지 등산로가 아니오. 돌아가요."

언뜻 부드럽게 들리는 목소리엔 단호함이 촘촘히 서려 있었다. 우두커니
서 있는 사이 다시 말소리가 이어졌다.

"가지 않고 뭐하는 게요?"

"아….'

목소리는 휘어진 대숲길에서 나와 얼굴을 내비쳤다. 예순 언저리로 보이
는 스님이었다.

"뭐 하는 사람인데 여기서 서성거리고 있나?"

"홍제스님과 아는 사입니다."

두세 걸음 정도로 거리를 좁히며 다가온 그가 내 얼굴을 들여다보며 물
었다.

"자네가 혹시 현 거사인가?"

"아, 어떻게 아십니까?"

"현인호 선생 맞지? 내가 현 거사를 불렀으니 당연히 알아야지."

---

108) 蓮花臺 : 연꽃모양의 상여를 올려 승려의 다비를 행할 수 있게 만들어 놓은 대.

"예? 그게 무슨 말씀이신지….'

"난 도원이라고 하네. 수련회에 외래강사를 부르라고 현담에게 지시한 게 날세. 자네가 강의하는 건 그제 지나가면서 슬쩍 봤네만 정신이 없다 보니 인사도 못 나눴군. 어제 도각스님이 나 대신 차 한잔 주셨을 터인데?"

그는 내가 그려놓은 모습과는 달랐다. 기름이 오른 두툼한 배에 얼굴에는 거만함이 번질거리리란 상상과 달리 말라서 유난히 껑충해 보이는 체구나 빙글빙글 돌아가는 안경알을 통과해도 여전히 크게 보이는 선한 눈매가 의외였다. 그는 물들지 않은 광목 같았다.

"그러지 않아도 어제 도각스님을 찾아뵙고 인사드렸습니다. 강사랍시고 와서 폐만 끼친 것 같아 송구스럽습니다."

"무슨 폐 말인가?"

"제가 수련회 사람들에게 쓸데없는 말을 너무 많이 한 것 같습니다."

"허허. 그러라고 부른 것이야. 잘했네."

그는 고개를 두어 번 주억거리더니 홍제굴을 가리켰다.

"이러지 말고 잠시 안으로 들어가세. 얼굴을 보지 못하고 보내나 했는데 잘됐군."

그의 얼굴엔 꾸민 것 없는 온유한 기운이 흐르고 있었다. 도각스님과는 또 다른 그의 다감함에 마음이 화창해졌다. 무슨 말을 해도 다 들어줄 것 같은 그의 뒤를 밟아 홍제굴로 들어섰다.

홍제스님의 방은 이사 떠난 집처럼 깨끗이 비워져 있었다. 스님들이 올라와 남은 유품들을 모조리 수거해간 모양이었다. 텅 빈 방 가운데 자리를 잡은 도원스님은 방 안을 애잔하게 쓱 둘러보더니 물었다.

"몇 시간 뒤면 다비식이 열리겠군. 근데 여기는 무슨 일인가?"

"마땅히 시간을 보낼 곳이 없어 올라오던 길이었습니다."

"허허허. 그래? 나랑 같군."

농담처럼 들렸다. 영락사 문중의 장자이자 절의 일을 통괄하는 그가, 갈 곳이 없는 신세라는 게 믿어지지 않았다.

"서울에 가셨다 들었는데…."

"돌아오자마자 여기로 왔네. 홍제스님의 체취가 그리워서 말이야."

"평소 홍제스님을 많이 감싸주셨다 들었습니다."

"가당치도 않아. 홍제스님은 사문으로나 인간으로나 드문 분이셨네. 스님의 법기(法器)에 비하면 내 그릇은 간장종지처럼 느껴진다네. 그런 분을 내가 무슨 수로 감싸나. 도리어 가르침과 도움을 받았을 뿐이네."

그의 눈빛에는 홍제스님과 함께 한 울울한 회상들이 흐르고 있었다.

"스님."

"뭔가?"

"저는 다비식이 끝나면 절을 떠나야 할 것 같습니다. 그런데 홍제스님이 돌아가신 이유도 모른 채 떠나려니 가슴이 답답하고 손끝이 저려서 어떻게 해야 할지 모르겠습니다."

그는 그저 입가에 성긴 미소만 머금고 있었다.

"스님. 여쭙고 싶은 말이 있습니다."

"그래, 뭐가 알고 싶은가?"

"광오가 몇 시간 전에 공양간에서 죽은 건 아시지요?"

자리를 비웠다 해도 문중의 맏형인 그가 모를 리 없었다.

"알고 있네."

"스님이 광오를 놓아주셨다고 들었습니다."

"그랬네. 내가 경찰에 넘기지 않고 풀어주었네."

그는 그게 뭐가 대수냐는 듯 말했다.

"무슨 이유라도 있었습니까? 광오가 협박이라도 했나요?"

"아닐세. 내가 자의로 놓아준 것일세. 광오는 내 속가의 아들이야."

침착한 그의 얼굴이 그 말과 동시에 조금 허물어져 내렸다. 나는 어떻게 반응해야 할지 몰라 바닥만 내려다보았다. 그는 엄지손가락으로 손등이 하얘지도록 꾹꾹 누르며 운을 뗐다.

"광오가 어릴 때 몇 번 영락사에 찾아왔었지. 그때마다 난 만나지 않고 돌려보냈어. 마음이 흔들릴까 두려웠거든. 출가란 작은 연을 끊고 세상을 제도하기 위해 나선 큰 길 아니던가. 인정에 흔들리다 보면 아무것도 안 될 것 같았지. 돌이켜 생각해보면 지지리도 못난 결정이었네. 자식을 만나 따뜻한 말 한마디 건넬 근기도 없으면서 수행승으로 자처하고 살아온 게지."

그는 코로 길게 숨을 내뿜더니 말을 이었다.

"그 녀석이 스물 예닐곱 무렵인가, 다짜고짜 내 앞에 나타나서는 행자로 받아달라고 하더군. 척 보기에도 수도의 길을 가겠다는 진심이 담긴 눈빛이 아니어서 다른 절을 알아보라며 돌려보냈지. 나중에 보니 광오가 백련암의 지묵스님과 지내기 시작하더구먼. 이후 들리는 광오의 소문은 아름답지 못한 것들이었지만 모른 척했네. 우습지 않은가? 일체중생을 제도하려고 출가한 사람이 제 씨앗 하나 제도하지 못한다는 게."

속가 이름대신 광오로 부르는 것으로 보아 애써 거리를 두려는 듯했지만, 회한까지 감출 순 없는 모양이었다.

"광오가 박물관에서 붙잡힌 날, 그놈 모습을 보고는 내가 직접 경찰에 넘기는 게 아비로서 마지막 도리 같았네. 그런데 경찰서로 가던 도중에 광오가 그러더군. 당신은 아비 노릇을 이런 식으로 하냐고, 아버지 노릇을 한 번이라도 제대로 했다면 자신이 이렇게 되지 않았을 거라고. 실제로 누가 피해를 입은 것도 아니니 한 번만 기회를 주면 마음잡고 살겠다고 애원했지. 상황을 모면하기 위한 거짓말인 줄은 알았지만, 처음이자 마지막으로 광오가 바라는 것을 들어주기로 했네."

출가 수행자에게 세속의 미련이 남았다고 욕할 수도 없었고, 천륜이라

편들고 나설 수도 없었다. 이영선에 대한 홍제스님의 마음도 도원스님과 같았을까? 세속을 버린 아비와 세상에 남겨진 자식 사이에 이어지는 질기고 모진 끈이 새삼 두려울 따름이었다.

"그때 경찰에 넘겼으면 죽는 일은 없었을 걸세. 출가자의 본분을 망각하고 있었지. 자식이나 원수나 터럭 하나 다르지 않은, 인연이 지어낸 허상일 뿐인데… 이렇게 헛된 것들로 채워진 것이 세상이란 것을 알아 출가했건만… 수행이 부족했던 게지. 그게 광오와 나의 업연(業緣)이거니 하네."

그는 동네 어귀에 엎드려 먼 산을 응시하는 늙은 개처럼 어딘가 쓸쓸하면서도 초탈한 눈빛으로 천장을 바라보았다.

"이 일이 밝혀지면 입장이 곤란하시겠군요."

"세상 눈으로 보자면 제 손으로 자식을 사지로 내몬 일보다 더 곤란한 일이 있겠는가? 다만… 그간 벌여놓은 불사들을 마무리 짓기는 힘들어졌지. 괜찮아. 어디 인력으로 되는 일이 있던가. 여법[109]하지 못하면 이루어지지 않는 법일세."

"스님도 그간의 일들이 광오의 소행이라 생각하십니까?"

그는 잠시 망설이더니 말끝을 흐렸다.

"증거가 되는 책이 나왔다고…."

"책 말고 돌아가신 스님들을 조사하는 과정에서 광오가 개입했다는 증거라도 나온 게 있습니까?"

"그런 건 없었네. 뭐가 됐건 이제 내 손을 떠난 문제네."

"그게 무슨 말씀입니까?"

---

109) 如法 : 부처의 말과 뜻에 따르는 것.
110) 大衆公事 : 사중의 승려들이 모두 모여 절의 큰일을 결정하는 자리. 대중공사보다 더 큰 규모의 회의는 근처 암자의 스님까지 참석하는 산중총회가 있다.

"문중회의와 대중공사[110]를 통해 잘못을 고하고 모든 직책에서 물러날 생각일세."

"그럼 절에서 죽어나간 스님들에 대한 수사는 어떻게 마무리되는 겁니까?"

"일각스님이 나대신 원만히 일을 처리하시겠지."

"스님이 그동안 지휘하고 계셨으니 저에게 조금이라도 귀띔해주시면 안 되는 겁니까?"

"자네의 심정은 알겠네만…."

그는 안경을 벗어 렌즈에 달라붙은 먼지를 훅 불어서 떼어내더니, 그래도 미진한지 소매로 쓱쓱 문질러 닦았다.

"자네가 여기저기 탐문하고 다닌다는 사실은 나도 들어 알고 있네. 그런데 나도 물어보고 싶은 것이 있네."

"말씀하시지요."

"솔직하게 말하게. 자네가 이 일을 끝까지 밝혀내고자 하는 이유가 뭔가? 자네가 아까 말한 대로 홍제스님의 억울한 죽음 때문인가 아니면 자네의 결백을 주장하거나, 사라진 김홍도의 그림을 찾기 위해서인가?"

명치에 뜨겁고 뾰족한 것이 푹 쑤시고 들어온 것 같았다. 나는 그것이 분리할 수 없는 동일 선상에 표기된 좌표 같은 것이라고 말할 수 없었다. 그것이 진실이 아님을 나는 알고 있었다. 이영선을 만나고 난 후 나의 열정은 그림에 기울어졌고, 양근철의 의심을 받으면서는 누명을 벗는 데 목적이 있었다. 지금은 막막한 미래를 회피하기 위한 일시적 소모품으로 사건에 몰두하고 있는 것은 아닌가 의심마저 들 정도다. 홍제스님의 억울한 죽음은 항상 뒷전에 밀려나 있었던 것이다. 나는 대답하지 못하고 고개를 꺾었다.

"왜 말을 못하나?"

"……."

스님은 내 어깨를 탁 치며 말했다.

"알겠네. 그만 고개를 들게. 이유야 어떻든 자넨 진실을 구하고 싶은 거 아닌가?"

"……."

"내 말해주지. 원철이 죽기 몇 달 전에 나를 찾아와서 『영락사몰락기』란 책을 아냐고 묻더군."

"원철스님이면 반년 전 영각에서 첫 번째로 희생된 스님 아닙니까?"

"맞네. 『영락사몰락기』는 처음 들어보는 책이었지. 원철이 죽은 후에 스님들을 조사하는 과정에서 알게 되었네만, 원철은 나뿐만 아니라 영락사에 오래 기거한 스님들을 대상으로 책에 대해 캐묻고 다녔더군."

"그럼 원철스님의 죽음이 그 책과 연관이 있다는 걸 아셨군요?"

"확신은 할 수 없었지만 짐작은 했었네. 책에 대해 조사하다 보니 원철이 성보박물관 학예사에게 부탁해 『영락사몰락기』를 복사해간 것도 알았네."

"복사본은 없다고 들었는데…."

"성보박물관 학예사로 일하다가 지금은 미국에 가 있는 이 선생이라고 있네. 최근에 연락해 보니 성보박물관에 책이 들어오고 며칠 지나지 않아 원철스님이 간절히 부탁해서 복사본을 한 부 떠준 일이 있다고 밝히더군."

"아, 그랬군요. 원철스님에게서 그 책의 복사본은 나왔나요?"

"없었네. 홍제스님이나 어제, 그제 발견된 스님들한테서도 역시 나오지 않았어."

"광오와 홍제스님은 그림문제로 얽혀 있었던 것 같은데, 다른 스님들과 광오의 관계는 어땠습니까?"

"아마 서로 얼굴도 알지 못할걸세."

"돌아가신 스님들에게 특별한 문제 같은 것은 없었습니까? 대인관계가 그리 원만하지 못했던 분도 있는 것 같은데…."

"잘 어울리지는 못했지만 모나게 행동했던 스님들은 아닐세. 다만 현일과 현선은 같은 계원인 것 같았어."

"데바닷타계 말씀이시지요?"

"제바달다(提婆達多)를 말하는 건가? 아니야."

"예? 노트에 데바라는 말이 쓰여 있었다고…."

"아닐세. 데바(Deva)는 그냥 제바(提婆)일 뿐이지. 용수(龍樹)스님의 제자인 제바 말일세. 현일에게서 나온 노트엔 데바라는 이름 아래 칠언절구도 적혀 있었네. 원각산중생일수 개화천지미분전 비청비백역비흑 부재춘풍부재천(圓覺山中生一樹 開花天地未分前 非靑非白亦非黑 不在春風不在天)."

순간 육중한 짐승이 돌진해 내 몸을 들이받은 기분이었다.

'나? 나 또한 비청비백역비흑, 부재춘풍부재천의 묘리를 찾는 애타는 중생일 따름이지.'

이틀 전 현일스님이 솔밭에서 던진 말을 기분이 상한 탓에 그저 잡승의 헛소리로 흘려들었던 것이다. 도원스님이 넌지시 물었다.

"그 뜻을 아는가?"

"네. 『석문의범』[111]에 나오는 게송 아닙니까? 알고 있습니다."

속으로 게송의 뜻을 새겼다.

광대한 우주 한가운데 나무 한 그루 생겨났네.(圓覺山中生一樹)

나무의 꽃은 하늘과 땅이 나누어지기도 전에 피었다네.(開花天地未分前)

꽃은 푸르지도, 희지도, 그렇다고 검지도 않나니,(非靑非白亦非黑)

봄바람 속에 있지도 않고 하늘에도 있지 않네.(不在春風不在天)

---

111) 釋門儀範 : 납자들의 예불과 의례의 준칙을 제시해놓은 책.

게송의 마지막 두 줄은 양극을 배척하는 중관(中觀)의 고갱이가 녹아 있는 문장이다. 그렇다면 계의 이름은 데바닷타가 아니라 제바란 해석이 더 타당할 듯싶었다.

제바는 그 이름도 유명한 나가르주나[112] 즉, 용수의 제자였다. 용수는 2~3세기 무렵 남인도에서 소승불교의 실재론적 관점을 혁파하며 반야경전의 공(空)사상을 확립한 중관사상(中觀思想)의 창시자였다. 용수가 부처의 말에서 끌어낸 중도(中道=중관=공)라는 개념은 극과 극의 중간쯤 되는 처세술이나 사유를 지칭하는 말이 아니었다. 중도는 세상이 눈에 보이는 바와 같이 실재한다고 믿는 견해와 세상은 가상이어서 허무일뿐이라는 견해를 모두 물리치기 위한 우주의 존재론적 규명, 이를 한마디로 정리하자면 있는 것도 아니(非有)요, 없는 것도 아니(非無)란 뜻이었다.

제바는 이러한 용수의 중관사상을 이어받아 완성시킨 자로, 그의 『백론(百論)』은 스승의 『중론(中論)』, 중론을 풀이한 해설서인 『십이문론(十二門論)』과 함께 중국 삼론종(三論宗)의 기본 논서를 이룰 정도였다. 그는 당시에 횡행하던 인도전통학파들의 불교에 대한 공격을 한칼에 베어낸 논객이기도 해서 제바를 상상하면 승려가 아닌 무사의 이미지가 떠올랐다. 애꾸인데다 다른 논객의 원한을 사서 암살당했다는 이야기가 전해올 만큼 그의 글은 부정을 통해 긍정을 희구하는 강렬한 칼바람이 일었기 때문이다.

그런데 계의 이름이 용수도 아니고, 하필 제바라니! 스님들은 비참한 죽음을 예감이라도 하고 있었던 것일까. 돌아가신 스님들은 이단이 아닌 정법을 추구하는 승려들이었다. 범인이 지옥도나 『영락사몰락기』를 모방해 스님을 죽인 것은 악인들이 심판을 받고 죽었다는 인상을 심어주려는 의도

---

112) Nagarjuna : '나가' 는 범어로 용을 의미하고 '아르주나' 는 나무의 이름을 뜻 한다. 의역해서 용수(龍樹)라 불린다.

였고, 나는 깊은 생각도 없이 데바를 데바닷타로 쉽게 연관시키며 범인의 의중대로 놀아난 셈이었다.

"홍제스님이 가지고 있다가 사라진 그림과 죽은 세 분의 연결고리는 못 찾으셨습니까?"

"그게 뭔지 알면 사건이 한 줄에 꿰어지겠지. 그림에 관한 부분은 자네가 더 잘 알지 않나? 이쯤하고 이제 그만 내려가세. 홍제스님의 다비식이 얼마 남지 않았군."

시간은 어느덧 오전 9시에 가까워지고 있었다.

"스님, 먼저 내려가십시오. 잠시만 생각을 정리하고 내려가겠습니다."

"그러게."

"그런데, 스님."

"뭔가?"

"스님의 질문에 답도 하지 못한 제게 왜 이런 말들을 해주신 겁니까?"

도원스님은 방문을 열고 나가려다 돌아보며 말했다.

"자네 얼굴이 빨개졌거든. 그리고 수형이가 거짓말을 하긴 해도 사람을 죽일 아이는 아니라고 생각하네."

그는 자신의 아들을 광오 대신 수형이라 부르더니 방문을 닫고 나갔다.

3

방에 홀로 남아 이 생각 저 궁리를 하다 보니 영결식 시간이 코앞에 닥친 것도 모르고 있었다. 후다닥 툇마루로 튀어나와 신발을 대충 구겨 신고 일어서려는 순간, 드르륵 소리가 나더니 대나무 담장 너머로 시커먼 것이 휙 지나갔다. 털이 곤두서며 오금이 저려왔다. 툇마루에 엉덩이를 붙이고 조심스레 사방으로 눈을 굴렸다. 그러나 바람에 몸을 비비는 댓잎들의 스스거리는 소리만 들려올 뿐 별다른 기척이나 조짐은 느껴지지 않았다. 확실히 보진 못했지만 민첩한 것이 짐승의 몸놀림이었다. 멧돼지나 고라니라도 지나갔던 것일까? 괜한 신경증에 빠져 있는 동안 시간은 점점 줄어들고 있었다. 움츠러든 어깨를 억지로 펴고 대숲으로 나아갔다.

우거진 대숲 사이로 난 길의 중간쯤에 이르자 대숲 어딘가에서 바스락바스락 낙엽을 밟는 소리가 들려왔다. 놀라 발걸음을 멈추자 재빠른 발소리가 댓잎이 서걱거리는 소리를 뚫고 선명하게 귓속으로 파고들어 왔다.

"누구야!"

어둑한 숲 안쪽에는 대나무 사이에 몸을 감춘 시커먼 그림자가 설핏 보였다.

"거… 거기 누구야."

유령처럼 숨어 있던 그림자는 불러주기만을 기다렸다는 듯 형체를 쓰윽 드러냈다.

"야. 사람 놀래게 여기서 뭐하는 거니?"

나는 큰 한숨을 몰아쉬며 아이에게 말했다. 그는 대답 대신 우우어 하고 괴성을 질렀다.

"너 혹시 나 따라다니는 거야?"

아이는 소리를 지르며 양 손을 교차해 가슴 앞에서 X자를 만들었다.

"아니긴 뭐가 아냐. 따라다니는 거 맞잖아."

아이는 다시 짐승 같이 울부짖었다.

"그래. 아저씨가 잘못 알았다. 그럼 간다."

발길을 돌리자 아이는 자신을 무시했다고 생각했는지 양팔을 X자로 지른 채 소리를 지르며 뒤를 쫓아왔다. 아이를 떼어놓기 위해 손사래도 치고 소리도 질러보았지만 아이는 고집스럽게 따라붙었다. 성가신 아이였다. 그러다 문득 스치는 생각에 가던 길을 멈추고 아이 쪽으로 다가섰다.

"미안. 아저씨가 멍청해서 몰랐다. 지금은 가볼 곳이 있거든. 다음에 만나면 재밌게 놀아주께. 약속!"

그 말에 아이는 우두커니 서서 바라볼 뿐 더는 따라오지 않았다. 말 못하고 살아가며 겪어야 할 아이의 수모와 장애아를 산중에 방치할 수밖에 없는 부모의 살림살이를 생각하니 콧날이 시큰해져 고개를 설레설레 저으며 숲길을 도망치듯 빠져나왔다.

대나무 숲을 벗어나자마자 붕 하고 벌이 날개를 치는 소리가 귓전을 울렸다. 동시에 묵직하고 뜨끔한 것이 오른쪽 어깨와 목덜미 사이를 파고들었다. 찢어질 듯 악을 쓰는 아이의 비명소리도 어렴풋이 들렸다. 무슨 조화인가 헤아리기도 전에 흙바닥이 얼굴을 향해 무섭게 달려들었다. 바닥에 입술을 맞추자, 아득한 무명(無明) 속으로 격렬하게 빨려 들어갔다.

4

눈을 뜨자 웬 승려가 내려다보고 있었다. 화들짝 놀라 일어나려는 순간 몸은 속절없이 바닥으로 곤두박질쳤다.

"그냥 누워 있으시오."

그는 끙끙거리는 날 지그시 누르며 말했다. 초면이 아니었다. 그런데 왜 어색하게도 그와 한 방에 있는 것일까? 그것도 사지가 늘어진 채로.

"여기가 어딥니까?"

"홍제스님 방이오. 홍제굴 앞을 지나다 쓰러져 있는 것을 보고 내가 방으로 옮겼소."

그는 측은하고 한심하다는 듯 바라보았다.

"제가 왜 쓰러졌죠?"

"당신이 모르는데 내가 어떻게 알겠소? 전혀 기억이 안 나오?"

왼손으로 욱신거리는 목덜미와 어깨를 더듬어 보았다. 손가락 끝에 뜨겁고 묵직한 통증이 묻어나왔다. 벌에 쏘인 것과는 다른 통각(痛覺)이었다. 기억을 더듬어 보니 의식을 잃기 직전에 누군가의 발자국 소리를 들은 것 같기도 했다.

"누군가 절 내려친 걸까요?"

"모르겠소. 멍이 크게 올라온 것으로 봐서 그런 것 같기도 하고… 일어난 것을 봤으니 이만 가보겠소."

신세를 진 것이 고맙기도 하고, 신세를 진 사람이 그라는 것에 화가 나기도 했다. 갑자기 도원스님의 목소리가 아물아물 머릿속을 맴돌더니 중대한 뭔가를 놓쳐버린 것 같은 허전함이 밀려왔다.

'홍제스님… 다비식… 시간….'

자리를 털고 일어서려는 그에게 화급히 물었다.

"지금 몇 시죠?"

"11시 5분이오."

낭패였다. 지금쯤이면 영결식이 끝나고 다비식이 진행되고 있을 터였다. 일어나 보려 힘을 썼지만 뻣뻣하게 굳은 목 때문에 몸은 꿈쩍도 하지 않았다.

"스님, 죄송하지만 가시기 전에 좀 일으켜주시겠습니까."

"왜 더 누워 있지 않고?"

"다비식에 꼭 가야하거든요."

"그럼 그러시오. 아, 내 하나 물어볼 것이 있는데…."

그는 소매에서 종이쪽지를 꺼냈다. 나는 건네받은 쪽지를 한 손으로 서투르게 펴보았다.

1 2 3 4 5 6 7 8 9 0 1 2 3 4
ㄱ ㄴ ㄷ ㄹ ㅁ ㅂ ㅅ ㅇ ㅈ ㅊ ㅋ ㅌ ㅍ ㅎ

322, 225, 8783, 897
지옥은 각기 다르지만, 가는 통로는 하나다.

쪽지엔 낯선 필체로 알지 못하는 내용이 적혀 있었다.
"이게 뭡니까?"
"이걸 왜 당신이 지니고 있었소?"
"예?"
"당신 게 아니오?"
"아닙니다."
"그런데 왜 이게 당신 뒷주머니에서 삐져나와 있었던 거요?"
그는 실눈으로 나를 노려보았다. 나는 영문을 몰라 눈만 껌뻑거렸다.
"그래? 당신 것이 아니라고 한다면…."
그는 잠시 생각하더니 종이를 접어 소매 속에 도로 집어넣었다.
"그럼 조심해서 가시오."
그는 나를 일으켜 세운 후 뒤도 돌아보지 않고 방을 나가버렸다.

5

　태양은 연화대에서 솟구친 연기를 현기증처럼 빨아먹고 있었다. 거화[113]
가 끝난 모양이었다.

　'스님, 불 들어갑니다. 어서 나오십시오!'

　연화대에 불을 놓기 전에 하는 말도 외치지 못한 채 홍제스님을 보냈다.

　'스님, 불 들어갔습니다. 이미 나오신 겁니까?'

　생솔가지가 타면서 남겨진 매큼한 냄새가 다비장 주변을 떠돌았다. 본래
형체를 짐작할 수 없을 정도로 무너져 내린 연화대 주변에는 스님들과 신
도들이 조촐한 원을 그리며 목탁소리에 맞춰 아미타불을 부르고 있었다.

　"뭐하다가 이제야 나타나는 거야?"

　현담이 다가오더니 눈을 흡떴다.

　"으응. 언제 시작했어?"

　나는 촉촉해진 눈가를 얼른 훔치며 대답했다.

　"영결식을 마치고 여기로 넘어온 지 한 시간이 다 되어간다. 대체 뭐하다
가 지금 온 거야?"

　"사정이 좀 있었어."

　"이럴 때 사정이라니… 근데 이 더운 날 셔츠 깃은 왜 세웠어?"

　"목이 탈까봐."

　"나 참, 이젠 별걸 다 하는군."

　현담은 혀를 끌끌거리며 고개를 돌렸다. 나는 내려오는 내내 걱정했던
도원스님의 안부를 물었다.

　"도원스님은 오셨어?"

---

113) 擧火 : 다비를 치르기 위해 연화대에 불을 붙이는 행위.

"저기 계시잖아."

현담은 다비장 한편에 쳐놓은 천막 아래를 가리켰다. 차양 아래에서 멀쩡하게 염불을 하는 도원스님의 모습이 보였다.

"이제 그만 안으로 들어와라."

현담은 내 어깨를 툭 치곤 연화대를 돌고 있는 군중들 사이에 섞여버렸다. 혹시 이영선이 왔나 싶어 둘러보았지만 모습을 찾을 수 없었다. 끝까지 용서할 수 없었던 걸까? 사람들과 함께 아미타불을 부르며 연화대를 서너 바퀴쯤 돌았을 때 야트막한 건너편 언덕에 서 있는 이영선이 눈에 들어왔다. 그는 검은 정장을 입고 소나무에 기댄 채 연화대를 바라보고 있었다. 나는 현담에게 곧 돌아오겠노라 말하고는 이영선이 있는 언덕으로 올랐다. 눈이 부어오르고 코가 빨갛게 익은 이영선은 내가 다가가자마자 화가 난 듯 물었다.

"스님이 죽으면 불에 꼭 태워야 해요?"

"네."

"잔인해요. 죽은 사람을 한 번 더 죽이는 것 같아서. 아버지가 꽤 이름 있는 스님인 줄 알았는데 그것도 아닌가 봐요. 큰스님이란 사람들이 죽으면 사람으로 미어터지던데 여긴 썰렁하네요. 이렇게 끝날 거면서 처자는 왜 버렸는지…."

이영선의 말 그대로였다. 다비장에는 영결사를 하러 온 종단의 어르신들도, 죽기 전 꼭 남겨야 할 숙제 같은 열반게[114]의 낭독도, 나무에 올라 지겹게 눌러대는 사진기자들의 셔터소리도, 밀고 밀리며 연화대를 몇 겹으로 둘러싼 보살들도 없었다. 그러니 다행이었다. 사리 몇 과가 나왔느니 따지며 스님의 생을 가늠하려는 호사가들도 없을 것이고, 하늘에 등장한 기상

---

114) 涅槃偈 : 고승이 입적하기 전에 깨달음을 증표해 남기는 게송.

현상을 스님의 법력과 연관시킬 일도 없을 것이다. 행여 사리가 나온다 할지라도 사리를 친견한다며 몰려든 신도들로 절 마당에 애꿎은 먼지를 피울 일은 더더욱 없을 것이다.

"그래도 홍제스님은 가시는 순간까지 가르침을 주고 가시는군요."

"어떤 가르침이요?"

나는 입을 다물었다. 시커멓게 태우고 허망하게 사라지는 불꽃과 연기만이 다비장의 주인이자, 생의 본질이란 사실은 다비식을 지켜본 그도 이미 알고 있을 테니.

스님께 여쭈었던 질문이 타오르는 불꽃 속에서 아련하게 떠올랐다.

"스님, 이해가 안 되는 게 있습니다."

"뭐시 그리 이해가 안 되노?"

"윤회와 제법무아(諸法無我)가 불교에 공존할 수 있다는 게 납득이 안 됩니다."

"허허. 야단났네."

"제법무아의 무아(無我)는 나라고 할 만한 존재의 본질이나 실상은 없고 단지 오온(五蘊)의 인연에 의해 가합된 찰나의 존재라는 말 아닙니까? 그런데 윤회하면서 업보를 받는 주인공은 누굽니까? 나란 고정적 실체가 있어야 극락왕생도 하고, 지옥에도 빠지는 인과가 일어나지 않겠습니까? 제가 지은 죄와 복은 제가 받지 남이 대신 받는 것이 아니듯 말입니다."

"불교를 공부했다는 놈이 그만 소리를 한단 말이가?"

"스님, 저도 답답해서 이러는 겁니다. 윤회의 주체가 있어야 윤회가 일어날 거 아닙니까? 아트만[115]이란 본질을 인정하는 인도전통의 윤회사상을

---

115) atman : 우주의 보편적 실재. 불가의 무아(無我)와 대립되는 개념.

불교가 빌려오다 보니 이런 갈등이 생긴 것 아닙니까."

"허허."

"웃지만 마시고 대답을 해주십시오."

"윤회가 꼭 니가 서양철학에서 배운 존재나 주체를 중심으로 한 윤회여야 하나?"

홍제스님은 끄응 하는 신음소리를 내더니 벌떡 일어나 방 불을 꺼버렸다. 순식간에 방은 어둠에 묻혀버렸다.

"스님?"

치익 소리와 함께 눈이 확 밝아졌다. 홍제스님은 성냥불을 몽땅한 초에 옮겨 붙이더니 성냥불을 흔들어 꺼버렸다.

"이 촛불이 보이나?"

"네."

"지금 이 초에서 타는 불이 성냥불이가, 촛불이가?"

"흠… 성냥불이라고 할 수도 없고, 촛불이라고도 못하겠군요."

"지금 초에서 너울너울 타고 있는 이 불꽃은 고정된 형상이 있는 기가 아니믄 이렇다 할 형상도 없이 이렇게 타오르는 기가?"

"형상이 있다고 할 수도 없고, 없다고도 할 수 없습니다."

"그럼 보거래이. 방금 불이 성냥에서 초로 윤회했다. 그라믄 윤회를 고정된 주체의 순환으로 바라봐야겠나, 아니믄 성냥불이 촛불이 된 것처럼 업보가 만들어낸 관계의 이어짐으로 바라봐야겠나?"

"스님 말씀은 하나도 모르겠고… 방금 꺼진 성냥이 스님의 자비로 적멸에 들었다는 건 알겠습니다."

스님은 촛불을 훅 불어 꺼버렸다. 다시 아득한 암흑이었다. 어둠 속에서 스님이 말했다.

"다 쓸데없는 기라. 불법을 머리로만 이해할라꼬 하믄 팔만 구천 리 칠통

속으로 빠지는 기다. 전깃불이나 키라."

거센 바람이 연화대를 훑고 지나가자 연기와 열기도 덩달아 이영선과 내가 있는 쪽으로 덮쳐왔다. 그는 불기운을 피해 고개를 내 가슴에 파묻었다.

"아버지는 한 번도 날 안아준 적이 없어요."

원망인지 아쉬움인지 모를 말을 중얼거리며 울먹이는 이영선을 꼭 끌어안은 채 아지랑이 너머에서 가물가물 흔들리는 천축산을 바라보았다. 홍제굴은 연기와 눈물에 가려 보이지 않았고, 가슴 속엔 목탁과 염불소리 대신 장작이 타닥타닥 타 들어가 무너지는 소리만 울리고 있었다.

'홍제스님. 너무나 잘 아시겠지만… 이제는 다른 초에 옮겨붙지 마시고 훨훨 날아가소서.'

연화대 연기 너머에서 홍제스님이 웃으며 대답했다.

'인호야. 니는 아직도 모르는 가베. 본래무일물(本來無一物). 애당초 옮길 불도 옮겨붙을 초 따위도 없었던 기라.'

6

간살스럽게도 인간이란 그런 존재다. 홍제스님의 육신을 태우는 불꽃이 꺼지지 않았지만, 나는 대중들과 절로 돌아와 육신을 살리는 밥을 먹었다. 숟가락이 입에 닿자 어젯밤과는 다르게 밥은 꿀떡꿀떡 잘도 넘어갔다. 스승을 보낸 슬픔도, 목덜미에서 전해오는 묵직한 고통도, 어제 여기서 사람이 죽어나갔다는 찜찜함도 맹렬하게 달려드는 허기 앞에선 쪽을 쓰지 못했다. 공양간을 나서며 입 구석에 남겨진 밥알들의 단물을 빼먹다 보니 아, 좋다, 소리가 절로 터져 나왔다.

나는 화장실로 들어가 세면대 거울 앞에 서서 셔츠 깃을 내린 다음 목의 상처를 확인했다. 팔뚝만 한 검붉은 멍이 목덜미에서 똬리를 틀고 있었다. 이 점잖은 먹구렁이가 며칠 지나면 꽃뱀처럼 현란한 무늬를 이루며 흐릿하게 퍼져나가겠지. 어느새 현담도 화엄당(華嚴堂)에서 발우공양을 마치고 화장실에 들어섰다. 나는 서둘러 셔츠 깃을 올렸고 그는 승려의 규율에 따라 날 못 본 척하며 소변기 앞에 섰다.

용무를 마치고 정성스럽게 손을 씻던 현담이 별안간 뒤로 와서는 내가 점령한 거울 모서리에 얼굴을 살포시 디밀었다. 갸름한 얼굴에 그윽하게 박힌 두 눈이 내 꼭뒤를 훑는가 싶더니 셔츠 깃을 확 접어버렸다.

"어, 이게 뭐야? 어쩌다가 이런 거야."

"그게… 장군죽비 맞은 자국이야."

"죽비?"

그때 좌변기 칸막이 문 너머에서 기척을 알리는 헛기침소리가 들려왔다. 곧 나가겠다는 승려들의 신호였다. 그제야 우리는 거울을 앞에 두고 다소 민망한 자세로 붙어 있다는 것을 알아차리곤 서둘러 밖으로 나왔다. 극락교가 보이는 곳에 이르자 현담이 물었다.

"그런데 언제 올라 갈거니?"

"못 가."

"습골[116] 때까지 있으려고?"

"그게 아니라, 내 목에 사랑의 표식을 주신 분을 좀 만나보려고…."

"그 멍 말이군? 누가 그랬는데?"

나는 현담에게 도원스님을 만난 것과 홍제굴을 나서다 기절한 일을 말해

---

116) 拾骨 : 화장하고 남은 뼈를 추려내는 행위.

주었다. 현담은 몹시 놀라더니 심각하게 말했다.

"이런 일이 생길까봐 네가 설치는 것을 말렸던 거다. 지금까지 네가 뭘 알았든지간에 모두 잊어버리고 서울로 올라가라."

나는 말을 꺼낸 의도와 어긋나는 반응을 보이는 그에게 고개를 저었다.

"한 대 맞고 나니까 의욕이 막 솟네. 이제 몇 발자국만 더 나아가면 모든 일을 밝혀낼 수 있을 것 같거든."

"그림 때문에 그래? 내가 말했지. 인연이 없으면 안 된다고… 욕심부리지 마라."

"그림 때문만은 아냐. 절에서 일어난 모든 일들을 속 시원히…."

"이미 공식적으론 마무리된 일이야."

"왜 이래. 내가 맞고 쓰러진 것만 봐도 아직 안 끝났다는 증거잖아. 『영락사몰락기』만으로는 광오를 범인이라고 단정 짓기엔 무리가 있어. 현일스님 노트에 있는 '데바'란 말은 데바닷타가 아니라 용수의 제자인 제바를 의미하더군. 며칠만 더 있어야겠다. 내가 납득할 수 있을 때, 그때 올라가마."

"뭘 납득한다는 거야. 그리고 데바닷타건 제바건 상관없어. 더 이상 일 벌일 생각 마라."

"만날 하지 마라 타령이군. 왜 이렇게 엄살이 늘었냐?"

"친구를 잃을까 두렵다."

"절의 명예를 위해 사건을 여기서 덮고 싶은 건 아니고?"

"……."

창공 어딘가에 나를 구슬릴 적당한 문구라도 숨겨놓았는지 그는 한참 하늘만 올려다보았다. 짧지 않은 시간이 흐른 뒤 현담이 운을 뗐다.

"네 성격에 절에서 쫓겨나도 여관에서 기거하며 귀찮게 할 게 빤하긴 한데…."

반승낙이라 여겨 그의 손을 꼭 잡았다.

"잘 아네. 돈 없는 백수 좀 살려주라."

현담은 고개를 설레설레 흔들었다.

"그래도 안 돼. 진심으로 걱정해서 하는 말인데 그냥 올라가라. 어머니를 생각해."

어머니란 말에 손아귀 힘이 풀리자 현담은 손을 빼면서 말했다.

"어머니 눈에서 다시는 눈물 나게 안 한다며? 넌 아직 걸리는 일이 많아. 자, 따로 할 것도 없이 이것으로 인사를 갈음하자. 잘 가라."

"……"

현담이 그렇게 떠나고 누군가 등 뒤로 다가선 기척이 느껴졌다. 바로 고개를 돌리지 못해 몸통을 틀며 천천히 돌아섰다. 눈앞엔 양근철과 박재혁이 서 있었다. 무뚝뚝하게 노려보고 있던 양근철이 먼저 시비를 걸어왔다.

"이제 절을 떠나시려고? 그림은 잘 빼돌렸나 보지."

양근철은 손 안에 든 물고기가 빠져나간다는 듯 안타까운 표정을 지으며 말했다.

"무슨 그림 말입니까?"

"다비식에 참석한 이영선을 만나보고서야 알았지. 당신이 왜 홍제스님을 죽였는지. 광오가 찾던 김홍도의 그림이 사라졌다더군."

"절 경찰서로 끌고 가지 않는 걸 보니, 제가 범인이란 증거는 아직 안 나온 모양이군요."

"양기가 입으로 다 올라붙었군. 범행동기를 알았으니 증거를 찾는 건 시간문제지."

그는 격앙하는 대신 독기서린 눈빛으로 침착하게 대꾸했다.

"양 거사님, 네 분 스님의 죽음이 『영락사몰락기』에 나온 대로 일어난 것이 밝혀졌지 않습니까. 홍제스님만 뚝 떼어서 날 범인으로 몰아붙이는 게 말도 안 된다는 걸 잘 아시면서 왜 이러십니까. 아무리 학자들에게 안 좋은 감정이 있더라도 이러시는 건 아니죠. 이제 그만하는 게 어떻겠습니까."

"뭐가 밝혀졌다고 설레발이야. 내가 학삐리들처럼 책에 쓰인 말 한마디에 넘어갈 것 같아? 사람을 우습게 보고 있군."

"양 거사님. 저도 학교에서 쫓겨난 사람입니다. 양 거사님이 교수나 학자들에게 가지고 있는 분노를 누구보다 잘 압니다."

"흥. 알긴 뭘 알아. 이제 와서 이러는 걸 보니 뭔가 켕기긴 켕기는가 보군. 솔직히 말해봐. 더 이상 강단에서 사기를 못 치니 밥벌이라도 하려고 그림을 훔치고 사람을 죽였나?"

"양 거사님!"

"절간에서 소리 지르는 것도 도리가 아니지. 도리에 대해 그렇게 잘 아는 사람이 왜 이래? 내 지금은 놓아주지만, 조금만 기다려봐. 내가 곧 그 위선의 탈을 벗겨서 좋은 곳으로 보내줄 테니…."

양근철이 내 어깨를 꽉 밀치며 지나가자 뒤에서 상황을 지켜보던 박재혁이 다가와 말했다.

"너무 신경 쓰지 마슈. 저 영감이 말은 고약하게 해도 나쁜 사람은 아니유. 근데, 야, 이제 어쩌지? 절밥이 되게 짜게 생겼수."

"예?"

"싱거운 사람이 가버려서…."

실룩거리는 얇은 입술에서 터져 나오는 재미없는 농담은 여전히 때와 장소를 가리지 못했다.

"아뇨. 박 거사님이 있는 한 간이 맞을 겁니다."

"어? 아아! 현 선생, 이 사람 진짜 싱겁네. 아하하하."

박재혁은 팔을 홰홰 저으며 또 한 박자 늦게 웃었다.

7

"미국물을 드셔서 그런지 얼굴이 더 훤해지셨네요."

"연화수보살아. 시님은 한국불교를 가르치러 미국에 간 거 아이가. 그라믄 시님이 미국 물을 드신 기 아이라 미국이 한국물을 먹은 기지."

"허, 그리고 보니 법삼성보살 말이 맞소."

그는 내가 온 것도 모르고 삼관굴 앞에서 보살들과 담소를 나누고 있었다. 나는 그들과 몇 발자국 떨어지지 않은 마당 구석에 서서 대화가 끝나기를 기다렸다. 그러나 오래지 않아 인왕(仁王)처럼 눈을 부릅뜨고 지켜보는 나를 수상쩍게 여긴 보살들이 눈짓을 보내자 그가 고개를 돌렸다.

"어떻게 여길?"

그는 좀 놀란 듯했다.

"아까는 경황이 없어서 고맙다는 인사도 제대로 못 드렸네요."

"아, 그렇소? 몸은 좀 괜찮고?"

"덕분에 다닐 만합니다. 고맙습니다."

"다행이군. 그럼 조심해서 내려가시오."

그의 태도는 달라진 구석이 하나도 없었다. 하는 말로 보아 때려서 뻗게 만들지나 않으면 다행일 그가 나를 업어 방에 눕혔다는 것이 믿어지지 않았다. 다시 보살들과의 대화를 하려고 등을 돌리는 그를 가만히 불렀다.

"스님!"

"아직 용건이 남았소?"

"홍제굴에는 어떻게 오셨다가 저를 발견하셨습니까?"

"아, 홍제굴에 간 것이 아니라, 지나가는 길에 우연히…."

순간 도드라지도록 빨갛게 물들어가는 그의 귀를 보았다. 단순히 경위를 알기 위해 물은 말이었지만, 그가 당황하는 모습을 보자 무엇인가 숨기고 있다는 확신에 가까운 직감이 나를 비끄러매었다.

"어디를 가셨기에 홍제굴처럼 구석에 박힌 곳을 거쳐서 가셨던 겁니까?"

보살들은 어디서 불경한 종자가 나타나 거룩한 스님을 핍박하느냐는 듯 눈을 흘겼지만, 나는 더 뻐딱한 어조로 그를 몰아붙였다. 그는 이대로 얼버무리며 돌려보낼 수 없다는 것을 깨달았는지 보살들과 서둘러 인사를 나누고는 나를 방으로 들게 했다.

방에 들어선 그는 조금 전과는 달리 부드럽게 나를 얼렀다.

"차 한잔하겠소?"

"생각 없습니다."

"난 원여라고 하오."

"현인호입니다."

"이름은 이미 알고 있소. 어제 이곳에 다녀간 뒤에 본사(本寺)에 전화를 해서 알아봤지."

뒷조사를 했다는 건가. 나는 신경이 곤두서서 그를 쳐다봤다.

"그런데 뭐가 그리 궁금하고 언짢아서 어제부터 이렇게 찾아오는 것이오."

"스님이 어떻게 절 발견하셨는지 궁금할 따름입니다."

"그게 왜 궁금한지 모르겠지만 뭔가 오해가 있는 것 같으니 말해주겠소. 큰절에 일이 있어 내려가던 중에 아이의 비명소리를 듣고 홍제굴까지 달려간 거요. 가보았더니 아이는 없고 현 거사만 쓰러져 있었소."

쓰러질 때 들었던 아이의 비명소리가 환청은 아닌 모양이었다.

"그렇다면 홍제굴과 본사로 갈라지는 길목에서 아이의 소리를 들었겠군요?"

"그렇소."

"홍제굴 대숲에서 난 소리를 고개 너머 수백 미터 떨어진 갈림길에서 들었단 말입니까? 수목이 빽빽해서 소리가 멀리 퍼져나갔을 리가 없을 텐데요."

"내 귀엔 분명히 들렸소."

창백한 안색에 박힌 그의 눈동자가 폭풍 속에 나부끼는 깃발처럼 격렬하게 흔들렸다.

"그럼 그 소리에 가던 길을 포기하고 멀리 홍제굴까지 올라오셨단 겁니까? 상식적으로 이해가 안 되는군요."

"다급한 비명소리가 들리면 가보는 것이 인간의 상식이지, 뭐가 납득이 안 된다는 소린지 모르겠군."

"스님이 그토록 아니라고 하시니 알겠습니다. 저는 이 길로 내려가서 경찰에 신고를 할 생각입니다. 목에 난 증거도 있고 목격자도 있으니 사건이 접수되는 데는 큰 문제가 없겠지요. 스님이 유일한 목격자시니 경찰서에 가서서 스님이 홍제굴에 올랐던 경위를 설명하셔야 할 겁니다. 그때가 되면 홍제굴 대숲에서 나는 소리가 갈림길까지 들리는지도 확인할 수 있겠죠. 그리고 그 괴상한 쪽지도 같이 증거물로 제시하셔야 할 겁니다."

그는 끽소리도 못 내고 그 자리에 붙박여 있었다.

통했다.

숨만 뽈록거리며 절명해가는 괴물의 심장에 창을 박아 넣은 기분이었다. 승리를 만끽하는 동안 시간은 중력의 간섭에서 벗어난 듯 천천히 흘렀다.

"하루 여유를 드리겠습니다. 마음이 바뀌시면 연락하세요."

얼어붙은 그의 표정을 더 즐기지 못하는 것이 아쉬웠지만, 전화번호를 밀어주며 일어섰다.

"현 거사. 게 앉아보시오."

그는 난처한 듯 눈꺼풀을 비비며 나를 잡았다.

"왜요? 갑자기 뭔가 생각나신 겁니까?"

터져 나오려는 웃음을 참으며 다시 앉자 그의 안광이 섬뜩하게 빛났다.

"위험해져도 알아야겠소? 목숨을 걸 자신이 있냔 말이오?"

목숨? 찬찬히 판단할 겨를이 없었다. 눈앞에 보이는 먹이를 놓치지 않기 위해 숨을 깊게 들이마신 다음 고개를 끄덕였다. 그는 일어나 벽장을 뒤적거리더니 족자 하나를 내 앞에 던졌다.

홍제스님의 육여도!

"이걸 왜 스님이?"

"이 그림을 본 적이 있소?"

"제가 숨겨놓은 그림입니다."

"단단히 엮였군. 쓰러져 있을 때부터 감은 잡았지만… 이 그림의 비밀은 풀었소?"

"아뇨. 아직….."

"아까 그 쪽지는 진짜 현 거사 게 아니오?"

숨 돌릴 틈도 주지 않고 그의 질문이 날아왔다. 묻는 대로 대답해도 되는 것일까. 분명 원여스님은 절에서 일어난 일과 관련이 있다. 하지만 힘이 되어줄 사람인지, 이용하려는 사람인지 확신이 서지 않았다. 이제 뒷걸음질 치는 쪽은 나였다. 그는 달아나려는 내 표정을 읽고는 무겁게 말했다.

"날 믿으시오. 난 원철, 현선, 현일과 같은 계에 몸담았던 계원이오."

몸에 힘이 풀리며 머리가 띵해졌다.

"제바계 말입니까?"

그는 순하게 생긴 얼굴을 찡그리며 중얼거렸다.

"문제군. 그 이야기가 현 거사 귀까지 들어갔을 정도면…."

"그럼 제바계는 어떤 모임입니까?"

"간략하게 말해 계라기보다는 일종의 결사 같은 거요. 불교에 관한 고민을 나누다가 결집한 것이 제바계요."

"그렇게만 말하시면 제가 스님을 신뢰할 수 없습니다. 고민이란 게 구체적으로 어떤 겁니까?"

"흠, 뭐라고 해야 하나. 대승정신에 입각해서 발 딛고 있는 예토를 부처님이 계신 정토로 만들기 위한 의식과 실천에 관한 고민이라 합시다. 외부에는 전혀 알려지지 않았소. 문중이나 어른스님들이 이런 모임이 있는 줄 알면 반길 리 없으니까."

"납득이 잘 안 가는군요. 그 정도 문제를 다루는 것에도 쉬쉬해야 했단 말입니까? 환경이나 사회참여운동을 하고 있는 스님들도 꽤 있지 않습니까?"

그는 다소 난감한 얼굴로 말을 받았다.

"훌륭한 스님들도 많지만 몇몇 불교운동은 여법(如法)한 근본과 소신으로 다져지지 않은 채 허울만 쓴 것도 있소. 유정(有情), 무정(無情)의 모든 중생이 존귀하다는 부처님 말씀을 뼛속 깊이 고뇌한 다음 나오는 것은 별로 없다는 소리요. 불교계에서 입을 모아 지지하는 환경운동만 봐도 이중기준이 적용되고 있소. 터널이나 골프장 공사에는 다들 반대를 하면서도 확장불사를 하거나 사찰진입로 공사를 할 때는 환경의 훼손 따위는 고려하지 않지. 이익의 속살을 가리기 위해 대의라는 옷을 걸치고 있을 뿐이오. 그래서 우리의 관심사는 대외적 주장이 아닌 승가 내부의 문제였소."

"승가 내부의 문제라뇨?"

"예를 들어 서열위주로 운영되는 강원문제 같은 것들 말이오. 다 그렇다는 것은 아니요만 자유롭고 열린 사고를 해야 할 예비승려들이 법랍을 군대계급 정도로 이해하면서 강원생활을 하고 있는 곳도 있다는 거지. 그런 곳에선 군대 고참 같은 강원 선배들이 후배들에게 단체기합이나 개인적 벌을 주기도 하오. 집단의 질서와 체계를 바로 세운다는 명목이지. 그러다 보니 간간이 강원 학승들 간에 불화가 생겨 언쟁이나 주먹다짐도 오가는 것이 사실이고. 그렇게 길들여지다 보니 군대를 쉽게 받아들이는 건지도 모르지."

"혹시 승려의 군 입대도 반대하십니까?"

"그렇소. 불살생의 계를 지키겠다고 서약한 승려들이 호국불교니 애국불교니 하는 말들을 가져다 붙이면서 자신들의 군복무를 정당화하고 있소. 하지만 불교는 근본적으로 특정 집단과 국가를 위한 가르침이 아니란 말이지. 호국을 외치는 승려들은 출가는 했지만 아직 출국은 하지 못한 것이고, 그러니 출세간은 꿈도 꾸지 못하는 거요. 이런 현실이 승단의 문제에 천착하게 된 이유였소. 비판의 칼날이 안으로 향하다 보니 우리는 어디에서도 환영받을 수 없는 입장이었지. 설익은 주장과 대안으로 미움을 사는 것보다는 좀 더 익히고 숙성시키려다 보니 비밀리에 모여서 논의할 수밖에 없었고."

"하지만 애국이나 군대문제에 민감한 이 땅에서… 승려들이 집단적으로 병역거부를 할 수 있다고 생각하십니까?"

"세간의 불자들조차 자신의 종교적 신념과 양심에 따라 병역을 거부하고 민족과 국가의 죄인으로 낙인찍힌 채 옥살이를 하고 있는 상황에서, 중생들의 스승이라고 자부하는 승가가 그런 것이 두렵다면 존재할 이유가 있겠소? 슬프게도 불자들을 이끌어야 할 종단은 그 문제에 관해 공식입장조차 없소. 호국과 애국불교의 허울에 갇혀 그런 문제에 대한 자각이 없다 보니 공식입장이 나올 수도 없는 것이고, 종단자체의 공식입장이 없으니 대중이나 스님네도 그런 고민을 할 필요가 없는 악순환이 반복되는 거요. 부처님의 근본 가르침을 고수하려는 승려들은 사라지고, 군 법당에서 군법사로 병역을 마친 것을 변명삼아 자신은 총을 들지 않았다고 자위하는 이들도 있으니 그것도 큰 병폐요."

"하지만 현실적으로 군대에 가야 하는 사람들을 위해 그들 곁에서 그들을 종교적으로 이끌어야 할 사람도 있어야 하지 않겠습니까? 그러기 위해 스님들이 군법사로 복무를 마치는 것까지 부정적으로 볼 필요가 있습니까?"

"물론 틀린 말은 아니오. 그런데 그 이야기 아시오? 군악대에서 북치던 소년이 전쟁 중에 적의 손에 잡혔소. 그는 변명했지. 난 누굴 죽인 게 아니라 북만 울렸다고. 그러나 군인들은 소년을 가장 먼저 처형했소. 임진왜란 때 독실한 불교신자였던 가토 기요마사(加藤淸正)가 종군승려들을 앞세우고 '나무묘법연화경(南無妙法蓮華經)' 이라 적힌 깃발을 휘날리며 조선 땅을 침략한 것만 보아도 알 수 있는 일 아니겠소. 뜻은 장하지. 조선을 불국토로 만들겠다며 병사들을 내몰았으니."

그의 몰아치는 사자후[117]에 품었던 의심이 찢겨져 나갔다. 제바계란 존재는 불교계의 재앙이자 축복이었다. 절의 입장에서 보면 그들은 배덕자(背德者)이자 탕아였다. 그러나 석가모니도 그의 아비인 정반왕과 임신한 부인의 입장으로 보면 패륜아이자 망나니 아니던가. 만약 삶과 우주의 비밀을 풀고자 아비와 부인을 버리고 야반도주한 석가모니를 용서할 수 있다면, 정법을 실현하기 위해 자신의 몸에 끊임없는 생채기를 내는 제바계도 용인해야 했다.

"그런데 제바계라고 이름 붙인 특별한 이유가 있습니까?"

"용수스님의 제자 아리아데바의 이름을 빌려온 것이오. 네티 네티(neti neti)… 이것도 아니고, 저것도 아니다. 그는 상대방의 논의를 새로운 대안으로 반박하는 것이 아니라, 상대가 제시한 명제 자체의 모순과 불합리성을

---

117) 獅子吼 : 사자의 울음소리란 말로 부처님의 설법을 상징한다. 사자의 울음소리에 뭇 짐승들의 내장이 파열되듯, 부처의 말씀은 중생의 번뇌를 파열시킨다고 한다.

파고들어 그 논지를 내부적으로 붕괴시켜버렸소. 그것으로도 헛소리를 물리치기엔 충분하지. 헛소리가 가라앉아야 대안도 모색할 수 있는 게 아니겠소. 편안하게 받드는 전통과 관행들에 대한 의심과 부정을 통해 새로운 불교를 시작하려는 의도로 이름을 빌려온 거요."

"스님들의 모임을 누군가 알았다면 못마땅하게 생각했겠군요."

"그랬겠지. 하지만 스님들이 죽은 것은 구체적이고 명백한 위협을 느낀 자의 소행일 거요."

"구체적이고 명백한 위협이라뇨?"

"원철스님은 알지 말아야 할 것을 알았던 것 같소."

그는 갑자기 방문을 열어 밖을 확인하더니 목소리를 낮춰 말했다.

"1년 전, 원철스님이 장경각에서 책갈피 사이에 딱 달라붙어 있는 서신 두 장을 발견했소. 누렇게 바래서 너덜거리는 종이로 보아 옛날 것은 분명한데 심하게 흘려 쓴 초서라 무슨 내용인지 도통 알 수 없었지. 흥미롭긴 했지만 대수롭지 않게 넘겼소. 그런데 우리와 다르게 원철스님은 혼자서 그 편지의 해석에 매달렸소. 방에 틀어박혀 며칠을 나오지도 않을 정도였지."

"그래서 원철스님이 해석했습니까?"

"아마 그럴 것이오."

"아마라뇨?"

"나는 원철스님이 죽기 몇 달 전에 도명스님의 요청으로 캘리포니아에 있는 포교원으로 떠나야 했소. 스님의 죽음은 며칠 전에 돌아와서야 알았지."

"어떻게 그럴 수 있습니까? 전화나 메일을 통해 알릴 수도 있었을 텐데."

"괜한 걱정으로 불안해 할까봐 연락을 하지 않았다고 했소."

"그럼 돌아와선 현선스님과 현일스님을 만나봤겠군요?"

"현선스님만 봤지. 그것도 방장님께 인사를 드리려고 본사에 잠시 들렀다가 만난 거라 자세한 이야기는 못 나눴소. 한국에 오자마자 은사스님이 위독하단 소식에 부랴부랴 강원도에 다녀왔거든."

"현선스님이 뭐라던가요?"

"원철스님이 죽은 게 편지와 관련 있다는 얘기만 하고는 일주일 뒤에, 그러니까 오늘 홍제굴에서 만나 이야기하자고 했소. 그런데 강원도에서 돌아와 보니 현선스님은 이미 죽었고 현일스님은 연락이 하루 종일 닿지 않더니 다음날 새벽에 죽은 채로 발견됐지. 이틀 사이에 그런 날벼락이 있을지 누가 알았겠소."

"홍제굴에서 만나기로 하셨다구요? 그럼 홍제스님도 제바계였습니까?"

"아니오. 나도 왜 홍제굴에서 만나자고 할까 이상했지만, 원철스님이 편지의 초서를 해독하는 과정에서 한문과 경전에 통달한 홍제스님을 찾아가지 않았나 하는 생각을 했을 뿐이오. 그렇다면 내가 없는 사이 스님들과 홍제스님이 편지의 비밀을 공유하며 남몰래 왕래했을 수도 있지 않겠소."

"그랬을 수도 있겠네요. 그런데 원철스님이 발견했다는 편지는 어떻게 됐습니까?"

"원철스님의 죽음과 함께 사라졌다 들었소."

"편지의 내용은 전혀 듣지 못하신 겁니까?"

"불행히도… 그렇소."

정답이 다음 호에 실리는 잡지의 퀴즈를 푸는 것 같아 복장이 터질 것만 같았다.

"그럼 이 그림은 어떻게 된 겁니까?"

"그제 현선스님이 계곡에서 발견됐다는 소식을 듣고 본사에 있는 현일스님을 만나러 갔지만 찾을 수 없었소. 그래서 홍제스님이 뭔가 아실까 싶어 홍제굴을 찾았지. 홍제스님 역시 계시지 않더군. 이상한 기분이 들어 홍제굴을 살피다 아궁이에서 이 그림을 발견했소."

"그런데 아까 또다시 홍제굴에 오신 이유는 뭡니까. 일주일 전의 약속 때문에 그런 겁니까?"

"아니오. 스님들이 다 돌아가셨는데 무슨 약속이 있겠소. 스님들이 줄줄이 죽으니 나도 심각한 생명의 위협을 느끼지 않을 수 없었소. 내가 지금까지 살아 있는 건 미국에 가 있어서 사정을 몰랐기 때문이겠지. 잠자코 있을까 생각도 했지만 자신을 속여 가며 목숨을 보존하는 것이 무슨 의미가 있겠소. 단서가 될 만한 것을 더 찾아볼 작정으로 홍제굴을 올라갔다가 쓰러져 있는 현 거사를 본 거요. 그런데 아까 그 비명소리는 뭐요?"

"영락사 근방에서 자주 본 아이예요. 네댓 살가량의 말을 못하는 남자아인데 혹시 아십니까?"

"흠, 전혀 모르겠는걸."

"그나저나 스님이 보여주신 그 쪽지는 어떻게 된 겁니까?"

그는 소매에서 고이 접은 쪽지를 꺼냈다.

"현 거사. 혹시 현일스님과 만난 적 있소?"

"왜 그러십니까?"

"쪽지가 현일스님의 필체더군. 스님은 7자를 이렇게 'ㄱ' 자 가운데 줄을 긋는 방식으로 특이하게 쓰지."

"잠시 만난 적은 있지만 이 쪽지를 받지는 못했습니다."

"그런데 이게 왜 현 거사에게 나온 거요?"

"그건 저도 모르겠습니다. 뒷주머니를 확인한 적이 없어서… 아니면 아까 누군가 절 내려칠 때 넣어둔 건 아닐까요?"

"이상하군. 이것도 분명 중요한 의미가 있는 것일 텐데 일부러 이것을 넣었다? 차라리 현 거사가 해코지당한 이유가 이걸 빼내려는 사람의 소행이었던 건 아닐까 하는데…."

"그럴 수도 있겠군요. 아이의 비명소리에 놀라 이걸 가져가지 못하고 도망친 거고…."

"그런데 현 거사가 어제 청량암에 올라온 건 무슨 이유요? 현거사가 다짜고짜 홍제스님 이야기를 꺼낼 때 상당히 놀랐소."

"이 그림에서 힌트를 얻은 겁니다. 제가 잘못 짚은 덕분에 어제 스님을 만나게는 됐지만 진짜 의미는 모르겠습니다."

"이 그림이 청량암과 관련이 있다고 생각한 거요?"

"네. 삼여도라 써놓고 여섯 마리의 물고기를 그려놓은 것은 엉터리거든요. 육어(六魚)는 중국어 독음상 육여(六如)와 같아서 육여를 고민한 끝에 『금강경』의 육여가 아닐까 생각했습니다. 그런데 육여도에 권학의 의미인 삼여도라고 굳이 화제를 써놓은 걸로 봐서 육여에서 그치지 않고 대승수행의 지침인 육바라밀과 통한다고 생각했지요. 바라밀은…."

"파라미타. 도피안. 해탈이나 극락을 의미한다고 생각했군. 극락은 곧 청량이고…."

그는 그림을 지긋이 내려다보더니 고개를 주억였다.

"흠… 그래, 그럴듯하군."

"이렇게 푸는 게 맞는지는 저도 잘 모르겠습니다."

"육바라밀이라… 원어로는 사드파라미타(Sadparamita), 바라밀을 다시 한문으로 풀이하면 육도피안이군… 음? 설마 거긴가?"

정신이 번쩍 들었다.

"뭔가 아시겠습니까?"

"그냥 순간적으로 떠오르는 곳이 있었소."

미소를 짓는 것으로 보아 짚이는 것이 있어 보였다. 이틀 동안 막혀 있던 장벽을 그가 단번에 뚫었다는 사실이 반가우면서도 또 다른 오답을 내놓지나 않을까 하는 생각에 두려워졌다.

"확신할 수 없지만… 홍제스님은 우리 둘이 힘을 합쳐서 문제를 풀라고 하신 것 같군. 스님은 현 거사가 청량까지는 풀 수 있으리라 생각했던 것 같소. 그건 아마 날 만나라는 뜻일지도 모르지."

답 대신 엉뚱한 소리만 늘어놓고 있는 그를 재촉했다.

"그래서 그림이 뭘 말하는 겁니까?"

"현 거사는 그림을 끝까지 논리적으로만 해석하려 드니 끝에 가서 답을 구하지 못한 것이 아닐까 싶소. 내가 보기에 이건 직관과 경험이 필요한 일종의 난센스 문제 같소."

"난센스라뇨?"

"육도피안이라면 뭐가 생각나오?"

"육도피안… 여섯 개의 해탈? 여섯 개의 극락이란 말입니까?"

"아니, 자꾸 생각하려 하지 말고 육도피안을 들을 때 순간적으로 떠오르는 단어가 없소?"

"모르겠습니다."

"세상에 없는 곳."

"네? 세상에 없는 곳이라뇨?"

"그렇소. 세상에 없어서 아무도 찾을 수 없는 곳이지. 그렇지만 수많은 사람들이 끊임없이 희구하는 곳이기도 하고."

"……"

"유토피아요. 극락이자 이상향. 극락이나 유토피아나 세상에 존재하지 않는 장소지. 어차피 발음이 유사하단 이유로 육어가 육여가 된다면 육도피안이 유토피아가 되지 못할 이유가 뭐가 있겠소."

무슨 말인지 알아듣긴 했지만 무릎을 치며 동의를 표하기에 유토피아는 너무 낯선 단어였다.

"그러면 홍제스님이 유토피아를 통해 말하고자 하신 게 뭘까요?"

"현 거사는 이해가 잘 안 되겠지. 그래서 내가 경험도 필요한 문제라고 하지 않았소. 산문 밖에 스님들이 자주 이용하는 유토피아란 식당이 있소. 공양주로 오래 있던 보살이 하는 식당인데 보살 입이 무겁고 장부처럼 시원시원한 구석이 있어서 스님들의 신망이 두터운 편이오. 홍제스님이 거기에 뭔가를 남겼을 수도 있지 않겠소? 현 거사는 일단 그곳으로 가보시오."

황망함에 벌어진 입을 다물지 못하자 그가 웃었다.

"믿지 못하겠다는 거요?"

"아니, 그게 아니라…."

"들러볼 가치는 있을 거요. 뭐하고 있소, 서두르지 않고!"

8

노란색 바탕에 푸른색 붓글씨체로 조잡하게 쓰인 '유토피아' 간판이 보였다. 미로 같은 골목을 반시간이나 뺑뺑 돌아 만난 식당이었건만 앞에 서니 자꾸 한숨이 일었다. '유'와 '아'는 떨어져 나가고 '토피'만 남은 현관문이나 슬쩍 보아도 동굴처럼 보이는 컴컴한 실내는 세상에 없는 곳이 아니라, 없어야 할 곳처럼 보였다. '경남식당'이나 '영락사관광식당' 같은 산사 주변에 널린 천편일률의 상호도 문제지만, 다 쓰러져 가는 밥집에 유토피아라는 이름을 써 다는 주인의 용기는 더 심각해 보였다. 아무려나, 이곳에서 원하는 것을 찾는다면 이름 따위야 무슨 상관일까. 눈썹에 대롱거리는 땀을 훔치며 식당으로 들어서자, 길고 적막한 식당 홀에는 싸구려 탁자와 녹슨 철제 의자가 잔뜩 늘어서 있을 뿐 손님은 보이지 않았다.

"어서오이소"

목살이 두 번 접힌 덩치 좋은 50대 아주머니가 주방에서 나와 탁자 위에

컵과 물수건을 내려놓았다.

"아이고 땀 봐라. 날이 마이 덥지예? 영락사 찾아오신 분입니꺼."

그는 선풍기 대가리를 내 쪽으로 꺾으며 물었다.

"예. 영락사 좋다는 말 듣고 찾아왔습니다."

대답이야 능청스러웠지만, 이마에선 팥죽 같은 땀이 멈추지 않았다.

"하믄 마, 영락사가 절중에 일등 아인교. 부처님 진신사리 있제, 종정을 지내신 봉허시님 계시제. 잘 오셨심더. 뭐 드실란교?"

딱히 뭘 먹고 싶진 않았지만 찾아온 이유를 바로 꺼내는 것도 마뜩치 않은데다 원여스님의 풀이도 그리 미덥지도 않아 주문부터 하기로 했다. 오종종한 간판체 글씨들로 총총한 메뉴판을 살폈다. 메뉴는 어제 들렀던 그 '전문' 식당과 별반 다르지 않았다.

"순두부 주세요."

아주머니는 주방에 대고 "순두부 하나 올리라" 하고 크게 외치고는 입구 쪽 카운터에 앉아 설렁설렁 부채질을 시작했다. 나는 덜덜덜 돌아가는 선풍기에 땀을 맡긴 채 눈은 아주머니를 정탐했다. 과연 저 평범한 아주머니가? 고개를 흔들다 문득 아주머니와 눈이 정통으로 마주쳤다. 급하게 시선을 돌려 식당을 둘러보는 척하다 반대편 벽에서 예사롭지 않은 달마도 한 점을 발견했다. 자리에서 일어나 물때가 생긴 벽에 매달린 액자로 다가갔다.

그림 속 달마는 눈꺼풀이 잘려나간 부리부리한 눈으로 어딘가를 응시하고 있었다. 흔한 달마도에서 보듯 사람 하나 잡아먹고 지옥을 탈출한 나찰(羅刹)의 형상은 아니었다. 전법(傳法)의 인연을 찾는 기다림이랄까, 소림사 9년 면벽좌선에서 오는 피로감이랄까, 적어도 괴물이 아닌 인간의 모습이었다. 달마의 눈은 보는 사람의 시선을 따라온다는데 이 달마는 먼 곳만 멀뚱히 쳐다보는 듯했다. 구경열반[118]의 너머를 훔쳐보는 것일까 아니면 부처를 능가하는 조사시대의 개막을 혼자 몸으로 감당해야 하는, 중국 선종의 역사가 그에게 지워준 초조(初祖)라는 업보를 회피하려는 것일까?

"달마도 좋지예?"

어느새 다가온 아주머니가 자랑스레 말했다.

"네, 좋네요. 여느 달마도랑은 다른 인간 달마의 모습이 있네요."

"내사 마, 그런 거는 모르겠고 사람들이 하도 영험하다꼬 달마도, 달마도 해싸길래, 내도 하나 걸어놓은 기라예."

"그런데 이 그림은 낙관이 없군요."

"낙관이 먼교?"

"누가 그렸다 하고 이름이나 도장을 쾅 찍는 걸 낙관이라고 하죠."

"아, 이름 말하는 갑네. 시님이 기리주믄서 그라데. 이 달마시님은 기린 사람의 달마가 아이고 보는 사람의 달마라서 이름을 일부러 안 쓰셨다 카데."

듣고 보니 격이 있는 말이었다.

"누가 그리신 건가요?"

"홍제시님이라고 영락사 강원에서 강주하셨던 시님입니더."

손을 잡고 아주머니를 우아하게 한 바퀴 돌린 다음 식탁 위로 올라가 망아지처럼 펄쩍거리며 소리 지르고픈 충동을 억누르느라 미칠 것 같았다.

"홍제굴에 계셨던 스님 말씀이시죠. 잘 압니다."

"옴마야, 뱉일이네. 시님하고는 우예 압니꺼."

"스님이 청련사에 계셨을 때부터 알고 지냈습니다."

"참말입니꺼. 그라믄 그냥 절에 놀러온 기 아이고, 시님 다비식 때문에 오셨능교?"

"네에."

아주머니는 동지를 만난 듯 반가워하더니 금세 감정이 격해지는지 손바닥으로 눈을 찍으며 하소연을 늘어놓았다.

"하이고, 우예서 그런 시님이 갑작시럽게 열반하시는지… 좋은 시님들 다 가고… 그란데 다비식에서 못 본 것 같은데…."

행여 일이 꼬일까 조심스레 입을 열었다.

"조금 늦게 참석했습니다."

"그랬는 가베. 시님은 평소 수행이 깊으셔서 좋은데 가셨을 거라. 그지요?"

"네. 그러셨겠지요. 그런데 저기, 아주머님. 최근에 홍제스님이 여기에 오신 적이 있습니까?"

"예? 그기 무슨 말입니꺼. 뭐 때문에 그라십니꺼?"

"홍제스님이 뭘 맡겨놓은 게 있나 해서…."

나는 요령이라곤 방울 요령 말고는 아는 바 없는 놈처럼 대놓고 말했다. 그는 뜨악한 눈으로 한참을 바라보더니 근엄하게 물었다.

"이름이 뭔데예?"

"현인호라고 합니다."

"성인오예?"

"아뇨. 현 인 호입니다."

"신분증 가지고 있어예?"

코끼리에게 쫓겨 절벽 끝에 매달린 인간에게 하늘에서 한 방울의 꿀을 떨어뜨려 준 셈이었다. 하지만 아래쪽에서 내가 떨어지기만을 기다리는 독사의 아가리와 부여잡은 칡넝쿨을 갉아먹고 있는 쥐새끼들의 장난이 언제 산통을 깨트릴지는 모를 일이었다. 신분증을 꺼내는 손가락이 땀으로 미끈거렸다. 그는 작은 글씨가 잘 보이지 않는지 신분증을 눈에서 멀리 두고 눈살을 찌푸려 초점을 모았다.

"현. 인. 호."

그는 한글을 막 뗀 아이가 책을 읽듯 한 글자 한 글자 띄엄띄엄 읽어내리더니 내 얼굴을 뚫어져라 쳐다보았다.

"그동안 고생을 마이 했나 보네. 얼굴이 헬쑥한 걸 보이."

마침 순두부를 쟁반에 담아 나오던 주방아줌마가 어리둥절한 표정으로 물었다.

"이거 어데 내리놓으까예?"

"됐다. 난중에 내온나."

엄숙한 목소리에 보글거리는 순두부는 주방으로 퇴장했다.

"방으로 들어가입시더."

아주머니가 홀 오른쪽 미닫이문을 열자 기다란 회식용 방이 드러났다. 고기기름 때문인지 바닥이 눅눅하고 미끄러웠다. 그는 테이블 아래에서 방석을 꺼내주며 말했다.

"잠시만 앉아 계시이소."

잠시 뒤 방으로 돌아온 아주머니 손에는 흰색 편지봉투만 달랑 들려 있었다.

"한 사흘 됐지예. 홍제시님이 몸이 안 좋다고 깨죽 드시러 오시가꼬, 이 사람이 찾아오믄 전해달라고 합디더."

그는 검은색 사인펜으로 현인호라고 쓴 글씨가 단정하게 적혀 있는 봉투를 건넸다. 당장이라도 펴보고 싶었지만 개봉하기에 좋은 장소는 아닌 듯해 봉투를 지갑 속에 박아 넣었다.

"이것 말고 다른 건 맡기시지 않았습니까? 그림이라든가…."

"은지예. 이기 답니더. 이거 맡기시고는 죽 드시고 가셨심더. 그기 마지막일 줄 알았스믄 맛난 기라도 해드리는 긴데… 그래도 이걸 전해줘서 마음의 짐은 좀 덜었네예. 시님이 꼭 처사님한테 전해달라고 신신당부를 했거든예. 근데 이기 무신 편집니꺼?"

"예, 그냥… 사실은 저도 잘 모르겠습니다."

그는 세월이 선사한 인내심으로 여성 특유의 호기심을 물리치며 말했다.

"말하믄 안 되는 긴가 보네. 아 참, 밥 드시야지. 야야. 순두부 가꼬 오이라."

"여기 죽도 팝니까? 메뉴에는 없는 것 같았는데."

"아, 죽예? 메뉴에 없어도 시님들이 말씀하시믄 제가 만들어 드립니더. 절 앞에서 식당 하믄서 스님들한테 공양할 게 뭐 있겠심니꺼. 그거라도 해 드리야지예."

"불심이 대단하시네요."

"어데예. 예전에 쪼매난 절에서 공양주보살을 좀 해가꼬 시님들이 뭐 좋아하시고 잘 드시는지 알아예. 그래서 시님들이 자주 오심니더."

"홍제스님하고는 언제부터 아셨습니까?"

"예전에 공양주 할 때부터 알았지예. 처사님도 아시겠지만 홍제시님 같은 분도 없심니더. 참말로 존경시럽지예. 항상 반듯하이 공부만 열심히 하셨지예. 내사 마 얼굴에 침 뱉는 소리지만, 우리 처사님 앞이니까 속 시원히 몇 마디 해야겠다. 우리 집에 가끔 보살들하고 시님들이 같이 오거등예. 이 방에서 술도 잡숫고 고기도 드시고 부둥켜 안고 춤도 추고 그란다 아임니꺼. 풀만 묵고는 수도 못한다꼬 보살들이 시님들 멕이는 기라. 시님이 술하고 고기 내달라 카는데 안 내줄 수도 없고… 참말로 홍제시님은 어데 그런 기 있심니꺼. 그날도 깨죽 반도 못 비우시고 힘없이 올라가시는 거 보이까 참말로 마음이 찡합디더."

스님의 작은 어깨가 선하게 그려져 가슴이 아렸다.

"아이고 마. 내 사설에 밥이 다 식어뿌겠네. 그라믄 공양하이소."

그는 주방아줌마가 놓고 간 쟁반 속 음식을 테이블 위에 정갈하게 옮겨

314

놓고는 방을 나갔다. 한 숟갈도 뜨지 않고 횡허케 자리를 뜨는 것은 예의가, 아니 도리가 아닌 것 같아 억지로 수저를 잡았다. 뜨거운 국물을 한 숟갈 떠넣는 순간, 식당 이름이 왜 '유토피아'인지 단박에 깨달았다.

9

　돌 지주(支柱) 사이로 솟아오른 철제 당간[119]은 안전요원처럼 계곡의 여름을 찰망(察望)하는 중이었다. 당간지주에 기대어 엄마 품과 물 사이를 버둥거리며 왕복하는 벌거숭이 아기를 지켜보다 부도원(浮屠園)으로 몸을 틀었다.

　축대 오른편에 아무렇게나 쌓아둔 돌무더기를 밟고 부도원으로 들어서자 바짝 깎은 잔디가 발밑에서 사각거렸다. 신도와 행락객들의 표적에서 벗어난 부도원은 편지를 뜯어보기에 안성맞춤이었다. 자리를 물색하다 두 번째 기단이 시작되는 곳에서 청량암 삼관스님의 탑비를 발견했다. '삼관대종사탑비(三關大宗師塔碑)'라고 새겨진 탑신석(塔身石) 아래엔 용머리를 한 돌 거북이 버티고 있었다. 불볕더위가 계속되면 계곡으로 기어갈 것처럼 꿈틀거리는 형상이 꺼름칙하긴 했지만, 탑신석이 만들어내는 적당한 크기의 그늘이 매력적으로 보였다. 탑비 뒤로 돌아가 펑퍼짐한 거북의 엉덩이에 등을 대고 앉았다.

　그때 계곡에서 깔깔대는 웃음소리가 번져왔다. 부도원에서 고작해야 20여 미터 떨어진 계곡이 너무도 아득하게 느껴졌다. 죽은 자들의 행장(行狀)

---

119) 幢竿 : 당간지주 사이에 끼워 세운 뒤 깃발을 달아 절의 행사를 알리는 긴 장대.

과 사리로 숲을 이룬 이곳과 살아 있는 웃음이 울려 퍼지는 저곳은 전혀 다른 세상이었다. 살아 있으면서도 죽은 자의 그늘에 몸을 숨겨야 하는 내 자신이 낯설었지만 내 처지는 그런 감상에 신경을 나눠줄 형편이 아니었다. 나는 숨을 가다듬고 편지봉투를 꺼내 가장자리를 조심스레 찢었다. 봉투에서 가로로 세 번 접힌 흰 종이 한 장이 나왔다. 종이 거죽에는 몇 줄의 글이 적혀 있었다.

인호 보아라.

이 글은 원철스님이 죽기 전 미완성으로 필사한 서간을 내게 맡겨놓은 것이다. 내가 가지고 있던 지옥도는 며칠 전 도난당했고, 품에 있어 분실을 면한 이것만 남긴다. 행여 이것이 무거운 짐으로 여겨진다면 네 임의대로 처분해도 무방하다. 그러한 연유로 편지에 얽힌 소상한 사정은 남기지 않는다.

늙은 사문의 행방에 대해서 걱정하지 말거라. 나는 내가 가는 곳이 어딘지 알고 간다. 그러니 쓸데없는 눈물을 뿌려, 가는 길을 어지럽힐 생각은 하지 마라. 그것이 너와 내가 맺은 인연을 아름답게 회향하는 길임을 명심해라.

—사문(沙門) 홍제

스님의 친필을 보니 신음이 삐져나오며 눈물이 앞을 가렸다. 입을 틀어쥔 채 꺽꺽거리며 올라오는 울음을 누르려 엎드렸다. 그러나 눈을 꼭 감을수록 솟구치는 눈물은 어찌해볼 도리가 없었다. 결국 꺼이꺼이 한바탕 울음을 쏟아낸 후에야 종이를 펼칠 수 있었다.

만년필로 쓴 방정한 해서체 한자들이 눈물에 굴절돼 어른거렸다. 미간에 힘을 모아 남은 물기를 짜낸 후 종이 속에 봉인된 비밀의 글을 한 자 한 자 풀어나갔다.

자네의 소식을 접하게 되니 수도 30년에 칠정(七情)이 말라붙은 노승이 되었건만, 만감이 교차하는 것은 어찌할 수 없네. 스승님 아래에서 그림을 그리던 사형과 사제들은 뿔뿔이 흩어져 소식마저 알 수 없게 된 지금, 자네의 편지로 인해 영락사(永樂寺)에서 지내던 옛일이 손에 잡힐 듯 펼쳐져 심사를 가누기 어려웠던 게지. 부처님을 향한 신심과 스승님의 가르침을 잊지 말고 화업으로 수행을 정진해간다면 더 바랄 것이 없겠네.

물려받은 스승님의 유품 중에 자네가 괴이 여기고 있다는 『영락사몰락기』에 대해 몇 마디 덧붙일 것이 있어 편지를 쓰네. 옛 기억을 되살려 진실을 전하지 않는다면 『영락사몰락기』에 얽힌 내막과 스승님의 아름다운 마음이 영원히 묻혀버릴 것이라는 두려움에 붓을 드는 것일세. 자네가 노승의 두서없음을 책망치만 않는다면 모쪼록 희미한 기억이나마 살려 그때의 일들을 적어보겠네.

20여 년 전, 영락사에 머물며 시왕도를 그리고 있을 때였네. 영산(靈山) 범종리(梵鐘里)에 사는 행색이 남루한 노파가 스승님을 찾아와 청했지.

"불학의 할미가 듣기에 시왕도에 망자의 이름을 올리면 그 공덕으로 망자가 극락에 갈 수 있다고 해서 왔습니다. 청컨대 억울하게 죽은 아들의 명복을 위해 이름을 올려줄 수 있습니까?"

스승님이 말씀하셨지.

"망자의 명복을 비는 것은 천도재[120]로 족한 것이지, 굳이 그림에 이름을 올릴 필요는 없소. 게다가 시왕도 각 그림에는 이름을 올릴 시주자가 정해져 있어 지금은 천금을 내더라도 이름을 바꾸는 것은 불가하오."

"돈을 내더라도 승려들은 아들의 천도재를 지내주지 않겠다고 하였습니다."

노파의 말이 괴이했던 스승님은 물었네.

"어찌 절에서 노파의 아들을 위한 정성과 정재(淨財)를 거절한단 말이오."

---

120) 遷度齋 : 죽은 이의 극락왕생을 위해 불가에서 행하는 의식.

노파가 울면서 대답했네.

"이 절에서 수도했던 무창(茂蒼)이란 승려가 제 아들이온데, 수년 전 혹세무민했다는 죄로 관에 잡혀가 문초를 당하다 죽었습니다. 몇 번이고 절에 재를 지내줄 것을 부탁했지만, 아들의 죄가 무거워 만일 재를 지낼 경우 처벌받는다고 기피하였습니다. 그러나 다른 이에게 들으니 아들은 죄가 없이 억울하게 죽었다 합니다. 살날이 얼마 남지 않은 늙은이의 청을 저버리지 마시고 시왕도에 아들의 이름을 올려주신다면 저승에서나마 아들의 얼굴을 편히 볼 수 있을 것입니다."

"나라에서 법을 시행할 때는 원칙과 법도가 있는 것이라, 절 또한 국법의 정함을 어겨가며 사사로이 재를 봉할 수 없는 부분이 있소. 따라서 함부로 억울함을 호소해서는 아니 될 것이오. 대체 노파에게 국법의 엄정함을 능멸하는 말을 전한 자가 누구요?"

노파는 두려움에 떨며 말했지.

"늙은이의 주책으로 쓸데없는 말을 했습니다. 그럼 저는 이만 물러가겠습니다."

스승님은 황급히 노파를 붙잡아 비밀에 부치리라 약속하고 그자의 이름을 캐냈네.

그 말을 노파에게 전한 자는 이규경(李奎敬)이란 유생으로 우리도 익히 아는 자였네. 그자는 인근에 사는 벼슬이 없는 선비로 때때로 영락사를 찾아와 대접이 소홀하다며 행패를 부리고 중들을 업신여기는 것으로 악명이 높은 유생이었지. 스승님은 연유를 알아본 다음 합당한 이유가 있을 시, 청을 들어주겠다고 약조하고 노파를 돌려보냈네.

다음날, 스승님은 홀로 이규경을 만나고 돌아왔네. 스승님은 수일 후 나를 조용히 불러 『영락사몰락기』란 책을 보여주며 말했지.

"이것을 읽고 네 뜻이 어떠한지 말해보아라."

그 책은 불교에 대한 비방과 스님들이 시왕의 벌을 받아 지옥에 떨어진다는 불경스러운 내용을 담고 있었네. 나는 스승님에게 여쭈었네.

"해괴한 잡서를 읽으라 하신 뜻을 알지 못하겠습니다."

"이는 이규경이란 선비가 쓴 글이다. 사정을 알아보니 그가 이런 글을 쓴 것과 그간의 행패는 이유가 있었더구나."

스승님에게 전해 들은 사정이란 것은 이랬네.

무창과 이규경은 어릴 때부터 한 마을에서 자라며 사귄 지기라, 무창이 중이 된 후에도 공자와 부처의 장벽을 허물고 서로의 흉금을 터놓는 사이였네.

어느 날, 지옥에 관한 대화를 하던 도중 이규경이 불가를 비판하자 무창이 말하길, "불가가 유가의 지탄을 받는 거개의 이유가 지옥사상과 조상을 천도하기 위한 재인데, 이는 도가와 유가에 습합해 변질된 것이라 적실한 부처의 가르침이 아니네. 그런데도 자네가 조상을 위한 불가의 재를 허물는 것은 공맹을 모욕하는 일이오, 자네가 말하는 천륜을 거스르는 일이네. 불가는 군이 성현의 도리를 통하지 않아도 대중을 깨우치고 효순(孝順)하게 하는 부처의 가르침이 있으니 내 조만간 그 뜻을 펼칠 것이네. 두고 보게. 내가 조선의 보조 지눌(普照 知訥)이 될 터이니" 하였네.

이후 무창은 영락사의 젊은 승려들을 주축으로 결사를 이끌었네. 각종 재를 폐하고 계율, 경전, 선정을 수행의 뼈와 살과 피로 삼아 부처님의 가르침으로 대중을 기르고 납자들을 이끄는 것이었지. 하지만 재를 폐하는 것이 곧 절을 폐하는 것과 같다 생각한 영락사의 승려들은 무창이 인륜을 저버리고 임금과 조상을 능멸하는 삿된 가르침을 전파하여 대중을 현혹한다고 무고했네. 무창은 관에 불려가 문초 끝에 죽임을 당했고, 그를 따르던 승려들은 관노로 전락했지.

이규경에 따르면 무창이 무고를 당한 진실한 이유는 당시 주지였던 유성(裕性)이 비어 있는 진신사리탑 안에 다른 승려의 사리를 모시고 불사리라고 조작한 사실을 무창이 발설하려 했기 때문이라고 했네. 영락사의 진신사리를 부정하는 이규경의 말은 곧이곧대로 믿기 어려우나, 이규경은 그 사실을 무창에게 직접 전해 들었기에 틀림이 없다고 주장했네.

이규경은 지기의 죽음에 분노해 글을 하나를 지었는데 그것이 『영락사몰락기』

였다네. 드러내놓고 진상을 밝혔다가는 필화를 입을까 두려워, 김시습의 글을 빌어 자신을 감추고 승려들이 염라대왕의 처단을 받아 영락사(靈樂寺)가 폐사한다는 내용을 담음으로써 미진하나마 복수의 념을 풀었다고 했네.

스승님은 설령 무창이 그릇된 뜻을 품었다 해도 원통한 늙은 어미의 원을 들어주는 것은 불가의 자비에 비추어 어긋남이 없다고 하시며, 그리고 있던 시왕도에 무창의 이름을 넣을 묘책을 내려주셨네. 나는 스승님의 말씀대로 그림을 그렸고 과연 스승님의 예상대로 대중은 그것을 눈치채지 못했지. 그렇게 함으로써 노파의 소원을 들어주고 절과 나라에 물의를 일으키지도 않았으니 대저 스승님의 지혜로움과 헤아림이 그와 같네.

하지만 그림에 숨은 뜻을 파악한 유일한 사람이 있었는데 그가 단원(檀園)이네. 영락사 명부전 불사를 무사히 회향하고 얼마 지나지 않아, 동래(東來)의 한 절에서 연담(蓮潭)의 지옥도를 개채(改彩)해달라며 열 폭의 그림을 영락사에 보내왔네. 연담이 말년에 공무로 동래에 내려온 차에 그 지역 사찰의 요구에 응해 그린 것으로 탱화의 형식과 수법을 따르지 않은 분방한 그림이었네. 연담의 명성은 익히 아는 터라 무작정 그림을 개채하기란 쉽지 않았지. 고민하던 차에 연홍(演弘)이 나서서 말하길 "화원이 그린 불화는 화원으로 하여 고치게 하는 것이 합당할 것입니다. 단원(檀園)은 몇 해 전 용주사(龍珠寺) 불사를 통해 저와 친분을 쌓았던 분이라 사정을 말하고 모셔오는 것이 어떻겠습니까?" 하자, 스승님은 "묘안이다"며 승낙했네.

단원은 연홍의 청을 수락해 며칠 뒤 영락사로 내려왔다네. 그가 절을 둘러보다 명부전에 이르러서는 내 소매를 잡아끌고 은근히 물었네.

"스님이 그린 이 시왕도가 유독 이상하오. 이는 혹 뜻이 있는 것인가?"

나는 크게 놀라 낯빛이 변해 물었네.

"그것을 어찌 아셨습니까?"

단원이 껄껄 웃으며 하는 말이 "고의가 들지 않고서야 어찌 불전에 걸리는 그림에 실수가 있겠소" 하였지.

글은 거기서 끝나 있었다.

잘못 해석한 게 아닌가 싶어 다시 읽어보았지만 해석은 처음과 같았다.

등을 타고 올라온 돌의 냉기가 머리끝까지 뻗쳐오르자 얼얼해진 엉덩이를 문지르며 버글버글 끓고 있는 햇살 속으로 걸어 나왔다. 편지의 진위를 확인하기 위해 가야 할 곳이 있었다.

10

"급한 일인데 그림의 화기를 루페로 확인해봐도 되겠습니까."

내가 어렵게 말을 꺼내자 고미연은 싸늘한 눈으로 쳐다보았다.

"어렵겠네요. 한창 관람객이 많은 시간이거든요."

그는 불교회화전시실이 텅 비어 있는 것을 모른다는 듯 청을 거절했다.

"그럼, 그림의 화기를 적어놓은 논문이나 서지자료라도 열람할 수 있을까요?"

"국립도서관이나 국회도서관에 가보세요."

"당장 필요해서 그럽니다."

"관장님의 허락이 없으면 외부인에게 서지자료를 열람시킬 수 없어요."

어제 일의 대가를 톡톡히 치르고 있었다. 머리를 조아려 빌고 싶었지만, 그의 감정을 이용했다는 순진한 토로나 어설픈 사과가 상황을 더 꼬이게 할 것 같아 일단 물러나기로 했다.

"그렇습니까. 실례했습니다."

학예관실 문을 나서려던 찰나 그가 말했다.

"왜 또 차라도 한잔하자고 하지 그래요? 그럼 혹해서 들어줄지도 모르잖아요."

나는 느리게 입을 열었다.

"죄송합니다."

"뭐가요?"

"……"

"뭘 잘못한지나 알고 죄송하다고 하는 거예요?"

"……"

"어제 인호 씨가 그런 애매모호한 태도를 취하지 않았더라도 아마 다 말해줬을 거예요. 그런데 인호 씬 사람의 순수한 감정마저 뭉개버렸어요. 그래놓고선 어떻게 한마디 사과도 없이 오늘 다시 와서 뻔뻔스럽게 부탁을 할 수 있나요? 난 그게 더 화가 나요. 자신에게 부끄럽지도 않아요?"

"……"

"벙어리예요? 말 좀 해봐요."

"죄송합니다. 세상에서 쫓겨난 인간에겐 사는 게 치욕이고 수치라 그럴 수 있었나 봅니다."

그는 내 앞으로 다가와 안타까운 듯 바라보았다.

"영악하네요. 이럴 때 자기연민이라니…"

"……"

그는 한동안 다른 곳을 바라보더니 가라앉은 음색으로 말했다.

"보세요. 볼 게 있다면 봐야지 않겠어요."

고미연은 비록 한 번도 웃지 않았지만 배려를 아끼지 않았다. 나는 조용히 관람선을 넘어 들어가 1775년작 〈시왕도〉와 1798년작 명부전 〈지장보살도〉에 루페를 대고 잔글씨로 쓰인 화기를 일일이 확인했다. 그런데 〈지장보살도〉와 달리 〈시왕도〉는 아무리 꼼꼼히 살펴도 제작 시기가 기록되어 있지 않았다. 대신 내 머리를 얼어붙게 만든 한 줄의 묵서가 '제1 진광대왕'의 화기에 버젓이 박혀 있었다.

'망은사화경당유성영가 진묵(亡恩師華景堂裕性靈駕 眞默)'

이 그림은… 맙소사!

그러나 〈1792년 영락사 괘불〉의 화기와 비교하지 않고서는 한낱 설레발에 그칠 수도 있다는 생각에 허겁지겁 홀로 뛰어 내려갔다. 하지만 불단이 가로막고 있어서 〈괘불〉의 화기를 확인할 수 없었다. 부처님께 결례를 범해야 할 것 같다고 넌지시 말하자 고미연은 홀을 지키고 선 관리인에게 가서 뭐라고 속삭이더니 그와 함께 박물관을 나갔다. 나는 그 틈을 이용해 불전함을 밟고 불단 위로 올라가 화기를 살폈다.

'독판대시주 화경당 유성(獨辦大施主 華景堂 裕性)'

화기의 시주질[121]을 확인하는 순간 내가 알고 있었던 것이 얼마나 엉터리인지, 학계가 얼마나 쓸데없는 미스터리를 만들어왔는지 깨달았다.

박물관을 나오니 고미연은 입구에 놓인 문인석을 쓰다듬으며 계곡을 바라보고 있었다.

"고맙습니다."

"다 된 거예요?"

"네. 도와주셔서 감사합니다."

"인호 씨는 모르는 게 있어요."

"……."

"세상에 몸담고 있는 사람에게도 사는 건 치욕이고 수치예요. 그리고 제 눈엔 인호 씨도 세상과 그리 무관하게 보이지 않네요. 골방이나 산속에 처박혀 있다 해도 살아 있는 한 인간은 세상과 무관할 수 없는 거예요. 그럼 잘 가세요."

---

121) 施主秩 : 불화를 조성한 시주자들의 이름을 그림 아래 붉은 단에 기록해 놓은 것.

고미연이 사라진 후 나는 박물관 계단에 주저앉았다. 고미연을 이용했단 사실이, 기초적인 확인도 없이 공부한답시고 설치고 다닌 것이, 〈시왕도〉를 가지고 사람들 앞에서 갖은 잘난 척을 떨었던 행동이 모두 용서받지 못할 죄처럼 여겨졌다. 그러나 이런 죄의식조차도 자기연민이 빚어낸, 죄사함이 약속된 물러터진 고해성사에 불과할지도 모른다. 차라리 들끓는 민망함과 수치심을 삭이고 견디며 일에 집중하는 것이 더 진실한 참회일까. 이 생각조차도 죄의식에서 벗어나 일에 몰입하기 위해 만들어낸 그럴듯한 변명일까. 변명이라고 눈치채는 순간 또 다른 죄의식이 생기고… 또다시 변명을 찾아내고… 아, '나'란 상(相)을 깨부수지 않고는 벗어날 수 없는 무한순환의 고리라니! 그러나 구원은 엉뚱한 곳에서 왔다. 산봉우리에 올라앉은 바위들을 멀거니 보다가 자리에서 벌떡 일어났다.

11

인간은 흔적을 남기고 싶어 한다. 그렇다면 가능성이 전혀 없는 것도 아니었다. 산문 진입로에 근처엔 널따란 바위가 축대에 비스듬히 걸쳐져 있었다. 눈여겨 보지 않고 늘 지나치기만 했던 죄를 벌충이라도 하듯 바위를 꼼꼼히 살피기 시작했다.

김창집(金創集), 단월(檀月), 박시후(朴時厚), 계향(桂香)….

여느 사찰의 초입에 서 있는 바위들이 그렇듯 이 바위에도 영락사 계곡을 찾았던 시인묵객들과 기생의 이름이 각자 다른 크기와 깊이로 새겨져 남아 있었다. 그러나 그 많은 이름들 속에서도 내가 원하는 이름은 찾을 수 없었다. 턱없이 부풀렸던 기대가 쪼그라들면서 실망으로 되돌아왔다. 한숨을 쉬며 돌아서려는 순간 이끼가 더덕더덕 말라붙은 바위의 측면이 눈에 들어왔다. 나는 손톱을 세워 이끼를 뜯어내기 시작했다. 손톱이 갈라지고 손가락이 온통 퍼런 이끼즙으로 물들 때쯤 거짓말처럼 세로로 희미하게 새겨져 있는 글자가 드러났다. 손가락을 가져다 대고 돌의 미세한 요철을 따라 조심스레 더듬어보았다. 손가락이 바위 위에 쓴 글씨는 '金弘道'였다. 눈시울이 뜨끔거렸다.

아, 이 사람, 여기에 왔었구나.

이끼 속에서 드러난 김홍도의 이름처럼 모든 일들이 점점 선명해지고 있었다. 남은 건 김명국의 말년 행적이었다. 계곡에 내려가 손을 대충 씻은 후 예림이에게 전화를 걸었다.

"부탁한 건 찾아봤어?"

"오빠 말이 맞아요. 김명국은 말년에 동래에 내려갔던 것 같아요."

"그림을 서울에서 그려준 게 아니고?"

"『왜인구청등록』을 찾아보니 그게 아니더라구요."

"거긴 뭐라고 나왔어? 그 부분 좀 읽어봐."

"'이 장계를 보시고, 그들이 볼 수 없는 서울에서 그림을 그려 그들의 뜻과 맞지 않으면 다시 왕래하면서 고쳐야 하는 수고가 걱정되니, 김명국이 직접 내려오는 폐를 덜려고 하다 만일 재차 그리는 일이 생기면 도리어 손해가 되므로 김명국을 그들의 청대로 밤을 도와 내려오도록 하시고, 그림에 쓰일 각종 채색과 함께 장계에 쓰인 해당물품들을 보내주시길 바랍니다. 의윤(依允)' 『왜인구청등록』권2 「1662년 3월 13일조」 마지막 부분이에요. 끝이 '의윤'으로 끝나는 건 임금이 허락했단 뜻이잖아요."

"그런데 왜 내가 읽었던 논문들에는 대마도 사신이 김명국에게 요구한 그림을 서울에서 그려서 보내줬다고 나온 걸까?"

"그럴 만도 해요. 조정의 방침에 혼선이 있었거든요. 조정의 최초방침은 김명국이 연로하고 동래까지 내려가는 비용도 많이 들어 폐단을 불러올까봐 서울에서 그림을 그려서 보내주는 것이 낫겠다고 결정했죠. 그런데 왜인들의 요구에 이기지 못한 동래부사가 조정에 재차 삼차 장계를 올려 김명국을 꼭 내려보내 달라고 요구를 한 거예요. 결국 왜인들이 요구가 받아들여 진 거죠."

"그럼 그림을 서울에서 그려 보냈다는 입장을 취하는 논문들의 근거는 뭐야?"

"대부분 논문이 『왜인구청등록』의 「3월 13일조」 중간 부분을 인용하면서 서울에서 그려서 보냈단 근거를 대거든요. 들어봐요. '흰 베 26폭 중 10폭은 길이 2척의 진채색의 시녀 그림과 8폭은 길이 3척으로 담채색의 술을 마시는 8선인의 그림, 소위 8선인도를 그린 다음 백색 비단쪽지를 사용하여 글솜씨 좋은 사람에게 8선인의 이름을 써서 각각의 그림 위에 붙이고, 또 한 쪽지에는 어느 연월일에 조선국인 김명국이 그렸다라고 쓰고, 이름 밑에 도장을 찍어 8폭 중 마지막 폭에 붙일 것. 다른 8폭은 길이 3척의 진채색으로 봄·여름·가을·겨울 사계와 산수경치, 인물화를 그리되 쪽지에 각각 모모한 경치라고 써서 붙일 것' 논문들에서 이 부분을 김명국이 서울서 그려 보낸 그림의 목록인 것처럼 인용하고 있는데 이건 대마도 도주가 조정에 요청한 내용을 추린 것뿐이에요. 김명국이 직접 내려와서 그림을 그리게 해달라고 요청하는 장계가 「3월 13일조」 마지막 부분이구요. 그러니 「3월 13일조」 중간 부분을 들어서 김명국이 내려오지 않고 서울서 그림을 그려 보냈다는 주장은 오류일 가능성이 큰 거죠. 아마 『왜인구청등록』 원문을 읽지 않은 후배학자들이 선배학자의 논문을 무작정 베끼다 보니 그림을 서울에서 그려 보내주었다는 엉뚱한 말들이 번진 것 같아요."

"그렇다면 김명국의 지옥도에 관한 네 생각은 어때?"

"김명국이 말년에 그렸다는 지옥도가 동래의 한 절에 있었다는 가설이 말도 안 되는 소리는 아닌 것 같아요. 하지만 전해지는 것처럼 경상도의 한 중이 상경해서 지옥도를 맡겼다기보다는 동래에 내려온 김명국이 근방의 사찰에 초청되어 그들이 보는 앞에서 그림을 그렸다는 게 자연스럽지 않아요? 왜인도 믿지 못할 김명국의 기벽이라면 사찰에서도 무턱대고 그림을 맡겼을 리는 없을 테니까요."

머릿속에 낀 의혹의 안개가 걷혔다.

광오가 김명국의 지옥도를 왜 김홍도의 지옥도라고 불렀는지 알 것 같았다. 불화를 개채하는 경우 처음 그렸던 자의 이름은 지워지고 개채한 사람의 이름만 화기에 올라가게 된다. 화기만 살피면 개채된 지옥도는 영락없이 김홍도의 지옥도일 수밖에 없다. 광오가 김홍도의 지옥도라고 떠들고 다닌 것은 화기만 본 사람에 의해 전해진 정보에 기인했을 것이고, 영선의 할아버지가 김명국의 그림임을 눈치챈 것은 화폭 뒤에 쓰인 별도의 명문이나 당해 사찰에서 전해지는 조성기를 통해 내력을 알았기 때문일 것이다.

내가 찾던 그림이 김명국이 초를 잡고 김홍도가 채색한 지옥도라니!

연담과 단원의 필치가 함께 녹아든 그림이란 대체 어떤 형용을 띠고 있을까? 궁금하면서도 한편으론 어울릴까 하는 생각도 떨칠 수 없었다. 재능으로는 조선에서 둘째가라면 서러워할 그들이지만, 김명국은 세상의 관습을 기롱하며 살았던 허랑방탕한 아웃사이더였고 김홍도는 왕명을 받아 첩자로 일본까지 다녀온 충량한 신하였다.

그 기질 탓인지 달마도만 보아도 서로의 색깔이 분명하지 않던가. 연담의 달마가 거침없는 짐승이라면 단원의 달마는 수골청상(秀骨淸像)의 단정하고 청아한 선비풍이다. 연담에게 불법은 자신을 옭매는 것들을 온몸으로 치받아 깨부수는 당위였고, 단원에게는 탁한 세상을 건너는 맑고 향기로운 지혜의 연꽃이었다. 서로 다른 기질의 두 천재가 만나 빚어내는 지옥도의 구도와 색채, 필선이란 어떤 것일까? 보지 않았기에 말할 수도 없지만 본다

한들 온전히 그 뜻을 품어낼 수 있을까? 뭐가 돼도 좋으니 연담과 단원의 붓이 쓰다듬고 지나간 그 그림이 내 눈앞에 나타나주기만 한다면… 나는 지옥도를 가져간 그 쳐죽일 놈이 그림을 소중하게 보관하고 있기를 두 손 모아 기도했다.

12

원여스님이 편지를 읽는 동안 나는 수조 속에서 흐늑흐늑 헤엄치는 비단잉어들을 관찰했다. 형광등 불빛 아래에서 적당한 온도와 먹이를 끊임없이 제공받는 그들이 부러웠다. 고민과 번뇌 속에서 제 살을 파먹으며 사는 것만이 옳다고 누가 말할 수 있나. 그저 제 한 몸 보존하는 것 이외에 다른 삶은 돌아보지 않으며 적당한 자리와 영역을 확보하고 사는 것이야말로 현자의 처세가 아니던가. 진즉에 저 얌전한 잉어들처럼 본능을 거세시켜 세상의 권위 앞에 무릎을 꿇어야 했다. 그랬다면 세상은 애완(愛玩)하기 좋은 나에게 먹이를 던져주고 자리를 줬을 것이다. 그렇게 밥을 먹고 새끼를 까고 세상의 비위를 맞추며 지내다보면 세월도 금세 지나갈 테고….

"으음."

원여스님은 편지에서 눈을 떼지 못한 채 주먹을 쥐고 그렁거렸다.

"스님이 스님을 밀고해 죽였다는 것이…."

그는 그 말과 동시에 찻잔이 엎어질 만큼 강하게 탁자를 내리쳤다. 건너편 테이블에 앉아 수다를 떨던 아가씨가 눈이 휘둥그레져 쳐다보았다. 나는 바닥에 떨어진 티스푼을 주우며 별일 아니라는 듯 살짝 웃었다.

그는 확신이 서지 않는 듯 물었다.

"편지에 의하면 무창스님이 영락사에서 결사를 주도하다, 채 꽃도 피우지 못하고 사라졌다는 거로군. 재를 금하고 부처의 가르침으로 회귀하고자 한 덕분에 말이오. 그리고 지금 사리탑 안에 모셔진 불사리가 진짜가 아닌 후대에 조작된 사리란 것이고… 너무 엄청난 사실이군. 그런데 편지에 있는 내용이 진실이라고 믿소?"

"아니라는 증거도 없습니다."

박물관 안팎에서 확인한 사실들을 장황하게 떠벌리기엔 뭣한 기분이라 간단하게 대답했다. 특히 박물관에 모셔진 지옥도의 비밀은 모든 사건이 명백해질 때까진 홀로 품고 있어야 할 마지막 비수가 되어야 한다는 본능적 헤아림도 일조를 하고 있었다.

"그럼 맞다는 증거는?"

원여는 남의 일처럼 대답하는 내 말투가 마뜩치 않은지 힘이 잔뜩 들어간 눈으로 말했다. 나는 소파 끝자락에 간당간당 걸쳐져 있던 엉덩이를 안으로 깊숙이 집어넣었다.

"여기에 적힌 내용이 진실이란 증거물은 이 편지의 원본, 김명국의 지옥도, 『영락사몰락기』일 겁니다. 세 개가 동시에 갖추어졌을 때 의미가 생기는 것이겠죠."

"그렇다면 그 증거를 소멸하기 위해 누군가 스님들을 죽였단 거로군."

"편지의 원본을 가졌던 원철스님이 죽었고, 지옥도가 사라지고 홍제스님이 죽은 것을 보면 그런 것 같습니다. 스님들의 죽음이 한 줄로 꿰어지지 않습니까."

"흠. 『영락사몰락기』대로 살인을 실행한 것이나 『영락사몰락기』가 급작스레 광오의 품에서 튀어나온 것은 광오를 범인으로 몰면서도 그 책 하나론 아무 의미가 없기에 사건을 은폐하려고 범인이 짜놓은 함정이란 말이고?"

"그렇겠죠."

그가 쪽지를 펼쳐놓으며 물었다.

"그럼 이 쪽지는 뭘 의미하는 것 같소?"

"처음에는 지옥도가 숨겨진 장소를 의미하는가 싶었는데 이미 그건 물 건너간 것 같고… 제 생각에는… 현일스님의 방에서 깨진 노트북이 나왔고, 구입한 지 5개월이나 되는 노트북에 저장된 글이 하나도 없는 것을 보면 현일스님이 마지막까지 지니고 있던 것을 숨겨놓은 장소가 아닐까 합니다."

"마지막까지 지녀야 했던 거라니?"

"영락사의 진실을 세상에 알리기 위한 글이죠. 정확히는 그 글을 담은 파일이구요."

그는 혀로 갈라진 입술을 적시며 끄덕였다.

"글이라… 그래, 그 스님이라면 충분히 그럴 수 있지."

나는 노트 한 장을 찢어 쪽지에 있는 숫자들을 베낀 다음 그에게 넘겨주었다. 그는 쪽지를 받아 소매 깊숙이 집어넣고는 나직한 음색으로 물었다.

"범인이 누군 것 같소?"

"어제 광오가 죽을 때 같이 있었던 현무스님을 아십니까?"

"같은 승려 입장에서 이런 말하기 뭣하지만, 과격하고 무식한데다 욕심까지 많은 사람이오. 일각스님과 주지스님의 수족처럼 움직이면서 일각스님이 총무원장이 되고 주지가 총무원의 자리를 얻게 되면 다음 주지자리를 노리는 모양이더군. 줄을 제대로 잡은 셈이지. 그런데 현무가 모든 일을 계획해서 할만한 위인은 아닌데… 아!"

그는 잠시 말을 멈추고 내 눈을 바라보더니 긴 한숨을 몰아쉬었다..

"진실이 알려진다면 가장 큰 타격을 받을 사람은 일각스님과 주지스님이겠군. 조만간 총무원장에도 출마해야 하는데 승가를 흠집낼 역사적 추문이 밝혀지고 전국 사찰로 파급될 사리논쟁이 생긴다면 좋을 게 없겠지. 원로들은 지지를 철회할 것이고 다른 출마자들은 집안단속도 못한다고 물고 늘어질 테니 말이오. 그리고 평상시에도 승가의 변화와 개혁을 반대하고 두려워했던 사람이니 제바계의 정체를 알았다면 더 했을 테고….”

그는 뭔가 골몰히 생각하더니 뜻밖의 말을 했다.

“노파심에 하는 말이지만… 본사에 있는 현담스님이 현 거사와는 속세에서 친구의 연이었다 들었소.”

“예. 친구였지요. 지금은 승속이 갈려 친구라고 감히 부르기 어렵지만.”

“현담스님을 너무 믿지 않는 게 좋을 것이오.”

“네?”

“6개월 간 도원스님을 도와 사건을 조사하면서 밝혀낸 것이 없는 것만 봐도 그렇고… 처음과 다르게 사판[122]이 되더니 좀 변했소.”

끝까지 날 말리고 쫓아내려 했던 현담의 모습이 원여스님의 말과 겹쳐지자 독감에 걸린 것처럼 어찔어찔하면서 열이 올랐다.

“모든 게 밝혀지기 전까진 현 거사와 나, 둘이서 안고 가는 게 좋을 거요. 안전상 현 거사는 절 밖에서 기다리는 게 낫겠소. 현일스님이 남긴 쪽지는 고민해봅시다. 먼저 푼 사람이 연락하기로 하고.”

현담, 아니 최경섭. 그가 그럴 리 없다. 말없이 출가할 만큼 독한 구석이 있긴 하지만 심성은 여리고 순한 놈이다. 그렇다면 원여스님이 모함이라도 한단 말인가. 매사에 진중하고 조심성이 앞서 짚이는 게 있지 않고서는 쉽게 말을 뱉을 사람으로 보이지 않는다. 누굴 믿어야 하나.

원여스님이 나가고 난 후에도 나는 꼼짝할 수 없었다. 몸은 따개비마냥

---

122) 事判 : 절의 행정이나 포교를 도맡아 하는 승려를 통칭해서 부르는 말. 이와 반대로 참선이나 수행을 목적으로 하는 승려는 이판(理判)이라 한다.

소파에 들러붙어 있었지만 마음은 파도에 휩쓸리는 미역줄기처럼 흐느적
거렸다.

13

　복원된 오층탑이 있는 언덕에서도 영락사가 내려다 보였다. 홍제굴에서
보이는 훤칠한 풍광은 아니어도 영락사가 한눈에 들어오기에는 부족하지
않았다. 크고 작은 전각의 지붕들이 군함처럼 대지를 부유하고 있었다. 어
릴 적 어머니가 법당에서 오랜 절을 하는 동안 아버지와 나는 이곳에서 시
간을 보내곤 했다. 현담은 그때 아버지가 그랬듯, 건너편 산을 말없이 바라
보며 삶을 통째로 이해하려는 것처럼 보였다.
　"『영락사몰락기』를 보여준 건 날 절 밖으로 내몰려는 의도였지? 넌 원철
스님이 『영락사몰락기』를 복사해갔다는 걸 알면서도 내겐 모르는 척했어.
솔직히 말해봐. 날 내려친 것도 너 아니야? 겁을 줘서 이 일에서 손 떼게 하
려고 말이야."
　"……."
　"너도 가담한 거야?"
　그는 고개를 저었다.
　"네가 일에 가담하고 안 하고 따윈 문제도 아냐. 넌 승가의 지위와 안녕
을 운운하면서 인맥을 통해 언론의 입을 막고 사람들이 죽어가는 것을 방
관해왔어. 물어보자. 그깟 승가의 지위와 사찰의 전통이 사람의 목숨보다
중해? 문중 어르신들의 결정이 어떻고, 승려의 입장이 어떻고 변명하면서
일이 이 지경이 되도록 내버려 둔 것만으로도 넌 깊숙이 개입한 거야. 조직

의 분위기에 젖어서 뭐가 옳고, 뭐가 그른지 판단할 수 없는 개로 변했어. 내 말이 틀렸어?"

현담은 산에서 눈을 떼지 않은 채 신음소리 같은 말을 흘렸다.

"하지만… 현실을 무시하고 살 수도 없는 거지."

"현실? 참으로 유서 깊은 면죄부로군. 그런데 말이야. 다른 사람은 몰라도, 항상 이렇게 맑은 하늘과 산을 대하고 사는 네가 그런 말을 우려먹는 건 치졸한 짓 아니냐?"

"그러는 넌… 아니, 관두자."

"뭔데 새끼야. 삼키지 말고 말해봐."

"넌 그간 어떻게 살았는데? 학문을 한다는 놈이 교수 뒷구멍이나 핥으며 살았잖아. 나한테 훈계하지 마."

"뭐, 이 새끼야?"

가장 약한 곳을 가장 아프게 찔린 탓에 미친 듯 그의 멱살을 움켜쥐고 흔들었다. 하지만 곧 움켜잡은 멱살을 풀어야 했다. 그는 짚단으로 만든 허수아비처럼 너무도 가볍게 휘청거렸다. 그는 최경섭도, 현담도 아니었다. 나처럼 외로움을 견디기 위해 영혼을 추방한 인간일 뿐이었다. 세파에 휘둘리거나 삶에 속기 싫어 눈물을 단련시키고 감상을 증발시키는 동안 열정이나 이상 같은 촉촉한 알갱이들이 퍼석거리는 화석처럼 굳어버린 괴물. 하지만 그 알맹이들이 없다면 현담과 나 같은 인간들에게 남는 것이 뭘까? 남들이야 결혼을 하고 자식을 기르고 통장의 잔고나 대출한도를 늘리기 위해 안간힘을 썼다지만 우리는 대체 뭘 했던가? 그는 돌아갈 집이 없고, 나는 기거할 절이 없었다. 우리는 정말 집도 절도 없는 인간들이었다. 차비를 채우기 위해 시궁창으로 떨어진 동전을 건져내야만 하는 열패감에 시달리며 그에게 물었다.

"지금이라도 배후를 말해봐. 현무스님 위에 주지, 그 위엔 일각스님이 있지?"

"……."

"같은 승려라고 감싸는 거야? 그래서 알면서도 말하지 못하는 거야?"

"인호야."

"왜!"

"네가 말한 사리고 무창스님이고 간에, 세상에 항거하는 철부지가 되기엔 우린 너무 늙어버렸다."

맥 빠진 소리를 듣고 있자니 슬픔이 솟구쳤다.

"맞아. 나이가 들었지. 아무것도 바꿀 수 없다는 걸 알게 된 순간부터 산송장이 된 거지. 나는 이제 그런 삶이 지겹다. 넌 어때?"

"기대가 없으면 권태도 없어."

"끝까지 버틸 셈이야?"

"산송장에게 뭘 바라냐. 여긴 네가 있을 곳이 아니야. 이만 가줬으면 좋겠다."

그의 뺨을 후려갈겼다.

"개새끼. 이거였어? 인연을 다 끊고 절로 들어온 이유가 이렇게 망가지려고?"

그는 돌아간 고개를 세우며 나직하게 말했다.

"이젠 사람도 때리는구나. 너는 어쩌다가 이렇게 망가졌는데?"

"……."

그는 소매를 소리 나게 떨치더니 돌계단을 밟아 휭하니 내려가 버렸다. 멀어지는 그의 납작한 등이 처음 보는 물건인 양 낯설었다. 그가 시야에서 사라질 때까지 나는 그 자리에 서서 그 낯선 물건을 바라볼 수밖에 없었다. 걸음을 뗄 때마다 조금씩 흔들리는 저 완고하고 답답한 회색빛 장삼은 달려가 그를 붙잡을 수 없게 만들었다. 회색빛, 회색빛만 아니었어도….

14

다방마담은 의아한 듯 쳐다보더니 곧 구석자리로 안내했다.

"손님이 없어서 꺼놨는데 더우면 에어컨 켜드릴까요?"

"아뇨. 괜찮습니다."

현일스님이 남긴 암호를 풀려면 꽤 시간이 걸릴 것이고 그 사이 몸의 열기도 자연히 내려갈 것이기에 콧등에 맺히는 땀은 신경 쓰이지 않았다.

1 2 3 4 5 6 7 8 9 0 1 2 3 4

ㄱ ㄴ ㄷ ㄹ ㅁ ㅂ ㅅ ㅇ ㅈ ㅊ ㅋ ㅌ ㅍ ㅎ

322, 225, 8783, 897

지옥은 각기 다르지만, 가는 통로는 하나다.

노트를 꺼내 윗줄의 숫자와 대응하는 자음을 아래 네 개의 숫자에 대입했다.

322 : ㄷ(ㅍ), ㄴ(ㅌ), ㄴ(ㅌ)

225 : ㄴ(ㅌ), ㄴ(ㅌ), ㅁ

8783 : ㅇ, ㅅ, ㅇ, ㄷ(ㅍ)

897 : ㅇ, ㅈ, ㅅ

모음이 탈락된 자음은 을씨년스러워 아무것도 떠올릴 수 없었다. 이번엔 메모에 남겨진 문구를 바라보았다.

'지옥은 각기 다르지만, 가는 통로는 하나다.'

지옥을 정리하다 보면 뭔가 튀어나오는 것이 있지 않을까 싶어, 지옥 왕들의 이름과 망자들이 왕들에게 심판 받는 날, 그리고 시왕도에서 보이는 형벌장면을 노트에 끼적여보았다.

제1 진광대왕 사후 1주, 정침(釘針)지옥—망자에게 쇠못을 박음.
제2 초강대왕 사후 2주, 박피(剝皮)지옥—망자의 창자를 뽑아냄.
제3 송제대왕 사후 3주, 발설(拔舌)지옥—혀를 빼내 쟁기질로 고통을 줌.
제4 오관대왕 사후 4주, 확탕(鑊湯)지옥—끓는 가마솥에 망자를 삶음.
제5 염라대왕 사후 5주, 대애(碓磑)지옥—망자를 철확에 넣고 방아질을 함.
제6 변성대왕 사후 6주, 도산(刀山)지옥—세워진 칼들 위로 망자를 던짐.
제7 태산대왕 사후 7주, 거해(鋸解)지옥—톱으로 썰어 망자의 신체를 절단.
제8 평등대왕 사후 100일, 철산(鐵山)지옥—거대한 바위 사이에 넣고 짓이김.
제9 도시대왕 사후 1년, 한빙(寒氷)지옥—추운 곳에서 고통을 느끼게 함.
제10 오도전륜대왕 사후 3년, 흑암(黑闇)지옥—암흑 속에 가둠. 혹은 육도윤회를 결정.

원철스님은 제7 진광대왕의 거해지옥처럼 톱으로 절단되었고, 현선스님은 제6 변성대왕의 도산지옥에 따라 칼로 수십 군데 난도질당해 계곡으로 떠내려왔고, 홍제스님은 제8 평등대왕의 철산지옥을 모방해 바윗돌에 눌린 채 발견되었고, 현일스님은 제2 초강대왕의 박피지옥에 의해 내장이 뽑혀 죽었다.
죽음의 모습을 상상하고 있을 때 누군가 내 옆에 털썩 주저앉았다.
"어!"
"뭐야, 남자가 왜 이렇게 놀라?"
원여스님이 테이블을 내리칠 때 눈을 동그랗게 뜨던 종업원이었다.

"이건 뭐야, 퀴즈라도 푸는 거야?"

그는 쪽지를 유심히 들여다보더니 고개를 갸웃거렸다. 달갑지 않았지만 박정하게 내치기도 애매해 말을 받았다.

"그래요. 한번 풀어볼래요?"

"뭐야, 머리 아프게시리… 돈 되는 거야?"

"그것보다 더 중요한 게 걸려 있어서…."

"피이, 돈보다 중요한 게 어디 있다고… 근데 왜 여기서 이런 걸 해."

"절에서 쫓겨났어요."

"왜?"

"스님을 때리고 도피 중이에요."

그는 입술을 삐죽거리며 말했다.

"흥. 웃기시네. 스님 때리면 오빠 뼈도 못 추려… 겪어봐서 알거든. 스님들이 얼마나 무서운 사람들인데. 근데 오빠는 어디 살아? 이 동네에서 못 본 얼굴인데."

뭘 겪었단 말일까? 궁금했지만 말을 섞다 보면 끝이 없을 것 같아 입을 다물었다. 내칠 수도 노닥거릴 수도 없어 우물쭈물하는 사이 카운터에서 희소식이 날아왔다.

"정 양아. 배달."

그가 사라진 후 스님들의 죽음과 관련된 네 명의 지옥 왕을 빼내 쪽지에 있는 숫자와 비교해보았다.

그러나

제7 태산대왕 7주

제6 변성대왕 6주

제8 평등대왕 100일

제2 초강대왕 2주

이게

332 : ㄷ(ㅍ), ㄴ(ㅌ), ㄴ(ㅌ)
225 : ㄴ(ㅌ), ㄴ(ㅌ), ㅁ
8783 : ㅇ, ㅅ, ㅇ, ㄷ(ㅍ)
897 : ㅇ, ㅈ, ㅅ

이것과 무슨 관계란 말인가?

골에 주름을 아무리 잡아보아도 이렇다 할 풀이방법은 떠오르지 않았다. 한 시간 가까이 숫자만 붙들고 있다 보니 신물이 났고, 머리를 굴리는 중간에도 현담에게 손찌검한 장면이 불쑥불쑥 끼어들어 집중이 되지 않았다. 설탕을 너무 많이 넣은 커피를 마신 탓에 두통까지 일자 미련 없이 다방을 나왔다.

어느새 낭창거리는 오후햇살은 다방 맞은편에 서 있는 모텔들의 이마를 서늘하게 쪼고 있었다. 지갑을 열어보니 천 원짜리 두 장이 간당거렸다. 멀리 은행 간판이 눈에 들어왔다. 시계를 보니 은행 업무를 접을 시간이었다. 온종일 백열(白熱)에 시달려 바싹 말라버린 거리를 뛰기 시작했다. 핏기 없는 보도에 시커멓게 늘어져 흔들리는 내 그림자를 보는 순간 문득 키리코의 그림이 떠올랐다. 제목이 아마 〈거리의 신비와 우울한 멍청이〉이던가. 은행 문을 열고 들어서자 에어컨 바람이 닭살이 돋을 정도로 세차게 쏟아져 나왔다. 현금인출기 앞에 서서 카드를 밀어 넣고 예금인출 버튼을 눌렀다. 기계에서 비밀번호를 입력하라는 목소리가 아름답게 울려 나왔다.

'넵, 그럽죠.'

법당에 들어설 때와는 비교도 되지 않을 경건함으로, 비밀번호 '7449'를 또박또박 눌러 넣었다. 화면의 '진행 중' 화살표가 내 비밀번호를 확인해서 돈을 토해내기 위해 분주하게 깜박였다. 하지만 에어컨 바람은 너무 차가웠고 기계의 처리속도는 너무 더뎠기에 서서히 짜증이 치밀었다. 몇 푼 안 되는 돈을 찾는 데도 타행수수료까지 물어가며 냉동 창고 같은 곳에서 벌벌 떨어야 하는 운명이라니. 남들은 카드와 계좌가 여러 개라 비밀번호를 외우는 것도 일이라지만, 나란 놈은….

일순간 모든 것이 정지되며 사위가 환해지는 느낌이었다.

이영선의 입금으로 잔고가 늘어서만은 아니었다. 10만 원을 강탈하듯 기계에서 뽑아낸 다음 은행을 뛰쳐나왔다. 은행 옆에 있는 구멍가게의 평상에 걸터앉아 노트를 꺼내들었다.

제7 태산대왕 7주
제6 변성대왕 6주
제8 평등대왕 100일
제2 초강대왕 2주

주(週)를 일(日)로 환산한 뒤 글자들은 지우고 숫자만 남겼다.

7, 49
6, 42
8, 100
2, 14

그리곤 '7, 49'를 '749'와 같은 식으로 붙이고는 쪽지에 적힌 네 개의 숫자들과 병치시켜보았다.

```
749   322
642   225
8100  8783
214   897
```

쌍으로 묶인 숫자들을 비교하다 '8100 8783' 에 이르자 두 숫자간의 관계가 확연히 눈에 들어왔다. 현일스님이 남긴 숫자는 내가 조합한 숫자에 '683' 이 더해진 숫자였다. 그러나 다른 쌍에 대입해 보니 일반적인 덧셈으로 더해진 것이 아니라 10이 넘는 경우엔 앞자리는 제거하고 뒷자리만을 남긴 특수한 덧셈이었다. 공통으로 적용된 숫자 683을 자음으로 치환시켜보았다.

```
6: ㅂ
8: ㅇ
3: ㄷ(ㅍ)
```

'6, 8, 3' 을 'ㅂ, ㅇ ,ㄷ'으로 읽자 쪽지가 지칭하는 것이 단번에 떠올랐다.

타력(他力)적인 미륵신앙과 자기구원의 선종이 만나 빚어낸 독특한 조형물. 석가모니가 미륵보살에게 56억만 년 후 부처가 되어 사람들을 구제하리란 수기를 내렸다는 경전의 기록만으론 만족하지 못한 중생들이 눈에 보이는 물증으로 미륵전 앞에 모셔놓은 석가의 밥그릇. 그것은 발우대였다.

15

원여스님은 놀이공원에 처음 온 소년처럼 마냥 감탄했다.

"정말이오? 어떻게 푸셨소?"

"은행에서 돈을 뽑다가 알았습니다."

"자세하게 말해보오."

원여스님은 구미가 당긴다는 듯 재촉했다.

"전에 아버지가 카드사 이름 옆에 숫자들이 적힌 종이를 지갑에 넣고 다니시는 걸 봤습니다. 카드마다 비밀번호를 다르게 설정했더니 헷갈려서 아예 비밀번호들을 적어놓고 다닌다 하시더군요. 위험한 일이라고 말씀드렸더니 종이에 적힌 숫자들은 카드의 실제 비밀번호가 아니라 비밀번호에 열쇠숫자(key number)를 더한 합이라는 것을 말씀해주셨죠."

"그게 무슨 관계가 있소?"

그는 도무지 이해가 안 된다는 듯 물었다.

"예를 들어 카드의 비밀번호가 '0987'이라고 하면 거기에다 자신이 쉽게 기억할 수 있는 열쇠숫자를 더하는 겁니다. 만일 열쇠숫자를 '1111'이라고 설정했으면 원래의 비밀번호인 '0987'과 합쳐진 숫자는 '1098'이 되는 겁니다. 합이 10을 넘을 때 올림 없이 뒷자리 숫자만 따오는 거죠. '1098'과 같이 한번 조작된 숫자는 남들에게 노출이 되어도 그저 의미 없는 숫자의 나열일 뿐이고, 본인은 쉬운 열쇠숫자 하나만 외우고 있으면 수많은 카드들의 비밀번호를 종이를 보면서 찾아낼 수 있는 겁니다. 현일스님이 남긴 암호는 제 아버지가 적용한 비밀번호와 원리는 같습니다. 실제로 은행에서도 고객 신용카드의 비밀번호가 내부직원들에게 노출되는 걸 막기 위해 이런 원리를 쓰고 있거든요."

"은행에서?"

"신용카드가 발급되면 은행 컴퓨터에 고객의 비밀번호는 지워지고 은행 고유의 열쇠숫자와 고객의 비밀번호를 합산한 것을 암호화시킨 코드만 남게 되죠. 결국 현금인출기 앞에서 카드를 넣고 비밀번호를 누르면 기계는 고객의 비밀번호와 은행 고유의 열쇠숫자를 합산시켜 코드를 생성하게 되고 그게 은행 중앙컴퓨터에 처음 저장된 코드와 일치하면 돈을 내어주는 겁니다."

"그런 방식이었군. 그런데 열쇠숫자는 어떻게 알았소?"

"'지옥은 각기 다르지만, 가는 통로는 하나'란 말은 지옥과 관련해 공통된 어떤 것을 찾으라는 말이더군요. 『영락사몰락기』에서 차용한 지옥들과 쪽지에 적힌 네 개의 숫자와 비교해봤습니다. 쪽지에 적힌 숫자는 각각의 지옥이 나타내는 숫자에 공통적으로 '683'이 더해진 숫자였습니다. '683'을 다시 자음으로 환원해 보니 답이 나왔습니다."

"그렇담 현일스님이 '683'이란 숫자를 통해 남긴 메시지는 뭐요?"

"발우대입니다."

"미륵전 앞에 있는 발우대 말이오?"

"네. 발우대 위에 올려진 철발우를 보면 뚜껑이 깨져나가 그릇과 딱 맞물리지 않고 벌어진 부분이 있습니다. 그 정도 틈에 들어갈 수 있는 것이라면 손가락 마디만 한 USB 메모리 정도일 겁니다. 예상대로 글이 담긴 파일 같습니다."

"발우대 안에 뭔가 있다는 건 상상도 못했군."

"문제는 남들 눈에 띄지 않게 꺼내는 일인데… 뚜껑 무게만 100킬로그램은 족히 나가고 높이도 2미터가 넘어서 꺼내기가 쉽진 않을 겁니다. 행여 보물로 지정된 문화재를 잘못 건드려 깨지기라도 하면…."

"아무튼 오늘밤에 파일을 꺼냅시다."

"어떻게요?"

"철사 끝에 껌을 붙이든 엿을 붙이든 무슨 수를 써서라도 꺼내야 하오. 마침 오늘이 해제라 절에 사람이 없을 거요. 방법은 내가 생각해보겠소."

"그런데 범인은 명확히 밝혀내지 못하고 파일만 찾는 겁니까?"

"그건 걱정할 필요가 없소. 발우 속의 그 물건을 가지고 있으면 자연히 범인은 우리를 찾아오겠지. 우리는 현무나 일각스님의 움직임을 주시하면서 기다리면 되는 거요."

"아. 그렇겠군요."

등골이 오싹해왔다. 목숨을 걸 자신이 있냐고 물었던 원여스님의 말은 다짐을 받거나 겁주기 위해 던진 말이 아니었던 것이다. 그때 통화 중 착신음이 들렸다. 화면에 뜬 건 이영선의 번호였다.

"일단 발우대 안의 물건부터 찾고 다음 대책을 세워봅시다."

"알겠습니다. 지금 다른 곳에서 전화가 들어오네요. 다시 연락드리겠습니다."

서둘러 통화버튼을 눌렀다.

"여보세요?"

"저예요."

"벌써 서울에 올라갔습니까?"

"거의 다 왔어요."

전화를 타고 온 목소리는 달라져 있었다. 갈구와 결핍으로 뒤엉킨 목소리가 아닌 채우지 않아도 좋을, 그저 텅 빈 느낌이었다.

"그림은 아직 못 찾았습니다."

"상관없어요. 광오가 죽은 이상 그림 때문에 괴로울 일은 없으니까. 더 이상 신경 쓰지 말아요."

"그래도 찾으면 연락하겠습니다."

"그것보다… 나랑 같이 프랑스 안 갈래요?"

불현듯 튀어나온 그의 제안이 짓궂은 장난처럼 느껴졌다.

"왜 저죠?"

"그건… 나도 몰라요."

"저는 프랑스로 날아갈 돈이 없습니다."

"큰돈은 아니지만, 돈이라면 내게 있어요."

"그게…."

"거기서 내 공부를 도와주면 되잖아요. 인호 씨도 중단한 공부를 다시 할 수 있구요."

"돈도 돈이지만…."

"아직 서로를 잘 몰라서 그런 건가요."

그의 제안에 이토록 저항하는 이유가 뭘까? 바보 같은 내 태도에 슬금슬금 웃음이 올라왔다. 이영선은 내 웃음을 오해하곤 약간 목소리를 높였다.

"어렵게 말했는데 왜 웃죠? 저처럼 인호 씨도 여기선 내쳐진 사람 아닌가요?"

나는 실성한 사람처럼 나조차도 이해할 수 없는 말로 그를 설득시키려 애썼다.

"어제 영선 씨가 물었죠. 물이 흘러 어디로 가냐고? 곰곰이 생각해 보니 제 대답이 틀렸더군요."

"네?"

"모든 물이 흘러 바다로 가는 건 아닐 겁니다. 웅덩이에 고여 썩거나 흔적 없이 증발되어 버리는 물도 있거든요."

"무슨 말이죠?"

"전 프랑스로 흘러가지 못할 운명 같군요."

이번엔 그가 쿡쿡 웃기 시작했다.

"우리의 인연은 여기서 끝났다는 소리로 들리네요."

나는 대답하지 않았지만 이영선은 내 침묵의 의미를 받아들인 듯했다.

"알았어요."

그는 스산한 한숨과 함께 전화를 끊었다. 그의 한숨소리가 내 가슴에 들어와 허한 바람을 불러 일으켰다. 왜 간다고 하지 않았을까? 이영선의 얼굴에서 장연준과 홍제스님의 얼굴이 겹쳐 떠올랐던 기억 때문일까? 이영선의 권유를 받는 순간 홀연히 귓가를 스친 예림이의 웃음소리 때문이었을까? 도대체 무슨 까닭으로 운명 운운하며 백만 년에 한 번 올까 말까 한 기회를 짓이겨 버린 것일까?

어쩌면….

두려웠는지 모른다. 프랑스라는 피안에 당도해 살다보면 그토록 답답해하고 저주했던 이 땅을 피안으로 그리워하게 될까 겁이 났는지도 모른다. 강 건너 보이는 저 거룩한 언덕에 오르는 순간 저 언덕은 이 언덕으로 변질되고, 버리고 떠나온 구질구질한 언덕은 어느새 희망의 저 언덕이 되어 가물거린다면? 순환되는 갈망의 굴레에서 벗어나지 못하는 것이 인간의 운명이라면? 피안이란 굴절된 희망으로 투사된, 그래서 멀리서 볼 때만 존재하는 신기루라면? 당도한 피안이 차안으로 변하는 게 세상사의 일이라면, 할 일은 피안을 찾아 떠돌아다니는 것이 아니라 이 언덕에서 몸부림치고 피 흘리다 죽는 것이었다. 나는 아직 철들지 않은 것이다.

16

산문에서 표를 징수하던 관리인은 고개를 저었다.

"말 못하는 벙어리라꼬요? 그런 아는 이 동네에 없는데."

"요 며칠간 절에서 자주 보이던데요."

"어, 이상하네. 지나가는 거 못 봤는데. 개구멍도 다 막아놔서 들어갈 데도 없을 낀데."

의자에 앉아 입을 쩍 벌리며 하품을 하던 다른 관리인이 끼어들었다.

"사거리 돌믄 있는 할매집 손주, 갸 아이가?"

"뭐라카노. 그 할마시한테 손주가 어데 있노."

"와, 서울 간다꼬 집 나간 영숙이."

"그라믄 영숙이가 그 아란 말이가?"

"어데. 소문에 영숙이가 아를 하나 데꼬 와서 즈그 할마시한테 맷기고 갔다카데. 아무래도 갸 말고는 없는 거 같은데."

"맞나? 그라믄 그 아가 그 할매 손주가 아이고 증손주가 되는 기네."

"그래 되나? 근데 얼라는 말라 찾는교?"

의자에 앉은 남자가 담배연기를 내 쪽으로 뿜으며 물었다.

"뭘 좀 물어볼 게 있어서요."

"아가 벙어리라믄서 뭘 물을라꼬요?"

정확한 지적에 말문이 막혔다. 그 생각을 못했던 것이다. 아이가 날 내려친 사람을 보았다 한들 뭘 말해줄 수 있을까. 그러나 콧물에 헐어 있는 아이의 인중과 놀아주겠다는 약속이 마음에 걸려서라도 다시 만나야했다.

"어디 가면 아이를 만날 수 있습니까?"

"머때메 그라는지 알아야 말을 해주지."

의자에 앉은 사내가 꼬치꼬치 캐묻자 처음 말을 받았던 관리인이 새마을 마크가 붙어 있는 모자 안으로 손가락을 넣어 벅벅 긁어대면서 그를 제지했다.

"아따, 안 그래도 더운데 말라 그리 따지샀노. 설마 선생님이 갸를 해꼬지 할라꼬 찾겠나. 여섯 시다. 우리도 슬슬 정리하고 퇴근해야지."

"벌써 그리 됐나."

담배를 발로 비벼 끈 남자가 매표소 쪽으로 어슬렁거리며 사라지자 남아 있던 관리인이 모자에서 방금 뺀 손가락으로 어딘가를 가리켰다.

"저 길 보이지예? 저리로 쭉 가다가 오른쪽으로 코너를 딱 틀면 사거리가 나올 깁니더. 그짝에 보믄 할매가 장사하는 술집이 하나가 있거등예. 거 가서 함 물어보이소."

"그 집 상호가 어떻게 됩니까?"

"할매집입니더."

나는 인사를 하고는 그가 말해준 방향으로 걸었다. 그러나 사거리에 도착해서 아무리 둘러봐도 '할매집'이란 간판은 보이지 않았다. 지나가는 사람들을 잡고 물었지만, 그들도 모르겠다는 말만 남기고는 제 갈 길로 사라졌다. 관리인을 다시 찾아가봐야 그는 이미 퇴근했을 터였다. 무작정 사거리를 헤집고 다니는데 등 뒤에서 젊은 여자의 목소리가 차들의 소음을 이기고 들려왔다.

"오빠!"

나는 대수롭지 않게 여기고는 간판만 두리번거렸다.

"오빠아!"

이번엔 악을 쓰는 소리였다. 대답하지 않으면 들이받을 것 같은 기세에 놀라 몸을 돌렸다. 채 10여 미터도 떨어지지 않은 길가에서 아찔한 미니스커트를 입은 여자가 오토바이에 올라탄 채 어딘가를 째려보고 있었다. 다방에서 만난 정 양이었다.

"길에서 왜 그렇게 소리를 질러요."

다가가 아는 척을 하자 좁은 골목 안을 뚫어지게 쳐다보던 그는 그제야 날 쳐다보았다.

"아, 퀴즈 오빠. 이 동네 살아?"

"아뇨. 좀 전에 날 부른 거 아니었어요?"

"아냐. 있어, 미친 새끼. 좋다고 달려들 때는 언제고 이젠 쌩 까고 나르네. 다방에 오기만 해봐."

남의 애정문제에 추임새를 넣는 재주는 없어 그냥 돌아서려다 별 기대 없이 그에게 물었다.

"혹시 이 근처에 있는 할매집이란 주점 압니까?"

"할매집? 저쪽에 있는데."

"어디요? 저쪽에서 걸어왔는데, 그런 가게는 안 보이던데."

"있어. 간판 없이 다 찌그러져가는 술집을 찾으면 돼. 오빠, 나 배달가야 하거든. 다음에 다방에 놀러와. 잘해줄게, 알았지?"

그는 동종업계에 종사하는 여자들이 숙지해야 할 필드매뉴얼 1조 1항에 수록된 것이 분명한 인사말을 남기고는 오토바이를 움직여 횡 사라졌다.

나는 왔던 길을 되짚어 간판이 없는 가게를 뒤지기 시작했다. 그리 오래 걷지 않아 문틀이 일그러져 문짝이 반쯤 튀어나온 점포를 찾을 수 있었다. 안으로 들어서자마자 선술집 특유의 눅눅한 고린내가 코를 확 찔러왔다. 그때 테이블 위로 주전자 뚜껑을 밀면서 놀고 있던 아이가 주방을 향해 외쳤다.

"할매! 손님 왔어."

나는 아이의 말간 눈을 쳐다보다가 눈물이 흐를 것 같아 다시 거리로 나섰다.

17

연락을 받고 홍제굴에 도착한 것은 절간의 불들이 소임을 마치고 절명하는 시각인 밤 9시였다. 들뜨고 불안한 마음에 평소 한 시간이 넘게 걸리는 거리를 40분 만에 내달렸기에 옆구리가 몹시 결려왔다. 불 켜진 방 앞에는 원여스님의 고무신이 섬돌에 가지런히 놓여 있었다. 신발을 벗는 사이 얼굴에서 흘러내린 땀이 툇마루 바닥을 투둑투둑 울리며 떨어져 내렸다. 차오르는 숨을 고르며 문고리를 잡아당기자 섬뜩한 기운과 함께 묘한 비린내가 진동했다. 들어서선 안 된다는 경고 같았지만 나는 직관이 쳐놓은 금줄을 무시하고 방안으로 발을 들여놓았다. 방 안엔 원여스님 대신 검붉은 마대(麻袋)자루만 구석에 널브러져 있었다.

억!

마대자루에 다가선 순간 숨이 멎었다. 마대자루라고 생각한 것은 원여스님이었다. 스님의 승복은 이마와 입에서 흘러나온 피로 얼룩졌고 얼굴은 찢겨지고 부어올라 형태를 알아볼 수 없게 일그러져 있었다. 터질듯 가빠오는 심장 때문에 다리가 풀려 엉금엉금 그에게 기어갔다.

"스님. 어떻게 된 일입니까? 정신 차려보세요."

원여스님은 콧구멍 사이로 가느다란 숨기운만 들락거리고 있을 뿐 의식이 없었다. 허겁지겁 핸드폰을 꺼내들었지만, 전화는 먹통이었다. 그때 툇마루가 삐적 뒤틀리는 소리가 나더니 창호지를 바른 문에서 그림자가 묻어났다. 해독할 수 없는 살기가 방 안까지 전해지면서 순식간에 몸이 얼어붙었다. 문 앞에 서 있는 그의 흉악한 손엔 무엇이 들려 있을까? 머리카락도 베어버릴 시퍼런 칼? 수백 개의 상어이빨처럼 육신을 가리가리 찢기 좋은 톱?

방문이 음전하게 스르르 젖혀지더니 손에 아무것도 쥐지 않은 박재혁이 들어왔다.

"현 선생, 여기서 뭐하슈?"

박재혁은 놀란 듯 다가와서는 어이없게도 그의 뾰쪽한 구두코를 내 명치에 세차게 꽂아 넣었다. 웽웽거리는 이명(耳鳴)이 인생의 종료를 알리는 시그널처럼 머릿속을 갉아먹었다. 그는 다시 발끝으로 내 옆구리를 모질게 걷어찼다. 타들어가는 저릿한 통증은 그간 절에서 일어난 참극의 원흉이 다름 아닌 박재혁이었다는 걸 깨우쳐주고 있었다.

"엄살은 그만부리고 꿇어앉으슈."

"개새끼. 니가 다 죽였지?"

"허어? 개개보겠다 이거유?"

박재혁의 구두굽이 뒤통수에 닿는 순간 불꽃이 팍 보이더니 정신이 몽롱해졌다. 두 손으로 머리를 감싸 쥐자 박재혁은 내 몸을 함부로 짓밟았다. 손쓸 틈 없이 날아오는 무자비한 발길질 앞에서 나는 쥐며느리처럼 몸을 만 채 그가 지치기만을 기다려야 했다. 퍽퍽 소리만 귓가에 울리고, 짓밟히는 몸이 내 몸인지 실감조차 나지 않을 때쯤에야 그는 발을 거뒀다.

"아 씨팔, 발목이 아파서 더는 못 때리겠네. 사람 힘들게 하지 말고 이제 그만 일어나서 꿇어앉으슈."

살길이 보였다. 어찌 할 바 몰랐던 상황에서 어제 발목이 접질렸다는 사실을 상기시키는 그의 방정맞은 입놀림이 고마울 따름이었다. 나는 꿇어앉는 척하다가 틈을 노려 한 손으론 왼발을 낚아채고 다른 손으론 그의 단전을 힘껏 밀쳤다.

"어, 어….."

다리 하나로 껑충거리며 아슬아슬한 균형을 잡던 박재혁은 내가 완전히 일어나 체중을 실어서 밀자, 더는 견디지 못하고 바닥에 쿵하고 나동그라졌다. 그가 멱살을 꼭 쥐고 떨어지는 바람에 그에게 묶이긴 했지만, 내가 올라탄 형세라 쉽게 제압할 수 있으리라 낙관했다. 하지만 깡말라 힘없이 보이던 겉보기완 달리 떨쳐내기 힘든 악력(握力)과 내 살을 파고드는 탄탄한 육신의 감촉은 그가 호락호락하지 않은 근골질(筋骨質)임을 증명하고 있었다. 그를 뿌리치려 상체를 세우자마자 주먹이 얼굴에 날아와 꽂혔다. 엉겁결에 고개를 가슴 쪽으로 당기며 그의 목을 졸랐다. 그는 케케켁 하는 신음과 함께 귓속에 벌레가 들어간 사람마냥 몸을 비틀어댔다. 손가락 관절이 어긋날 것 같은 두려움 속에서도 나는 경직되어 가는 그의 목을 더욱더 암팡지게 눌렀다.

순식간이었다. 거세게 펄떡거리던 박재혁의 요동이 잠잠해지더니 팽팽하던 목 근육이 느슨해졌다. 고개를 슬며시 들어보니 박재혁은 먹물을 뒤집어쓴 듯 시커멓게 타들어간 입술을 벌리고 있었다. 숨결이 느껴지지 않았다. 머릿속이 새하얘지면서 턱이 덜덜 떨려왔다.

"정신 차려봐!"

손바닥과 주먹으로 그의 심장을 닥치는 대로 누르고 두드렸다. 그래도 박재혁의 숨은 돌아오지 않았다. 다급한 마음에 그의 코를 쥐고 입에다 공기를 몇 차례 불어넣었다. 하늘이 날 도왔는지 박재혁을 도왔는지, 그는 그제야 숨통을 막고 있던 마개가 뽑힌 것처럼 푸학 숨을 터트렸다. 몇 번의 길고 거친 호흡과 함께 희멀거니 까뒤집혔던 그의 눈이 차츰 생기를 되찾았다. 그러나 아직 질식의 쇼크에서 벗어나지 못했는지 그는 계속 기침을 토해내며 괴로워했다. 그의 상태를 확인하기 위해 몸을 숙이자 그는 기다렸다는 듯 내 오른쪽 목덜미를 세차게 쥐어뜯었다.

"아악!"

번개에 맞은 것 같은 고통에 그대로 바닥에 엎어졌다. 그는 벌떡 일어서서 발로 내 어깨를 모질게 짓뭉갠 뒤 헐떡거리며 말했다.

"이런 씨팔! 진짜 골로 갈 뻔했네."

그는 품속에서 칼을 꺼내들더니 내 목에다 가져다 댔다.

"장난은 여기까지야. 손을 뒤로하고 꿇어앉으슈."

목덜미를 찔러오는 서늘한 쇠 기운에 놀라 그가 원하는 대로 꿇어앉았다. 그는 칼을 내 목에 댄 채 낚싯줄로 내 손목과 발목을 능숙하게 묶었다. 그때 밖에서 낮은 기침소리가 울리더니 알 수 없는 늙은이의 목소리가 들렸다.

"아직이냐?"

"다 됐습니다. 이보슈, 현 선생. 원여가 끝까지 입을 열지 않아 큰스님까지 오시게 됐거든. 당신이 지랄 맞은 레슬링을 거는 바람에 내 심신도 조화롭지가 못해. 그러니까 저보다 더 흉측한 꼴 안 나려면 큰스님이 물을 때 재깍재깍 대답하는 게 신상에 이로울 거유."

박재혁은 나를 향해 눈을 한번 지릅뜨더니 방문을 열었다. 박재혁이 열어놓은 문으로 얼굴에 저승꽃이 가득 핀 노승이 구부정한 허리를 펴지 못한 채 느릿느릿 들어섰다. 분명 아는 사람이지만 만난 적은 없는 사람. 맙소사! 그는 신문과 텔레비전을 통해 눈에 익은 천축총림의 방장이었다. 그는 인자하고 자애로운 미소를 지으며 앉더니 가늘고 부드러운 음성으로 물었다.

"현 거사. 파일은 어디에 있나?"

"무… 무슨 파일 말입니까? 그나저나 영광입니다. 큰스님을 이런 곳에서 친견하게 돼서."

옆에 있던 박재혁이 발이 다시 내 어깨에 내려얹혔다.

"어디라고 주둥아리를 함부로 놀려. 목숨이 아깝지 않다는 거유?"

"박 거사, 말로 해라. 이러다 사람 상할라."

그는 자식에게 회초리를 드는 아비를 말리는 할아버지처럼 말했다.

"현일이 파일을 어디다 숨겼는지 말하게."

봉허는 바닥을 나뒹구는 내가 안쓰러운 듯 온후한 표정으로 물었다. 그들 앞에서 추한 모습으로 뒹구는 것이 분해 얼른 턱과 무릎으로 바닥을 밀면서 일어나 앉았다. 입 안이 터졌는지 찝찌름한 피가 목구멍으로 고여들었다. 피 섞인 침을 봉허 앞에 내뱉으며 말했다.

"말씀드리죠. 대신 저도 부탁이 있습니다."

"뭔가?"

"저 사람이 나가면 말하겠습니다."

박재혁은 얇은 입술을 실룩거리며 같잖다는 듯 쳐다보았다.

"수를 쓰려면 통하게 쓰슈."

봉허는 퀭한 눈으로 나를 주시하면서 박재혁에게 물었다.

"단단히 묶었나?"

"네."

"그럼, 잠시 나가 있게."

"큰스님. 그건 좀…."

"괜찮아."

박재혁은 번쩍이는 칼날을 눈앞에다 대고 흔들었다.

"허튼 짓 하는 순간 바로 들어와서 작살을 낼 테니 각오하슈."

박재혁이 나가자 봉허는 방구석에 쓰러져 있는 원여스님을 못마땅하게 쳐다보며 말했다.

"승려의 일대사(一大事)가 뭔지도 모르고 설치다가 결국 저 꼴이 됐지 뭔가. 자네도 저들과 뜻을 같이하는가?"

"무슨 뜻 말입니까?"

"제바계처럼 매사 삐뚤어지고 불평불만으로 가득 찬 인간이냐고 묻는 걸세."

"잘못된 것을 지적하고 바꾸자 하는 것이 어찌 불평불만이란 말입니까?"

그는 가소로운 듯 클클거렸다.

"바꿔? 울분과 원망을 명분으로 치장하고 개혁이라고 우기는 주제에 뭘 바꾼단 말인가. 쯧쯧쯔. 승려들이 깨달음이란 일대사를 해결할 생각은 하지 않고 시시비비를 운운하다니. 그러려면 속퇴해서 시민운동이나 정치를 할 것이지 왜 여기서 보시물을 축내고 있는지 모를 일이야."

"신념을 가지고 진실을 밝히려고 했던 분들을 맘대로 매도하지 마십시오."

"쯧쯧… 신념이라… 묘한 궤변이야. 허무맹랑한 망상이나 피우는 것이 자네가 말하는 신념인가? 항시 못난 사람들이 자신의 무능과 비겁을 감추기 위해 남을 공격하고 비판만 늘어놓는 법이지. 삐뚤어진 인생의 낙오자일 뿐이야. 참으로 불쌍한 중생들이지."

그는 노회한 눈빛을 희번덕거리며 내 말을 잡아먹고 있었다. 듣고 있자니 속에서 노기가 올라왔다.

"진실을 감추기 위해 사람까지 죽이는 스님이 더 불쌍한 중생 아니던가요?"

"허헛! 나는 역사의 도저한 흐름에 몸을 맡기려는 늙은이일 뿐일세. 영락사의 천년 역사가 몇몇 철부지들 때문에 훼절되는 것을 두고 볼 수야 없지. 우린 앞만 보고 걸어가면 되는 거야. 시간이 지나면 후대의 사람들이 다 평가해 줄 것인데 왜 촌스럽게 옛일을 까발리고 파헤쳐서 시끄럽게 구나? 그러지 않아도 불교가 사니 죽니 하는 이 판국에 200년 전의 불미한 일들을 끄집어내서 어쩌자는 겐지. 에헹!"

"스님이야 말로 역사의 흐름에 몸을 맡기셨어야지요. 지난 일을 파헤치고 잘못을 바로잡으려는 현재의 행위도 도저한 역사의 일부인 겁니다. 그정도 식견밖에 없으시니 사람을 쉽게 죽일 수 있었던 모양입니다."

"어린놈이 입이 험하구나."

봉허의 쪼글쪼글한 입매가 흉하게 비틀어졌지만, 나는 아랑곳하지 않고 남은 말을 토해냈다.

"스님의 그 좁은 소견 안에선 무창을 밀고한 영락사의 치부만 보이고 새로운 불교를 이끌려고 했던 무창스님은 보이지 않았나 봅니다. 무창스님이야 말로 영락사의 자랑인데 말입니다."

그는 별 희한한 소리를 다 듣는다는 듯 얼굴을 찌푸리며 소리를 높였다.

"크에엥! 가당치도 않은 소리. 영락사의 진짜 자랑이 뭔지 아나? 천년고찰을 지키기 위해 자신의 살을 발라내야 하는 심정으로 무창을 고발한 스님들과 사리의 전통을 보존하기 위해 애쓴 유성스님 같은 분이지. 그분들이 없었다면 영락사는 200년 전에 무창이란 미꾸라지 한 마리 때문에 절단이 났을 것이야. 그분들 덕에 천년을 이어온 영락사는 앞으론 내덕에 천년을 이어가겠지. 비록 절 안에서 몇 사람이 죽기는 했지만 세월이 100년, 200년 흐르면 누가 그들의 죽음에 신경이나 쓸까? 하지만 영락사의 사리와 전통은 영원히 기려지고 예배될 것이야."

"없는 사리도 있는 척 조작하는 것이… 휴."

나는 중간에 말을 거두었다. 봉허는 명분을 지닌 확신범이었다. 절과 승가를 위해, 불법수호를 위해 스스로를 헌신하고 있다고 생각하는, 반성의 여지가 없는 사상범이었다. 머리부터 가슴까지 근육으로 가득 찬, 그래서 목표를 이루는 것에 있어 흔들리고 번뇌하는 것 자체가 못난 인간들이 가진 약점이라 믿으며 살아가는 이가 수도승이고 천년고찰의 방장이라는 현실은 비극이었다. 하지만 그것보다 더 큰 비극은 낚싯줄을 풀려고 발버둥칠수록 줄이 옥여와 손발의 감각이 없어져 가고 있다는 것이었다. 이래선 박재혁을 밖으로 내몬 보람이 없었다.

내가 낚싯줄과 씨름하는 사이 그는 끓는 가래를 에에엑 돋우며 물었다.

"마지막으로 묻겠네. 현일이 숨긴 파일은 어디 있나?"

"……"

"박 거사를 불러야 하는가?"

"파일은… 사리탑 아래 묻혀 있습니다."

"확실한가?"

"목숨이 걸린 상황에서 거짓말이 나오겠습니까. 현일스님이 남긴 암호를 풀면 그렇습니다. 실제로 있는지 없는지는 저도 모르죠."

"만일 거짓이면… 그 다음은 자네가 더 잘 알겠지. 흐으으음."

그는 주름이 깊게 파인 목을 젖혀 가래를 삭이더니 검버섯이 올라붙은 깡마른 손으로 바닥을 짚으며 일어서려 했다. 이대로 보내면 뒤는 없다는 생각에 다급하게 물었다.

"그렇다면 사라진 지옥도는 스님이 가지고 있겠군요?"

그는 일으키던 몸을 다시 자리에 붙이고선 가만히 웃었다.

"흐음. 지옥도라. 그러고 보니 자네가 애타게 찾던 그림이 있었지. 그런데 어쩌나. 그림은 내가 가지고 있지 않아."

"그럼 누가 가지고 있습니까?"

"자네가 찾는 지옥도는 홍제가 지니고 있네."

"예?"

"말 그대로 홍제가 가지고 있어."

"홍제스님은 돌아가셨는데 어째서 그림이 홍제스님의 수중에 있단 말입니까."

"생각해보게."

그는 눈을 감고, 글을 외는 선비마냥 몸을 좌우로 흔들었다. 나는 여전히 상황을 파악하지 못한 채 헤매고 있었다.

"무슨 말인지 모르겠군요."

"윤똑똑이 짓은 혼자서 다하더니 사량분별(思量分別)은 안 되나 보군."

그의 엷은 눈가엔 무명을 밝혀주겠다는 자비심마저 떠돌고 있었다.

"말해주지. 홍제가 그림을 지니고 있다 함은 홍제의 관에 지옥도를 같이 넣고 다비했다는 말이야. 지금쯤 그림에서 사리라도 나왔을라나 모르겠군."

그림이 재로 변했다는 말이 믿어지지 않았다. 아니, 믿고 싶지 않았다. 얼마나 간구한 그림이던가. 보살을 친견하려는 마음으로 치열하게 밟아나간 행적의 끝이 겨우 이거란 말인가. 시방(十方)의 제불보살(諸佛菩薩)이 내려와 같은 설법과 미묘한 음성으로 날 진정시킨다 해도 소용없을 충격이었다. 지금이라도 연화대로 뛰어 내려가 잿더미라도 그러쥐고 싶었다.

"그 그림이 어떤 그림인지 아십니까? 김명국과 김홍도의 재기가 서린 그림이란 말입니다!"

"그깟 환쟁이들이 뭘 그렸든지 중요하지 않아. 그건 영락사에 해를 입힐 그림쪼가리일 뿐이야."

당장이라도 달려들어 목을 조르고 침을 뱉고 오줌을 갈겨주고 싶었다. 하지만 허락된 것은 세 치 혀밖에 없었다. 나는 머릿속에 흩어진 단어들을 힘들게 조합해 독을 뿜듯 말했다.

"파일만 회수하면 200년 전 영락사에서 일어났던 일들이 다 덮어질 수 있다고 생각하십니까?"

"헤엥! 지금 뭐 하자는 겐가. 협박이라도 하겠단 말인가?"

"승려들이 그렸다는 지옥도 말입니다. 스승의 명에 따라 비밀을 숨겨놓은 지옥도는 아직 없애지 못했더군요."

"흐흐흐흘…."

소름끼치는 웃음소리가 텅 빈 방의 천장에 부딪히며 공소하게 울렸다.

"내가 문외한이라고 놀리는 겐가. 편지의 원본을 입수한 지가 언제인데 조사 없이 일을 착수했겠나. 설마 성보박물관에 걸려 있는 지옥도가 그 지옥도라고 속일 생각은 아니겠지."

"아니긴요. 영락사 성보박물관에 걸려 있는 〈시왕도〉가 비밀이 감춰진 지옥도가 맞습니다."

"어허. 꽤 급했나 보구먼, 거짓말까지 하는 걸 보니. 크크클."

그는 웃는 중간에도 준엄한 눈빛으로 뚫어져라 노려보는 것을 멈추지 않았다.

"거짓말이 아닙니다."

"허! 이거 참. 날 속이려는 게 아니다? 그럼 더 문제야. 자네는 사달을 내서 학교에서 쫓겨난 게 아니라 공부를 안 해서 쫓겨난 모양이로군. 내가 한 수 알려줄 테니 들어보게. 영락사 박물관에 전시된 〈시왕도〉는 1775년에 조성된 거지. 편지를 보면 용주사 불사에 참가한 김홍도와 연홍(演弘)이란 화승이 나오지 않나. 그들이 참가한 용주사 중건은 1790년에 이루어졌어. 편지에 따르면 연홍이 용주사 불사를 마치고 영락사에 왔으니 비밀이 숨겨진 그림은 1790년 이후에 그려진 것이라고 봐야겠지. 하지만 그 그림은 행방을 찾을 수 없네. 그런데 자네는 지금 1775년의 그림과 1790년 이후에 그려진 그림이 동일한 그림이라고 억지를 부리는 걸세."

"스님 말이 맞습니다, 한 가지 전제만 뺀다면."

"뭐?"

"박물관에 전시된 〈시왕도〉는 1775년에 그려진 그림이 아니라는 거죠."

"흐흐흘. 자네보다 뛰어난 교수와 학자들이 연구해서 밝혀낸 그림의 연대를 부정하겠다는 건가? 대 석학이 나셨군."

"압니다. 논문과 책에 〈영락사 시왕도〉를 1775년 작으로 소개해놓은 것 정도는요. 뜻밖에도 오늘 박물관에서 그림을 확인해 보니 그건 잘못된 것이더군요. 아마 『한국의 불화』란 책에 〈영락사 시왕도〉가 최초로 소개되면서 1775년이라고 오기(誤記)된 것을 학자들이 의심 없이 받아쓰다 보니 그런 일이 벌어진 걸 겁니다."

"무슨 근거로 오기란 말인가?"

"〈시왕도〉 화기에는 연대가 기록되지 않아서 언제 그려진 것인지는 누구도 장담할 수 없습니다. 그래도 책과 논문에 쓰인 1775년은 죽어도 아니더군요. '대청건륭오십칠년(大淸乾隆五十七年)'이라고 연대가 확실하게 쓰인, 박물관 홀에 걸린 〈1792년 영락사 괘불〉은 아시죠? 그 〈괘불〉의 시주질을 꼼꼼하게 살피다 보니 독판대시주자[123]로 이름이 오른 스님이 있더군요. 당시 불사리를 조작한 승려라고 이규경이 믿고 있었던 주지 '화경당 유성(華景堂 裕性)'이란 사람이죠. 그런데 이 유성이 1775년작이라고 알려진 〈영락사 시왕도〉의 시주질에도 있었습니다."

"그게 뭐가 문제인가. 1775년에도 시주를 하고 1792년에도 시주를 했던 모양인 게지."

"시주했다고 오른 이름이 아닙니다. 〈영락사 시왕도〉의 '제1 진광대왕' 시주질에는 '망은사화경당유성영가 진묵(亡恩師華景堂裕性靈駕 眞默)'이라고 쓰여 있더군요. 해석하자면 '돌아가신 스승인 화경당 유성의 영가[124]를 위해 진묵이 시주했다'는 뜻이죠. 그럼 〈1792년 괘불〉의 독판대시주자로 나오는 '화경당 유성'은 어떻게 해석해야 할까요? 법호까지 똑같은 동명이인이 있을 리 없으니, 만약 박물관에 있는 〈시왕도〉를 1775년작이라고 고집한다면 유성은 죽은 지 17년 만에 예수처럼 부활해서 〈1792년 괘불〉을 조성하는 데 시주를 한 게 됩니다. 〈영락사 시왕도〉는 아마 1798년의 〈영락사 지장도〉와 같은 시기에 제작됐을 겁니다. 두 그림의 화기에 등장하는 화사들이 동일한데다가, 절의 관행상 지장도와 시왕도가 동시에 조성되는 경우가 다반사란 건 스님도 아실 테죠."

"가련한 잡설로 사람을 현혹시키려 하는군."

그의 얼굴은 잿빛으로 흐리터분해지고 있었다.

"논문이나 책으로 연대만 알았지 〈시왕도〉의 화기를 직접 확인해보신

---

123) 獨辦大施主 : 불화를 조성하는데 가장 큰 금액을 낸 시주자.
124) 靈駕 : 죽은 이의 영혼.

적 없으시죠? 〈시왕도〉를 총지휘한 것은 주연(珠演)이란 수화사입니다. 편지에서 김홍도를 초빙하자고 말했던 연홍이란 화사는 〈시왕도〉 중 '제2 초강대왕'의 화기에 이름을 올리고 있더군요. 결국 편지에서 비밀을 감춰뒀다는 〈시왕도〉는 지금 버젓이 성보박물관에 걸린 바로 그 〈시왕도〉인 거죠. 그렇다면 편지를 쓴 사람, 즉 시왕도의 비밀을 담당한 사람은 정황상 〈시왕도〉에 참여한 화승 중 한 명이란 결론이 나옵니다."

"아니야. 그럴 리 없어. 거짓말은 그만하게."

그는 점점 나락으로 빠져들며 애절한 눈을 이리저리 굴렸다.

"구질구질한 말은 접고 주연이 제자에게 명한 그림의 비밀이 뭔지 알려드리죠. 〈영락사 시왕도〉 중 '제4 오관대왕' 그림에는 눈에 잘 띄지 않는 치명적인 실수가 하나 있습니다. 오관대왕이 관장하는 지옥은 확탕지옥인데, 쇳물이 끓는 가마솥 양쪽으로 오른편 옥졸은 창으로 사람을 꿰어서 들고 있고, 왼편 옥졸은 가마솥에서 뛰쳐나오려는 사람들을 창으로 꾹꾹 누르는 모습으로 그려져야 합니다. 〈영락사 시왕도〉와 같은 초본(草本)을 사용하고 있는 다른 사찰의 시왕도만 살펴봐도 자명한 겁니다. 그런데 유독 〈영락사 시왕도〉의 확탕지옥에 등장하는 왼쪽 옥졸은 자세만 잡았지 손에 쥔 창이 없습니다. 발견만 했다면 고치는 게 어렵지도 않은 부분입니다. 그저 붓으로 한번 쓰윽 그으면 되는 일이죠. 서른 명이 넘는 화승들이 참여한 시왕도에서 왜 이런 치명적인 실수가 발생했다고 생각하십니까?"

그의 이마에 솟은 힘줄이 주름과 저승꽃 사이에서 꿈틀거렸다. 나는 그의 몰락을 즐기며 호기롭게 말을 이어갔다.

"그 실수가 상징하는 것은 단순합니다. 창이 없다는 무창(無槍)과 편지에 나오는 무창(茂蒼)스님은 독음이 동일하지요. 독음이 같은 다른 사물을 차용해 원래의 뜻을 드러내는 상징적인 그림은 당시 흔했습니다. 화승들은 그 방법을 이용해서 우회적으로 망자의 이름을 불화에 집어넣었던 겁니다.

다만 존재하는 것이 아닌 존재하지 않는 것으로 그 뜻을 나타냈긴 했지만
요. 승려다운 생각이었죠. 그 편지를 쓴 주인공은 바로 '제4 오관대왕'을
맡아 그린 상인(相仁)입니다."

그의 어깨가 한쪽으로 기우뚱하게 무너졌다. 나는 잔망스럽게도 능력이
닿는 한 끝까지 비꼬아주고 싶었다.

"이제 비밀을 아셨으니 박물관에 걸린 〈시왕도〉마저 불살라 버리실 겁
니까? 아주 불가능하진 않겠군요. 박물관에 맡겨진 『영락사몰락기』도 탈취
하는 걸 보면…"

"……."

"그런 계획은 접으시는 게 좋을 겁니다. 아시다시피 영락사가 자랑하는
그 그림은 웬만한 불화 관련 책에는 빠지지 않고 컬러도판으로 실려 전국
을 누비는 중이니까요."

그의 눈동자가 가파르게 움직였다.

곤혹스럽겠지. 열심히 빠져나갈 방도를 챙겨보시지.

그는 끓어오르는 가래를 신경질적으로 삭이며 한참을 생각하더니 살기
를 띤 눈으로 말했다.

"자네 강의는 잘 들었네. 그런데… 그게 뭐 어쨌단 말인가? 자네 입만 봉
하면 그림에 그런 뜻이 숨어 있는지 누가 알까? 안 그런가? 흐흐흘."

노구에 어울리지 않는 앙칼진 웃음소리가 번뜩거리는 칼처럼 심장을 후
벼팠다. 손발은 여전히 묶여 있었고 의식을 놓아버리고 싶은 절망감에 휩
싸였다. 그는 문에 대고 짜증을 부리듯 외쳤다.

"박 거사."

여기서 죽는구나.

어머니의 얼굴이 눈앞을 스쳐갔다.

18

'생사의 길이 예 있으매 머뭇거리고, 나는 가노라 말도 못하고 가는구나.'

그 찰나에 떠오른 것은 〈제망매가〉의 구절이었다. 죄송하단 말 한마디 어머니께 전하지 못하고 이렇게 가는 건가. 나는 넋이 나가 고개를 떨어뜨렸다.

"박 거사. 안 들어오고 뭐하는 겐가."

거듭되는 재촉을 비웃기라도 하듯 밖은 묵연한 정적만 감돌았다.

"박 거사아!"

봉허가 발악하듯 소리치자 서둘러 문고리를 잡는 소리가 들렸다.

"흐흠….."

방에 들어서면서 목청을 가다듬는 목소리는 묘하게도 현담을 닮아 있었다. 고개를 들어 힐끗 쳐다보니 들어온 사람은 현담이었다. 현담과 봉허의 얼굴을 번갈아 살폈다. 나보다 더 얼이 빠진 것은 봉허였다. 그는 입을 벌린 채 넘어갈 듯 상체를 젖히고 있었다.

현담은 방구석에 늘어진 원여스님을 보더니 침착한 목소리로 방 밖에서 대기하던 승려들을 불러들였다. 두 명의 승려가 방으로 들어와 원여스님을 들쳐업고는 허겁지겁 밖으로 빠져나갔다. 현담은 가볍게 쥔 주먹을 양 무릎 위에 올리고는 선방 수좌처럼 허리를 곧추세워 앉았다.

"너는 집에 안 가고 여기서 뭐 하는 거냐?"

현담이 내 어깨를 툭 치며 능치자 반가움에 눈물이 찔끔거렸다. 그러나 봉허는 우리의 해후가 마음에 들지 않는 모양이었다.

"너는 여기에 어쩐 일인고?"

"노장님을 모시러 왔습니다."

"난 널 부른 적 없다. 박 거사는 어디 있느냐?"

"박 거사는 양 거사와 스님들에게 잡혀 본사로 내려갔습니다."

봉허의 얼굴은 굿이 끝난 후 신이 빠져나간 무당처럼 초췌해졌다. 그는 고함을 치며 자리에서 일어섰다.

"비켜라, 이놈. 내려가야겠다."

현담은 정중하게 막아서며 말했다.

"노장님. 내려가시기 전에 한 말씀만 하시지요."

"어허. 이놈이. 무슨 말을 하라는 거냐?"

"왜 그러셨습니까?"

"뭘 말이냐?"

"왜 박재혁을 시켜 스님들을 죽이신 겁니까?"

"죽이긴 누가 죽였단 말이냐. 네 스승 도원이를 불러오너라. 어떻게 교육을 시켰기에 어린놈이 어른에게 눈을 똑바로 뜨고 대드는 것인지 알아봐야겠다."

"도원스님은 노장님의 이런 모습을 뵐 수가 없기에 저를 대신 올려보낸 겁니다. 도각스님도 본사에서 경찰과 함께 노장님을 기다리고 있습니다."

"이런 경을 칠 놈들을 봤나? 누구 허락으로 경찰을 절로 불러들였느냐? 영락사를 망하게 하려는 마구니 놀음에 단단히 걸려들었구나. 크에헤헹!"

"노장님!"

현담의 목소리가 쩌렁쩌렁 방을 울렸다.

"어른이면 어른답게 책임을 지십시오."

그 말에 봉허는 허탈하게 웃으며 자리에 앉았다.

"흐흐흘흘. 책임? 그래, 어른이라서 책임을 졌고 그건 네 놈이 간섭할 바가 아니다."

"불살생의 자비 문중에서 생명을 죽여가면서 지켜내야 할 책임이 있습니까? 사리 때문입니까?"

"네깟 놈이 뭘 안다고 함부로 지껄이느냐?"

그렇게 말문을 뗀 봉허는 강퍅한 사설을 펼쳤다.

"왜 사람을 죽였냐고 물었느냐? 문중을 살리고 절을 살리고 불교를 살리기 위해서 죽였다. 옛 조사스님들이 뭐라고 하셨느냐? 사람을 죽여놓고도 눈 하나 깜박 않는 모진 마음이라야 도를 통할 수 있다고 했다. 깨달음이건 속세의 일이건 큰일을 이루기 위해서는 결단을 내려야 할 때가 있는 법이야. 세상의 나약한 도덕으로 내 일을 재단하려고 드는 네놈이 안쓰러울 뿐이다."

"노장님이 생각하는 큰일이란 게 도대체 뭡니까?"

현담이 볼멘소리로 다그치자 봉허는 소리를 높여 현담을 꾸짖었다.

"죽어가는 불교를 살리는 게 큰일이지. 깨달음을 얻기 위해 몸부림치는 승려가 몇이나 되더냐. 목탁만 쥐면 돈이 굴러오는 이곳에서 누가 흔들리지 않을까. 직업승려, 직업부전 하며 자조적으로 제 스스로를 부르는 젊은 중들이 있다는 것을 내 모를 줄 알았더냐? 이런 것이 옳다고 말하는 것이 아니야. 하지만 제바계 그 아이들처럼 허물을 다 파헤치고 바꾸려 들다가는 결국 불교를 죽이게 되는 것이야. 병을 고친다는 핑계로 환자의 목숨을 끊어놓는 돌팔이와 뭐가 다를꼬. 사소한 병은 안고 살아가야 하는 법이다. 그런 것을 다 바로잡고 고치려 들면 선의의 피해자가 생기기 마련이야."

"무슨 피해자를 말하시는 겁니까?"

현담은 이해할 수 없다는 듯 머리를 흔들었다.

"내가 진정 지키려고 하는 것은 철마다 방부[125]를 드리고 선방에서 피골이 상접해 가는 납자들과 하루에 한 끼만 먹고 출입구가 막힌 무문관에 들

---

125) 房付 : 선방에 들어 수행하기 위해 청하는 일.

어가 3년 동안 틀어박혀 화두를 챙기는 수좌들, 결제마다 도를 이루겠다는 다짐으로 연비[126]하는 덕에 손가락이 남아나지 않는 치열한 스님네들이야. 물을 담으려면 그릇이 있어야 한다. 열심히 공부하는 스님들을 지원하고 깨달음을 얻는 스님을 배출하기 위해서는 물자가 필요한 것이야. 물자는 어디서 나오느냐? 사람들이 사리의 영험을 믿고 찾아와 시주를 해줘야 하는 것이지. 만일 200년 전 무창의 죽음이 밝혀지고 불사리가 없다는 의심이 생기면 이곳이 총림으로서 수좌와 학인을 키워낼 도량으로 존속할 수 있을 거라고 생각하느냐? 도원이 웅대한 포부를 가지고 짓고 있는 강원불사의 재원은 어디서 마련하겠느냐? 또 일각이 문중을 대표해서 나가는 총무원장 선거는 어떻게 되겠느냐? 모르면 입을 닫아라!"

욕망이 간절해서 죄를 낳았지만, 그 간절함이 죄마저 넘어서 버린 것일까? 그의 말을 듣고 있자니 무엇이 옳은지 점점 희미해지고 있었다. 현담은 고개를 저으며 말했다.

"부처님의 가르침이 결과를 위해 과정을 무시하는 것은 아니지 않습니까? 노장님의 말씀은 부처가 되기 위해서라면 중생을 죽이고 속이는 것도 상관없다는 말과 하나도 다르지 않습니다. 설령 노장님 말대로 중생들을 현혹하고 속인 물자로 큰스님이 나고 강원을 크게 지었다고 해도 그것이 무슨 소용입니까? 부처의 이름을 빌렸지만 여법하지 않게 이루어진 것은 불법(佛法)이 아니라 범죄일 뿐입니다."

현담의 말에 힘을 얻어 나도 봉허의 말꼬리를 잡고 대화에 끼어들었다.

"스님, 핑계가 좋으십니다. 그런 훌륭한 승려들을 위해 조작된 사리와 영락사의 치부가 들어나면 안 된다는 말이로군요. 그런데 제가 하나 묻겠습니다. 깨달음이 사람을 택하는 것입니까? 아님 사람이 깨달음을 이루는 것

---

126) 燃臂 : 정진과 깨달음을 위해 발심하여 손가락을 불로 태우는 행위.

입니까?"

봉허는 붉은 실핏줄이 자글자글하게 돋은 얇은 눈꺼풀을 떨며 나를 노려보았다.

"또 무슨 해괴한 잡설을 늘어놓으려 드는고."

"깨달음이 사람을 택하지 않고 사람이 깨달음을 이루는 것이라면 그 깨달음의 양태는 백이면 백, 사람마다 다 다를 수밖에 없겠지요. 그런데 보십시오. 공부깨나 한다는 승려들은 죄다 선방에 들어 앉아 화두나 쪼고 있지 않습니까? 석가모니가 화두를 잡고 깨달음을 얻었습니까? 그런 식으로 해서 어디 세상을 구제하는 큰 승려가 나겠습니까?"

봉허는 소리를 빽 질렀다.

"멍청한 놈. 화두가 깨달음을 얻는 가장 수승한 방법이야, 화두가!"

"그렇겠지요. 그런데 사람과 사회를 고민하지 않고 선방 안에 틀어박혀 얻을 수 있는 깨달음이 어떤 의미가 있습니까? 설령 모든 것을 다 바쳐 깨달음을 얻었다손 치더라도 그 깨달음이 세상에 어떤 이익과 복을 가져다 줄 수 있을지 생각은 해보셨습니까? 미친 듯 깨달음에만 매달리지 말고 깨달음이 왜 필요한가부터 철저히 고민해야 하는 거 아닙니까? 깨달음을 얻은 큰스님이 났다는 것이 신도들의 숭배와 재물을 갈취하는 또 다른 죄업의 싹이 되고 있는 건 아닌지 살펴봐야 되는 거 아닙니까?"

"이놈 보게. 감히!"

봉허가 내 얼굴을 후려치려 하자 현담이 재빨리 그의 손을 잡았다. 봉허는 현담의 손아귀에 잡혀 시퍼렇게 변한 팔목을 바들거리며 중얼거렸다.

"네놈이 바로 무간지옥에 떨어져 부처도 구하지 못할 암흑 속에서 영겁의 고통을 받아야 할 놈이니라. 암흑중생이 얕은 지해(知解)로 감히 부처와 역대 조사들이 걸어온 길을 능멸해? 에에힝! 막돼먹은 놈. 네놈의 작은 그릇에 내 큰 뜻이 어디 들어가기나 하겠느냐. 그래, 그만두자. 부처님은 내 마음을 아실 것이야."

무간지옥에 떨어져 영겁의 고통을 받을지언정 숨을 쉬는 한은 고통에서 벗어나고 싶었다.

"줄 좀 풀어주라. 손목이 끊어질 것 같다."

그제야 현담은 후다닥 방을 나가더니 부엌에서 식칼을 찾아 돌아왔다. 현담이 묶인 줄을 조심스럽게 자르는 동안 나는 봉허에게 영락사에서 일어났던 일들을 물었다.

"이 일을 언제부터 계획하신 겁니까?"

감긴 낚싯줄이 풀리자 여러 겹의 가느다란 피멍이 선명하게 자국을 드러냈다.

"몇백 년 전부터 예정되었던 일이야."

"예정이라뇨?"

"압원석(壓怨石)을 옮길 때 바위 아래에서 부처님의 계시가 든 종이가 나왔지."

"기름종이로 입구를 막은 작은 단지 말입니까? 속에 아무것도 없다며 노장님의 지시로 바로 다시 묻지 않았습니까?"

현담이 의아한 듯 눈을 껌뻑였다.

"네놈이 모르는 게 있다. 도원이 그걸 염화전에 들고 와 처분을 내려달라고 했다. 단지를 뜯어보니 그 안에 글이 적힌 종이가 있었지. '이 단지가 발견되면 영락사에 재앙이 시작되니, 부처를 능멸하는 책에 관해 묻는 중들이 생겨나고 영락사의 사리가 그 빛을 잃을 것이다. 불법을 해하려는 조달의 무리들을 땅 속 깊이 묻어라'고 적혀 있었다. 나는 그 글을 소지(燒紙)하고 빈 단지만 돌려주었지."

그는 울대를 세워 힘겹게 가래를 돋아내고는 말을 이었다.

"크에헹! 그런데 얼마 지나지 않아 원철이 『영락사몰락기』라는 책에 관해 묻더군. 그때 알았지. 그 비기(秘記)의 내용이 뭘 의미하는지… 부처님이 영락사를 지키라고 내게 계시를 내리신 거야."

압원석은 처녀귀신 때문에 놓인 돌이 아니었다. 그 바위는 무창의 원혼과 사리의 비밀이 퍼질 것을 두려워한 승려들이 놓아둔 돌이었을 것이다. 하지만 그 단지가 절묘한 시점에 발견되어 봉허의 손에 들어가게 된 것을 업연의 윤회라는 말 대신에 무엇으로 설명할 수 있을까? 만일 200년 전 영락사의 중들이 모든 일을 햇볕 아래 드러냈다면, 그래서 잘못을 숨기기 위한 재앙의 씨앗을 뿌려놓지 않았다면, 비극은 당대에서 끝났을 것이다. 죄업은 200여 년을 유전(遺傳)해서 더 강성해지고 간교해져 더 많은 희생자를 낳았다. 생각할수록 몸서리쳐지는 일이었다.

"일의 시초는 그 돌을 옮기면서 발견한 비기(秘記)였고 그때부터 스님은 박재혁을 절로 불러들여 원철스님의 뒤를 캤겠군요. 원철스님이 홍제굴에 드나든다는 사실을 알게 되면서 정보를 빼내기 위해 문중의 반대를 무릅쓰고 홍제스님을 염화전에 부른 것이고요."

"……."

봉허는 재처럼 바짝 마른 침묵으로 내 말을 인정했다.

"『영락사몰락기』에 나온 대로 원철스님을 죽인 이유는 그 책의 내용을 알고 있을 다른 스님들에게 더 이상 진실을 파헤치지 말라는 경고를 보낸 것이겠죠. 원철스님의 죽음으로 끝날 줄 알았던 일이 제바계가 끝까지 추적하고 글까지 써서 영락사의 비밀을 누설하려는 걸 알았을 때는 관련된 스님 모두를 죽여야 했을 겁니다. 때마침 도원스님이 광오를 풀어줬다는 얘기를 박재혁에게 듣고선 광오에게 책만 나오면 모든 걸 그가 덮어쓰리라 생각하고 비밀리에 접촉했겠군요."

"……."

"그런데 결정적인 순간에 쓸 생각으로 숨겨온 광오가 스님의 의도와는 다르게 김명국의 지옥도를 구하려 설치고 다녔다는 건 아셨습니까? 아니, 어쩌면 그런 행동들이 광오가 범인이란 인상을 더 강하게 심어줄 수도 있으니 방조했을 수도 있었겠군요. 어제 광오는 무슨 이유를 대고 절로 부른 겁니까? 그가 찾는 지옥도라도 준다고 꼬여낸 겁니까?"

"끄으으응…."

봉허는 트릿한 신음소리를 내며 눈을 감았다.

"그런데 현무스님도 이 일에 가담한 것 아닙니까? 어쩌면 주지스님이나 일각스님도 이 일에 관련되어 있겠군요."

그는 이마의 주름을 깊게 잡고 대답했다.

"크엥! 아니야. 광오는 박 거사가 처리했어야 했는데 현무가 우연히 끼어들어 일이 난 것뿐이야."

"손 안 대고 코 푼 격이니 더 자연스러웠겠군요. 이 모든 일을 꾸미시고도 스님이 큰 어른이고 불교계의 얼굴이라고 자부하십니까?"

집안어른을 몰아세우는 모습이 좋게 보이지 않았던지 현담이 말을 끊었다.

"인호야, 그 정도면 됐다. 노장님, 일어서십시오. 이제 내려가셔야지요."

현담의 재촉에도 그는 자리에서 일어나지 못하고 동공이 비어버린 눈으로 말했다.

"영락사가 이렇게 몰락하는구나. 어떻게 지켜온 천년고찰인데… 크허허허."

현담은 저승꽃이 만발한 노인을 일으켜 세웠다. 지금껏 말해온 품으로 보아 꽤 저항할 듯 보였지만, 봉허는 모든 것을 포기한 듯 순순히 일어섰다.

멀리서 소쩍새 울음이 익어가고 있었다. 나는 봉허와 현담의 뒤를 따라 절뚝거리며 걸었다. 달빛을 받으며 팔짱을 끼고 걸어가는 둘의 모습을 보니 진실과는 너무나 먼 환(幻)이 나타났다. 그들은 마치 정진할 선방을 함께 찾아가는 다정한 도반처럼 보이기도 하고, 눈빛만으로도 뜻이 통하는 노승과 시봉승(侍奉僧)처럼 보이기도 했다. 순간 서늘한 밤바람이 가슴을 후비고 지나갔다.

대숲을 벗어나 절벽으로 나오자 봉허는 걸음을 멈추었다. 그는 현담의 팔짱을 빼더니 너럭바위 위로 올라섰다.

"밤풍경이 좋구나."

그는 밤바람을 맞으며 영산 시내의 불빛들을 바라봤다. 그의 장삼자락이 보기 좋게 바람에 펄럭였다. 나는 그의 눈길을 좇아 같은 곳을 바라보았다. 점점이 늘어선 가로등과 차들이 쏘아내는 불빛이 예전과 다르게 보였다. 그것은 어둠 속에서 빛나는 생의 황홀함이 아니라 처연한 욕망들의 싸늘한 몸부림이었다.

"이제 늙은이는 퇴장해야 하는 것인가?"

"……."

현담은 대답하기 참람해서인지 고개를 숙여 땅만 쳐다보았다.

"마지막으로 부처님께 인사는 해야겠지?"

현담을 쳐다보던 봉허는 두 손을 가슴에 모으고 영락사를 향해 정성스럽게 삼배를 올렸다. 구부정한 노구를 간신히 수습해가며 올린 삼배가 끝나자마자 그는 눈앞에서 홀연히 사라져버렸다. 정확히 말하자면 바위 끝에 걸쳐져 있던 그의 오른발이 허공을 딛더니 왼발을 오른발에 가져다 붙이는 순간 무섭게 아래로 빨려 내려갔다. 옆에 있던 현담조차 말릴 수 없는 찰나에 일어난 일이었다. 아마 그를 절벽 아래로 잡아당긴 것은 중력이 아닌 죄업의 무게였으리라.

현담은 바위에 엎드린 채 아래를 내려다보며 애타게 그를 불렀다.

"노장님, 노장님…."

현담이 목이 터져라 소리쳐도 봉허는 대답이 없었다.

19

　한 시간 뒤 소방대원들은 절벽 아래를 뒤져 숨만 간신히 붙은 봉허를 발견했다. 앰뷸런스에 실린 봉허 곁에는 평생 그를 모신 도원스님이 그의 손을 꼭 잡은 채 조용히 염불을 외고 있었다. 자식을 잃고 스승마저 떠나보내야 하는 도원스님의 얼굴을 보고 있기가 힘들어 밤하늘로 눈을 돌렸다. 헛되고 어지러운 세상과는 다르게 제 갈 길을 알고 있는 별들의 운행은 그윽하고 아름다웠다.

　앰뷸런스가 떠난 후 천왕문 쪽이 시끄러워지더니 박재혁이 승려들에게 끌려나왔다. 그는 자신도 피해자라고 소리를 질러대다 나를 보고는 걸음을 멈췄다.

　"현 선생, 나 좀 도와주슈. 답답한 중들하고는 말이 안 통해."

　그는 지장보살을 본 지옥중생처럼 내 옷자락을 부여잡았다.

　"아침에 날 내려친 게 박 거삽니까?"

　봉허가 의식불명이 되자 자신에게 모든 책임이 돌아올 것을 걱정하는 듯 그는 고분고분하게 대답했다.

　"현일이 당신에게 전하려 했던 쪽지를 도로 돌려주려고 그랬수."

　"그게 내게 전하려던 쪽지인 건 어떻게 알았어요?"

　"현일이 당신과 솔밭에서 얘기를 나누는 것을 봤수. 그날 밤 당신이 샤워장으로 갔을 때 현일이 탈의실 앞에서 서성이는 것을 보고 중간에서 그 쪽지를 빼냈지."

　"왜 돌려준 겁니까?"

　"암호를 풀지 못했거든. 당신이 이 일에서 손 떼고 서울로 올라가기 전에 돌려주라고 봉허스님이 지시했수."

　"꼭 기절까지 시켜야 했습니까?"

371

"절에 남아서 그 쪽지를 풀 열정을 북돋우기 위해 한 짓이니까 너무 서운하게 생각하진 마슈. 모든 게 큰스님의 생각이야. 난 단지 스님을 시켜주겠다는 봉허스님에게 속아서 이 일을 한 거라니까. 스님이 돼서 장가도 가고 자가용도 가지고 싶었는데 나이 때문에 받아주는 데가 없었수. 현 선생은 내 마음을 이해하지요?"

나는 천천히 고개를 저었다.

"나이 때문에 안 받아줬던 게 아닌 것 같군요."

"내가 당신을 얼마나 감싸줬는데 이렇게 나와. 너무하지 않수. 씨팔."

욕을 마지막으로 남긴 채 박재혁은 경찰차에 태워졌다. 그가 올라타자마자 경찰차는 계곡을 경광등 불빛으로 어지럽히며 멀리 사라졌다.

"어떻게 알고 홍제굴에 올라온 거야?"

어느새 다가와 내 옆에 선 현담에게 물었다.

"양 거사가 오늘 아침에 와서 박재혁의 뒤를 캐보자고 하더라."

"왜 박재혁을 의심했대?"

"며칠간 말도 없이 자주 사라졌대."

"단지 그 이유로?"

"아니, 박재혁이 영락사에 오고 나서 얼마 뒤에 살인이 일어났고, 홍제스님을 바위에서 발견한 것도, 광오가 죽을 때 현무스님을 쫓아간 것도 박재혁이란 거지. 도원스님이 광오를 놓아준 것을 알았던 사람도 박재혁이고. 생각해 보니 양 거사 말이 일리가 있더라. 수사상황을 잘 아는 것도 박재혁이고 수사를 핑계로 절을 마음대로 누비며 제바계의 스님들을 색출할 수 있었던 것도 박재혁이었지."

"그럼 오늘 낮에 양 거사가 날 괴롭힌 건 옆에 있던 박재혁을 속이기 위한 수단이었어?"

"아마 그랬을 거다. 박재혁을 안심시키기 위해 점심공양 후에 양 거사는 출장을 보내는 것으로 위장했어. 그래야 박재혁이 편안하게 활동할 테니. 양 거사가 몰래 박재혁의 뒤를 밟았더니 박재혁이 너를 미행하고 있다는 사실을 알아냈지.”

뒤늦은 깨달음이 머리를 때렸다. 정 양의 소리에 놀라 후다닥 골목길로 도망친 사람은 다름 아닌 박재혁이었을 것이다. 그때 정 양에게 누군지 물어만 보았더라도….

“그걸 알았다면 박재혁을 빨리 잡았어야지.”

“꼬리만 자를 순 없잖아. 박재혁이 이 엄청난 일을 저지른 이유를 모르겠더군. 반드시 배후가 있다고 생각했지. 그런데 박재혁이 영락사에 머물게 된 것부터 양 거사의 일을 도와 수사에 참여하게 된 것까지, 뒤에서 입김을 불어넣은 사람은 노장님이었어. 하지만 대상이 대상인지라 섣불리 움직일 수 없었어. 결정적인 현장을 잡으려고 너무 조심스레 움직이다 보니 원여 스님이 많이 상하게 되셨지.”

나는 한숨을 내쉬는 그의 어깨를 꼭 잡았다.

“네 잘못만이 아니다. 나도 책임이 있어. 파일부터 꺼내자.”

우리는 다른 승려들의 도움을 받아 발우대 뚜껑을 열고 안에 숨겨져 있던 파일을 건져올렸다. 파일을 담고 있는 USB 메모리는 표면에 약간 긁힌 자국을 제외하고는 멀쩡한 상태였다. 현담은 종무소에 들어가서 컴퓨터에 USB 메모리를 꽂고 파일을 화면에 띄웠다. 문서로 된 파일을 열자 화면을 빡빡하게 채운 글들이 나타났다. 현일스님은 영락사에 얽힌 비밀들과 일의 선후좌우를 100여 장에 가까운 문서로 소상하게 정리해놓고 있었다. 나는 행여 놓치고 있던 사실은 없을까 해서 처음부터 글을 읽어내렸다. 모니터에 코를 박고 있는 나를 보다 못한 현담이 어깨를 두드렸다.

“지금 말고 나중에 읽어.”

“언제?”

그는 대답 대신 파일을 복사해서 내 메일로 전송해주었다.

"산중공회[127]에서 결정할 일이지만… 만일 이 글이 묻히더라도 너도 파일을 가지고 있으니…"

그가 무슨 말을 하려는지 알 것 같았다.

"이 파일이 묻히게 되면… 소설이라도 쓸까?"

현담은 희미하게 입 꼬리를 올렸다. 그렇게 하란 건지 말란 뜻인지 모를 묘한 웃음이었다.

"이제 서울로 올라가야겠다."

"밤이 늦었는데 지금 올라가려고?"

"여기서는 잠이 안 올 것 같아. 어디면 잠이 오겠냐마는."

"그럼 잠시 일주문에서 기다려봐. 파일을 도원스님에게 전하고 올게."

현담과 함께 종무소를 나와 천왕문 마당으로 내려서자 양근철이 불쑥 다가와 말을 던졌다.

"현 거사, 이제 갑니까?"

숙지근해진 어투에는 나에 대한 미안함이 어른거리고 있었다.

"양 거사님 보기 싫어서 절을 떠나려고요."

양근철은 머뭇거리더니 어색하게 입을 열었다.

"흠… 뭐… 다음에는 좋은 일로 이곳에서 만납시다."

나는 그의 손을 덥석 잡았다. 매운 눈빛과는 다르게 손은 따뜻한 사람이었다.

"고맙습니다. 덕분에 살았습니다."

"뭘. 그럼 난 바빠서."

당황한 그는 얼른 손을 빼고는 요사 쪽으로 사라져버렸다.

---

127) 山中公會 : 대중공사보다 더 큰 규모로 말사의 스님들까지 다 참석하는 승가의 회의.

일주문에서 기다린 지 얼마 지나지 않아 현담이 뛰어나왔다.

"그나저나 네가 찾던 그림이 재로 변해서 실망이 크겠네."

"네 말대로 나랑 인연이 없나 보지. 그래도 김명국의 지옥도가 존재한다는 것을 알았으니 됐어. 시왕도는 보통 열 폭이고 한 점만 불탔으니 남은 아홉 점의 그림이 세상 어딘가에 남아 있겠지. 언젠가 그 그림을 만나게 될지도 모르고…."

"아직 미련이 남았구나. 백년탐물일조진(百年貪物一朝塵)이요, 삼일수심천재보(三日修心千載寶)라. 백년을 탐낸 물건은 하루아침에 티끌처럼 사라지고, 삼일 동안 닦은 마음은 천년을 두고 쓸 보배라 했다."

"대사께서 천학(淺學) 앞에서 문자를 쓰시니 저도 한 수 읊어야겠네요. 의상스님이 법성게(法性偈)에서 '일미진중함시방(一微塵中含十方)'이라고 하셨지요. 그 하찮은 티끌 하나에 온 우주가 들어 있을지 누가 알겠습니까?"

"이제 그림욕심은 버리고 머리를 깎아보는 건 어때? 홍제스님도 아마 네가 그러길 원하셨을 거다."

"아니야. 지묵스님이 화승들 사이에서 대대로 내려오던 『영락사몰락기』를 광오에게 남겼듯 홍제스님은 내게 육여도를 남기셨어. 스님의 뜻은 내가 생각하고 있는 것과 다르지 않을 거야. 그리고 다 늙어서 머리는 무슨."

현담은 갑자기 두 팔을 벌려 날 와락 끌어안았다. 가슴과 가슴이 닿는 순간 그의 심장박동이 고스란히 내 몸으로 번져왔다. 갈비뼈를 헤집듯 꿀렁거리는 거센 박동 때문에 내 혈관의 피가 그의 심장의 힘을 빌려 돌아가는 것 같은 착각마저 일었다. 내 귀에 뜨겁고 축축한 콧바람을 연신 불어대는 그를 껴안고 있자니 시큼한 것이 속에서 뭉글뭉글 올라왔다. 나는 알 수 있었다. 내 품에 있는 사람은 내가 아는 최경섭이란 것을.

우리는 일주문 앞에서 헤어지기로 했다. 산문까지 차를 태워준다는 제안을 뿌리치고 돌아서는 나에게 그는 들으라는 건지 말라는 건지 도통 알 수 없는 목소리로 감질나게 덧붙였다.

　"조금 전 습골을 한 스님이 그러는데… 홍제스님한테서 사리 열한 과가
나왔단다."

발(跋)

　자그맣고 어둑한 형체가 서서히 다가오고 있었다. 어른이라기엔 너무 작고, 밤 짐승이라기엔 너무 온화한 기운으로. 내가 발걸음을 멈추자 그것은 부드러운 품새로 쑥 미끄러져 오더니 몇 발자국 앞에서 달빛으로 환해진 얼굴을 드러냈다. 마른버짐과 콧물이 뒤엉킨 아이가 흰 이를 드러내며 웃고 있었다. 나는 천천히 다가가 셔츠자락으로 아이의 콧물을 훔쳤다. 그 순간 향나무 연필을 갓 깎았을 때 나던 냄새가 흘러나와 비강(鼻腔)을 가득 채웠다.

　"넌 누구니?"

　아이는 혀를 빼어 말끔해진 인중을 핥고선 입을 헤 벌리며 웃더니 뭔가를 움켜진 주먹을 앞으로 뻗었다. 나는 손바닥을 펴서 아이의 주먹 아래로 가져다 댔다. 내 손바닥 위로 떨어진 것은, 아아….

　어리둥절한 사이 아이는 어둠속으로 가뭇없이 묻혀버렸다. 아이가 사라진 계곡 어딘가에서 싸한 가을 냄새가 섞인 바람이 불어왔다.

　한 방울의 물이라….

　왠지 이 미미한 한 방울의 물을 헛되이 말려버려선 안 될 것 같은 기분이었다. 한 방울의 물을 마르지 않게 하려면 어떻게 해야 할까?

　나는 계곡으로 내려가 손바닥 위에 맺혔던 한 방울의 물을 흐르는 계곡물 속으로 놓아주었다. 한 방울의 물이 물살에 씻겨 손을 떠나는 순간, 몸이 부르르 떨려왔다. 진정 계곡과 몸을 섞은 것이 한 방울의 물인지 내 자신인지 알 수 없었다. 나는 기도했다. 아무리 변변찮고 하찮은 한 방울의 물일지라도 계곡을 따라 무사히 흘러가기를, 그래서 그 소소한 물 한 방울이 눈물과 생채기를 견디느라 소금기에 절여진 다른 이들의 한 방울의 물들과 만나 마침내 바다를 이루기를, 그것이 비록 삶을 낙관만 하기엔 때가 묻었고, 절망을 곱씹기엔 심장이 뛰는 것을 느끼는 한 인간의 헛된 바람일지라도.

고개를 들어 멀리 영락사 쪽을 바라보았다. 달빛은 극락교를 뽀얗게 애무하다 지쳐 계곡 아래로 떨어지고 있었고, 극락교는 반달모양으로 버티고 서서 흐르는 물에게 자신의 자태를 물어보는 중이었다. 다리 아래를 통과한 물은 중간 중간 버티고 있는 계곡의 돌부리와 내 손목을 부드럽게 휘감으며 흘렀다. 나는 이 광경을 예림이에게 보여주고 싶었다. 그도 이 계곡을 좋아할 것이다. 8월의 밤이고, 영락사이기에. 〈끝〉

"지적인 흥분을 느낄 수 있는 소설을 한번 써봐."

몇 년 전, 흥분은 잘해도 지적이진 않은 나에게 누군가 번지수를 잘못 고른 제안을 했다.

부끄럽다거나 자랑할 만한 일은 아니지만, 나는 이 글을 쓰기 전까지 단한 번도 소설가가 되겠다는 꿈을 가지거나 단편을 습작해본 경험이 없었다. 그럼에도 그는 내가 소설을 쓸 수 있다고 굳게 믿고 있었다. 그는 정신병자도, 출판사의 기획자도, 학구적인 비평가도 아닌, 그저 소박한 독자가 되기를 자처한 내 곁의 친구였다.

나는 그 한마디에 꼼짝없이 걸려들었다. 어처구니없게도 왠지 쓸 수 있을 것 같은 기분이 슬슬 들기 시작했다. 지금 생각하면 그건 스페인어를 전혀 모르는 사람이 스페인 땅을 밟는 순간 자신의 입이 터질 것이란 환상을 지닌 것과 다르지 않았지만 말이다.

그래, 쓰자. 아니, 쓸게.

나는 수많은 작품을 써낸 관록의 작가마냥 태연히도 써보겠노라 말했고, 실제로 그 다음 날 서점에서 한 무더기의 책을 사왔다. 이 글은 그렇게 시작되었다.

호기롭게 일은 벌였지만 자료조사를 마치고 막상 글을 쓸 단계에 이르자단 한 줄도 쓸 수 없었다. 당연한 일이었다. 그러나 다행스럽게도 글을 쓴다는 것은 타임머신을 발명하는 일이라기보단 체류기간이 길어질수록 더듬거리나마 한두 마디씩 토해낼 수 있는 외국어습득과 유사했다. 모니터 앞에 앉아 있을 때만 끙끙댔던 나는 어느새 길을 걸으면서도 밥을 먹으면서도 꿈을 꾸면서도 글을 쓰고 있었다.

글을 쓴다는 행위자체가 품고 있는 성찰의 속성 때문인지, 불교란 글의 소재가 내재한 초월의 욕망 때문인지, 아니면 모든 것을 심각하게 만드는 타고난 성향 탓인지 분별하긴 어렵지만, 갈구가 진실해지다보니 애초의 목표였던 '지적 흥분'에서 그 의미도 막연한 '좋은 글'로 목적지가 점차 수정되고 있었다. 하지만 '좋은 글'을 쓰기 위해선 먼저 '좋은 인간'이 되어야 한다는 사실을 뼈저리게 깨닫게 된 것은 제법 시간이 지난 뒤였다.

글을 쓴다는 것과 산다는 것은 본질적으로 같은 행위의 반복이다. 즉, "절망의 얼굴에 침을 뱉는 일"일 것이다. 절망과 불화하다보니 5년이 훌쩍 흘렀고 '좋은 글'을 쓰기도 전에 그간의 짐이 너무 버거워 세상에 부려놓게 되었다. 부디 자비를….

돌아보니 많은 이들의 얼굴이 떠오른다. 그들의 지원과 격려, 무던한 헤아림이 없었다면 이 조잡한 글은 세상에 나오지 못했을 것이다. 수없이 실망시키고 아프게 했어도 그들이 날 끝까지 믿어준 것은 내가 잘나서가 아니라 내가 인간답게 살기를 바라는 마음에서 비롯됐다는 것을 이제는 안다. 특히 보살의 마음으로 견뎌준 어머니와 침묵으로 채찍질해준 아버지께 '좋은 인간'으로 살겠다는 다짐으로 이 글을 바친다.

2009년 3월
강호진 두 손 모음

Black Cat Series

블랙 캣 시리즈는 세계 각국에서 추리문학상을 수상한 최고의 작품만을 모았습니다.

아날두르 인드리다손 *Arnaldur Indridason*

무덤의 침묵 · 아날두르 인드리다손 지음

영국 추리작가협회상 · 스칸디나비아 추리작가협회상

아이들이 정신없이 뛰어다니고 소리를 지르는 생일파티. 동생을 데리러 찾아온 의대생은 북새통 속에서 동생을 기다리다가 아기가 뭔가를 입에 물고 자기에게 다가오는 걸 지켜본다. 그는 그것이 사람의 뼈라는 걸 알고 경악한다.

저주 받은 피 · 아날두르 인드리다손 지음

스칸디나비아 추리작가협회상

아이슬란드의 수도 레이캬비크의 지하방에서 살인사건이 일어난다. 현장에 도착한 에를렌두르 형사반장은 피해자의 몸 위에서 한 장의 종이를 발견한다. '내가 바로 그다' 라는 알 수 없는 메시지가 적힌 종이를….

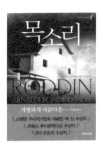

목소리 · 아날두르 인드리다손 지음

마르틴 벡 상 · 프랑스 추리문학 대상 · 813 트로피

아이슬란드의 수도 레이캬비크의 최고급 호텔 지하 창고방에서 산타 복장을 한 호텔 도어맨이 바지가 벗겨진 채 잔인하게 살해된 시체로 발견된다. 하지만 아무도 그에 대해서 자세히 알고 있는 사람이 없었다.

윈터 앤 나이트 · S. J. 로잔 지음

미국 추리작가협회 에드거 앨런 포 상

미국 뉴저지의 한 조용한 마을을 송두리째 뒤집으며 연쇄적으로 일어나는 의문의 사건들. 실종, 살인, 폭행, 마약파티, 협박…. 서로 다른 별개의 사건인 듯하지만, 실은 모두가 단 하나의 사실을 숨기기 위해 벌어진 것들이었다.

부활하는 남자들 1, 2 · 이언 랜킨 지음

미국 추리작가협회 에드거 앨런 포 상

돌출 행동으로 경찰학교에서 교정을 위한 프로그램 연수를 받게 된 존 레버스 경위는 비슷한 문제를 일으킨 다른 다섯 명과 한 팀이 된다. 그들에게는 미해결 사건이 제시되고, 반전과 반전이 거듭되는 가운데 마침내 드러나는 사건의 실체는….

시티즌 빈스 · 제스 월터 지음

미국 추리작가협회상 · 〈워싱턴포스트〉 선정 올해의 책

미국 워싱턴 주 스포캔의 평범한 시민 빈스 캠든. 그는 전과기록이나 운전면허증이 없다. 그러나 선거권은 있다. 그는 며칠 앞으로 다가온 대통령 선거에서 누굴 찍을까 고민한다. 하지만 그는 유령 같은 삶을 산다. 모든 과거가 사라져버렸기 때문이다.

캘리포니아 걸 · 제퍼슨 파커 지음

미국 추리작가협회 에드거 앨런 포 상

미스 터스틴에 선발된 꽃과 같이 아름다운 소녀 자넬. 그러나 플레이보아 잡지 표지에 여러 모델들과 함께 나온 후 미스 터스틴 자격을 박탈당한다. 그리고 그녀는 살해된다. 목이 잘린 채로. 그때부터 밝혀지는 수많은 사람들이 비밀스런 이야기.

폭스 이블 · 미네트 월터스 지음

영국 추리작가협회 골드대거 상

영국의 작은 마을 셴스테드. 어느 날 이곳에 있는 고풍스런 장원의 안뜰에서 제임스 로키어-폭스 대령의 부인 에일사가 얇은 잠옷만 걸치고 죽은 채 발견된다. 검시관은 자연사로 결론 내리지만, 마을에서는 남편이 범인일 거라는 괴소문이 돌고…

블랙리스트 1, 2 · 새러 패러츠키 지음

영국 추리작가협회 골드대거 상

사립탐정 워쇼스키는 중요한 고객의 의뢰를 받아 비어 있는 어느 대저택을 조사하러 간다. 그리고 관상용 연못에서 죽은 남자를 발견한다. 하지만 지역 경찰은 자살사건으로 종결지으려 하고, 죽은 남자의 가족이 워쇼스키에서 사건을 의뢰하는데….

레이븐 블랙 · 앤 클리브스 지음

영국 추리작가협회 던컨 로리 대거 상

영국 서북단 셰틀랜드 제도. 새해 첫날 한밤중, 눈이 잔뜩 쌓인 밤에 두 여학생이 지능이 낮은 한 노인의 오두막에 새해인사차 찾아간다. 그리고 며칠 뒤 노인의 집 근처 눈밭에서 그중 한 여학생이 시체로 발견되고, 갈까마귀 떼가 무리지어 떠돈다.

브로큰 쇼어 · 피터 템플 지음

영국 추리작가협회상 · 호주 추리작가협회상 · 호주 출판협회상

호주의 작은 마을 포트 몬로. 고향인 이곳 지서의 서장으로 부임한 대도시 강력계 형사 조 캐신은 어느 날 이 지역의 대부호이자 자선사업가로 명망이 높은 노인이 강도상해를 당해 죽음에 이른 사건을 수사하게 되는데….

스몰 플레인스의 성녀 · 낸시 피커드 지음

애거서 상 · 매커비티 상 · 러비 상

미국 캔자스 주의 작은 시골 마을 스몰 플레인스. 무섭게 몰아치
는 눈보라 속에서 눈보다 더 하얗게 언 채로 발견된 신원불명의
10대 소녀. 의문에 싸인 채 죽은 이 소녀는 스몰 플레인스의 성
녀로 추앙받게 되고….

돌 속의 거미 · 아사구레 미스후미 지음

일본 추리작가협회상

악기수리를 하는 다치바나는 어느 날 사고로 비정상적으로 과
민한 청력을 지니게 된다. 새로 이사 간 집에서 들려오는 수수께
끼 같은 소리. 그는 그곳에 살았던 여자의 소리를 수집하고 여자
의 외모와 생활, 그리고 그녀의 심리를 재구성해간다.

와일드 소울 1, 2 · 가키네 료스케 지음

일본 추리작가협회상 · 요시카와 에이지 문학신인상

1961년, 에토 일가는 꿈의 낙원이라는 정부의 말을 믿고 아마존
으로 이민을 가지만 그것은 지옥의 시작이었다. 그로부터 40년
후, 일본 정부에 대한 복수심을 품은 세 명의 남자는 일본 정부
에 대한 복수를 위해 치밀한 계획을 진행한다.

유리망치 · 기시 유스케 지음

일본 추리작가협회상

고층빌딩 최상층, 이중강화유리로 된 유리창, 적외선 센서와 고
성능 감시카메라, 그리고 비밀번호 없이는 올라갈 수 없는 엘리
베이터, 여러 겹의 철문, 복도에서 지키고 있는 세 명의 비서. 침
입할 곳이 전혀 없는 밀실에서 벌어진 살인사건.